La chasse au duc

Du même auteur
aux Éditions J'ai lu

LE DRAGON MAUDIT
N° 7805
LE BIJOU CONVOITÉ
N° 7977
L'HONNEUR DES LOCKHART
N° 8052

JULIA
LONDON

LE CLUB DES DÉBUTANTES

La chasse au duc

ROMAN

Traduit de l'américain
par Anne Busnel

J'AI LU

Titre original
THE HAZARDS OF HUNTING A DUKE

A Pocket Star Book published by Pocket Books,
a division of Simon & Schuster, Inc., New York

Pour les sœurs Whine,
grâce à qui j'ai pu me lever en
ronchonnant chaque matin.

1

Londres, mars 1819

Jared Broderick, marquis de Middleton et unique héritier du puissant duché de Redford, était un homme d'une énergie incroyable, l'incarnation vivante du pouvoir et de la fortune. Sa virilité sautait aux yeux des femmes – et de quelques hommes aussi sans doute – qui pressentaient d'emblée son extraordinaire vigueur sexuelle. De fait, il avait une sensualité très exigeante.

Le marquis ne faisait rien pour susciter l'admiration de son entourage. En vérité, il n'avait pas vraiment conscience d'exercer une telle fascination. Et si on lui avait dit qu'en sa présence, les femmes avaient soudain des vapeurs, il aurait ri avant de confesser sans vergogne qu'il les adorait sans discernement. Les pauvresses, les riches bourgeoises, les dames de qualité ou les filles du commun, toutes trouvaient grâce à ses yeux du moment qu'elles possédaient les qualités féminines essentielles à ses yeux : la beauté, la douceur, la fraîcheur. Il les jugeait futiles, parfois sottes, souvent agaçantes, mais toujours désirables, que ce soit au salon ou dans la chambre.

Avec ses cheveux châtain doré, sa mâchoire à la ligne ferme, ses larges épaules et ses yeux noisette piquetés de paillettes d'or, il passait pour l'un des hommes les plus séduisants de l'aristocratie londonienne. Grand et mince, il avait le corps souple et musclé d'un athlète bien entraîné. Ce à quoi il fallait ajouter un côté canaille qui plaisait aux femmes : il jouait aux cartes, misait gros, buvait parfois plus que de raison, et ne refusait pas un petit duel de temps à autre.

Tout récemment, lors d'une chasse à courre, il avait encore donné l'exemple de sa folle témérité quand le cerf aux abois s'était brusquement enfoncé dans les profondeurs de la forêt. Selon les témoins, le marquis de Middleton n'avait pas hésité à risquer sa peau en lançant son grand étalon bai à la poursuite de l'animal, sautant pardessus des éboulements, filant entre les fourrés et les buissons d'épineux, escaladant des ravines, et laissant loin derrière lui le reste de la troupe.

Pourtant, une fois la bête acculée, il avait fait tourner bride à sa monture et s'en était retourné chez lui, comme si la curée l'indifférait et que seule la poursuite comptait à ses yeux.

Dans l'intérieur feutré des luxueux clubs londoniens, plus d'un gentilhomme avait supposé que si le marquis avait chevauché à un train d'enfer ce jour-là, au mépris de tout danger, c'était surtout pour échapper à ses propres démons.

Quoi qu'il fasse, ses faits et gestes étaient rapportés dans les gazettes qui se souciaient à peine de déguiser son identité. Le Tout-Londres se régalait de ces billets qui racontaient ses hauts faits, tant à la campagne que dans les chambres des plus belles femmes de la capitale.

Ces anecdotes avaient une saveur toute particulière quand on savait que le marquis de Middleton était l'héritier d'un puissant duché. Et, bien entendu, le risque qu'il semât des bâtards dans tous les lits du royaume affectait beaucoup son père, le duc de Redford.

Nombreux étaient les gentilshommes qui aspiraient à unir leur fille au fils de ce dernier. Dotée d'un impeccable pedigree, lady Elizabeth Robertson semblait la mieux placée dans cette course aux honneurs. D'autant que son père était un ami d'enfance du duc.

Ce que les commères ignoraient, c'était que lady Elizabeth était un sujet de discorde récurrent entre le marquis et son père, le premier jurant ses grands dieux que jamais il n'épouserait un tel laideron, et le second clamant avec une virulence égale qu'il avait choisi cette jeune fille comme belle-fille et n'en tolérerait aucune autre.

Le matin même, une autre rumeur propagée par les journaux avait poussé le duc à convoquer son fils une fois de plus dans son hôtel particulier londonien.

Jared se présenta, mais, assis avec nonchalance dans un fauteuil, il se contenta d'écouter d'une oreille distraite les vitupérations paternelles.

Le duc arpentait le salon, un exemplaire du *Times* à la main. La colère le suffoquait au point qu'il en bafouillait presque.

— « Une certaine veuve » ! répéta-t-il en brandissant le journal avant de le jeter par terre avec fureur. Comme s'il subsistait un doute sur son identité ! Personne en ville n'ignore ta liaison avec lady Waterstone !

Jared haussa les épaules. Certes, depuis quelque temps, il rendait souvent visite à la délicieuse Miranda. Comment le lui reprocher ? N'était-il pas un homme dans la force de l'âge ? N'avait-il pas le sang chaud ?

— Tu ne te soucies donc pas de ta réputation ? Imagine que lady Elizabeth tombe sur cet article ?

— Et après ?

Jared ne se sentait nullement engagé envers lady Elizabeth. Si son père tenait tant à ce que cette jeune personne se marie, il n'avait qu'à l'épouser *lui*. Après tout, il était veuf depuis de longues années. Jared quant à lui voulait juste profiter de la vie, faire comme si chaque jour était le dernier, et n'avait aucune intention d'épouser cette femme au physique chevalin que son père s'obstinait à lui fourrer dans les bras.

Le duc cependant n'en démordait pas.

— Figure-toi que j'ai enduré la honte d'entendre parler de ta liaison à mon club ! Et aujourd'hui, je dois en plus en lire le détail dans la rubrique mondaine !

— Je ne suis pas responsable de ce qu'écrivent les échotiers.

— Mais tu ne peux nier que c'est ta conduite méprisable qui est la source de ces insanités ! Aussi, j'exige que tu cesses de souiller notre nom, tu entends ? Je t'interdis de fréquenter cette femme qui s'est élevée dans la société par le mariage, mais n'est rien d'autre qu'une catin. Maintenant que la voilà veuve, elle s'efforce de te harponner pour mettre la main sur le titre et la fortune des Redford. Mais je ne le permettrai pas ! Lady Elizabeth fera une épouse parfaite. Et elle te donnera un héritier dont tu pourras être fier.

Jared bondit sous le coup de l'indignation.

— Est-ce donc tout ce que je représente à vos yeux? Un étalon destiné à vous aider à étendre votre champ d'influence?

Le visage écarlate, le duc gronda :

— Tu es abominable!

— Très bien, proféra Jared entre ses dents. Si le prix à payer pour faire partie de cette illustre maison est d'engendrer un héritier, vous en aurez un. Mais je le ferai quand je le souhaiterai, et avec qui je le souhaiterai.

— Il est hors de question que tu aies un enfant avec la première venue! rugit le duc. Il s'agit bien de tes goûts personnels en la matière! Les enjeux sont bien plus graves, figure-toi. Tu n'as donc tiré aucune leçon de tes mésaventures passées? ajouta-t-il avec cruauté, conscient de rouvrir une vieille blessure. Je te préviens, si tu songes à me déshonorer davantage, je te ferai déshériter sur ordre du roi!

Jared eut un rire incrédule.

— Mais faites, je vous en prie, Votre Grâce! Ce n'est pas moi qui vous en empêcherai. Au contraire, je serai ravi de me débarrasser du fardeau que vous avez placé sur mes épaules!

Il était sincère. Oui, il avait commis des erreurs de jeunesse, mais comme tout un chacun. Le duc lui-même n'était pas blanc comme neige. Alors qu'il le renie donc, si telle était son désir. Jared était déjà marquis, et il n'ambitionnait pas du tout le titre de duc.

Derrière l'imposant bureau d'acajou, son père se prit la tête entre les mains.

— Pour l'amour de Dieu, Jared, obéis-moi! Tu n'as pas oublié que certains de tes ancêtres sont tombés en disgrâce pour avoir jadis sombré dans la débauche en se commettant avec les pires ribaudes et en donnant naissance à des ribambelles de bâtards. Notre famille a mis des générations à retrouver le chemin de la Cour. Voilà pourquoi je ne puis accepter que tu nous exposes de nouveau au scandale. Ne comprends-tu pas qu'il te faut épouser une femme de qualité? Je ne te demande pas grand-chose : engrosse-la, après quoi, tu seras libre d'entretenir toutes les gourgandines qu'il te plaira!

— Comme vous, c'est cela ? rétorqua Jared d'une voix égale.

Le duc pâlit. Il se redressa et prit appui sur son bureau, le corps frémissant de rage.

— Hors de ma vue, articula-t-il d'une voix sourde.

Jared, qui s'était rassis, se leva sans hâte et inclina la tête.

— Au revoir, Votre Grâce.

Il quitta le vaste hôtel particulier, d'autant plus ulcéré que son père l'avait fait escorter jusqu'à la porte par deux valets.

Depuis toujours, il renâclait à assumer les responsabilités inhérentes à son rang. Ce que la société attendait de lui en tant qu'héritier du duché de Redford se résumait à un leitmotiv désespérément primaire : procréer à tout prix. Il ne se rappelait pas qu'on lui ait inculqué une quelconque autre valeur, surtout depuis la mort de sa mère.

Il avait quatorze ans à l'époque. Les souvenirs qu'il gardait d'elle commençaient à s'estomper. Il se rappelait néanmoins encore sa douceur, de la tiédeur de son souffle ou son parfum de lilas. Il se rappelait aussi qu'elle riait souvent lorsqu'ils étaient ensemble. Mais au vrai, il la voyait rarement.

Du vivant de la duchesse, ses parents avaient habité Londres ou la campagne, au gré des aventures extraconjugales de son père. Jared, quant à lui, avait été élevé par une armée de nurses, de gouvernantes et de précepteurs qui avaient pour unique tâche de le préparer à endosser ses futures responsabilités.

Plus tard au collège, ses fréquentations avaient été étroitement surveillées et son éducation contrôlée. Il ne s'était jamais senti proche de quiconque en particulier, mis à part peut-être deux bons amis, lord Stanhope et lord Harrison, qui étaient au pensionnat avec lui.

Dès qu'il avait atteint sa majorité, le harcèlement avait commencé. Un héritier, il devait un héritier à sa famille. Les années passant, la requête s'était faite plus pressante. Et aujourd'hui, à l'aube de son trentième anniversaire, il n'avait plus le moindre répit.

Combien de fois n'avait-il regretté de n'être pas simplement le fils d'un banquier, d'un marchand, voire d'un fermier ? Hélas, il était né fils de duc et, d'aussi loin qu'il s'en souvienne, son père avait cherché à contrôler sa destinée, à sélectionner les gens qu'il côtoierait et ceux qu'il aimerait.

En conséquence, Jared n'aimait personne.

Il se rendit au *White*, club dont il était membre, et passa de salle en salle, déclinant les invitations successives à s'asseoir à une table de jeu. Sa partie de whist terminée, son vieil ami Geoffrey Godwin, vicomte de Harrison, insista pour l'accompagner au bal que donnaient ce soir-là lord et lady Fontaine.

— Il n'est pas question que je te laisse y aller seul, déclara-t-il en lui assenant une tape sur l'épaule. Dieu sait comment cela risque encore de finir !

Jared se renfrogna.

— Je ne veux pas aller là-bas. J'ai horreur de ces mondanités stupides ! La saison vient à peine de commencer et déjà, je dois assister à un défilé de débutantes poussées par leurs mères qui espèrent me mettre le grappin dessus.

— Voyons, ne sois pas si dur avec ces petites dindes et leurs mamans. Tu oublies que les pères sont une plaie tout aussi pénible, sinon plus. Je ne connais rien de plus fastidieux qu'une conversation avec un homme qui a une fille à marier !

William Danvers, lord Stanhope, s'approcha. Il avait entendu les propos de Harrison et observa en ricanant :

— Envierais-tu ma place ? Mon patrimoine familial est inaliénable, du coup, c'est *moi* qui suis en chasse d'une héritière dont la fortune me permettra de vivre sur un grand pied.

— Justement, répliqua Harrison, avant de te sacrifier, tu peux toujours essayer de gagner de l'argent aux cartes. J'ai entendu dire que les enjeux seront particulièrement élevés ce soir, au bal des Fontaine. Il faut bien divertir les messieurs qui n'aiment pas danser.

— On misera gros ? fit Jared, soudain intéressé.

— Des sommes parfaitement indécentes, paraît-il.

Jared réfléchit quelques secondes, puis haussa les épaules.

— Peu importe, je préfère la chaleur du lit de Miranda à n'importe quelle partie de cartes.

— Mais Miranda est à la campagne. Tu n'es pas au courant ? Que veux-tu faire d'autre, à part te saouler jusqu'à ce qu'on te porte chez toi ? Viens donc, Middleton. Viens te remplir les poches et oublier tes déboires.

Jared hésita. Une bonne soirée de beuverie passée en compagnie de ses amis et des enjeux vertigineux, voilà peut-être en effet qui lui permettrait d'oublier son maudit père...

— D'accord, céda-t-il.

Harrison et Stanhope applaudirent sa décision, ce qui lui fit lever les yeux au ciel.

Le soir venu, à l'instant de pénétrer dans la salle de bal, Jared éprouva un petit frisson d'excitation. Miranda lui manquait, certes, mais en son absence, à la vue de toutes ces jolies femmes qui ne demandaient qu'à être séduites, son instinct de chasseur se réveillait.

Au fond de la salle, Ava Fairchild donna un discret coup de coude à sa sœur pour lui signaler les deux gentilshommes de haute stature qui se tenaient sur le seuil.

Tous deux étaient superbes, en habit noir, chemise blanche et lavallière nouée à la dernière mode. La seule différence notable était l'insigne qu'arborait le marquis de Middleton sur la poitrine et qui indiquait un rang supérieur à celui de lord Harrison.

— Dieu qu'ils sont beaux ! souffla Phoebe, béate d'admiration. J'adorerais leur être présentée, ne serait-ce que pour partager une danse.

— Une danse ? J'avais en tête quelque chose de beaucoup plus excitant, rétorqua Ava.

Comme sa sœur et sa cousine lui jetaient un regard interrogateur, elle précisa en pouffant :

— Une aventure torride. Avec le marquis de Middleton !

C'était un petit jeu auquel elles se livraient souvent et qui consistait à choisir les représentants du sexe opposé avec lesquels elles aimeraient s'encanailler.

— Avec toutes ces débutantes qui font la queue pour lui être présentées, tu n'as aucune chance d'obtenir un tête-à-tête avec le marquis de Middleton, rétorque Phoebe.

À moins, bien sûr, que tu ne sois prête à sacrifier ta vertu…

— Et peut-être même ta vie ! renchérit leur cousine Greta. Il est de notoriété publique que l'imprudence du marquis frise la folie. Lorsqu'il daigne inviter une femme à danser, c'est uniquement dans le but de la séduire. C'est ainsi qu'a débuté sa liaison avec lady Waterstone !

— Dis-moi, tu es très bien renseignée sur lui, Greta ! observa Ava avec un sourire.

— J'ai entendu pas mal de rumeurs à son sujet, et rien de très bon. Tu ferais mieux de jeter ton dévolu sur lord Harrison, Ava. Il est beau. Très beau, même, murmura Greta d'un air rêveur.

Les trois jeunes filles étudièrent lord Harrison. Avec ses cheveux sombres et ses yeux clairs, il était effectivement très séduisant. Pourtant, le regard d'Ava était attiré comme un aimant par lord Middleton, qui souriait d'un air canaille à la jeune femme qui se trouvait près de lui.

Ava n'ignorait pas que c'était un séducteur éhonté. Cela faisait partie de son charme. Et pour de simples mortelles comme Greta, Phoebe et elle, il apparaissait aussi inaccessible qu'un dieu. En dépit du fait qu'elles provenaient d'une lignée tout à fait respectable – le père de Phoebe et d'Ava était tout même comte –, leur position sociale n'avait rien à voir avec celle du marquis. Son titre, ses revenus, sa parfaite éducation et son statut de futur duc, sans parler de son physique avantageux, lui offraient une liberté de choix totale en matière d'épouse.

Une chose était sûre : toutes les femmes, sans exception, lui faisaient les yeux doux. Il était la coqueluche des salons de Mayfair.

Ava ne s'attendait donc pas qu'un tel homme la distingue, encore moins qu'il cherche à nouer une relation avec elle. Elle prenait néanmoins grand plaisir à s'adonner à ce fantasme émoustillant.

— Soit, si je ne peux avoir d'aventure avec le marquis, je l'épouserai ! déclara-t-elle avec gaieté.

Devant la mine stupéfaite de sa sœur et de sa cousine, elle ajouta dans un chuchotement :

— Pourquoi pas ? Je suis la fille d'un comte, et je suis quand même plus appétissante que lady Elizabeth.

Toutes trois coulèrent un regard en direction d'Elizabeth Robertson, assise un peu plus loin, et entourée d'une cour de débutantes qui jacassaient comme des pies.

Parmi elles se trouvait Grace Holcomb, la fille d'un riche négociant qui venait tout juste de quitter Leeds pour s'installer à Londres. Roturière, Mlle Holcomb était très désireuse de se faire une place dans cette société brillante qui prisait autant l'argent que le sang bleu, aussi s'attachait-elle à suivre pas à pas la très distinguée Elizabeth.

Grace, qui était au demeurant une jeune personne tout à fait charmante et d'un caractère naturellement enjoué, portait ce soir-là une robe d'un rose pimpant et des bijoux censés indiquer le montant de sa dot. À son côté, lady Elizabeth paraissait plus terne que jamais dans sa toilette jaune pâle.

— Alors, ne suis-je pas plus désirable ? insista Ava.

— Il est évident que tu es bien plus jolie qu'elle, admit Greta. Il faut dire qu'elle n'a pas un nez facile à porter, la pauvre. Il n'empêche qu'elle est la débutante favorite de cette saison. Quant à toi, ma chérie, cela fait déjà trois ans que tu as été présentée à la Cour, et tu n'es toujours pas mariée.

Ava lui tira la langue.

— Peut-être, mais ce n'est pas par manque d'occasions. J'ai reçu plusieurs demandes en mariage – autant que toi, en tout cas, ma *chérie*.

Elle ne regarda pas Phoebe, qui n'avait reçu aucune proposition depuis ses débuts dans le monde, l'année passée. Il faut dire que la malheureuse était si timide qu'elle se pétrifiait en présence de n'importe quel homme. Greta, au contraire, était si drôle et spirituelle que tout le monde recherchait sa compagnie dans les salons, y compris les messieurs.

Quant à Ava, elle appréciait les attentions galantes, et les encourageait même la plupart du temps.

— Il se trouve que j'aime assez être célibataire, enchaîna-t-elle. C'est très plaisant d'être courtisée par de beaux jeunes gens ! Et la vie doit être bien triste quand on est obligée de se contenter d'un seul.

— Sur ce point, lord Middleton doit être entièrement d'accord avec toi ! opina Phoebe.

Greta éclata de rire.

Ava glissa un regard en direction de l'entrée de la salle de bal. Hélas, l'objet de son fantasme avait disparu dans la foule. En revanche, sir Garrett se dirigeait vers elle d'un pas aussi alerte que le lui permettait la ceinture corsetée qui lui maintenait la bedaine.

Greta l'avait remarqué elle aussi.

— Comme c'est charmant ! Sir Garrett vient te faire son compliment.

Ava retint un soupir de contrariété. Sir Garrett était un gros homme aux lèvres charnues et au crâne dégarni, totalement dépourvu de personnalité. Deux ans plus tôt, il s'était entiché d'Ava, et chaque fois qu'ils se retrouvaient lors d'une réception, il s'efforçait de l'accaparer.

Ava avait pitié de lui. Célibataire doté d'un physique ingrat, il devait se sentir très seul, aussi lui accordait-elle une danse de temps à autre. Mais elle avait beau lui signifier gentiment qu'il perdait son temps avec elle, il feignait de ne pas comprendre.

Après lui avoir saisi la main, il s'inclina cérémonieusement devant elle. Ava lui adressa un sourire gracieux et plongea dans une révérence. Elle entendit Phoebe pouffer dans son dos.

— Lady Ava.

— Sir Garrett, quel plaisir de vous revoir !

Tout sourires, il se tourna pour saluer Phoebe et Greta. Ava en profita pour libérer sa main de sa grosse patte. Très vite, il reporta son attention sur elle.

— Me trouverez-vous bien audacieux si je vous dis que vous êtes de loin la plus ravissante jeune fille de la soirée, lady Ava ?

Le compliment se voulait galant, mais sir Garrett faisait preuve de goujaterie envers Phoebe et Greta qui étaient à deux pas. Comme Ava lui signalait sa bévue d'un petit froncement de sourcils, il s'empourpra et bégaya :

— Enfin, je veux dire… vous êtes *les* plus ravissantes jeunes filles… toutes les trois !

Phoebe et Greta le remercièrent d'un hochement de tête poli. Sir Garrett tira un mouchoir de sa poche et se tamponna le front.

— Puis-je espérer que vous m'accorderez la prochaine danse, lady Ava ? Je crois qu'il s'agit d'un quadrille. J'ai pris la peine d'apprendre les pas cette fois, et je vous assure que vous ne risquez pas de revivre le regrettable incident qui a eu lieu lors du bal de lady Beltrose.

Les pauvres orteils d'Ava s'en souvenaient encore ! Une fois de plus, elle ne put s'empêcher de plaindre cet empoté. Allons, une petite danse, ce n'était pas la mort.

— J'en serai ravie, sir Garrett.

La figure poupine de ce dernier s'illumina de plaisir.

— Oh, vous me faites vraiment un grand honneur, lady Ava !

Il fourra en hâte son mouchoir dans sa poche et lui présenta son bras. Ava y posa la main en jetant un regard d'impuissance à Phoebe et Greta, puis suivit son cavalier sur la piste de danse.

De l'autre côté de la salle, Harrison avait poussé Jared sur la piste afin de passer un moment en tête à tête avec une jeune femme qui semblait s'intéresser plus à son ami qu'à lui-même.

Jared lui avait fait une fleur en invitant Mme Honeycutt, dont il avait fort apprécié la compagnie durant les trois semaines qu'avait duré le voyage en Écosse de son mari.

Il s'agissait d'un quadrille, sa danse préférée quand il avait pour cavalière une ancienne maîtresse. Le quadrille se dansait à quatre couples, ce qui ne laissait guère d'intimité pour la conversation et limitait donc les récriminations qu'une amoureuse éconduite était susceptible de formuler.

Une valse, en revanche, permettait les échanges privés, et il les réservait d'ordinaire à celles qu'il n'avait pas encore eu le plaisir de connaître.

Mme Honeycutt était, de toute évidence, d'humeur querelleuse.

— Vous me manquez, chuchota-t-elle. Pourquoi ne venez-vous plus me voir ?

Jared sourit sans répondre et alla prendre la main de lady Williamson qui sautillait vers lui. Ils se croisèrent, et lorsqu'il retrouva Mme Honeycutt, elle avait la mine déconfite d'un chiot que son maître vient de repousser sans ménagement.

Toujours souriant, Jared lui saisit les mains pour la ronde. Alors qu'ils reprenaient leur position initiale, il fut heurté par une dame que son cavalier venait de projeter dans sa direction.

— Oh, je vous prie de me pardonner !

Jared pivota. La personne avec qui il était entré en collision était une jeune fille blonde aux étonnants yeux verts. La malheureuse avait pour cavalier sir Garrett dont la maladresse était notoire.

— Mille excuses, milord, balbutia ce dernier, le front ruisselant de sueur.

Comme il chercha à attraper les mains de sa cavalière, celle-ci croisa le regard de Jared et eut un drôle de petit sourire confus non dénué d'amusement. Puis elle tendit les mains à sir Garrett, ne se rendant apparemment pas compte qu'elle risquait sa vie entre les bras d'un si piètre danseur.

Jared s'inséra sans problème dans la figure suivante du quadrille. Mais alors qu'il changeait de côté, son regard accrocha de nouveau celui de la jeune fille blonde.

Elle lui sourit ouvertement cette fois, et il fut frappé par son attitude totalement dépourvue de duplicité. Elle ne minaudait pas, n'essayait pas à tout prix d'attirer son attention, contrairement à la plupart des femmes. Non, ses grands yeux pétillaient, et il était évident qu'elle s'efforçait surtout de ne pas éclater de rire devant les efforts comiques du malheureux Garrett.

Déjà, elle ne l'avait pas planté au beau milieu de la piste, ce qui dénotait une nature généreuse. Bien peu de femmes auraient eu cette patience, dut reconnaître Jared. Ancien militaire, sir Garrett s'était battu avec vaillance pour défendre les intérêts de la Couronne et, s'il manquait d'aisance sur une piste de danse, son courage le rendait tout à fait digne de respect.

Cette jeune fille était capable de voir au-delà des apparences, ce qui était tout à son honneur.

Vaguement intrigué, Jared se demanda qui elle était.

Lorsqu'il pivota de nouveau, ce fut pour se trouver face au dos de sir Garrett qui lui bouchait la vue. Il n'eut plus l'occasion de croiser le regard de la jeune fille jusqu'à la fin du quadrille, et en fut vraiment désolé.

2

Un peu plus tard, à demi dissimulées derrière une énorme plante verte, Phoebe, Greta et Ava considéraient avec consternation la mule en satin que cette dernière tenait à la main.

— C'est irréparable, constata Phoebe en jouant avec le talon cassé. J'avais passé tellement de temps sur ces souliers !

Phoebe compensait son manque d'assurance en société par une créativité débridée. Elle n'avait pas son pareil pour personnaliser et enjoliver robes, chaussures et accessoires de broderies et ornements fort originaux. Il lui avait fallu plus de quinze jours l'hiver dernier pour broder sur les mules d'Ava des petits soleils qui rappelaient les motifs de sa robe de soie bleue.

C'était également Phoebe qui avait décoré les peignes scintillants que les trois jeunes filles portaient ce soir-là dans les cheveux.

— Ce pauvre sir Garrett, quel maladroit ! soupira Ava. Il recule quand il faut avancer et vice versa. Il a failli m'éjecter hors de la piste !

— Et il a le tort d'être amoureux d'une jeune fille qui ne lui rend pas son amour, ajouta Greta.

— C'est évident qu'il ne me plaît pas, marmonna Ava, les yeux rivés sur sa chaussure. Si jamais il demandait ma main, je ne pourrais que refuser bien gentiment et lui conseiller de tenter sa chance auprès de Mlle Holcomb. Elle serait certainement ravie d'être distinguée par un aristocrate.

— Tante Cassandra dit que tu ferais bien d'étudier toute proposition sérieuse, objecta Greta.

— Oh, vraiment ? Et qu'a-t-elle dit à ton sujet, s'il te plaît ? Tu n'as qu'un an de moins que moi, et tu ne t'es pas gênée pour refuser la demande en mariage de lord Winston.

— C'est différent, rétorqua Greta sans s'émouvoir. Comment veux-tu que j'épouse un homme qui n'ouvre jamais un livre ? Lord Winston, de son propre aveu, ne lit que le journal. Et encore, pas tous les jours ! Il a même osé déclarer qu'il considérait la lecture comme un passe-temps futile.

— Tu vois ! s'exclama Ava en glissant le pied dans la mule au talon cassé. Nous ne pouvons tout de même pas passer le reste de notre vie au côté d'un homme que nous trouvons insupportable. Voilà pourquoi je ne pourrais pas accepter la demande en mariage de sir Garrett.

— Tu la refuserais peut-être… mais il n'est pas exclu que lord Downey l'accepte.

Greta faisait allusion à l'époux de sa tante, qui était aussi le beau-père d'Ava et de Phoebe.

Ava fronça les sourcils.

— Heureusement, maman ne sera sûrement pas de son avis. Si elle n'avait pas été indisposée ce soir et si elle avait assisté à ce bal, elle te confirmerait qu'il n'est pas question de me marier contre mon gré à sir Garrett. Il n'y aurait aucune *raison* à une telle union ! conclut-elle en riant.

Greta sourit. C'était un des leitmotivs de lady Downey, qui soutenait qu'une jeune fille devait faire un mariage « de raison » et non « d'amour ».

Ava trouvait quant à elle que le remariage de sa mère avec lord Downey n'avait certainement rien de raisonnable. Elle ne voyait pas du tout ce qui avait bien pu le motiver.

À vingt et un ans, Ava faisait partie des jeunes filles à marier les plus âgées, elle ne jugeait cependant pas utile de se précipiter. La fortune de sa mère était suffisante pour les mettre à l'abri du besoin, Phoebe, Greta et elle. Dans ces conditions, pourquoi ne pas espérer rencontrer l'âme sœur et faire le choix du cœur ?

Un mariage de raison n'était fondé que si l'on était réduit à la portion congrue. Mais sinon ? Ava préférait attendre de rencontrer, qui sait ? le prince charmant.

— Je doute que sir Garrett demande ta main ce soir, commenta Phoebe. Et avec ta chaussure dans cet état, tu n'es pas près de danser ! Tu ferais mieux d'aller t'asseoir avec lady Purnam jusqu'à ce qu'elle sonne l'heure du départ.

Lady Purnam était la meilleure amie de leur mère. Lorsque cette dernière avait annoncé qu'elle était souffrante, elle avait spontanément proposé de chaperonner les trois jeunes filles, ce que celles-ci avaient accepté de mauvaise grâce. Lady Purnam se croyait en effet investie d'une mission de confiance, et croyait de son devoir de les bombarder de conseils et de reproches concernant la bienséance.

Pour tout dire, elle était pesante, et la perspective de passer le reste de la soirée en sa compagnie était plus qu'Ava n'en pouvait supporter.

— Pour l'écouter pérorer et endurer de surcroît les attentions de sir Garrett ? Non, merci, je préfère rentrer à la maison à pied ! s'exclama-t-elle.

— Ava, ne sois pas ridicule, tu ne ferais pas dix mètres. Il fait un temps épouvantable et ton talon est cassé.

— N'empêche, il n'y a rien de pire que de faire tapisserie à un bal. Je vais demander à lady Fontaine de m'envoyer un valet. Tu as remarqué le grand blond aux beaux yeux noisette ? ajouta-t-elle avec un sourire coquin.

Phoebe leva les yeux au ciel.

— Tu t'intéresses aux *valets* maintenant ? Tu es encore plus folle que je ne le croyais. Allons, viens.

Avec un soupir, Ava capitula, et suivit sa sœur et sa cousine. Elles rejoignirent lady Purnam, qui s'était installée près de la piste de danse d'où elle pouvait observer à sa guise les couples qui valsaient. Elle fut évidemment ravie qu'Ava vienne lui tenir compagnie et fit signe à un domestique d'apporter un siège supplémentaire.

Ava s'assit à contrecœur et regarda, affligée, Phoebe et Greta qui s'en allaient retrouver Mlle Holcomb près du saladier à punch.

Lady Purnam abaissa son lorgnon vers les pieds de la jeune fille.

— Vous avez cassé votre talon, ma chère ? Cela m'est arrivé une fois, aux courses d'Ascot, si bien que j'ai raté l'arrivée des chevaux.

— Quelle malchance.

— Vous pouvez le dire. Lord Purnam était dans tous ses états, car son poulain était en tête jusqu'au moment où le cheval du roi l'a heurté et fait tomber. Il ne s'en est *jamais* remis ! déclara gravement lady Purnam.

— Qui ? Le cheval ou lord Purnam ?

— Le cheval, bien sûr !

Lady Purnam claqua de la langue d'un air désapprobateur, puis déploya son éventail qu'elle agita furieusement.

— Casser son talon lors d'un bal est un accident des plus désagréables, admit-elle. On ne peut pas danser, et on ne peut pas non plus justifier son refus si un gentleman vient vous inviter.

— On ne peut pas ? s'étonna Ava.

— Surtout pas ! Ce serait déplacé. Le monsieur voudrait réparer votre soulier, ce qui le mettrait en contact direct avec votre pied qui est lui-même relié à votre jambe et, de fait, cela provoquerait chez lui des pensées licencieuses.

Ava avait du mal à comprendre comment un talon cassé pouvait exacerber le désir chez un homme. Pour elle, un talon cassé était un talon cassé.

— Comment se tirer d'une telle situation, alors ? voulut-elle savoir.

— Il vous faudra décliner poliment l'invitation, sans mentionner la véritable raison de votre refus, très chère.

Ava retint un soupir. Les règles de la bienséance semblaient dater du Moyen Âge. Tout était si compliqué ! Mais elle était trop bien éduquée pour en faire la remarque, aussi se contenta-t-elle de s'adosser à sa chaise, la mine résignée.

Lady Purnam lui tapota aussitôt le genou de son éventail.

— Tenez-vous droite, ma chère. Rappelez-vous : le dos toujours bien droit !

Ava corrigea sa position, dissimula sagement les pieds sous sa robe, et croisa les mains dans son giron. Très vite, elle fut terrassée par l'ennui. Elle n'allait pas rester immobile comme un canard dans sa mare toute la soirée ! Elle entreprit donc lady Purnam pour la rallier à l'idée qu'il vaudrait mieux demander au cocher de la raccompagner chez elle.

Jared et Harrison s'étaient retranchés derrière la table roulante qui supportait les carafes d'alcools, près d'une porte-fenêtre.

Ils revenaient tout juste de la salle de jeu où l'un et l'autre s'étaient montrés en veine. Harrison était plus riche de deux cents livres après avoir battu lord Haverty, un joueur notoire. Quant à Jared, il avait gagné le droit d'emmener lady Tremayne faire le tour de Hyde Park dans sa voiture. Depuis plusieurs mois déjà, cette dernière lui faisait des avances et, après quelques verres de whisky, Jared lui avait volontiers cédé.

Ils étaient convenus de se retrouver d'ici une demi-heure, le temps pour lui de prendre congé de ses amis et pour elle de trouver un prétexte qui justifiât aux yeux de son époux son départ.

Jared avait donc rejoint Harrison dans la salle de bal pour boire un dernier verre. Tout en sirotant leur whisky, les deux hommes observaient distraitement les couples de danseurs. Tout à coup, le regard de Jared tomba sur la jeune fille entrevue un peu plus tôt, pendant le quadrille. Elle était assise au bord de la piste et paraissait prête à périr d'ennui.

Il donna un petit coup de coude à Harrison et désigna la jeune personne du menton.

— Qui est-ce ? La jeune fille en bleu, à côté de lady Purnam.

— C'est lady Ava Fairchild, répondit son ami sans hésiter. Une des belles-filles de lord Downey.

Jared accueillit l'information sans grand enthousiasme. Lord Downey n'était pas le genre d'homme qu'il aurait pu compter parmi ses amis.

— Cela fait deux ans, peut-être trois qu'elle a fait ses débuts dans le monde, poursuivit Harrison, qui savait toujours tout sur tout. On la dit plutôt coquette. Pourquoi t'intéresses-tu à elle tout à coup ? D'ordinaire, les débutantes, ce n'est pas franchement ta tasse de thé.

— Je ne m'intéresse à personne en particulier, rétorqua Jared avec un haussement d'épaules.

Son regard quitta lady Ava et glissa sur la foule avant, hélas, d'accrocher celui de lady Elizabeth. Celle-ci lui adressa un grand sourire, bientôt imitée par plusieurs des jeunes filles qui l'entouraient.

— Oh, la barbe ! marmonna-t-il.

Harrison suivit la direction de son regard et réprima un rire.

— Je te conseille vivement d'aller inviter une jeune fille à danser. N'importe laquelle.

Jared lui tendit son verre.

— Excellente idée, je te remercie.

Sans réfléchir, il se dirigea vers lady Ava Fairchild. Il commença par s'incliner devant lady Purnam, qu'il connaissait depuis des années.

— Lady Purnam, votre beauté ne cesse de me stupéfier, dit-il, galant.

— Oh, lord Middleton, vil flatteur ! gloussa lady Purnam, ravie. Voilà une éternité que je ne vous ai vu ! J'en venais presque à croire la rumeur qui voudrait que vous boudiez les salles de bal et les débutantes pour vous consacrer exclusivement aux veuves éplorées.

— Il est rassurant de constater que le beau monde dit toujours autant de bien de moi, répondit-il sans se troubler.

Lady Purnam eut un petit rire nerveux. Les mains réunies dans le dos, Jared pivota vers lady Ava, qui contemplait les danseurs sur la piste. Lady Purnam s'exclama aussitôt, confuse :

— Pardonnez-moi, lord Middleton ! Puis-je vous présenter lady Ava Fairchild ?

— Avec grand plaisir.

Lady Ava daigna enfin le regarder et lui accorda un sourire poli avant de lui tendre la main avec grâce.

— C'est un honneur, milord.

— Tout l'honneur est pour moi, lady Ava.

Elle inclina la tête, puis détourna les yeux. Jared s'amusa de sa timidité. Il avait l'habitude des débutantes et savait comment les prendre.

— Pardonnez-moi, lady Ava, mais ne vous aurais-je pas aperçue au bal d'ouverture de la saison ? J'en suis certain, car je suis un esthète et j'ai l'œil attiré par la beauté.

Lady Ava arqua un fin sourcil.

— Vous devez vous tromper, milord. Je n'ai pas assisté à ce bal.

— En êtes-vous sûre ?

— Certaine.

— Oh, voyons, Ava ! Vous avez *sûrement* assisté à cette réception, insista lady Purnam, l'air anxieux.

— Je vous répète que *non*.

Sans se départir de son sourire tranquille, la jeune fille posa sur Jared un regard si serein qu'il en fut décontenancé.

— Je vous prie de m'excuser, vous devez avoir raison, se reprit-il. Je n'aurais pu oublier le moindre détail vous concernant.

Le sourire de la jeune fille s'élargit et ses pommettes rosirent. Elle retira sa main que, depuis les présentations, il avait gardée dans la sienne.

— Tiens, une valse, commenta-t-il alors que l'orchestre attaquait un nouveau morceau. Me feriez-vous l'honneur d'accepter de danser avec moi, lady Ava ?

Lady Purnam parut sur le point d'entrer en lévitation. Avec une grande douceur, Ava répondit :

— Merci infiniment, milord, mais, à mon grand regret, je me vois dans l'obligation de refuser.

— Ah. Vous n'aimez pas la valse, peut-être ?

— Au contraire, c'est une danse que j'apprécie beaucoup.

Lady Purnam ouvrait et refermait la bouche, tel un poisson hors de l'eau. Recouvrant enfin l'usage de la parole, elle déclara, avec une mimique éloquente à l'intention d'Ava :

— Vous voulez sans doute dire que vous ne vous sentez pas très bien, n'est-ce pas, mon petit ?

— Pas du tout, je me porte à merveille.

Jared en demeura sans voix. Il ne se souvenait pas qu'une femme, quel que soit son âge, lui ait jamais refusé une danse. Surtout en public. Il était en train d'essuyer un camouflet, réalisa-t-il avec stupeur ; pour la première fois de sa vie et devant le gratin de la haute société londonienne.

Le dos raide, il s'inclina.

— Une autre fois, peut-être ? Quoi qu'il en soit, j'ai été ravi de faire votre connaissance.

— Merci, milord. Moi aussi.

— Lady Purnam, ajouta-t-il en s'inclinant.

Visiblement désemparée, cette dernière gigotait sur sa chaise.

— Lord Middleton, je crains qu'il n'y ait un terrible malentendu…

— Non, tout va bien, je vous assure, contra-t-il.

Puis, sur un hochement de tête poli, il s'éloigna, sentant le poids de dizaines de regards convergeant sur lui. Lui qui se plaignait qu'il ne se passait rien durant ces assommantes soirées mondaines !

Mortifié, il décida de s'en aller sans plus tarder attendre lady Tremayne dans sa confortable voiture. Voilà au moins une femme qui savait apprécier ses attentions…

Lady Purnam fusilla Ava du regard.

— Mais qu'est-ce qui vous a pris ? siffla-t-elle dès que le marquis de Middleton eut tourné le dos.

— Mon talon…

— Oui, oui ! Je sais que votre talon est cassé, petite idiote ! Mais vous venez de refuser une danse au marquis de Middleton !

— Je ne peux pas danser !

— Bien sûr, mais vous auriez dû invoquer une excuse !

Ava aurait certes pu ménager la susceptibilité du marquis. Pourquoi n'en avait-elle rien fait ? Elle n'en savait trop rien, à vrai dire. Peut-être en raison des propos que Greta avait tenus sur lui un peu plus tôt. Ou à cause des incessantes recommandations de lady Purnam qui se mélangeaient dans sa tête au point de troubler son jugement.

— Je vous demande pardon, lady Purnam, mais vous venez de m'expliquer à l'instant que...

— Seigneur ! C'est exactement ce que m'a dit votre mère. Parfois, Ava, vous êtes... comment dire... obtuse ! Oui, bien sûr que je vous ai conseillé de ne pas aborder de sujets trop intimes avec les messieurs. Pour autant, je ne vous ai pas dit de vous montrer grossière envers le marquis de Middleton !

— Mais je ne l'ai pas insulté ! protesta Ava. Du moins, je n'en avais pas l'intention. Franchement, j'aurais préféré danser avec lui, même nu-pieds, mais c'est vous-même qui m'avez ordonné de...

— Vous le faites exprès, ma parole !

Lady Purnam s'éventait avec tant de vigueur qu'il était étonnant que son éventail frangé de plumes ne se soit pas envolé.

— Cessez de faire la sotte ! Vous me comprenez fort bien. Quand je pense que vous venez, sous mes yeux, d'offenser l'un des plus illustres membres de l'aristocratie anglaise qui est aussi, soit dit en passant, le plus beau parti de Londres ! Bonté divine, avez-vous une idée de l'étendue de sa fortune ?

Non, Ava n'en avait pas la moindre, néanmoins lady Purnam n'allait sûrement pas manquer de la renseigner. Et elle n'avait pas du tout envie de l'entendre. Désireuse d'en finir avec cette prétendue tragédie, elle déclara :

— Ne pouvez-vous faire demander la voiture au plus vite ? Après un tel impair, je préférerais éviter de me retrouver face au marquis.

— Vous avez raison. Rentrez sur-le-champ informer votre mère de ce désastre. Et priez pour qu'elle trouve un moyen de racheter votre faute, car, pour ma part, je n'en vois aucun !

Lady Purnam fit signe à un valet. Ava avait effectivement l'intention de tout raconter à sa mère, et surtout de lui dire que lady Purnam avait beau être sa meilleure amie, elle exagérait. Tout cela n'était qu'une tempête dans un verre d'eau.

Elle n'avait pas insulté lord Middleton, elle lui avait simplement parlé comme au commun des mortels, refusant de tomber en pâmoison à ses pieds quand il avait voulu la foudroyer de son sourire.

Un sourire certes ravageur, mais là n'était pas la question.

Ainsi, un quart d'heure plus tard, après avoir annoncé à Greta et à Phoebe que lady Purnam la renvoyait à la maison, Ava se retrouva dans le hall, sa cape sur les épaules, à attendre le retour du valet censé la prévenir que la voiture était avancée.

Ledit valet apparut quelques instants plus tard. Il eut du mal à refermer l'huis, et une bourrasque gifla Ava au visage.

— Le temps ne s'arrange pas, milady. C'est étonnant à cette époque de l'année, dit-il d'un ton d'excuse.

— En effet, c'est curieux.

Ava sortit sur le perron. Devant la façade, trois superbes équipages attendaient. Malheureusement, le tout nouveau landau de lady Purnam ressemblait en tout point aux deux autres. La seule différence étant, bien sûr, les armoiries qui en ornaient les portières. Sauf qu'Ava ne se souvenait plus à quoi ressemblait son satané blason.

Indécise, elle se tourna vers le valet en faction en haut des marches.

— Pardonnez-moi… laquelle de ces voitures est celle de lady Purnam ?

— Celle-ci, avec l'oiseau sur la portière, milady, répondit-il, le bras tendu.

— Ah… Oui, bien sûr.

Ava descendit lentement les marches. La pluie glaciale tendait à se transformer en neige fondue et la visibilité était très mauvaise. Par chance, un autre valet s'avança vers elle, une lanterne à la main.

— Par ici, milady.

Ava le suivit du mieux qu'elle put en boitillant sur sa mule cassée. Le cocher de la première voiture sauta à bas de son siège pour lui ouvrir la portière. Ava eut à peine le temps de voir le blason peint sur le panneau de bois ; elle réussit cependant à distinguer un aigle qui tenait dans ses serres un rameau. Le cocher lui tendit la main pour l'aider à monter.

Elle se retrouva assise sur une banquette tapissée de velours. Les rideaux tirés plongeaient l'habitacle dans la pénombre.

— Il y a une couverture sous la banquette, milady, l'informa le cocher avant de refermer la portière à la hâte, le dos courbé sous les flocons de neige fondue qui commençaient à tomber dru.

Ava se retrouva dans l'obscurité totale.

— Zut, marmonna-t-elle.

Penchée en avant, elle tâtonna sous le siège à la recherche de ladite couverture. À cet instant, des voix masculines s'élevèrent dehors et la voiture s'ébranla. Déséquilibrée, Ava fut projetée en avant.

Comme elle tendait la main pour se retenir, ses doigts rencontrèrent une masse tiède.

Elle poussa un cri perçant et bondit en arrière, terrorisée.

À cet instant, une flamme s'alluma à hauteur d'un visage masculin. En reconnaissant le marquis de Middleton, Ava laissa échapper une exclamation de surprise.

Il était étendu sur la banquette opposée, l'épaule appuyée contre la cloison tapissée de soie grenat, un pied sur le plancher, l'autre négligemment posé sur le siège de velours.

D'une main, il régla la flamme de la lampe intérieure.

Ava mit quelques secondes à se remettre de sa stupeur.

— Que… que faites-vous dans la voiture de lady Purnam ?

— Il ne s'agit pas dans la voiture de lady Purnam, répliqua-t-il, mais de *ma* voiture.

Ces paroles se frayèrent lentement un chemin jusqu'à la conscience d'Ava, qui comprit enfin qu'elle s'était trompée de véhicule.

— Ô mon Dieu !

Elle esquissa un mouvement vers la porte. Le marquis de Middleton déplia sa longue jambe et posa le bout de sa botte sur la poignée, lui barrant le passage.

— Je suppose que si vous vous êtes introduite dans mon attelage, c'est pour me présenter des excuses après m'avoir infligé un affront public.

— Moi ? Mais non, pas du tout ! Je... Oh, milord, j'ai commis une terrible erreur !

— Ah ! Vous l'admettez enfin, dit-il avec un sourire plein de suffisance.

— Non, je veux dire que je me suis trompée de voiture. Le valet a dit que le landau de lady Purnam avait un oiseau sur la portière. J'ai vu l'aigle sur votre blason et... À la réflexion, je crois que le sien représente un rossignol. Oh, je ne sais plus ! Et... j'ai cassé mon talon, avoua-t-elle, piteuse.

Il baissa les yeux sur ses pieds, qui dépassaient de sous sa robe, puis son regard remonta lentement jusqu'à son visage.

— C'est en effet une tragique erreur, murmura-t-il d'une voix traînante.

— Pourriez-vous demander à votre cocher d'arrêter la voiture, s'il vous plaît ? Il faut que je descende.

Il ne répondit pas, se contentant de garder la même posture nonchalante.

— Milord...

— Cela vous ennuierait-il de satisfaire ma curiosité et de m'expliquer pourquoi vous avez refusé de danser avec moi ? Vous aurais-je déplu de quelque manière que ce soit ? Vous aurais-je offensée ?

Ava comprit alors – si inouï que cela puisse paraître – qu'il avait pris ombrage de sa réponse. Le célèbre lord Middleton, qui avait toutes les femmes à ses pieds, était vexé que l'obscure Ava Fairchild ait décliné son invitation !

Elle aurait aimé s'attarder sur cette pensée étonnante et la savourer, mais elle n'en eut, hélas, pas le loisir. Le cocher venait de faire claquer son fouet pour accélérer l'allure de ses bêtes. Tout à coup, Ava se rappela ce que Greta lui avait dit à propos du marquis : il ne s'intéressait aux femmes que pour les séduire.

Gagnée par l'appréhension, elle tendit la main vers la portière. Lord Middleton ne bougea pas d'un pouce.

— Vous ne comptez tout de même pas descendre de voiture en marche ? demanda-t-il avec une nonchalance exaspérante.

— Si j'y suis obligée, je le ferai. On m'attend dans la voiture de lady Purnam.

— D'abord vous m'humiliez en public, et maintenant, vous voulez sauter de ma voiture en marche. Je commence à croire, lady Ava, que vous n'appréciez guère ma compagnie.

— Je ne vous connais pas, milord, je ne saurais avoir une opinion - bonne ou mauvaise - à votre sujet. Ce n'est pas parce que je ne vous apprécie pas que je vous ai refusé cette danse.

— Quel était le problème, alors ?

— Je vous l'ai dit, mon talon de chaussure s'est cassé. Je ne vois pas comment j'aurais pu danser dans ces conditions.

— Pourquoi ne pas me l'avoir expliqué, tout simplement ?

Il la poussait dans ses retranchements. Elle n'allait pas lui dire que, selon lady Purnam, les hommes nourrissaient des pensées libidineuses quand on évoquait devant eux les pieds des jeunes filles, et que lui-même étant précédé d'une détestable réputation, elle n'avait pas voulu tenter le diable.

Et puis, pourquoi le nier ? Elle éprouvait une réelle satisfaction à lui avoir tenu la dragée haute ! Mais cela non plus, elle ne pouvait pas vraiment le crier sur tous les toits.

— J'ai cru qu'un refus poli suffirait, répondit-elle enfin. Je n'ai pas vu la nécessité d'épiloguer sur un détail vestimentaire. À présent, auriez-vous l'amabilité de faire arrêter cette voiture, s'il vous plaît ?

— Ce ne serait pas très malin. Tout à l'heure, dans la salle de bal, des dizaines d'invités vous ont entendue m'infliger cette rebuffade. Je suppose qu'en ce moment, il y en a autant sous la marquise qui regardent la neige tomber en se demandant s'ils doivent hâter leur départ avant que les rues ne deviennent impraticables. Imaginez ce qu'on dira de vous si l'on vous voit bondir de ma voiture et rejoindre en courant celle de lady Purnam. Votre réputation risque fort d'en pâtir, selon moi.

Dieu tout-puissant, il avait raison !

Ava se mordit la lèvre, et sentit la colère poindre en le voyant afficher un petit sourire satisfait. Évidemment, le marquis de Middleton se complaisait dans ce genre de situations scabreuses !

— Mais si vous le souhaitez, je peux vous raccompagner chez vous, proposa-t-il.

Ava se doutait qu'il se fichait éperdument de sa réputation, laquelle serait irrémédiablement mise à mal si jamais sa mère ou son beau-père la voyait arriver en sa compagnie.

— D'un autre côté, reprit-il, peut-être les invités auront-ils quitté le perron quand nous aurons fait le tour de Hyde Park. Vous pourrez alors changer de voiture sans être vue.

— Hyde Park ?

Il eut un sourire carnassier.

— Oui. Pardonnez-moi, lady Ava, mais ce n'était pas vous que j'attendais. Il y a eu quiproquo. Mon cocher n'a pas été prévenu que deux charmantes personnes voudraient monter dans ma voiture ce soir.

Les joues en feu, Ava sentit un curieux frisson la parcourir. Était-ce de la peur ? De l'excitation ? Elle n'aurait su le définir, mais il était vrai qu'elle éprouvait une curiosité dévorante, ainsi qu'une crainte justifiée par tous les bruits colportés sur ce débauché notoire.

Elle sursauta lorsqu'il tendit le bras vers elle pour repositionner le col de sa cape d'un geste aussi naturel que s'il s'était agi du sien.

— Bon, avez-vous une adresse à me donner ? Ou comptez-vous me suivre jusque chez moi ?

— 14, Clifford Street. Merci, balbutia-t-elle.

Se tournant à demi, il fit coulisser le petit panneau de bois qui permettait de communiquer avec le cocher et répéta les indications qu'elle venait de lui fournir. Un sourire crispé aux lèvres, Ava croisa les mains dans son giron.

Le marquis referma la trappe et se redressa soudain. Ses grandes jambes emprisonnaient celles d'Ava qui, le cœur battant, serra les genoux et tira sur sa jupe afin d'éviter au maximum tout contact entre eux.

Il se pencha jusqu'à ce que son visage soit à hauteur du sien, et elle distingua, à la lumière tremblotante de la lampe à huile, de fines ridules au coin de ses yeux.

— Personnellement, j'ai une tout autre théorie que la vôtre, concernant votre refus de danser la valse avec moi. Souhaitez-vous la connaître ?

Non, elle n'en avait aucune envie. Enfin si... Non, non !

— Quelle est-elle, je vous prie ? articula-t-elle avec hauteur.

— Vous avez juste voulu attirer mon attention. Vous aimez vous faire désirer, n'est-ce pas, lady Ava ? Vous êtes une coquette.

Elle réprima un petit rire surpris. Cet homme, considéré comme le plus beau parti du pays, fêté et admiré dans tous les salons, pensait sincèrement qu'elle avait voulu flirter avec *lui* ?

Son ego semblait aussi disproportionné que fragile, et cette découverte étonnante la plaçait dans une position plus confortable.

— Je suppose qu'il m'arrive d'être coquette, en effet... avec certaines personnes, admit-elle.

— Quelles personnes ?

— Des amis, répondit-elle avec un léger haussement d'épaules.

— Mais pas moi, c'est ce que vous sous-entendez ?

— Oh non, pas vous !

— Pourquoi ?

— Parce que si je flirtais avec vous, vous chercheriez aussitôt, je pense, à en tirer avantage. Et je serais obligée, une fois de plus, de vous décevoir.

— Ah ? Vous le *pensez* ?

Il s'était rapproché. Ava recula légèrement sur la banquette.

— Oui, dit-elle. Cela semble évident si l'on se fie aux articles qui vous sont consacrés dans les gazettes et aux rumeurs qui circulent sur votre compte.

— Que disent-ils ?

— Que vous séduisez toutes les femmes.

— Toutes ? s'esclaffa-t-il. C'est un peu beaucoup, vous ne trouvez pas ?

— Non, pas toutes, corrigea-t-elle après une seconde de réflexion. Car vous ne pouvez me compter dans le lot.

Son sourire s'accentua. Il semblait apprécier cette petite joute verbale.

— Je serais donc un triste sire ?

Ava le dévisagea sans se démonter. Ses yeux étaient de la teinte exacte des collines de Bingley Hall en automne. Frangés de longs cils noirs, ils avaient un éclat très particulier. Un très beau regard, décida-t-elle.

— Je crois que vous jouez au plus fin, milord. Vous êtes parfaitement au courant de la réputation qui est la vôtre en ville.

— Soit, je l'avoue. Mais s'il est vrai que j'ai un effet si dévastateur sur le beau sexe, j'aimerais savoir pourquoi vous seriez la seule immunisée contre mon charme légendaire ?

— C'est sûrement que je préfère voir les messieurs béats d'admiration devant moi plutôt que de béer d'admiration devant l'un d'eux.

Il éclata de rire, un rire velouté qui arracha un frisson à Ava.

— Vous êtes franche !

— Je l'admets, milord.

— C'est une qualité admirable, je le confesse, ce qui nous réconciliera peut-être. Et de quelle manière préférez-vous que vos admirateurs vous manifestent leurs sentiments ?

— Je vous demande pardon ?

— Chez un soupirant, préférez-vous les paroles… ou les actes ?

Il s'approcha davantage encore, si bien qu'Ava put distinguer les paillettes mordorées dans ses prunelles. Les battements de son cœur s'accélérèrent. Il souriait, avec cette morgue tranquille qui lui était propre, et elle commençait à regretter d'avoir été si audacieuse.

— Je ne saisis pas bien ce que vous voulez dire, milord…

— Voyons, qui joue au plus fin maintenant ?

Avant qu'elle puisse répondre, ou même songer à une quelconque réplique, il posa les mains sur la banquette, de chaque côté de ses hanches. Ava eut l'impression que son cœur exécutait un triple saut dans sa poitrine.

— Alors ? J'attends votre réponse, lady Ava.

Son corps, totalement coupé de son cerveau, était en train de se liquéfier. Elle comprenait maintenant pourquoi tant de femmes tombaient sous la coupe de cet homme. Son sourire était si ensorcelant qu'elle eut peur soudain de commettre une folie irréparable, là, tout de suite.

Sa bouche était toute proche de la sienne. Avait-il réellement envie qu'il l'embrasse ? À quoi pouvait donc ressembler un baiser du marquis de Middleton ? D'après ce qui se chuchotait en ville, cela déclencherait en elle une cascade de sensations étourdissantes, mais fallait-il croire les rumeurs ?

Il n'y avait qu'un seul moyen de le savoir…

— Je préfère les actes, répondit-elle, se surprenant elle-même.

— Bravo !

Il inclina la tête. Elle s'attendait qu'il pose sa bouche sur la sienne, et fut donc stupéfaite de sentir la pointe de sa langue courir sur sa lèvre inférieure. Elle tressaillit. Rien n'aurait pu lui paraître plus sensuel ou plus… décadent !

Il traça une ligne humide d'une commissure à l'autre, éveillant en elle des sensations inconnues, et si délicieuses qu'elle ne put réprimer un petit soupir de plaisir.

La main du marquis glissa sur sa nuque. Doucement, il lui mordilla la lèvre inférieure, puis il l'attira vers lui pour que leurs bouches s'emboîtent dans un vrai baiser.

Sa langue s'insinua entre ses lèvres.

Ava eut l'impression de faire une chute vertigineuse. Elle s'abandonna à son étreinte, bouche offerte, et se rendit compte qu'elle le tenait par le cou. Il prenait tout son temps, butinait sa bouche de baisers plus ou moins osés. Peu à peu, une onde de chaleur monta en elle, et elle finit par étouffer sous sa lourde cape de laine. Vivement, elle en défit l'agrafe. La seconde d'après, la main du marquis trouvait son épaule, glissait sur sa poitrine et venait s'arrondir autour de son sein pour le pétrir doucement.

Ava se retint de gémir. Très sûr de lui, il la fit basculer et elle se retrouva allongée sur la banquette. Cette fois, il prit ses seins entre ses mains, les pressa et appuya le front contre les deux globes nacrés. Son souffle la brûla à travers la soie de sa robe.

Soudain, elle se rendit compte qu'il avait subrepticement défait les premiers boutons de son corsage. Elle s'affola, chercha à se redresser. Mais à cet instant, il happa la pointe d'un sein dans sa bouche et se mit à la sucer avec volupté. Terrassée par le plaisir, Ava retomba sur la banquette, le corps en feu.

C'est alors que la voiture s'immobilisa brutalement.

Lord Middleton releva la tête. Il soupira et, calmement, reboutonna le corsage d'Ava. Il déposa un baiser dans le petit creux situé entre les clavicules avant d'agrafer sa cape. Puis, avec la même indolence tranquille, il se rassit sur la banquette opposée.

Pétrifiée, Ava n'avait pas bougé. Elle demeurait étendue dans une pose languide, sentant encore la douceur de sa bouche sur la sienne. Elle songea seulement à se redresser comme des pas se faisaient entendre dehors.

La portière s'ouvrit et elle aperçut un pan de nuit tacheté de flocons de neige.

Lord Middleton lui saisit la main et l'effleura de ses lèvres avant de la relâcher.

— Prenez garde la prochaine fois que vous refuserez de danser avec un homme, lady Ava.

Il ponctua cette déclaration d'un clin d'œil taquin.

Ava devait avoir momentanément perdu tout sens commun, car elle ne trouva à répondre qu'un « merci » totalement hors de propos. Puis elle se concentra sur ses jambes dont elle allait devoir coordonner les mouvements si elle voulait réussir à rejoindre sa maison. Dieu merci, le cocher lui tendit la main lorsqu'elle prit appui sur le marchepied.

Une fois sur le trottoir, elle resserra les pans de sa cape autour d'elle et rabattit sa capuche sur sa tête.

Le marquis se pencha par la portière et lança avec un grand sourire :

— Bonne nuit, lady Ava. Ce fut un plaisir, vraiment !

Puis, au cocher :

— Phillip, veuillez escorter lady Ava jusqu'à sa porte.

Il se rencogna dans son siège, et Ava ne vit plus que ses longues jambes bottées. Le cocher lui offrit son bras.

— Je vous en prie, milady.

Elle accepta son aide et clopina sur sa mule cassée dans la neige fondue. Mais ses pensées étaient à cent lieues de ce désagrément.

Une fois en sécurité chez elle, elle ne put s'empêcher de sourire. Elle avait hâte de raconter à sa mère ce qui venait de se passer. Enfin, une partie. Elle n'était quand même pas stupide !

Ce sourire rêveur s'attardait encore sur ses lèvres lorsque son beau-père fit irruption dans le hall.

Il arborait une mine grave très inhabituelle et, l'espace d'un instant, Ava crut qu'il avait reconnu la voiture de lord Middleton et venait exiger des explications.

Mais il n'en fit rien. Il se contenta d'approcher, l'air hagard, et tendit la main vers elle.

— Ava…

— Oui, milord ? fit-elle, surprise, et quelque peu effrayée par ce geste dramatique.

— Votre mère a eu une sorte d'attaque… juste après le dîner. Et j'ai le regret de vous dire… que le médecin n'est guère optimiste sur ses chances de rétablissement.

3

Cassandra Reemes Fairchild Pennebacker, lady Downey, mourut brutalement à l'âge de quarante-cinq ans.

Certains eurent l'impression que la dernière pelletée de terre venait à peine d'être jetée sur son cercueil quand son mari, Egbert Pennebacker, vicomte de Downey, partit pour la France.

En réalité, un mois s'écoula entre les funérailles et son départ. Un mois interminable, durant lequel Egbert dut supporter les pleurs des filles de Cassandra et de sa nièce, alors que lui-même n'avait qu'une inquiétude en tête : savoir si sa maîtresse de longue date, Violet, s'était trouvé un autre protecteur. Hélas, il n'en avait aucune idée, car elle se trouvait de l'autre côté de la Manche !

Cassandra n'aurait pu choisir pire moment pour trépasser. Depuis le matin de son enterrement, Egbert piaffait d'impatience dans l'attente de pouvoir s'embarquer pour la France. L'étiquette voulait qu'il laisse quand même passer quelque temps.

Naturellement, il avait adressé une lettre à Violet pour lui annoncer la triste nouvelle. Par la même occasion, il lui avait envoyé un petit viatique afin de payer son voyage de retour en Angleterre. Il était normal qu'elle vienne le soutenir dans ces moments difficiles.

Or il n'avait reçu aucune réponse, ni même un mot de condoléances.

L'incertitude commençait à le rendre fou et il passait ses journées à arpenter son bureau, lissant avec nervosité les rares cheveux qui lui restaient.

Dans cet état de profonde anxiété, il avait peine à tolérer la présence de ses belles-filles vêtues de noir de la tête aux pieds, qui déambulaient dans la maison en évoquant la défunte avec force larmes et soupirs.

Quelques jours plus tôt, au cours du dîner, il avait fait remarquer qu'il n'avait pas mangé de velouté d'asperge depuis des années, car Cassandra détestait cela. Phoebe avait éclaté en sanglots.

Egbert avait perdu patience.

— Oh, pour l'amour du ciel ! Combien de temps vais-je devoir endurer vos geignements incessants ? avait-il crié, si fort que son monocle était retombé sur sa joue.

Ava était promptement intervenue en tendant un mouchoir à Phoebe. Puis elle avait objecté de sa voix douce :

— Il ne s'agit pas de geindre, milord. Phoebe est en deuil. Nous le sommes toutes. Vous pouvez certainement comprendre notre douleur. Après tout, mère est décédée il y a quelques semaines seulement.

Egbert n'avait pas besoin qu'on le lui rappelle. Il s'était remis à manger sa soupe en silence. Bien sûr, il n'en voulait pas aux petites d'avoir du chagrin. Lui aussi était navré de la mort de Cassandra. Elle avait tout de même été son épouse pendant plus de dix ans, et une épouse de bonne compagnie qui plus est. Mais il n'empêche qu'il aurait préféré que ses filles et leur cousine réservent leurs larmes pour les moments où elles se retiraient dans leurs chambres. Ces pleurs lui tapaient sur les nerfs et embrouillaient son esprit déjà confus.

D'accord, ce décès était fort regrettable, mais la vie continuait, non ?

Il avait terminé son repas sans plus faire de remarques, mais, les minutes passant, son humeur s'était assombrie. Les trois jeunes filles le considéraient d'un air consterné et réprobateur, comme si c'était lui qui se montrait déraisonnable.

Le dîner achevé, Ava avait entraîné sa sœur et sa cousine dans leurs appartements, non sans lui avoir au passage adressé un regard lourd de reproches.

Egbert était resté seul à savourer son porto et son cigare, convaincu que les trois donzelles le prenaient pour un être sans cœur. Ce qui était faux, bien entendu. Mais cela faisait presque huit ans maintenant que Violet était sa petite fleur chérie. Il ne supportait pas l'idée de la perdre et cherchait désespérément un prétexte pour quitter Londres afin d'aller voir par lui-même pourquoi elle ne répondait pas à son courrier.

Ce soir-là, aidé par une bonne dose de porto, il avait enfin trouvé son excuse. Tout content, il avait quitté la salle à manger pour courir dans son bureau aussi vite que le lui permettaient ses petites jambes courtaudes. Installé à son secrétaire, il avait écrit à Violet une brève missive qui l'informait de son arrivée à Paris sous quinzaine.

Il avait ensuite écrit une seconde lettre à sa sœur, Lucille Pennebacker, une vieille fille qui vivait à Lake District, le domaine familial, pour lui demander de le rejoindre à Londres dans les plus brefs délais.

Une semaine plus tard, Egbert convoquait ses belles-filles dans le grand salon.

En les voyant entrer à la queue leu leu, vêtues de leurs robes de basin noir qui les faisaient ressembler à des corneilles, il se félicita de la décision qu'il avait prise. Il faisait preuve de charité chrétienne envers ces trois orphelines. Personne n'en aurait attendu autant de sa part car, même s'il ne lui serait pas venu à l'idée de les jeter à la rue, il n'était pas leur père, n'est-ce pas ? Il ne lui incombait donc pas de les établir. Non, cette responsabilité revenait à Cassandra, et c'est bien pour cette raison que, de son vivant, il l'avait instamment pressée de marier les trois jeunes filles.

Hélas, Cassandra n'en faisait qu'à sa tête et ne l'avait pas plus écouté sur ce point que sur le reste !

C'était fort dommage, car cela leur aurait épargné bien des angoisses. Ces trois jeunes filles se retrouvaient aujourd'hui totalement dépendantes de sa générosité et de son bon vouloir. Heureusement pour elles, il n'était pas un mauvais bougre.

L'air un peu inquiet, elles saluèrent Lucille Pennebacker qui était arrivée le matin même, puis s'assirent sur le canapé.

Ava, qui était l'aînée et la plus audacieuse, les regarda tour à tour, sa sœur et lui. Elle n'avait jamais été vraiment chaleureuse avec lui et il lisait le doute dans son regard vert. Cette demoiselle avait une très haute opinion d'elle-même. Trop haute, au goût d'Egbert. Pour preuve, elle avait décliné toutes les propositions de mariage qu'on avait bien voulu lui faire, même les plus raisonnables.

Lord Villanois, par exemple, avait demandé sa main la saison passée. Egbert aurait été tout prêt à accepter, mais Cassandra n'avait pas voulu en entendre parler.

— J'ai de plus grandes ambitions pour Ava, avait-elle rétorqué sans dissimuler le mépris que lui inspirait le soupirant de sa fille. Et lord Villanois est un peu trop porté sur la bouteille, il me semble. Je ne vais pas brader une fort belle dot pour quelqu'un de cet acabit.

Aux yeux d'Egbert, Villanois ne levait pas plus le coude que tout un chacun, mais Cassandra avait continué de lui trouver tous les défauts du monde, comme chaque fois qu'un homme faisait mine de s'intéresser à son aînée. Personne n'était assez bien pour Ava, apparemment.

Mais aujourd'hui qu'Egbert avait autorité sur la jeune fille, toute proposition serait la bienvenue. Ava ne pouvait plus se permettre de faire la difficile. Elle avait passé l'âge de caracoler d'une salle de bal à l'autre. À vingt et un ans, elle aurait dû avoir un enfant dans les bras et l'autre dans le ventre.

Elle dut percevoir son agacement, nota-t-il, car elle jeta un coup d'œil circonspect à Phoebe. Mais cette dernière ne possédait pas l'intuition de sa sœur et elle regardait Egbert avec un sourire confiant. Depuis longtemps, il avait rangé la cadette dans la catégorie des naïves.

— J'aimerais vous présenter ma sœur, Mlle Lucille Pennebacker, commença-t-il avec un geste un peu embarrassé en direction de Lucille.

Les trois jeunes filles inclinèrent poliment la tête. Lucille se leva et fit une révérence, comme si elle se trouvait en présence de membres de la famille royale.

— C'est un plaisir de faire votre connaissance, fit-elle.

— Le plaisir est partagé, mademoiselle.

Avec une certaine impatience, Egbert fit signe à Lucille de se rasseoir. Il reporta son attention sur Phoebe qui lissait sa jupe. Elle avait la même silhouette gracieuse qu'Ava, mais ses tresses étaient d'un blond plus clair et ses yeux d'un vert qui tirait sur le bleu. Egbert la considérait comme la plus jolie des trois et il avait cru qu'elle ne resterait pas longtemps à marier. Hélas, non seulement Phoebe était d'une timidité maladive, mais elle avait une forte propension à rêvasser. Quand elle n'avait pas la tête dans les nuages, elle restait plongée des heures dans un livre, ou s'occupait à une quelconque activité artistique : couture, peinture. C'était sans doute ce qui rebutait les hommes, supputait Egbert.

Quand il avait manifesté son inquiétude à ce sujet, Cassandra avait balayé ses doutes d'un argument ridicule : Phoebe était, selon elle, une artiste que le mariage aurait empêché d'exprimer sa sensibilité. « Croyez-moi, elle n'est pas faite pour rester dans la nursery à s'occuper d'une ribambelle d'enfants. Sa peinture est beaucoup plus importante », avait-elle assené d'un air supérieur.

Egbert n'avait jamais compris le raisonnement de son épouse. Bon sang, la place d'une femme n'était-elle pas justement dans la nursery ?

— Ah, le thé va être servi, annonça Lucille comme Richard, le majordome, pénétrait dans la pièce.

Phoebe et Ava se tournèrent spontanément. Seule Greta demeura immobile, son regard curieux posé sur Egbert. Des trois, c'était elle la plus futée. Avec ses cheveux d'un noir de jais et ses yeux bleus, elle était tout aussi séduisante que ses cousines, mais d'une beauté plus subtile, qui sautait moins aux yeux. Après la mort de sa mère, qui était la sœur cadette de Cassandra, son père s'était remarié sans tarder dans l'espoir d'obtenir un héritier mâle. Cassandra avait recueilli Greta et, pour ce qu'en savait Egbert, le père de la fillette s'était totalement désintéressé d'elle. Elle avait donc grandi en compagnie d'Ava et de Phoebe.

Mais si Greta était ce qu'il est convenu d'appeler « une parente pauvre », Egbert avait un faible pour elle, car il appréciait son intelligence affûtée et son solide bon sens. Pour autant, il ne comptait pas l'entretenir *ad vitam aeternam*. Elle n'était pas sous sa responsabilité.

Greta avait reçu plusieurs demandes en mariage, elle aussi. Mais Egbert avait fini par comprendre que Cassandra entendait garder les trois filles auprès d'elle, et il ne s'était même plus soucié d'écouter les excuses qu'elle lui égrenait les unes après les autres pour éconduire les prétendants.

Mais tout cela allait changer. Sitôt leur période de deuil terminée, ces demoiselles devraient se marier au plus vite. Peu importait avec qui. Sinon, Egbert les expédierait chez leurs plus proches parents. Il voulait bien être compréhensif, mais sa gentillesse avait des limites.

Déjà qu'il était obligé d'entretenir Lucille...

Tout à son nouveau rôle de maîtresse de maison, cette dernière avait pris l'initiative de servir le thé.

Avec un soupir, Egbert se renversa dans son siège.

— Bien, à présent que nous voilà tous installés, j'irai droit au but : qu'allons-nous faire maintenant que Cassandra n'est plus ? Je vais vous dire quels sont *mes* projets, mais sachez d'abord que j'ai beaucoup de mal à faire le deuil de ma chère épouse, avec toutes ces choses à régler et la présence de trois jeunes filles pleurnichardes sous mon toit...

— Oh, pauvre Egbert ! s'exclama Lucille d'un air apitoyé. J'ignorais que tu souffrais autant.

Elle voulut poser sa main boudinée sur son avant-bras, mais il l'arrêta d'un regard.

— Si je puis me permettre, milord, intervint Ava, nous voudrions justement vous épargner toutes ces difficultés. Après en avoir discuté entre nous, nous tenons à vous dire que nous serions d'accord pour aller vivre ailleurs, toutes les trois.

Egbert la fixa d'un regard interdit. Les choses prenaient un tour inattendu. Et très intéressant.

— Vous seriez d'accord pour partir ? Mais où ? s'enquit-il en s'efforçant de masquer son enthousiasme.

— Nous songions à louer une petite maison à Mayfair. Rien d'extraordinaire, bien entendu. Nous n'emmènerions que Beverly, notre femme de chambre. Et bien sûr, nous aurions besoin d'une gouvernante.

Egbert fronça les sourcils. Hormis l'argent consacré à leurs dots, Cassandra avait-elle mis de côté un capital destiné à l'entretien de ses filles et de sa nièce ? Cela semblait fort peu probable puisqu'elle n'y avait jamais fait allusion. Et puis, on lui aurait demandé de s'en occuper. On ne laissait pas des femmes gérer d'importantes sommes d'argent.

— Vous voudriez partager la même demeure, à Londres ? articula-t-il, histoire de s'assurer qu'il avait bien compris.

— C'est cela, oui.

— Et vous pensez en avoir les moyens ?

Ava échangea un regard avec sa sœur et sa cousine avant de répondre :

— Oh oui, nous en sommes presque certaines.

Ah. Mais elles ne pouvaient en être absolument sûres étant donné qu'elles étaient de sexe féminin et que les femmes n'entendaient rien aux questions financières.

— Pourriez-vous être plus précise ?

— Je vous demande pardon, milord ?

— Oui. Comment pourrais-je vous chercher un logis si vous n'êtes pas absolument certaine de posséder l'argent nécessaire ?

— Egbert, vous frisez la vulgarité ! s'offusqua Lucille.

— Nous devons envisager la situation de manière rationnelle, rétorqua-t-il, agacé. Et je ne vois pas comment je pourrais aborder un sujet si pragmatique en utilisant des périphrases.

— Je vous demande pardon, milord, reprit Ava, mais vous êtes plus à même que nous de donner des précisions sur les aspects pécuniaires.

— Moi ? Et comment le pourrais-je ?

Ava avait à présent l'air aussi déroutée que lui.

— Eh bien… nous ne savons pas au juste combien maman possédait, mais… nous pensons qu'il y a de quoi louer une petite maison à Londres.

Le jour se fit dans l'esprit d'Egbert. Si charitable qu'il soit, l'idée le fit presque jaillir hors de son fauteuil.

— Êtes-vous en train de suggérer que le loyer serait à ma charge ?

— C'est-à-dire… Oui, nous avons pensé que…

— Eh bien, vous vous êtes trompées ! cria-t-il. Et vous n'avez manifestement aucune idée du fardeau que vous représentez toutes les trois pour ma bourse !

— Mais si, au contraire. Et c'est précisément pourquoi nous sommes désireuses d'avoir notre propre chez-nous...

— Vous resterez ici ! décréta Egbert. De mon côté, j'ai à faire. Comme je le disais avant d'être interrompu, je ne puis pleurer ma femme en paix dans les circonstances actuelles, aussi ai-je décidé de m'exiler à Paris. Pendant ce temps, vous demeurerez sous la surveillance de ma sœur.

Dans un bel ensemble, les trois jeunes filles tournèrent la tête vers Lucille. Puis Ava reporta son attention sur Egbert et demanda :

— Est-ce tout, milord ? Vous allez partir pour la France et nous resterons ici, et continuerons comme avant ?

Il leva l'index.

— Pas exactement. Il ne sera plus question, par exemple, de courir les magasins pour faire des emplettes, remplir à craquer vos armoires de robes, chaussures, ombrelles, gants et je ne sais quoi encore.

Ava et Greta échangèrent un regard atterré. Phoebe parut sur le point de défaillir.

Egbert poursuivit sur sa lancée :

— Je ne vois pas non plus l'utilité d'entretenir une armée de domestiques. Vous êtes en grand deuil, vous ne pouvez plus assister aux réceptions mondaines, donc, vous n'avez pas besoin de femme de chambre. De même, vous n'êtes pas manchotes et je ne vois pas ce qui vous empêcherait de faire un lit ou de passer le balai. Par conséquent, plus de bonnes. Bien sûr, la cuisinière restera, mais elle viendra chaque jour préparer les repas et s'en retournera chez elle le soir au lieu d'être là à demeure.

Ava battit des paupières.

— Je vous demande pardon, milord, mais notre mère possédait une certaine fortune. Veuillez pardonner mon audace, mais... il n'est quand même pas possible qu'elle ne nous ait *rien* laissé ?

— Non, bien sûr. Elle vous a pourvue chacune d'une dot modeste. Le reste est à mon nom et je puis en disposer comme bon me semble.

— Seigneur ! Nous sommes maudites ! souffla Phoebe.

— Oh voyons ! se moqua-t-il. Vous n'êtes quand même pas sur la paille. Je veillerai à ce que vous ayez un toit et que vous mangiez à votre faim. Que voulez-vous de plus ?

— Mais... mais... il nous faut quand même de quoi nous vêtir décemment, bredouilla Phoebe avec un désarroi qu'il trouva exagéré.

— Ma chère petite, aux dernières nouvelles votre armoire débordait et une seule pièce ne suffisait pas à contenir toutes vos fanfreluches. Avec un tel stock, vous tiendrez bien jusqu'à mon retour, je pense.

— À ce propos, combien de temps serez-vous absent ? s'enquit Greta avec calme.

— Au moins jusqu'à l'automne prochain, je pense. Et peut-être un peu avant le début de la prochaine saison.

— Mais cela fait des *mois* ! se récria Ava. Vous allez nous contraindre à vivre comme des pauvresses durant des *mois* ?

— Lady Ava, je vous prie de ne pas élever la voix de cette façon. Ces démonstrations théâtrales n'ont pas de raison d'être. Vos besoins vitaux seront assurés. Des pauvresses ! Franchement !

Phoebe tendit la main à Ava qui l'agrippa et la tint serrée en signe de solidarité. Greta fut la seule à garder son sang-froid. Son regard bleu demeurait rivé sur Egbert qui commençait à se sentir mal à l'aise.

— Puis-je vous demander, milord, quels seront vos projets nous concernant à votre retour de France ? lui demanda-t-elle.

— Précisément ce dont nous aurions dû nous occuper depuis longtemps. À la prochaine saison, vous pourrez de nouveau sortir dans le monde et recevoir les attentions des nombreux admirateurs qui ne manqueront pas de se présenter.

Affichant un sourire confiant, il se leva et conclut :

— Plus vite, vous serez toutes trois mariées, et plus vite vous serez maîtresses chez vous.

Ava ouvrit la bouche pour protester. Il ne lui en laissa pas le temps.

— Cette entrevue est terminée. Je vous demande de vous retirer, mesdemoiselles. J'aimerais parler en privé avec ma sœur, puis convoquer les domestiques. Si vous voulez bien nous excuser…

— Milord, vous n'allez quand même pas renvoyer Beverly ? fit Phoebe d'un ton implorant.

— Je vous le répète, vous n'avez pas besoin d'une femme de chambre. Vous êtes trois, vous vous entraiderez pour vous habiller, voilà tout. Allons, quittez ces mines désespérées ! Je suis certain que vous vous débrouillerez fort bien. Et puis, Lucille sera là. Allez, allez ! ajouta-t-il avec un geste de la main, comme s'il chassait une volée de moineaux.

À contrecœur, les jeunes filles se levèrent et, tête basse, se dirigèrent vers la porte. Lucille Pennebacker les mit en garde :

— Ne vous renfrognez pas ainsi, vous allez attraper des rides !

Elle attendit que la porte se soit refermée pour soupirer :

— Mon Dieu ! Cela ne s'est pas bien passé, n'est-ce pas ?

— Au contraire, c'est parfait. Je suis fort content.

Egbert avait déjà tourné la page. Il se demandait juste s'il allait congédier les domestiques les uns après les autres ou procéder à un licenciement collectif.

Le personnel s'en alla avant la fin de la semaine.

Réunies dans le hall, Ava, Phoebe et Greta retinrent leurs larmes au moment de dire adieu à ces gens qui avaient été à leur service si longtemps qu'ils avaient fini par être considérés comme des membres de la famille.

Pourtant, tous se retrouvaient à la rue, et n'emportaient rien de plus que l'équivalent de quinze jours de gages et la vague promesse d'une lettre de références.

— J'sais pas où aller, milady. Personne m'attend nulle part ! se lamentait le vieux Derreck, qui avait fait office de jardinier aussi bien que de palefrenier, et ratissait nerveusement ses cheveux gris de ses doigts déformés par l'arthrite.

La gorge nouée, Ava lui pressa la main.

— Je suis tellement navrée de ce qui vous arrive, Derreck. Si vous saviez !

Phoebe écarta sa sœur pour prendre à son tour les mains du vieil homme dans les siennes.

— Tenez, prenez ceci, souffla-t-elle en lui glissant dans la main trois couronnes en or – les dernières qu'elle possédât. Ce n'est pas grand-chose, mais cela vous permettra au moins de vous loger pendant quelque temps.

— Jusqu'à ce que j'envoie à lord Ramsey une lettre de recommandation à votre sujet, ajouta Ava, qui faisait allusion à un ami de sa mère. Il a toujours besoin d'un bon jardinier et je suis sûre qu'il vous trouvera une place chez lui.

C'était un mensonge éhonté. Elle n'était sûre de rien, mais elle n'en supplierait pas moins lord Ramsey de prendre le vieux Derreck à son service, ne serait-ce que pour honorer la mémoire de lady Downey.

Beverly fut la dernière à quitter la maison. Elle s'était occupée d'Ava et de Phoebe toute leur enfance, les avait baignées, coiffées, et avait pris soin de leurs affaires du plus loin qu'elles s'en souviennent.

Cette fois, elles pleurèrent à chaudes larmes.

— Allons, allons, séchez vos yeux, mes petites demoiselles, finit par dire Beverly en reniflant. Cela fait des années que je voulais rendre visite à ma mère dans le Derbyshire. Je vais en avoir l'occasion maintenant. Ne pleurez pas. Lady Downey n'aurait pas voulu vous voir comme ça, n'est-ce pas ? Elle vous aurait demandé de vous reprendre.

Beverly avait raison, mais la tristesse des jeunes filles n'en était pas moins vive.

Après le départ de la femme de chambre, Ava referma la porte et eut l'impression qu'une chape de chagrin et d'angoisse retombait sur elles trois.

— Je le hais ! chuchota Phoebe, les yeux étincelants.

Lord Downey s'en alla deux jours plus tard, d'un pas étonnamment alerte pour un homme de sa corpulence.

Le lundi suivant, les gazettes commencèrent à propager quelques rumeurs. Il se disait que trois jeunes personnes bien connues de la bonne société londonienne avaient été spoliées de leur fortune par un beau-père indélicat, et qu'elles se mettraient sans doute en quête d'un riche mari dès que la décence leur permettrait de quitter leurs habits de deuil.

Ces petits entrefilets fielleux signaient la fin de toute vie sociale pour les trois jeunes filles. Dans le beau monde, l'argent était *tout*. Ceux qui n'en possédaient pas n'étaient les bienvenus nulle part.

Des jours durant, Ava, Phoebe et Greta se creusèrent la cervelle, cherchant comment se sortir de cette épouvantable situation. Elles parvinrent à la conclusion qu'il leur fallait au moins engager quelques domestiques, ne serait-ce que pour sauvegarder les apparences.

Finalement, elles tombèrent d'accord pour employer les grands moyens. La méthode choisie était certes originale et, selon toute probabilité, fort hasardeuse. Mais qu'importait. Leur mère était morte et il leur fallait retomber coûte que coûte sur leurs pieds.

4

Londres, mars 1820

Après de longs mois d'hiver passés dans sa propriété à la campagne, Broderick Abbey, marquis de Middleton, rentra à Londres. Hélas, une bonne quinzaine de jours après son père ! Le vieux duc avait donc eu tout le temps de s'occuper une fois de plus de ce qui ne le regardait pas, en l'occurrence, organiser un déjeuner avec la famille d'Elizabeth Robertson.

Jared s'était réfugié à Broderick Abbey pour mettre un peu de distance entre son père et lui. Il avait dans l'espoir que ce dernier s'amadouerait et, de son côté, désireux de garder profil bas, il avait veillé à rester discret quand lady Waterstone lui avait rendu visite, ce qui ne s'était pas produit plus de trois fois au cours de l'hiver.

Mais, apparemment, le duc n'avait pas renoncé à ses idées de mariage. Au contraire, il semblait plus que jamais résolu à unir son fils à lady Elizabeth.

Celle-ci n'avait malheureusement pas changé d'un iota. Son physique était toujours aussi ingrat, et sa conversation inexistante. Il n'avait pas fallu plus de quelques minutes à Jared pour en faire le constat, lors de ce déjeuner interminable auquel il avait été contraint d'assister.

Depuis le début du repas, Elizabeth n'avait pas dit grand-chose et elle avait mangé encore moins. Ces quelques moments passés en sa compagnie n'étaient sans doute pas suffisants pour juger de sa personnalité, néanmoins, l'opinion de Jared était faite.

Cette femme l'horripilait.

Un long moment, il la regarda chipoter dans son assiette et se tamponner les lèvres de sa serviette. Finalement, abruti d'ennui, il laissa son esprit dériver sur les récentes menaces que son père avait proférées à son encontre.

Il en était en partie responsable. Il aurait beaucoup mieux fait de tenir sa langue la veille, quand le duc lui avait demandé si, après son exil campagnard, il s'était enfin décidé à prendre la bonne décision et à bannir Miranda de sa vie.

Au lieu d'acquiescer, Jared n'avait pu s'empêcher de lui répondre que cela ne le regardait en rien.

Le duc avait vu rouge.

— Cela ne me regarde pas ? *Cela ne me regarde pas ?* Comment peux-tu être aussi obtus, mon fils ? Je te préviens, si tu refuses d'entendre raison, je n'hésiterai pas à exposer tes fautes passées et à te rayer de mon testament.

Jared avait d'abord cru avoir mal entendu. Puis il avait vu la flamme de triomphe qui luisait dans le regard de son père.

— Êtes-vous en train de me menacer, Votre Grâce ?

— Le terme est un peu excessif. J'essaie tout simplement de te faire partager ma conviction profonde.

— Je trouve vos méthodes pour le moins discutables.

— Il est de mon devoir de veiller à te faire respecter le nom des Redford.

Jared avait ricané :

— Comment pouvez-vous vous draper dans votre vertu après cette pathétique tentative de chantage ? Seigneur, mais vous ne pensez donc qu'à votre personne et à votre sacro-saint duché !

— Ne sois pas ridicule ! avait aboyé son père en levant sa main noueuse. Je pense à toi, au contraire, mais tu es bien trop buté pour t'en rendre compte. Je pense à ton honneur que tu galvaudes si négligemment. Fais ce que je te dis, Jared. Épouse lady Elizabeth. Sa famille n'attend plus que ta demande en mariage. Et tu auras l'occasion de la formuler demain, à l'issue du déjeuner que je donne en l'honneur de la famille Robertson.

— Il n'en est pas question, avait rétorqué Jared, très calme. Une fois pour toutes, Votre Grâce, je n'épouserai pas cette femme.

Le duc avait exhalé un long soupir. Jared lui avait trouvé l'air plus fatigué que lors de leur dernière entrevue, quatre mois auparavant.

— Je te mets en garde une dernière fois, mon fils. Ne me pousse pas à faire quelque chose que tu regretterais par la suite.

— Je ne vous pousse à rien du tout. Je vous demande juste de me laisser vivre ma vie. C'est une requête que tout fils est en droit d'adresser à son père, vous ne croyez pas ?

Sur ce, Jared avait planté là le duc furieux, qui continuait de crier qu'il n'hésiterait pas à faire ce qu'il fallait pour prémunir les Redford de la honte.

Jared avait quitté la maison dans le même état d'esprit que d'habitude. Il avait l'impression d'être pris dans un étau invisible dont son père tournait lentement le levier, le torturant à plaisir avec ses exigences, essayant sans cesse de lui forcer la main.

La saison allait commencer et les gens de qualité avaient quitté la campagne pour regagner la ville. Les hôtels particuliers de Mayfair devaient déjà grouiller de monde, et les domestiques du duc ne perdraient sans doute pas de temps pour se répandre en commérages qui se propageraient d'une demeure à l'autre.

Aussi Jared avait-il finalement décidé d'assister à ce fameux déjeuner, dans l'espoir de limiter les ragots, ainsi que pour d'autres raisons, plus profondes et complexes, qu'il avait lui-même du mal à s'expliquer.

Sans doute espérait-il préserver la paix familiale. Ou peut-être redoutait-il simplement que son père ne mette ses menaces à exécution, ce qui blesserait de nombreuses personnes outre lui-même.

Il lui en avait néanmoins coûté de se présenter ce midi-là à Redford House, car le soleil printanier et la température clémente incitaient plus à la promenade qu'aux mondanités.

Il était à présent coincé à table depuis ce qui lui paraissait une éternité, face à une Elizabeth Robertson quasi transparente dont la mère évoquait depuis une demi-heure leur séjour hivernal à la campagne.

S'imaginer vivre dans cette atmosphère lénifiante des jours, des semaines, des mois, des années durant était plus que Jared n'en pouvait supporter.

— Nous avons fait effectuer quelques réparations dans l'aile droite, pérorait lady Robertson, comme si cette information présentait un quelconque intérêt. Malheureusement, avec toute cette pluie qui est tombée dernièrement, les travaux n'ont pu être achevés.

— Ah, fit Jared en s'obligeant à détourner les yeux d'Elizabeth qui mâchait une bouchée de hareng du bout des dents.

— Une fois la rénovation terminée, nous pourrons inviter nos amis à passer le week-end à la campagne. Cette seule aile contient une douzaine de chambres.

— Très bien.

De nouveau, son regard glissa sur Elizabeth. Elle déglutit et lui sourit timidement. Il lui répondit d'un sourire crispé. Existait-il au monde quelque chose de plus assommant qu'un week-end entier chez les Robertson ? Non, il avait beau chercher, franchement il ne voyait pas.

Elizabeth s'essuya la commissure des lèvres à l'aide de sa serviette qu'elle lissa ensuite sur ses genoux avec un soin maniaque. Elle avait des manières si raffinées… Le moindre manquement à l'étiquette devait l'horrifier. Il détourna les yeux, accrocha le regard noir de son père posé sur lui et piqua du nez dans son assiette.

Par chance, lady Robertson se mit à parler de la saison à venir et des divers événements mondains qui s'annonçaient. Elle ne manqua pas de mentionner les réceptions auxquelles Elizabeth avait été conviée, mais Jared n'écoutait pas un mot de ce qu'elle racontait. Fatigué par ce monologue sans fin, il s'était de nouveau évadé en pensées pour se remémorer la querelle qui l'avait opposé la veille à lady Waterstone.

Miranda commençait à se lasser des altercations de plus en plus venimeuses qui l'opposaient à son père.

— Je ne comprends pas pourquoi vous n'obéissez pas au duc, mon ami, s'était-elle étonnée. Épousez cette fille, ou toute autre à votre convenance, engendrez un héritier, et plus rien ne nous empêchera de nous voir. Votre père n'a-t-il pas procédé ainsi avec lady Sullivan ?

Jared détestait que l'on évoque la longue liaison que son père avait entretenue avec lady Sullivan, et dont il ne s'était jamais caché.

Enfant, il avait surpris un échange entre des domestiques à propos de draps à envoyer chez lady Sullivan, car le duc trouvait les siens trop rêches.

Pas plus à cette époque qu'aujourd'hui il ne supportait l'idée que son père n'ait fait aucun cas des vœux de fidélité prononcés à l'église, le jour où il avait épousé sa mère.

Et voilà qu'à présent, il était sur le point de se comporter comme lui.

La situation n'avait rien d'inhabituel. Dans certaines maisons, elle allait même de soi. Un noble de son rang se devait d'épouser une femme riche et titrée, sans pour autant renoncer à en aimer une autre. Pour le pire comme pour le meilleur, c'était ainsi que l'on vivait dans l'aristocratie.

Pourtant, il n'y pouvait rien, cette perspective le rebutait.

Exaspérée par son obstination, Miranda avait secoué ses longs cheveux auburn.

— Pour l'amour de Dieu, faites ce que vous demande votre père ! C'est la seule solution pour que nous continuions à nous voir tranquillement, j'en suis persuadée.

— Nous serions tout aussi tranquilles si nous étions mariés ! avait-il lancé tout à trac.

Sa réaction à brûle-pourpoint les avait autant surpris l'un que l'autre. A posteriori, il ne savait pas ce qu'il lui avait pris. Certes il tenait à elle, mais de là à envisager de l'épouser...

D'un autre côté, s'il fallait absolument se marier... pourquoi pas avec Miranda ?

— Mon père me déshériterait sûrement, mais nous pourrions vivre comme mari et femme, et avoir des enfants légitimes, avait-il ajouté.

Le premier instant de stupeur passé, Miranda s'était écrié :

— L'air de la campagne vous fait perdre la tête, chéri ! Bien sûr que le duc vous renierait ! À ses yeux, je ne vaux rien. Et songez à l'existence que nous serions alors obligés de mener ! De nombreuses personnes nous fermeraient les portes de leur maison pour ne pas déplaire à votre père. Vos revenus stagneraient et la couronne ducale vous échapperait. Non, je préfère être la maîtresse d'un duc que l'épouse d'un marquis, avait-elle conclu en le regardant droit dans les yeux.

Il avait éprouvé une vive déception. Il savait pourtant de quelle manière pragmatique les femmes abordaient le mariage. Depuis l'enfance, on les dressait à n'y voir qu'un moyen d'obtenir puissance et richesse. Miranda, apparemment, ne faisait pas exception à la règle.

S'entendre dire qu'elle accordait plus d'importance à son titre qu'à sa personne l'avait terriblement blessé.

Au moment où il commençait à envisager de se jeter par la fenêtre pour échapper à l'ennui du déjeuner, lord Robertson proposa que les dames aillent déguster leur glace dans le solarium en compagnie du duc.

— Lord Middleton et moi-même pourrons ainsi savourer un cigare. Il vous arrive d'en fumer, n'est-ce pas, milord ?

Jared jeta un coup d'œil à son père qui paraissait sur des charbons ardents. Cela lui donna envie de hurler.

Avec un sourire aimable, il répondit à lord Robertson :

— Ce serait avec grand plaisir, milord, mais il me faut, hélas, prendre congé. J'ai un rendez-vous très important qu'il m'est impossible de reporter. Une affaire de politique parlementaire, vous comprenez.

Lady Elizabeth émit une sorte de petit couinement désespéré. Quant au duc, son regard avait viré à l'orage et son visage à l'écarlate.

— Jared... commença-t-il d'une voix grondante.

Ce dernier s'était déjà levé.

— J'espère que vous ne m'en voulez pas, milord, dit-il encore à lord Robertson.

— Non... bien sûr, fit celui-ci, visiblement déconcerté.

Rapidement, Jared fit le tour de la table pour aller baiser les mains des dames. Elizabeth fixait sa mère d'un air consterné.

L'instant d'après, Jared s'esquivait.

En cet instant, il se fichait bien des menaces de son père. Il lui était tout simplement impossible de rester une minute de plus dans cette salle à endurer la présence de ces gens.

Un jour ou l'autre, il se marierait. Soit. Mais jamais – *jamais !* – il n'épouserait lady Elizabeth Robertson.

Il se rendit directement à son club et envoya un mot à Harrison pour lui demander de le rejoindre s'il était disponible. Celui-ci arriva une heure plus tard. Jared, qui ne tenait pas en place, lui proposa de profiter de cette magnifique journée pour faire une promenade dans Hyde Park.

Naturellement, il lui raconta sa dernière dispute avec son père, puis le déjeuner qu'il venait de gâcher.

— Sale journée, commenta son ami. Et ton père menace toujours de te déshériter ?

— Oh, à l'heure qu'il est, il s'apprête sûrement à courir chez le roi pour demander sa signature !

Avec un demi-sourire, Harrison demanda :

— Et tu as réfléchi à ce que tu feras ensuite ?

Jared y avait réfléchi, et cela lui avait valu quelques nuits blanches. Il était marquis et possédait son propre siège à la Chambre des lords. Bien sûr, il était loin d'avoir autant d'argent que son père et, en tant que fils du duc de Redford, il recevait une coquette pension, qu'il perdrait forcément si ce dernier mettait sa menace à exécution. Toutefois, cela ne lui faisait pas peur.

Il avait étudié l'agronomie et fourmillait d'idées destinées à améliorer l'exploitation de son domaine. En outre, ce qu'il désirait le plus au monde n'était pas la fortune, mais la liberté d'être lui-même et d'agir à sa guise.

Le duc avait cependant brutalement élevé les enjeux en brandissant son ultime menace.

— Oui, j'ai réfléchi, acquiesça-t-il.

Il ne put en dire plus, car un éclat de rire féminin lui fit tourner la tête. Son regard se posa sur une jeune fille blonde aux yeux verts très clairs.

Bien que son nom lui échappât, il se souvenait parfaitement d'elle. Elle se trouvait en compagnie de deux autres jeunes filles qui lui ressemblaient et qui étaient, elles aussi, vêtues de robes de basin noir.

— Harrison, comment s'appelle cette fille, déjà ?

— Fairchild, répondit son ami.

Voilà ! Lady Ava Fairchild.

— De qui porte-t-elle le deuil ?

— De sa mère, lady Downey. Tu devrais lire les rubriques mondaines, Middleton. De temps en temps, on y trouve des articles intéressants qui ne te concernent pas.

— Stupéfiant.

Harrison reporta son attention sur les trois jeunes filles.

— J'ai entendu dire que lady Downey était morte brutalement, sans avoir le temps de léguer quoi que ce soit à ses filles. En conséquence, sa fortune est revenue à son époux dans sa totalité. Les demoiselles n'ont rien eu, hormis une dot insignifiante, ce qui est fort dommage. Bien qu'elles aient l'air tout à fait charmantes, je crains que les prétendants ne se bousculent pas autour d'elles lors de la prochaine saison...

— Sans doute, fit Jared, pensif. Mais il y a des hommes qui ne s'intéressent pas qu'à l'argent. Toi, par exemple.

Harrison se mit à rire.

— Certes, mais je n'ai pas de père déterminé à me faire épouser un ventre, et mon héritage n'est pas composé en majorité de biens incessibles, comme Stanhope, qui devra se résoudre un jour à se marier avec une riche héritière. Je peux me permettre d'attendre la perle rare, l'épouse idéale.

Jared ricana. L'épouse idéale... Selon ses critères à lui, elle devait être jolie, agréable de caractère, sensuelle et de haute naissance – du moins suffisamment noble pour satisfaire son père. Mais par pitié, il ne voulait pas d'une héritière godiche qui le regarderait avec des yeux de merlan frit ! Qu'elle soit orpheline ne lui déplairait pas. Ainsi il n'aurait pas à endurer les monologues soporifiques de sa belle-mère...

Une idée lui traversa soudain l'esprit. Il regarda de nouveau Ava Fairchild, puis tira sur ses rênes et mit pied à terre.

— Qu'est-ce que tu fais ? protesta Harrison.

— Du diable si je le sais, marmonna Jared avant de se porter au-devant des trois jeunes filles.

Ava Fairchild était en grande conversation avec ses compagnes. Elle ne lui jeta d'abord qu'un bref coup d'œil, puis son regard étonné revint se poser sur lui. Elle écarquilla les yeux et il eut aussitôt la vision de ces magnifiques yeux verts dans des circonstances beaucoup plus intimes.

En l'embrassant dans sa voiture – cela faisait combien de temps ? Presque un an ? –, il n'avait fait que suivre l'impulsion du moment, comme souvent, s'offrir un petit flirt innocent. Mais en revoyant ce visage au teint délicat et ces lèvres roses, il ne put s'empêcher de se remémorer ce baiser troublant dont le souvenir l'avait poursuivi plusieurs jours durant. Sans doute parce qu'elle y avait mis une incroyable ferveur pour une débutante...

Comme il s'inclinait, elle cilla, nerveuse, ne sachant trop comment réagir. Haussant un sourcil, il lui tendit la main. Elle reprit alors ses esprits, s'empara de sa main tendue et fit une petite révérence.

— Bonjour, milord.

— Quel plaisir de vous revoir, lady Ava.

Ses deux compagnes le considéraient avec stupéfaction. Il en déduisit que lady Ava n'avait soufflé mot à personne de sa petite escapade, le soir du bal des Fontaine.

Il lui lâcha la main, et elle lui adressa un sourire crispé.

— Euh... puis-je vous présenter ma sœur Phoebe, et ma cousine Greta ?

Nouvelles révérences. Mais les deux autres le dévisageaient maintenant avec méfiance.

— Je vous présente mes plus sincères condoléances pour votre mère.

— Oh... Merci. Cela fait presque un an qu'elle nous a quittées, mais elle nous manque toujours terriblement.

Harrison, qui avait fait tourner bride à sa monture, mit pied à terre à son tour et s'approcha.

— Comment allez-vous, lady Ava ? salua-t-il.

— Très bien, lord Harrison. Je suis ravie de vous revoir.

— Lord Downey séjourne-t-il toujours en France ? La dernière fois que nous nous sommes vus, vous attendiez son retour pour le début de la saison.

— Il ne devrait plus tarder, en effet.

Sans trop savoir quel but il poursuivait, Jared demanda :

— Assisterez-vous aux divers bals et réceptions, cette année ?

— Nous sommes encore en deuil, répondit Ava.

— Pour un mois seulement, précisa celle qui se nommait Greta. Ensuite, nous accepterons les invitations avec plaisir.

Lady Ava décocha un regard mécontent à sa cousine.

— Dans ce cas, je suis impatient de vous retrouver dans une salle de bal, lady Ava, déclara Jared avec un sourire. Je crois me rappeler que vous aimez beaucoup danser.

Elle tressaillit, puis étrécit les yeux.

— En effet, milord… en particulier la valse, répondit-elle.

— Peut-être me permettrez-vous de réserver la première dès maintenant ?

Il souriait. Les commissures des lèvres de la jeune fille frémirent et se retroussèrent de manière imperceptible.

— C'est très aimable à vous, répondit-elle sans se compromettre.

Il inclina la tête et vit ses pommettes se colorer. Elle était vraiment très jolie, plus encore que dans son souvenir.

— Oh, mais il est déjà tard ! s'exclama-t-elle, les yeux ostensiblement baissés sur la petite montre épinglée à son corsage. Phoebe, Greta, nous devons rentrer. Messieurs, si vous voulez bien nous excuser…

Jared recula pour leur livrer passage.

— Bien sûr. Je suis certain que nous ne tarderons pas à nous revoir. Et n'oubliez pas que j'ai réservé votre première valse, lady Ava.

— Bonsoir, milord. Bonsoir, lord Harrison.

Harrison souleva son chapeau tandis que les jeunes filles exécutaient une révérence, avant de s'éloigner.

Jared ne parvenait plus à chasser de son cerveau l'idée improbable et totalement saugrenue qui y avait fleuri un peu plus tôt.

Comme s'il lisait en lui, Harrison poussa un soupir entendu.

— Ma foi, elle est fille de comte, n'est-ce pas ? Tu pourrais trouver bien pire. Mais je ne sais pas ce qu'en penserait certaine veuve de ma connaissance. Y as-tu songé ?

— Je n'ai songé à rien du tout, rétorqua Jared.

Son regard ne quittait pas la taille fine de lady Ava et ses hanches rondes qui se balançaient. Il était intrigué, autant qu'il l'avait été lors de leur première rencontre.

Finalement, il tourna la tête et adressa un clin d'œil à Harrison.

— Miranda... Oui, il faut que je lui parle, convint-il en grimpant sur sa monture.

5

— Mais quand l'as-tu rencontré ? demanda Phoebe pour la centième fois depuis qu'elles étaient rentrées à Downey House, la veille. Je ne me rappelle pas que vous ayez été présentés.

— Vraiment ? Cela a dû se passer peu de temps avant la mort de maman, répondit Ava qui s'habillait en toute hâte pour sortir.

Elle avait un sujet bien plus urgent en tête.

— Non, insista Phoebe, je suis sûre que je m'en souviendrais si ç'avait été le cas. Et pourquoi a-t-il réclamé d'être inscrit sur ton carnet de bal ? Tu n'es pas vraiment la coqueluche du Tout-Londres en ce moment, et du reste, lui non plus ne fréquente pas les réceptions. Je n'y comprends rien.

— Il n'y a rien à comprendre. Lord Middleton se montrait juste poli. Franchement, il y a plus important, tu ne crois pas ?

— Pour toi peut-être, mais moi, je meurs de curiosité. On aurait dit... qu'il te connaissait bien, remarqua encore Phoebe en levant le nez de son ouvrage.

— Ô Seigneur, vas-tu penser à autre chose ? s'impatienta Ava. Par exemple à un majordome. Il nous en faut absolument un si nous voulons faire notre retour dans le monde.

Personne ne la contredit. Toutes trois savaient parfaitement que toutes les maisons élégantes de Mayfair avaient une nombreuse domesticité. Dans le cas contraire, on en concluait que l'argent manquait. Et les malheureux qui se trouvaient dans cette situation n'avaient tout simplement pas d'avenir.

La période la plus difficile avait eu lieu quelques mois plus tôt et avait nécessité la prise de mesures drastiques.

Après avoir adhéré au Comité des Dames Bienfaitrices, Ava et Greta avaient, lentement mais sûrement, commencé à engager du personnel.

S'investir dans les bonnes œuvres avait été la seule façon de souffler un peu et d'échapper à l'œil acéré de Lucille Pennebacker qui les surveillait en permanence sous prétexte de protéger leur vertu. La sœur de lord Downey ne pouvait en effet formuler d'objection quand les trois jeunes filles demandaient à sortir pour s'occuper de « leurs pauvres ».

Le Comité avait été fondé par un groupe de paroissiennes de l'église Saint-George. Chaque semaine, ces dames se réunissaient pour distribuer des fruits et des abats aux indigents qui, selon elles, ne pouvaient sortir que des taudis les plus sordides. En échange, leurs protégés devaient promettre de se conduire en bons chrétiens et les écouter lire des passages de la Bible.

L'hospice était situé derrière les écuries publiques, sur Portland Street, près de la très élégante Regent Street. Ava et Greta s'y rendaient régulièrement, et quand elles ne jouaient pas les bigotes, elles étudiaient avec attention les nécessiteux qui venaient chercher là de quoi manger.

À force de patience, elles avaient réussi à en convaincre plusieurs, triés sur le volet, de venir travailler chez elles en échange du gîte et du couvert. Évidemment, elles ne pouvaient leur payer de gages, ce qui rendait les tractations difficiles. En conséquence, seulement trois domestiques avaient fait leur entrée à Downey House.

C'est ainsi que Sally Pierce, une ancienne prostituée repentie, était devenue leur femme de chambre.

— Ava, tu ne crains pas qu'elle ne reprenne ses mauvaises habitudes ? s'était inquiétée Phoebe le jour où Sally s'était présentée à Downey House.

— Espérons-le, car dans le cas contraire, notre réputation ne s'en remettra pas, lui avait chuchoté sa sœur.

Elles avaient également engagé M. William Pell et son fils Samuel, qui avaient tous deux été blessés dans un dramatique accident de voiture. Le père avait perdu une jambe et ne pouvait donc plus monter à l'échelle, comme l'exigeait son métier d'allumeur de réverbères. Le fils, qui avait été son apprenti, était resté avec un bras infirme. À eux deux, ils parvenaient à abattre le travail d'un valet compétent.

Mais il leur manquait toujours un majordome. C'était indispensable si elles désiraient participer à la prochaine saison, car il n'y avait rien de pire selon Ava que de voir Lucille Pennebacker aller ouvrir la porte aux visiteurs. Elles continuaient donc à chercher la perle rare parmi les pauvres qui venaient à la distribution de vivres.

Ava se proposait justement de se rendre sur Portland Street lorsque Greta déclara :

— Ava, avant que tu t'en ailles, je dois vous dire quelque chose à Phoebe et à toi.

Le ton était grave. Ava lui jeta un regard intrigué et Phoebe leva le nez de l'ourlet qu'elle était en train de recoudre.

— J'ai beaucoup réfléchi à notre situation et... voilà : j'ai un oncle, du côté de mon père qui, je crois, a hérité de la fortune de papa à sa mort. J'espère qu'il sera en mesure de nous venir en aide. À ma connaissance, il n'a pas d'héritier mâle. Il se pourrait donc que je devienne son unique héritière. Je lui ai écrit afin de solliciter une entrevue. J'ai l'intention de lui demander une sorte d'avance sur cet héritage, l'équivalent d'une rente annuelle, par exemple. Cela nous aiderait à sortir la tête de l'eau, qu'en pensez-vous ?

Phoebe applaudit.

— C'est une merveilleuse idée ! s'exclama-t-elle à l'instant où Lucille pénétrait dans la pièce, une pile de linge fraîchement repassé dans les bras. Où habite-t-il, Greta ? À Berkeley Square, je présume ? Il y a tant de personnes âgées là-bas...

Greta leva les yeux au ciel.

— *Berkeley Square* ? Mais c'est à deux pas d'ici, voyons ! Si mon oncle avait vécu là, j'aurais été frapper directement à sa porte. Non, nigaude, il vit dans les Marches.

Phoebe pâlit.

— Greta ! Tu n'envisages quand même pas d'aller là-bas ? C'est... c'est presque aussi loin que l'Amérique !

— Non, mais... c'est au pays de Galles, reconnut Greta. Il est vrai que je n'y ai pas mis les pieds depuis un moment, mais...

— Tu avais *huit ans* la dernière fois ! lui rappela Ava.

Un bruit mat leur fit tourner la tête. Lucille venait de laisser tomber son linge et fixait Greta de ses petits yeux ronds.

— Certes, mais je n'ai rien oublié, objecta la jeune fille. Et j'ai, dans les affaires de maman, une lettre qui indique l'itinéraire pour se rendre chez mon oncle. Je saurai me repérer, ne vous inquiétez pas.

— Miséricorde, elle ne plaisante pas, gémit Phoebe.

— Je serai absente trois mois, tout au plus, poursuivit Greta. Je ne compte pas m'attarder en chemin.

— Et par quel moyen comptes-tu te rendre là-bas ? s'enquit Ava.

— En diligence, avec Mme Smithington. Elle a demandé à lady Purnam de lui recommander une dame de compagnie pour le voyage, et lady Purnam a tout de suite songé à moi.

— Mais Greta… les Marches… c'est si loin ! bredouilla Phoebe.

— Oh, ne soyez donc pas si poltronne, intervint Lucille. Laissez-la partir si elle le souhaite. Elle ne voyagera pas seule, et cela fera une bouche de moins à nourrir, non ?

— Lucille ! s'écria Phoebe.

— Eh bien quoi ? Vous pensez que c'est facile de remplir les assiettes avec la maigre rente qu'Egbert nous alloue ?

— Lucille, je vous en prie ! lâcha Ava avec irritation. La paroisse nous paie cinq livres par pauvre que nous nourrissons à la maison, et vous ne les autorisez qu'à avaler quelques pommes de terre.

— Je devrais sans doute leur donner votre part ? ironisa Lucille. Laissez partir votre cousine. De toute façon, au retour d'Egbert, vous serez *toutes* obligées de quitter la maison !

Sur ces paroles menaçantes, elle tourna les talons et quitta la pièce.

Les trois jeunes filles demeurèrent un instant pétrifiées avant d'échanger des regards incertains.

— Je pars demain, annonça Greta. Mme Smithington veut commencer son voyage par le Hertfordshire et prendre doucement la route de l'ouest.

— Je ne supporterai pas ton absence ! s'exclama Phoebe, les larmes aux yeux.

Ava alla prendre sa sœur dans ses bras pour la consoler. Greta les rejoignit et elles restèrent blotties l'une contre l'autre, en s'efforçant de se rassurer.

Peu après, Ava se rendit à l'hospice.

Elle avait beau tenter de rester optimiste, elle se faisait du souci.

En tant qu'aînée, elle se sentait en quelque sorte responsable de Phoebe et de Greta. C'était un fardeau auquel elle n'avait pas été préparée et qui l'angoissait parfois terriblement. Lucille avait raison, elle le savait ; dès son retour, lord Downey se débarrasserait d'elles trois au plus vite. Et dans la mesure où elle était la plus âgée, elle serait la première à marier.

Le mariage était inévitable. Depuis sa naissance, Ava s'y savait destinée. Elle y avait beaucoup réfléchi au cours de ces nuits blanches qui survenaient de plus en plus souvent, et elle avait abouti à la conclusion que si elle ne pouvait rien changer à cet état de fait, elle pouvait en revanche profiter de l'absence de son beau-père pour prendre sa destinée en main.

En d'autres termes, si elle réussissait à alpaguer un riche mari avant que son beau-père la force à épouser le premier venu, elle serait capable d'assurer l'avenir de Phoebe et de Greta qui, du coup, seraient libres d'épouser qui bon leur semblerait.

Sa décision était prise. Elle n'avait pas d'autre choix. Elle était femme, et ne pouvait ni se lancer dans les affaires, ni s'acheter une charge d'officier dans la Royal Navy, ni hériter du patrimoine de sa mère, ni même investir les trente livres qu'elle cachait dans sa chambre, sous une petite boîte de porcelaine.

Non, elle n'avait que le mariage comme porte de sortie, même si cette perspective l'emplissait d'appréhension. Son avenir lui apparaissait comme un immense point d'interrogation. Elle se sentait si seule ! Et Dieu que sa mère lui manquait !

De son vivant, la vie était si gaie ! La maison résonnait de son rire joyeux et elle prêtait toujours une oreille attentive à ses filles.

Elle n'avait pas hésité une seconde lorsqu'il avait fallu recueillir Greta, alors âgée de huit ans. Quand le comte de Bingley était encore de ce monde, ils vivaient tous à Bingley Hall. Durant les longs hivers rigoureux, lady Downey organisait des petits spectacles. Les filles dansaient et chantaient devant lord Bingley qui les applaudissait avec enthousiasme. Souvent après avoir fait leurs devoirs, elles étaient autorisées à entrer dans le dressing de lady Downey pour jouer parmi les robes, chapeaux et chaussures.

— Surveillez vos manières et comportez-vous en dames, car un jour vous aussi vous posséderez autant de jolies choses, leur disait-elle.

— Moi, je créerai mes propres robes ! assurait Phoebe qui, dès l'âge de six ans, s'était prise de passion pour la couture.

— Est-ce que nous irons au bal ? demandait Greta la grassouillette.

Lady Downey lui prenait les mains, la faisait tournoyer, et répondait d'une voix chantante :

— Bien sûr, mes chéries ! Vous irez au bal, vous serez invitées aux réceptions les plus somptueuses, et les hommes déposeront leur cœur à vos pieds !

Puis, reprenant son sérieux, elle s'agenouillait pour se mettre à leur hauteur et ajoutait en les regardant droit dans les yeux :

— Mais il ne faudra pas tomber amoureuse, vous m'entendez ? Ce serait stupide. On ne se marie pas par amour, on se marie par intérêts communs. C'est ce qu'on appelle un mariage de raison. L'amour vient après ! concluait-elle avec un petit clin d'œil.

Plus tard, lors de ses débuts dans le monde, Ava avait pu constater que la plupart des débutantes épousaient des hommes qui leur correspondaient bien plus par la fortune et le rang que par le caractère. Seules deux débutantes de sa connaissance s'étaient mariées par amour, et il était vrai que leur statut social en avait plutôt pâti.

Mais était-ce vraiment si terrible ? Le statut social était-il vraiment plus important que l'amour ? Car la vie devait quand même être plus agréable quand on éprouvait une réelle affection pour son conjoint, non ?

Les questions qu'elle se posait à ce propos et ses incertitudes l'avaient poussée à ne pas se presser de choisir entre ses soupirants. Elle regrettait aujourd'hui cette insouciance, et redoutait l'avenir. Elle croyait presque entendre sa mère lui murmurer : « C'est maintenant que tu dois faire un mariage de raison, ma chérie. Choisis le bon mari, et tu auras la sécurité financière. »

Puisqu'elle le devait, elle se marierait. Mais certainement pas avec quelqu'un comme sir Garrett. Non, elle allait se mettre en quête d'un mari plus plaisant. D'ailleurs, elle avait déjà un candidat en tête. Quelqu'un de beaucoup plus séduisant, et de beaucoup plus dangereux.

Le marquis de Middleton.

Depuis qu'ils avaient échangé ce baiser sulfureux dont le souvenir ne l'avait pas quittée, elle n'avait pu imaginer aucun autre homme dans sa vie. Il avait éveillé en elle une intense curiosité doublée d'une curieuse avidité.

Et s'il fallait absolument faire un mariage de raison, autant épouser un futur duc !

Ava y avait longuement réfléchi, et elle en avait finalement conclu qu'elle n'avait rien à perdre.

Il ne lui restait plus qu'à se débrouiller pour que lord Middleton demande sa main.

Et ce n'était pas une mince affaire. Car elle ne savait pas du tout comment l'on s'y prenait pour harponner un duc !

6

Une semaine plus tard, Ava avait son majordome.

M. Morris avait travaillé longtemps chez un bijoutier. Au fil des ans, sa vue avait baissé au point qu'il était devenu incapable de manipuler avec précision les joyaux qu'il devait sertir dans l'or et l'argent. Son employeur l'avait alors congédié sans état d'âme.

Sans moyen de subsistance, le malheureux n'avait eu d'autre solution que de se tourner vers l'hospice. Sollicité par Ava, il avait accepté avec bien des réticences d'être majordome à Downey House.

— Vous vous en tirerez très bien, j'en suis sûre, l'avait-elle rassuré. C'est très simple, vraiment. On vous demandera surtout d'ouvrir et de fermer les portes.

Elle n'avait elle-même qu'une vague notion de ce qu'impliquait la charge de majordome, mais elle réussit néanmoins à apaiser les craintes du vieil homme. En revanche, elle eut beaucoup plus de mal à le faire accepter par Lucille Pennebacker.

— Ça un majordome ? railla-t-elle avec mépris. C'est un simple ouvrier, et il empeste l'œuf pourri !

— N'oubliez pas qu'en l'engageant, nous faisons une bonne action, Lucille.

— Allons donc, avait ricané Lucille. Attendez qu'Egbert rentre ! Il ne tolérera pas d'avoir sous son toit un homme qui sent le sulfure !

C'était probablement vrai, pourtant, Ava retourna à l'hospice faire rayer M. Morris de la liste des indigents et percevoir par la même occasion les cinq livres qui lui revenaient.

Certes, M. Morris n'était pas le candidat idéal pour le poste, mais elle avait l'espoir qu'il s'adapterait rapidement.

Sur le chemin du retour, elle était tellement plongée dans ses pensées qu'elle ne remarqua pas les trois gentlemen qui sortaient d'un club de Regent Street. Elle ne prêta pas non plus attention à celui qui s'immobilisa avant de s'avancer dans sa direction.

— Eh, Middleton, viens donc ! lança l'un des deux autres.

Ava cessa un instant de respirer. *Middleton !* La coïncidence était incroyable. Cela faisait plusieurs jours qu'elle peinait à trouver le sommeil tant elle cherchait comment provoquer une rencontre entre eux.

Et voilà qu'elle tombait sur lui sans y être du tout préparée !

— Lady Ava ? fit-il en l'observant avec curiosité.

— Lord Middleton.

Reprenant ses esprits, elle plongea dans une révérence. Le deuxième compagnon du marquis, qu'elle reconnut comme étant lord Harrison, cria à son tour en riant :

— Middleton ! Nous allons être en retard et je connais quelqu'un qui t'attend avec impatience…

Le marquis l'ignora et, toujours tourné vers Ava, demanda, surpris :

— Vous êtes seule ? Vous êtes pourtant loin de chez vous, il me semble.

— Je reviens de l'hospice, milord. J'ai apporté quelques fruits aux indigents, précisa-t-elle en indiquant son panier vide.

Lord Harrison et son compagnon – lord Stanhope – se décidèrent à les rejoindre. Ils saluèrent Ava qui réitéra sa révérence.

— Pardonnez-nous, lady Ava, mais je dois vraiment insister pour presser notre ami ici présent, déclara Harrison. Nous avons un rendez-vous de la plus haute importance.

Lord Stanhope s'esclaffa, tandis que lord Middleton déclarait avec un sourire si charmeur qu'Ava eut soudain très chaud sous son épais manteau :

— Ne faites pas attention à eux, lady Ava. Ils ont exagéré sur le whisky et en oublient leurs bonnes manières.

Lord Harrison posa la main sur l'épaule du marquis.

— Je ne peux pas m'attarder, mon cher. On m'attend, je te rappelle.

— Allez-y, dans ce cas, rétorqua lord Middleton avec un geste de la main. Je vous rejoindrai, mais avant, je veux m'entretenir un instant avec lady Ava.

— Mais je croyais que Mi... commença lord Stanhope.

Lord Harrison abattit le bras sur ses épaules et l'attira à l'écart pour lui glisser quelques mots à l'oreille. Lord Stanhope releva brusquement la tête, scruta Ava, puis afficha un grand sourire.

— Je vous souhaite une excellente journée, lady Ava, fit-il avant de s'éloigner en riant avec son ami.

Lord Middleton mit le poing sur la hanche. Le pan de sa redingote s'écarta, révélant un pantalon gris perle et un gilet rayé d'une suprême élégance.

— Ainsi donc vous avez vos bonnes œuvres ? reprit-il avec une pointe d'ironie.

— Je fais partie du Comité des Dames Bienfaitrices. Vous en avez peut-être entendu parler.

— Non, pas vraiment. De quoi s'agit-il ?

— Eh bien... nous nous occupons des pauvres. Nous leur offrons à manger, nous soignons les infirmes, nous leur lisons des passages de la Bible...

— C'est assurément très chrétien.

Elle perçut le rire dans sa voix et leva un regard indigné sur lui. Tout cela était vrai, elle ne faisait pas *que* chercher un majordome lorsqu'elle participait à l'action du comité !

— Êtes-vous... en train de vous moquer de moi, milord ?

— Pas du tout. Je vous complimentais simplement pour votre générosité.

— C'est une entreprise d'envergure, vous savez. Je suis très impliquée et... et...

— Je n'en doute pas une seconde, rassurez-vous. Et où allez-vous maintenant ? Prodiguer d'autres largesses aux déshérités ?

— Non, je rentre chez moi.

— Permettez-moi alors de vous accompagner.

— C'est inutile, vraiment, répondit-elle d'un ton sec.

Elle entendait encore la remarque de lord Harrison : « Je connais quelqu'un qui t'attend avec impatience. » Quelle canaille il faisait ! Et il n'était pas question qu'il la raccompagne à Downey House. Si elle voulait qu'il s'intéresse vraiment à elle, c'était bien le dernier endroit où l'emmener. Elle imaginait déjà Lucille et le majordome puant se battant pour lui ouvrir la porte... Un vrai cauchemar !

— C'est cependant mon devoir de gentilhomme, objecta-t-il. Le soir tombe, je ne peux vous laisser rentrer seule chez vous. Vous ignorez donc quels dangers guettent les jeunes demoiselles dans les rues obscures de la capitale ?

— Je ne les ignore pas, mais...

— Je vous en prie, lady Ava. Accordez-moi ce plaisir. Il ne m'arrive pas si souvent de côtoyer un tel parangon de vertu, insista-t-il, la main sur le cœur.

Il flirtait avec elle. Le marquis de Middleton en personne. Ava dompta l'émotion qui l'assaillait et se détendit. Elle esquissa un sourire parfaitement maîtrisé.

— Eh bien, milord, si ma compagnie peut vous rapprocher de Dieu, il ne faut effectivement pas vous en priver, riposta-t-elle en acceptant son bras.

Il éclata d'un rire profond qui lui arracha un frisson.

— Allons-y, déclara-t-il après s'être saisi de son panier. Chez vous, donc ? Sur Clifford Street ?

— Euh... non. À l'église, se ravisa-t-elle soudain.

— Vraiment ?

— C'est tout près.

— Je sais où est l'église Saint-George, merci. Mais à cette heure, il ne doit pas y avoir grand-monde.

— Détrompez-vous, il n'y a pas d'heure pour exercer la charité, milord. Une de mes amies me raccompagnera ensuite.

— Votre dévouement est admirable, lady Ava, commenta-t-il en se mettant en marche.

Elle lui glissa un regard de biais.

— Vous semblez surpris.

— Un peu, je l'avoue. Je ne vous croyais pas si pieuse. Je ne vous ai jamais vue à l'office...

— C'est que… vous ne regardez pas assez autour de vous, milord. Car je vous assure que j'y assiste très régulièrement, mentit-elle effrontément.

— Je ne saurais quitter des yeux le pasteur lorsqu'il prêche, rétorqua-t-il, une étincelle dans ses yeux noisette. Et si mon regard tombait sur vous, lady Ava, il est certain que mes pensées risqueraient de s'éloigner par trop de Dieu…

Il l'enveloppa d'un regard si brûlant qu'elle en eut les jambes en coton.

— À dire vrai, poursuivit-il, il est à craindre que, dès ce soir, mes pensées s'égaient loin des sujets sérieux qui devraient m'occuper.

Ava avait l'habitude de flirter, elle savait même très bien s'y prendre d'ordinaire. Mais le regard de lord Middleton était si intense qu'elle avait l'impression d'être nue devant lui, et se sentait bizarrement vulnérable. Elle avait même du mal à assembler deux pensées cohérentes.

— N'exagérez-vous pas un peu votre vilenie ? demanda-t-elle finalement à mi-voix.

— Je ne crois pas. Vous devriez savoir que je ne suis qu'un bon à rien dont les péchés méritent cent fois la damnation éternelle. Vous ne lisez donc pas les rubriques mondaines des gazettes ?

Il se tenait si près d'elle, la tête tournée dans sa direction. Pour la millième fois peut-être, elle se remémora leur baiser et ses caresses si osées…

— Cela m'arrive, milord. En passant, bien sûr… lorsque je cherche les articles sur le Parlement.

— Vous vous intéressez *aussi* à la politique ? D'ordinaire, la plupart des dames ne songent qu'aux fêtes, à la poésie ou aux potins du moment.

— Je vous assure que les goûts des femmes sont bien plus éclectiques. Elles se passionnent pour un tas d'autres sujets que ceux que vous venez de citer, milord.

— Pas à ma connaissance. Car enfin elles ne parlent que de toilettes, de chaussures, et de tel gentilhomme qui a dansé plus de deux fois avec telle jeune fille.

Ava eut un haussement d'épaules désinvolte.

— Je ne sais trop. Vous savez, je ne prête guère l'oreille aux commérages des salons et des salles de bal.

— Décidément, vous êtes une sainte, lady Ava ! s'exclama-t-il. Et vous aurez sûrement envie de vous investir dans la vente de charité que j'organise et dont les bénéfices doivent revenir à l'Hôpital des enfants trouvés. J'en suis le parrain et toutes les bonnes volontés seront les bienvenues. Je serais vraiment enchanté que vous nous apportiez votre concours.

Sa proposition la prit au dépourvu, mais l'enthousiasma d'emblée. Œuvrer à ses côtés au sein d'une association charitable, c'était là le prétexte idéal pour le côtoyer. Cela semblait trop beau pour être vrai !

— Puis-je compter sur votre présence ? reprit-il. Ce sera une réception d'importance durant laquelle les plus illustres familles du royaume seront invitées à offrir des objets de valeur destinés à être vendus aux enchères. La soirée aura lieu en juin, à Vauxhall.

— J'en serai ravie, milord ! répondit Ava spontanément, avant d'ajouter en hâte : Je ferais n'importe quoi pour aider une noble cause.

En l'occurrence, cette cause était la sienne.

Ils étaient parvenus en vue de l'église.

— Nous y sommes, annonça Ava. Je vous remercie de m'avoir escortée, milord.

— Merci de me l'avoir permis.

Il lui prit la main, la porta à ses lèvres. Elle sentit son haleine lui brûler la peau à travers ses gants, et une boule de chaleur irradia dans son ventre. Lentement, il lui tourna la main et appuya les lèvres au creux de sa paume.

— Et merci de m'avoir accordé votre première valse pour l'ouverture de la saison, ajouta-t-il dans un murmure.

Elle avait à présent l'impression de baigner dans une étuve.

— Je… je vous l'aurais accordée ?

— Certes, vous l'avez fait.

— Je n'en ai pas souvenir, fit-elle, le souffle court.

Il se redressa et, avec un sourire plein d'arrogance, murmura :

— Vous le ferez.

Comme à regret, il abandonna sa main, puis demanda :

— Je peux vous abandonner ici ?

— L'église n'est qu'à un jet de pierre, milord.

— Alors je vous souhaite le bonsoir, lady Ava, fit-il en lui tendant son panier.

Il s'écarta, la regarda une dernière fois, puis s'éloigna d'un pas alerte.

Ava feignit de fouiller dans son réticule tout en l'observant à la dérobée jusqu'à ce qu'il disparaisse au coin de la rue. Elle rebroussa chemin ensuite et, parvenue à l'intersection, tourna à gauche là où le marquis venait de tourner à droite.

Elle était en proie à un léger vertige, et sa peau la picotait là où il l'avait embrassée. Était-ce possible ? se demanda-t-elle. Était-elle capable de détourner un homme tel que lord Middleton d'une femme comme lady Waterstone ? Se pouvait-il qu'un aristocrate de son rang, le plus beau parti de toute l'Angleterre, s'intéresse à elle ?

« Et pourquoi pas ? » lui souffla une petite voix triomphante.

Un sourire plein d'espoir aux lèvres, elle pressa le pas.

Le lendemain matin, alors que Jared se trouvait dans son bureau, il reçut une lettre du majordome de Broderick Abbey. Son contenu le perturba et l'amena à penser de nouveau à Ava Fairchild.

Son père semblait résolu à mettre sa menace à exécution. Cette fois, Jared n'avait plus le choix. Il avait déjà admis en son for intérieur qu'il ne pouvait faire autrement que de se marier pour empêcher l'impensable. Mais quelle que soit la pression exercée par le duc, il n'épouserait pas lady Elizabeth. Jamais ! S'il se mariait, ce serait avec une femme qui lui plairait, une femme désirable qu'il prendrait du plaisir à engrosser.

Et cette personne, avait-il décidé, serait lady Ava.

Elle possédait les qualités requises. Elle était issue de la noblesse, mais étant orpheline et sans fortune, elle était par conséquent à la recherche d'un riche mari. Elle était avenante, drôle et fort jolie. Il ferait son devoir, et continuerait de mener l'existence qui était la sienne sans avoir à se soucier d'une belle-famille encombrante.

Après avoir empoché la lettre de Broderick Abbey, il s'empara d'une feuille de vélin sur laquelle était déjà calligraphié son nom et écrivit :

Très chère lady Ava,
Merci encore de m'avoir permis de vous accompagner à l'église. Je trouve admirables les efforts que vous faites pour améliorer la vie des pauvres de notre bonne ville de Londres. Je suis sûr que votre générosité en inspirera d'autres lors du gala de charité de juin prochain. Votre dévouement est un exemple à suivre, toutefois je me permets de vous faire remarquer que l'église Saint-George se trouve sur Maddox Street et non sur Burgh Street, comme vous semblez le croire.
Avec toute mon amitié,

M.

Satisfait, il sonna un domestique à qui il confia le pli.

— Faites porter ce message immédiatement à l'adresse indiquée, accompagné d'un bouquet des roses les plus rouges que vous pourrez trouver, ordonna-t-il.

Le valet sorti, Jared se renversa dans son siège avant de glisser la main dans la poche qui contenait la lettre en provenance de Broderick Abbey.

7

Le même jour, Ava et Phoebe durent supporter une visite de lady Purnam qui avait décidé de passer les voir au moins une fois par semaine.

Assise dans le fauteuil le plus confortable du salon, elle sirotait son thé. Comme Ava faisait remarquer qu'elle quitterait avec joie les robes de basin noir qui étaient leur quotidien depuis un an, lady Purnam répliqua :

— Dans une semaine, votre période de deuil sera terminée. Je sais que vous serez tentées de retourner au plus vite dans le monde, mais personnellement je vous conseille d'observer une période de demi-deuil pendant disons… trois mois.

Phoebe et Ava échangèrent un regard abasourdi.

— Une période de demi-deuil ? répéta Ava. Est-ce la coutume ? Cela fait déjà un an que nous sommes en grand deuil.

— Je sais, mais ce serait faire grand honneur à la mémoire de votre mère. Tout le monde trouverait cela normal.

— Sans doute, mais… est-ce obligatoire ? insista Ava.

— Ce n'est pas le terme. Néanmoins, vous n'en apparaîtriez que plus méritantes aux yeux des gens de qualité. Oh, ne faites pas cette tête lugubre ! On a le droit de voyager à l'étranger quand on est en demi-deuil.

— Mais on ne peut pas aller au bal.

— Certainement pas. On n'a pas envie de danser quand on vient de perdre sa mère, rétorqua lady Purnam.

Lucille intervint alors :

— Pardonnez-moi, milady, je connais et j'approuve les règles de l'étiquette, toutefois, je suis d'avis que ces jeunes filles doivent faire leur retour dans le monde le plus vite possible.

Ava et Phoebe échangèrent cette fois un regard circonspect. Elles se méfiaient de Lucille Pennebacker qui était, si possible, encore plus étroite d'esprit que lady Purnam sur les questions de bienséance.

Cette dernière objecta avec hauteur :

— Il me semble être plus à même de conseiller ces jeunes filles sur ce qu'il est correct de faire ou pas ici, à Londres.

— Sans doute, mais mon frère rentre de France en avril, et je puis affirmer qu'il sera farouchement opposé à l'idée de prolonger la période de deuil. Il est grand temps qu'Ava et Phoebe trouvent un mari. Elles sont en passe de devenir vieilles filles.

— Oh, Lucille, je vous en prie… commença Ava.

— Je vous assure, mademoiselle Pennebacker, que dès que j'aurai eu l'occasion de discuter avec lord Downey, il comprendra l'utilité, que dis-je, la nécessité d'une période de demi-deuil, s'entêta lady Purnam.

Lucille se leva et saisit le plateau à thé.

— Parlez-lui tant que vous voudrez. Mais je pense connaître mon frère mieux que vous. Maintenant, veuillez m'excuser, je vais rapporter ce plateau à l'office.

— Faites, je vous en prie, acquiesça lady Purnam avec un sourire acide.

Elle attendit que Lucille ait quitté la pièce pour exprimer sa réprobation :

— Cette femme est la plus désagréable qu'il m'ait été donné de rencontrer dans un salon ! Je suppose que c'est elle qui a eu l'idée d'engager ce M. Morris, cet idiot qui a osé me faire attendre sur le perron pendant qu'il allait m'annoncer ?

— Je suis désolée. Je ne manquerai pas de le morigéner, assura Ava.

Lady Purnam soupira et se leva.

— Vous devriez suggérer à lord Downey de faire retapisser les fauteuils dès son retour. Tout part en lambeaux ! Bien, mes chères petites, je vous laisse. Dois-je vous envoyer ma couturière pour prendre vos mesures et faire confectionner une garde-robe de demi-deuil ?

— Non, ce ne sera pas nécessaire, je m'en chargerai, répondit Phoebe avec calme.

Lady Purnam baissa les yeux sur les mains de la jeune fille.

— Phoebe, vous ne devriez pas tirer l'aiguille si souvent. Cela finit par laisser des traces. Aucun homme ne veut d'une femme aux mains calleuses.

— Je comprends, milady, assura Phoebe poliment.

— Bien, je reviendrai vous voir bientôt.

— Nous en serons ravies, mentit Ava avec un bel aplomb.

Les jeunes filles saluèrent la visiteuse d'une révérence, puis celle-ci se dirigea vers la porte d'une démarche digne.

Sitôt le battant refermé, Ava laissa échapper un soupir excédé tandis que Phoebe se précipitait vers le fauteuil que lady Purnam venait de quitter. Elle souleva le coussin d'assise et sortit une robe toute chiffonnée.

— Qu'est-ce que c'est que ça ? s'exclama Ava, interdite.

— Pas une sinécure, en tout cas ! répondit sa sœur avec lassitude.

Elle posa la robe sur le dossier du fauteuil, puis alla chercher derrière les rideaux de velours prune une panière qui débordait de vêtements.

En prévision de leur prochain retour dans le monde, Phoebe avait découpé les anciennes toilettes de leur mère afin d'en confectionner de nouvelles pour Ava et elle-même. En général, de deux robes elle en faisait une. La première de la pile était un mélange de soie verte et de brocart doré. Ava s'en saisit avec curiosité et la plaqua devant elle pour juger du rendu.

— Pourquoi toutes ces robes ? questionna-t-elle enfin en reportant son attention sur le tas impressionnant. Nous ne pourrons jamais en porter autant durant la saison !

— Coudre me calme les nerfs.

Ava était de plus en plus intriguée. Pourquoi Phoebe cachait-elle sa panière ? Pourquoi, à l'entrée de lady Purnam et de Lucille, avait-elle dissimulé sous un coussin la toilette sur laquelle elle travaillait ?

— Toi, tu mijotes quelque chose ! Pourquoi fais-tu de la couture en catimini ? Pourquoi fabriques-tu autant de robes ?

— J'aime coudre, c'est tout.

— Cela, c'est évident, ma chérie ! Mais il y a autre chose. Allons, dis-moi la vérité !

Phoebe se mordilla la lèvre inférieure, jeta un coup d'œil à la porte du salon, puis traversa soudain la pièce en courant et, à la grande stupeur d'Ava, poussa le vieux sofa devant la porte.

Enfin elle se laissa tomber sur les coussins, comme terrassée par une immense fatigue.

— Bon, très bien, je vais te le dire ! déclara-t-elle en relevant le menton.

Ava tint à bout de bras la robe vert et or.

— Phoebe, tu as vraiment un talent fou ! s'extasia-t-elle. Tu as toujours repris nos robes pour leur donner plus de cachet et d'originalité, mais avec le temps, tu es vraiment devenue une artiste ! Tu es plus douée que toutes les couturières professionnelles que je connais.

— Justement, Ava. Je veux créer mes propres modèles. Pour les vendre.

Ava lui lança un regard stupéfait.

— Les *vendre* ? Où voudrais-tu vendre ces robes ? Et à qui ?

— Aux dames de qualité, dans une boutique de Bond Street.

— Tu veux monter un... *commerce* ? Phoebe, tu n'y penses pas ! Une jeune fille de bonne famille ne travaille pas. Si tu ouvrais un magasin, nous deviendrions toutes des parias. Plus personne ne voudrait nous recevoir ! Après tout le mal que nous nous sommes donné pour sauvegarder les apparences !

Phoebe voulut répondre, mais Ava leva la main.

— Non, articula-t-elle en secouant la tête. Ton idée a le mérite d'être courageuse, mais elle n'est absolument pas réalisable.

Sur ces mots, elle laissa tomber la robe vert et or sur la pile de vêtements et croisa les bras d'un air catégorique.

Phoebe eut un petit rire.

— Si tu en as terminé, moi pas. Laisse-moi t'expliquer à quel point mon plan est brillant. À part toi – et bien sûr Greta, quand elle rentrera du pays de Galles –, personne ne saura que c'est moi qui fabrique ces toilettes.

— Vraiment ? Et comment comptes-tu t'y prendre pour réaliser ce tour de passe-passe ?

— Moque-toi si tu veux. Je connais plein de boutiques huppées sur Bond Street qui exposeraient volontiers ces modèles dans leurs vitrines.

Phoebe se leva pour aller récupérer la robe vert et or qu'elle brandit devant sa sœur.

— Oh Ava, imagine que tu te rendes dans une boutique vêtue de cette robe ! On te fait mille compliments – car en toute modestie, elle est magnifique – et l'on te demande forcément où tu l'as achetée. Tu expliques alors que tu l'as fait faire par cette couturière française qui vient de s'installer à Londres.

Phoebe fourra la robe entre les mains de sa sœur, médusée, puis se mit à faire les cent pas dans la pièce, les mains jointes derrière le dos.

Elle réfléchissait tout haut :

— La nouvelle se répandra dans toute la ville. Les gens seront intrigués, surtout si cette couturière est une excentrique qui refuse de traiter directement avec les clientes. Cela déclenchera une curiosité folle. Et si en plus elle déclare ne vouloir habiller que le gratin de la haute société, toutes les femmes se battront pour figurer sur la liste des privilégiées.

Phoebe s'arrêta brusquement et pivota vers sa sœur, tout excitée :

— Tu comprends, les commandes afflueront, et moi, je travaillerai ici, dans le plus grand secret, sans que personne puisse faire le lien.

— Concrètement, comment cela peut-il marcher ?

— Tu peux te présenter comme l'intermédiaire de cette couturière française. J'imagine que la propriétaire de la boutique verra vite son intérêt à travailler avec cette dernière – moi, en l'occurrence. Les employés prendront les mesures des clientes qui me seront ensuite transmises. Et le tour sera joué !

— Je ne sais pas, murmura Ava. Cela semble tellement insensé.

Phoebe la rejoignit et la saisit aux épaules :

— Réfléchis, Ava ! Avec cet argent, nous pourrons acheter de belles toilettes dans les meilleures boutiques de Bond Street. Ainsi personne ne soupçonnera rien.

Phoebe eut un sourire radieux. Elle semblait convaincue du succès de son plan. Cependant Ava demeurait réticente. Certes, elles auraient de l'argent et seraient en mesure de s'offrir des tas de jolies choses, mais...

— J'ai beau chercher, je ne trouve aucun argument contre ton projet, avoua-t-elle finalement.

Sa sœur poussa un cri de joie.

— Il va d'abord falloir trouver une boutique où tu iras présenter un modèle discrètement. À toi de persuader la propriétaire du bénéfice qu'elle pourra tirer de notre association.

— Écoute...

— Ava, tu *dois* le faire ! La saison va commencer et les boutiques de mode prennent commande des toilettes qui seront portées aux prochaines réceptions. Si tout n'est pas réglé d'ici quinze jours, notre chance sera passée !

Ava ne put répondre, car quelqu'un venait de tambouriner à la porte du salon.

— Un instant, s'il vous plaît ! cria Phoebe.

Elle se précipita sur la panière pour la dissimuler de nouveau derrière le rideau, tandis qu'Ava s'empressait de remettre le canapé en place. Puis cette dernière attendit que sa sœur se soit assise dans l'un des fauteuils pour aller ouvrir.

Elle se retrouva face à un énorme bouquet de roses qui masquait la figure de M. Morris.

— Pardon de vous déranger, m'dame, mais il y a ces fleurs qui viennent d'arriver pour vous.

— Entrez, monsieur Morris, et... oui, tenez, posez cela sur la commode.

Les fleurs étaient splendides. Couleur rubis, elles étaient disposées dans un vase en cristal, et répandaient un parfum divin.

Avec précaution, M. Morris posa le vase à l'endroit indiqué par Ava, puis s'essuya le front d'un revers de manche avant de tendre une enveloppe à la jeune fille.

— Voilà, m'dame, c'était avec le bouquet. Ah, j'ai une question à vous poser… Quand un valet apporte une lettre, on doit le faire entrer dans le hall ou pas ?

— S'il attend une réponse, oui. Pourquoi, est-ce le cas de celui-ci ?

— Oh non, je l'ai renvoyé.

Ava retint un soupir et reprit :

— À ce propos, sachez qu'on ne fait pas attendre une dame sur le perron quand elle se présente pour une visite.

Morris hocha la tête en marmottant, comme s'il se répétait ces consignes afin de les mémoriser.

— Merci, monsieur Morris, ce sera tout.

Le vieil homme s'inclina, pivota sur les talons, comme le lui avaient appris à le faire les Pell père et fils, puis sortit.

Dès que les deux sœurs furent de nouveau seules, Phoebe se leva d'un bond.

— Qui t'a envoyé ce bouquet ? C'est sûrement Greta. Ce ne peut être qu'elle !

Ava ouvrit l'enveloppe, aperçut un *M* calligraphié et sentit son cœur s'emballer. Tournant le dos à sa sœur, elle parcourut rapidement le mot. Un rire lui échappa.

Elle ne s'était donc pas trompée. Le marquis s'intéressait à elle !

— Alors, qui est-ce ? s'impatienta Phoebe.

Ava lui fit face et, la lettre pressée contre sa poitrine, se pencha pour humer le parfum entêtant des fleurs.

— Ce sont les plus belles roses qu'on m'ait jamais offertes, déclara-t-elle.

— Tu ne me dis toujours pas de qui provient ce bouquet.

— Nous allons choisir dès maintenant les robes que tu confectionneras pour moi. Je quitterai le deuil la semaine prochaine.

Phoebe poussa un petit cri.

— Lady Purnam va en faire une maladie !

— Cela m'est égal. Tu as entendu Lucille. Il ne nous reste pas beaucoup de temps, Phoebe. Nous avons respecté une période de deuil décente et avons pleuré notre mère pendant un an. La saison commence, nous devons retourner dans le monde avant le retour de lord Downey !

— D'abord, s'entêta Phoebe, je veux savoir qui…

Elle bondit soudain et arracha le pli des mains de sa sœur avant d'en lire le contenu avec avidité. Ava ne put s'empêcher de rire en voyant l'expression de stupéfaction se peindre sur son visage.

Puis Phoebe tourna vers elle un regard consterné :

— Seigneur Ava… qu'as-tu fait ?

— Rien. Du moins… pas encore !

Riant, Ava récupéra sa lettre d'un geste vif. Puis elle s'assit et invita sa sœur à en faire autant, avant de lui raconter toute l'histoire.

Le lendemain matin, Ava se rendit dans une boutique de Bond Street vêtue, sous sa cape, d'une robe de satin bleu brodée de motifs argent et lavande.

Phoebe avait raison. La propriétaire de la boutique admira sans réserve sa toilette et posa mille questions sur la couturière qui avait réalisé ce chef-d'œuvre.

Ava ne se fit pas prier pour lui expliquer que cette dernière était de nationalité française et qu'elle était venue s'installer à Londres après avoir été défigurée par un terrible accident dans lequel elle avait également perdu une jambe. La description ne plairait sûrement pas à Phoebe, mais Ava n'avait rien trouvé d'autre pour justifier que l'artiste refusât de paraître en public.

Son boniment achevé, la propriétaire de la boutique lui passait commande de trois robes…

8

Pendant qu'avait lieu au palais Saint-James le grand bal organisé par le duc de Clarence, à quelques rues de là, au Brook, lord Stanhope perdit une énorme somme d'argent en liquide.

Furibond, il accusa le gagnant, sir William de Gosford, d'avoir triché. Ce dernier prit naturellement ombrage de cette accusation et, sans l'intervention de Jared, la soirée aurait pu fort mal finir.

Une fois réconciliés, ces messieurs se rendirent au bal. À la vue de la lavallière chiffonnée du marquis de Middleton et de l'égratignure qui lui barrait la joue, les rumeurs allèrent bon train et, très vite, il se chuchota dans son dos qu'il s'était disputé avec sa maîtresse, lady Waterstone.

Ce n'était cependant pas la bagarre au club qui expliquait la mine sombre qu'affichait Jared, mais le fait que son père, présent lui aussi à la soirée, s'était débrouillé pour l'empêcher de voir Miranda tout en lui imposant la compagnie de lady Elizabeth.

Jared s'était rendu au bal par amitié pour le duc de Clarence, qu'il connaissait bien, mais surtout parce que Miranda devait assister à ce qui était considéré comme l'événement mondain le plus important de la saison.

Le duc de Clarence n'avait pas regardé à la dépense. Des centaines de lis blancs disposés dans de magnifiques vases en porcelaine avaient été placés sur de petits guéridons le long des murs. Des bougies à la cire d'abeille illuminaient les chandeliers de cristal suspendus au plafond de la salle de bal. D'innombrables candélabres muraux éclairaient les couloirs et la douzaine de suites et salons luxueux mis à la disposition des invités qu'on disait au nombre de quatre à cinq cents.

Au milieu de la cohue, le duc de Redford s'arrangea pour que les cavaliers se succèdent auprès de Miranda. Et lorsqu'ils vinrent à manquer, il l'invita lui-même, ce qui ne manqua pas de déclencher des commentaires. La politesse empêcha évidemment Miranda de refuser.

Rongeant son frein, Jared les regarda danser tout en se demandant ce qu'ils pouvaient bien se raconter. Puis la danse s'acheva et, impuissant, il vit son père entraîner la jeune femme vers le fond de la salle. L'instant d'après, ils disparaissaient dans l'un des salons adjacents.

Entre-temps, lord Robertson avait amené sa fille. Depuis, lady Elizabeth se tenait à côté de Jared, les mains jointes, à contempler les couples de danseurs d'un air envieux.

Au bout d'un long moment, elle se décida enfin à demander :

— Quelle est votre danse préférée, milord ?

— Je n'en ai pas.

Il tenta de s'imaginer marié à cette femme. Non, décidément il n'y parvenait pas.

— Moi, c'est le quadrille.

Bien entendu, les danseurs étaient justement en train de se positionner pour danser le quadrille. Jared ravala un soupir exaspéré et se contraignit à lui sourire.

— Me ferez-vous l'honneur de m'accorder cette danse, lady Elizabeth ?

— Oh, j'en serai ravie, milord ! répondit-elle, son visage ingrat s'éclairant soudain.

Il la guidait sur la piste lorsque Miranda apparut dans l'encadrement de la porte qu'elle avait franchie un moment plus tôt en compagnie du duc.

Jared n'avait qu'une envie : la rejoindre. Mais la musique emplit l'air et il se tourna face à sa cavalière pour s'incliner. Puis les figures s'enchaînèrent. Chassé-croisé, changement de main, chassé-croisé. Puis il se tourna sur sa droite alors qu'Elizabeth faisait de même, et se retrouva face à la cavalière d'un autre couple qui participait au quadrille.

Il sourit en reconnaissant lady Ava.

Elle lui rendit son sourire et lui prit la main lors du chassé-croisé.

— Bonsoir, milord, le salua-t-elle.

— Une très bonne soirée à vous, milady, répondit-il lorsqu'ils se croisèrent de nouveau.

Elle recula en souriant, puis se tourna sur sa gauche pour tendre la main à son partenaire qui était lord Angelsy.

Étonné, Jared se rendit compte qu'elle lui avait manqué. Elle était à couper le souffle dans cette robe de satin bleu rebrodée de petites feuilles d'argent dont le corsage ajusté mettait en valeur ses formes. Dans ses cheveux blonds relevés en chignon courait un rang de perles assorti à ses boucles d'oreilles et à son collier. Ce soir, ses yeux vert pâle semblaient presque gris.

C'est seulement à cet instant qu'il se rendit compte qu'elle avait quitté ses habits de deuil.

Il retrouva lady Elizabeth qui déclara :

— J'ai beaucoup aimé m'occuper de cette vente de charité.

— Je suis heureux de l'entendre. Il paraît que les choses progressent.

Il avait laissé à son amie lady Bellingham le soin d'organiser le gala et se tenait informé grâce aux rapports réguliers que lui transmettait son secrétaire, M. Bean.

Il lâcha la main d'Elizabeth, pivota sur la gauche pour faire face à lady Ava.

— J'ignorais que votre période de deuil était terminée, lui dit-il. J'espère que vous n'avez pas encore dansé de valse. N'oubliez pas que j'ai réservé la première.

— Je ne m'en souviens pas, répliqua-t-elle d'un ton léger.

Il lui sourit, pivota à droite pour s'emparer de la main d'Elizabeth qui reprit là où elle s'était interrompue :

— Selon le duc, nous devrions pouvoir compter sur la présence de quatre cents personnes.

— Je vous demande pardon ?

— À la vente de charité.

— Ah… Tant que cela ?

De retour devant Ava, il lui prit la main et la pressa doucement.

— Si vous avez promis cette valse à un autre, je serai obligé de lui casser la figure.

Elle rit, tournoya sur elle-même, et lui offrit de nouveau sa main.

— Serait-ce l'origine de cette éraflure que vous avez sur la joue ? Vous vous êtes battu pour une valse ?

Il ne put s'empêcher de s'esclaffer. La figure suivante le ramena devant Elizabeth qui, stoïque, se contenta de le regarder d'un air douloureux.

Cette danse ne finirait donc jamais !

— Vous devez me pardonner d'être si peu bavard, lady Elizabeth, mais je suis obligé de me concentrer sur les figures du quadrille que je crains d'avoir un peu oubliées.

Elle se contenta de hocher la tête.

Jusqu'à la fin du quadrille, Jared n'adressa plus la parole à lady Ava qu'il entendit rire comme lord Angelsy lui glissait quelques mots à l'oreille. Ils flirtaient. Quoi de plus naturel ? La jeune fille était particulièrement en beauté ce soir et n'importe quel homme ayant deux sous de jugeote aurait compris qu'elle cherchait à se caser.

Il n'avait pas de temps à perdre.

La musique se tut enfin. Il escorta lady Elizabeth jusqu'au bord de la piste, puis s'excusa sous prétexte de disputer une partie de cartes. Tout en se dirigeant vers l'un des salons, il scruta la foule à la recherche de lady Ava, mais elle semblait s'être volatilisée. Il s'en trouva bizarrement désappointé.

Cela dit, c'était aussi bien qu'elle ait disparu, car il devait dénicher Miranda afin de s'assurer que son père n'avait rien dit ni fait qui soit susceptible de la perturber.

Ava retrouva Phoebe en compagnie de lady Purnam et de deux de ses amies, lady Botswick et lady Hogan. Naturellement, lady Purnam s'était offusquée que les deux sœurs manifestent le désir de retourner dans le monde si tôt, et elle avait insisté pour les accompagner au bal du duc de Clarence lorsque les invitations leur étaient parvenues.

— Ah, vous voici ! s'exclama lady Hogan en saisissant la main d'Ava. Dieu, que vous êtes jolie ! Est-ce là l'une des toilettes de votre mère ?

— Non, je…

— Phoebe était en train de nous dire que votre cousine Greta accompagne Mme Smithington au pays de Galles. Quel agréable passe-temps !

— En effet, elle doit beaucoup s'amuser, répondit Ava.

— J'ai fait remarquer à lady Purnam que vous pourriez peut-être, Phoebe et vous, envisager de faire de même, enchaîna lady Hogan.

Ava la dévisagea sans comprendre.

— Devenir dame de compagnie, précisa alors lady Hogan.

— Oui, renchérit lady Botswick. Ou peut-être gouvernante ? Y avez-vous songé ?

— Euh… j'avoue que non, articula lentement Ava que cette idée révoltait.

Lady Botswick échangea un regard avec lady Purnam.

— J'aurais cru le contraire, étant donné les circonstances.

— Quelles circonstances ?

Ava tourna la tête vers lady Purnam qui devint cramoisie. De toute évidence, cette dernière avait bavardé et répété à ses amies que les sœurs Fairchild avaient perdu leur fortune.

— Ma sœur et moi, nous n'avons aucunement l'intention de devenir gouvernantes ou dames de compagnie, enchaîna-t-elle, car nous espérons nous marier bientôt.

Lady Hogan ne put ravaler un sourire tandis que lady Purnam se mettait à fixer ses pieds.

— Bien sûr, très chère, nous n'en doutons pas une seconde, dit lady Botswick d'un air compatissant.

Son ton apitoyé hérissa Ava. Ces deux dames semblaient persuadées – comme tous les membres de cette maudite bonne société, sans doute – que les sœurs Fairchild étaient destinées à finir vieilles filles.

Lady Botswick se décida enfin à changer de sujet.

— Personnellement, j'ai envie d'un verre de champagne. Lady Hogan, vous laisseriez-vous tenter vous aussi ?

— Volontiers, je vous accompagne.

À peine se furent-elles éloignées que Phoebe et Ava tournèrent un regard accusateur vers lady Purnam.

— Vous n'avez pas su tenir votre langue ! Comment avez-vous osé trahir notre secret ?

— Je n'ai rien fait de tel, protesta lady Purnam, très mal à l'aise. Nous avons abordé le sujet et je me suis très vite rendu compte qu'elles étaient déjà au courant. Si je suis coupable, c'est seulement de ne pas avoir nié.

— Je ne vous demandais pas de mentir, mais j'aurais au moins attendu de la meilleure amie de ma mère qu'elle ne confirme pas l'information, riposta Ava.

— Ne m'en veuillez pas ! D'après ce que j'ai compris, la plupart des gens ont été au fait de votre situation bien avant moi.

— Je vois. Maman était à peine dans sa tombe que les vautours se rassemblaient déjà. Si vous voulez bien nous excuser, lady Purnam.

— Ava, ma chérie, je vous en conjure…

— Je dois parler avec ma sœur, coupa Ava.

Lady Purnam capitula :

— Fort bien. Mais ne vous bercez pas d'illusions. Votre situation n'est guère brillante, et cela ne servira à rien de papillonner de bal en bal comme si rien n'avait changé. Rien n'est plus pareil, et plus vite vous l'accepterez, mieux cela vaudra.

— Merci de ce conseil éclairé, fit Ava d'un ton crispé.

Sur ce, elle attrapa la main de sa sœur et l'entraîna loin de cette femme détestable qui se mêlait de ce qui ne la regardait pas.

— Nous sommes maudites, murmura Phoebe d'un air résigné.

— Allons donc ! Qu'est-ce que c'est que ces sornettes ?

— Je ne vois pas ce qui pourrait nous sauver. Ton grand projet concernant lord Middleton est tombé à l'eau, n'est-ce pas ?

Il est vrai qu'Ava n'avait pas eu de nouvelles du marquis depuis qu'il lui avait fait envoyer des fleurs. Naïvement, elle avait cru le côtoyer en participant aux préparatifs de la vente de charité, mais elle s'était donné tout ce mal en pure perte. Les âmes soi-disant charitables qui y travaillaient semblaient n'être là que pour briller aux yeux du marquis, Elizabeth Robertson comprise.

Heureusement pour Ava, Grace Holcomb s'était portée volontaire pour les aider, aussi avait-elle eu au moins une amie au sein du groupe.

— Il vaudrait mieux que sir Garrett ne croise pas lord Downey à sa descente du bateau qui le ramènera de France, fit remarquer Phoebe.

L'appréhension noua soudain la gorge d'Ava. Elle avait mis tous ses espoirs dans le bal du duc de Clarence, mais lord Middleton était arrivé un brin échevelé parce que, affirmait-on, il s'était querellé avec sa maîtresse. De fait, il n'avait pas quitté lady Waterstone des yeux de toute la soirée et, en ce moment même, tous deux se trouvaient en grande conversation avec lord Harrison.

Ava préféra se détourner pour ne pas le voir adresser des sourires éblouissants à lady Waterstone. Toute la joie qu'elle avait éprouvée à danser le quadrille avec lui était retombée. De toute évidence, même s'il avait paru sincèrement heureux de la revoir, ses désirs le portaient vers une autre.

— Ça ne marchera pas, Ava, reprit Phoebe d'un ton morose. Ton marquis est amoureux fou de lady Waterstone, et c'est lady Elizabeth qu'il va épouser. Cela m'étonnerait beaucoup qu'il y ait dans sa vie une place pour une troisième femme ! Tu dois te tourner vers quelqu'un d'autre. À moins que lady Botswick n'ait raison. Nous devrions peut-être envisager de devenir gouvernantes…

— C'est grotesque ! En ce qui me concerne, je ne renoncerai pas si aisément. Et qu'en est-il de ton commerce de robes ?

— Cela ne suffira pas à nous faire vivre.

— Tu oublies que Greta nous aidera.

— Oh, pour l'amour du ciel, nous n'avons pas eu de ses nouvelles depuis son départ !

— Elle en donnera, ce n'est qu'une question de jours, répliqua Ava, dont la colère envers sa sœur allait grandissant. Et puis, peut-être allons-nous recevoir des demandes en mariage inattendues de messieurs auxquels nous n'avions pas pensé ?

Phoebe leva les yeux au ciel.

— Sir Garrett est le seul qui t'épousera sans chercher à connaître le montant de ta dot. Je sais que tu t'étais imaginé tout autre chose, Ava, mais sois réaliste : c'est sans espoir.

— Tu te trompes…

— Je vous demande pardon, lady Ava.

La jeune femme ferma les yeux, prit une profonde inspiration et pivota pour faire face à sir Garrett qui arborait un large sourire et tenait à la main son sempiternel mouchoir dont il tamponnait son front luisant de sueur.

— J'ai été charmé que vous m'accordiez une danse tout à l'heure, et je n'oublie pas que je vous ai promis de ne pas vous en demander une seconde, vu que votre carnet de bal est plein…

— Je vous remercie de votre compréhension, monsieur.

— Je voulais juste vous demander si vous saviez quand votre beau-père rentre de France ?

Le cœur d'Ava se mit à cogner dans sa poitrine. Elle jeta un coup d'œil anxieux à Phoebe, qui répondit vivement :

— Nous l'ignorons, monsieur. Lord Downey restera sans doute absent encore un mois, peut-être plus.

Sir Garrett fit une petite grimace.

— C'est malheureux, car je souhaitais discuter avec lui d'une affaire pressante. Je crois… que vous savez de quoi il s'agit, lady Ava, acheva-t-il avec un sourire timide.

Ava se contenta de le fixer, incapable de répondre.

— Bonsoir, sir Garrett, fit alors une voix masculine.

Le timbre profond provoqua un frisson sensuel chez Ava tandis qu'un flot de soulagement et de gratitude mêlés l'envahissaient. Elle ferma les yeux une fraction de seconde, les rouvrit et tourna la tête pour accueillir le marquis de Middleton d'un sourire chaleureux.

Celui-ci salua Phoebe avant de s'adresser à Ava :

— J'ose espérer que vous n'avez pas promis toutes vos danses à sir Garrett ? La prochaine est censée être pour moi, je vous le rappelle.

Il adressa un regard impérieux au pauvre sir Garrett qui, désarçonné, bredouilla :

— Euh... oui, bien sûr. Hum... Lady Phoebe, auriez-vous la bonté de m'accorder cette danse ?

— Avec grand plaisir, acquiesça Phoebe d'un ton morne.

Elle glissa sa main menue dans la grosse patte moite de sir Garrett qui l'emmena sur la piste. Middleton offrit son bras à Ava.

— Vous aviez promis.

— Non, milord. Mais je serai néanmoins ravie de danser avec vous.

— Si je puis me permettre, le bleu vous va à ravir, mademoiselle Fairchild.

— Je vous remercie, milord.

Le compliment lui allait droit au cœur. Elle avait passé beaucoup de temps à se préparer, et avait même demandé à Lucille de refaire deux fois sa coiffure.

— La dernière fois que nous nous sommes rencontrés, je ne m'étais pas rendu compte que votre période de deuil approchait de son terme.

— Vous l'auriez su si vous aviez assisté aux réunions de préparation de la vente de charité.

Elle fit une révérence, puis tous deux se positionnèrent pour la danse.

— Il me semblait qu'il y avait bien assez de monde et que ma présence n'était pas vraiment requise, avoua Jared comme l'orchestre entonnait les premières mesures d'une valse. Je ne suis guère compétent en la matière et mon nom suffit à cautionner l'événement.

— Vous avez sans doute raison. Et puis, nous frôlerions l'émeute si vous veniez en personne.

Il rit, tout en commençant à tournoyer d'un pas assuré sur la piste. Ava glissa un coup d'œil rapide autour d'elle. Les regards curieux convergeaient en nombre dans leur direction. Cela n'avait rien d'inhabituel au demeurant. Quel que soit l'endroit, le marquis était toujours le point de mire, et chacun de ses gestes était commenté.

Cela aurait dû l'inciter à la prudence, mais elle ne pouvait se permettre d'être patiente ou réservée. Si le marquis était au courant de sa situation et s'il ne s'intéressait pas vraiment à elle, autant en avoir le cœur net au plus vite plutôt que de perdre son temps. Elle serait déçue, bien sûr, mais elle pourrait dresser un autre plan sans tarder, pour le salut de sa sœur et de sa cousine.

Hélas, si Ava avait toujours apprécié les attentions des messieurs, elle ne possédait pas l'audace requise pour prendre l'initiative et mener l'affaire tambour battant.

Elle leva les yeux sur son cavalier. Il la regardait en souriant, une boucle châtain se balançant sur son front au rythme de leurs pas. C'était un excellent danseur ; ses mouvements étaient souples et fluides, sa main fermement posée au creux de sa taille. Il haussa un sourcil amusé comme elle l'étudiait, et elle se sentit rougir malgré elle.

— Merci pour les roses. Elles étaient magnifiques, dit-elle enfin.

— Je suis heureux qu'elles vous aient plu. Vous savez, il existe une règle tacite chez les hommes : on n'offre de belles fleurs qu'aux jolies femmes.

— Vous me flattez, milord.

— J'espère que mes indications vous ont aidée à trouver l'église Saint-George ? ajouta-t-il avec un petit clin d'œil.

Elle ne put s'empêcher de rire.

— C'est vrai, je l'avoue, j'ai très souvent manqué la messe. Et j'ai un autre aveu à vous faire.

— Chic ! J'adore entendre des confessions féminines.

— Je ne suis pas si charitable que cela. Je me suis donné le beau rôle, l'autre soir.

— Vous voulez dire que vous n'allez pas lire la Bible aux pauvres ?

— Si, à l'occasion... Mais je ne peux pas dire que cela m'arrive très souvent.

— Vous êtes pourtant bien membre du Comité des Dames Bienfaitrices ?

— Depuis peu de temps.

Il sourit, et profita d'un pas de danse pour resserrer habilement son étreinte.

— Dois-je en conclure que votre contribution à ma vente de charité est une punition ?

Seigneur, ce regard ! Elle aurait volontiers valsé toute la nuit tant elle éprouvait un sentiment de bien-être entre ses bras.

— Non, pas du tout, répondit-elle en hâte. Je voulais vraiment apporter mon aide, je pensais que cela me donnerait l'occasion de…

— De quoi ?

— D'être admirée, admit-elle dans un souffle, indifférente aux regards qui continuaient de peser sur eux.

Il éclata de rire, la tête rejetée en arrière. Ava avait conscience qu'il la tenait bien trop serrée et que les commérages devaient aller bon train parmi les invités. Elle n'en avait cure. Elle ne voyait que son beau visage et ses yeux où scintillaient des taches dorées.

Hélas, il n'était pas possible de valser toute la nuit, et la danse s'acheva. Un peu étourdie et encore vibrante de bonheur, Ava se laissa entraîner vers le bord de la piste.

Sans prêter attention aux regards réprobateurs ou intrigués qu'on leur jetait, lord Middleton leur fraya un chemin parmi la foule.

Ava mit un moment à redescendre du nuage de félicité sur lequel elle flottait et à se rendre compte qu'il l'emmenait hors de la salle de bal, au vu et au su de tous.

Après avoir emprunté un couloir bien éclairé, le marquis venait brusquement de tourner dans un passage plus sombre…

— Que faites-vous ? s'alarma-t-elle soudain.

— J'aimerais vous admirer, répondit-il avec un sourire. En toute tranquillité…

Il avait posé la main au creux de ses reins dans un geste possessif. Ava perçut le danger. Mais son cœur s'était mis à tambouriner. Si elle avait eu le moindre bon sens, elle se serait enfuie à toutes jambes. Mais en l'occurrence, elle se moquait de savoir où il la conduisait et ce qui se racontait dans la salle de bal depuis qu'ils l'avaient quittée. Elle se moquait de la bienséance. Rien ne comptait que le marquis, son sourire ensorcelant et son corps tout proche.

Parvenu devant une double porte, lord Middleton entra avec l'assurance d'un familier des lieux. Ils débouchèrent sur un balcon éclairé par la lune qui surplombait le parc Saint-James.

Ava inspira profondément l'air frais de la nuit dans l'espoir que les battements de son cœur s'apaiseraient.

Le marquis s'écarta d'elle et alla s'appuyer à la balustrade afin de contempler le paysage nocturne.

Ava s'était un peu reprise lorsqu'il pivota vers elle. Son regard d'une profondeur insondable l'enveloppa. Quelque chose en lui avait changé, observa-t-elle. L'aristocrate charmeur et badin avait disparu pour céder la place à un personnage plus sombre dont le regard inquisiteur semblait chercher... quoi au juste ?

— Vous êtes tout empourprée, observa-t-il.

— Il faisait très chaud dans la salle de bal.

— Vous croyez que c'est la vraie raison ? Ou que c'est à cause de cet incendie qui flambe dès que nous nous approchons l'un de l'autre ?

Ava demeura coite. Son silence était un aveu.

— Approchez, dit-il d'une voix grave. Allons, venez ici...

Les pieds d'Ava se déplacèrent comme mus par une volonté propre. Le marquis lui tendit la main ; elle l'accepta sans broncher. Et ne résista pas lorsqu'il l'attira contre lui. Son regard caressant glissa sur son visage, ses cheveux, son cou, et s'attarda un moment sur sa poitrine qui se soulevait au rythme de sa respiration saccadée.

— Vous tremblez, murmura-t-il en nouant les mains au creux de son dos.

Ava était si proche qu'elle pouvait distinguer la mince estafilade qui lui zébrait la pommette. L'image déplaisante de lady Waterstone se forma dans son esprit : celle d'une belle femme, raffinée, expérimentée, et riche.

— Quel âge avez-vous ? lui demanda-t-il.

— Je viens de fêter mon vingt-troisième anniversaire.

— Hmm, fit-il en hochant la tête.

Il devait la trouver bien vieille pour une débutante. Et il avait raison.

— Et vous, quel âge avez-vous ? osa-t-elle.

— J'aurai trente ans d'ici quelques semaines. Vous êtes l'aînée des filles Fairchild, n'est-ce pas ?

Elle acquiesça d'un signe de tête. Il écarta une boucle de cheveux de son épaule et ses doigts laissèrent une trace brûlante sur sa peau.

— Qui aimez-vous ? s'enquit-il doucement.

— Ma sœur… et ma cousine, répondit Ava, les yeux levés vers les étoiles qui scintillaient dans le ciel d'encre.

— Et c'est tout ?

Sa bouche tiède se posa sur son épaule nue. Ava frissonna. Elle ne savait pas à quel jeu ils jouaient. Elle se sentait totalement dépassée par les événements.

— Et vous, qui aimez-vous ? risqua-t-elle d'une voix chevrotante.

Il hésita légèrement, ses lèvres se déplacèrent pour venir butiner le creux de sa gorge, entre les clavicules.

— Personne. Mais je vous admire infiniment, lady Ava. Vous n'y voyez pas d'objection, n'est-ce pas ?

Sa bouche descendit plus bas, tandis que ses mains glissaient sur ses hanches. Ava dut s'agripper à ses robustes épaules pour garder l'équilibre. Il embrassa le renflement de son sein droit, juste au-dessus du décolleté.

— Je vous trouve bien entreprenant, milord, haleta-t-elle.

— Normal, je suis un homme très entreprenant. J'obtiens toujours ce que je désire. Et je vous désire, acheva-t-il en se redressant.

— Dieu du ciel…

Le balbutiement d'Ava fut étouffé par la bouche du marquis qui venait de se poser sur la sienne. Une vague voluptueuse gonfla en elle, la ravissant autant qu'elle l'effrayait par son intensité. Le marquis avait pris son visage entre ses mains pour mieux l'embrasser. Sa langue chaude s'insinua entre ses lèvres, de plus en plus profondément, faisant éclore en elle des sensations inconnues.

Elle aurait dû crier, le repousser, appeler à la rescousse les règles de bienséance, mais elle en était bien incapable. Le plaisir qu'elle éprouvait était trop puissant.

Plaquée contre lui, elle ne pouvait ignorer l'évidence physique du désir qu'il venait de proclamer. C'était la première fois qu'elle ressentait des émotions aussi primaires, mais l'exaltation l'emportait sur la peur.

La main du marquis se referma sur l'un de ses seins, le lui pétrit doucement. Elle sentit l'air lui manquer au point qu'elle en eut le vertige. Que pouvait-elle faire sinon se raccrocher à lui de toutes ses forces et presser son corps tremblant contre le sien ?

Un léger bruit, sorte de glapissement, l'arracha à l'extase qui l'emportait irrésistiblement ; un cri féminin, teinté d'indignation. Ava retomba brutalement sur terre et, affolée, chercha à s'écarter du marquis. Il la retint contre lui et leva la tête.

— Ah, Miranda ! fit-il, comme s'il l'attendait.

Mortifiée, Ava rassembla toute son énergie pour le repousser. Sa réputation était d'ores et déjà ruinée, pourtant, lord Middleton s'obstinait à garder le bras autour de sa taille. À croire qu'il se moquait de préserver sa vertu. Il lui adressa un sourire rassurant puis, avec une outrecuidance tranquille, il inclina la tête pour déposer un tendre baiser sur son front.

— Votre sœur va se demander où vous êtes passée, murmura-t-il avant de la libérer enfin.

Ava vacilla, puis, brûlante de honte, fit face à lady Waterstone.

Celle-ci la fusilla du regard.

— Eh bien, allez ! lui jeta-t-elle d'un ton péremptoire en lui désignant la porte d'un geste.

Ava ne se le fit pas dire deux fois. Elle remonta en courant le couloir plongé dans une semi-pénombre, puis s'arrêta quelques secondes, les mains pressées sur l'estomac, s'efforçant de retrouver son sang-froid.

Mais son cœur battait à tout rompre et elle ne parvenait pas à surmonter son émoi.

Dieu Tout-puissant, qu'avait-elle fait ?

Si lady Waterstone ou le marquis de Middleton laissaient filtrer ne serait-ce que quelques mots sur ce qui venait de se produire, elle serait bannie de la haute société !

À tout jamais.

9

Deux jours après cette soirée catastrophique, Ava attendait toujours que le couperet tombe.

Elle se demandait ce qu'aurait fait sa mère à sa place, si elle se serait abandonnée à la passion, ou si elle se serait satisfaite de ce que lui proposait le destin. Ava aurait donné n'importe quoi pour avoir un conseil maternel en ces instants de doutes terribles.

De son côté, Phoebe – à qui elle n'avait rien dit mais qui soupçonnait néanmoins quelque chose – était accaparée par son projet d'habiller toute la haute société londonienne. Elle y travaillait avec acharnement, et chaque fois qu'on frappait à la porte du salon, elle bondissait, puis courait cacher ses bouts de tissu et sa panière sous un meuble ou derrière un rideau.

Cette tension accentuait encore l'angoisse d'Ava.

Le troisième jour – qui se trouvait être la veille du gala de charité –, elle prétexta une migraine pour ne pas se rendre à la réunion du comité.

— Mais la vente aux enchères a lieu demain, s'étonna sa sœur en lui jetant un regard de biais.

Ava ne répondit pas. Elle ne se sentait pas le courage d'affronter le regard de femmes qui avaient peut-être eu vent de son comportement scandaleux.

L'après-midi fut particulièrement maussade. Morris apporta le courrier qui ne contenait qu'une poignée de lettres et le *Times*. Ava passa rapidement les lettres en revue et son cœur bondit de joie.

— Une lettre de Greta ! s'exclama-t-elle. Enfin !

— Vite, lis-la, la pressa Phoebe.

Ava tendit le reste du courrier à Lucille, brisa le cachet et déplia le vélin.

— Elle écrit de Ledbury. Où cela se trouve-t-il ?

— Qu'importe, lis ! s'impatienta Phoebe.

— *Chères Ava et Phoebe, je vous écris de Ledbury. Le temps est épouvantable, venteux et si humide que les routes sont devenues impraticables et que la diligence a été contrainte de s'arrêter. M. Percy m'assure pourtant que de telles conditions climatiques ne sont pas rares et que nous devrions reprendre la route d'ici peu...*

— M. Percy ? Qui est-ce ?

— Je n'en ai pas la moindre idée, dit Ava, avant de reprendre sa lecture : *J'ai une nouvelle singulière à vous annoncer. En discutant de l'histoire de ma famille avec M. Percy, j'ai appris que ce pauvre oncle Randolph était mort au printemps dernier, tué par le coup de sabot d'un cheval qu'il tentait de castrer. Il est resté plusieurs jours dans le coma avant de rendre l'âme. Apprendre sa disparition m'a bien entendu attristée et inquiétée quant à la mission que je me suis fixée, mais M. Percy m'a rassurée en me disant qu'il existait encore de nombreux membres de la famille Vaughan dans la région où nous nous rendons...*

— Quoi ? s'exclama Phoebe qui se précipita vers Ava pour lire par-dessus son épaule. Son oncle est mort et elle poursuit son voyage ? Et qui est ce M. Percy ? C'est peut-être un être malfaisant. Comment savoir ?

— Écoute la suite : *Le voyage est très agréable, même si Mme Smithington a du mal à supporter le trajet en voiture et passe son temps à se plaindre que le pays de Galles est trop éloigné de Londres. M. Percy l'apaise en lui disant que si le temps le permet, nous arriverons à Bredwardine lundi de la semaine prochaine. Je vous enverrai alors une autre lettre. Veuillez me pardonner d'écrire si rarement, mais il n'est pas facile de tenir la plume sur une route pleine d'ornières. Je vous embrasse toutes deux très fort. Votre Greta...*

— Qui est ce M. Percy ? répéta Phoebe, sourcils froncés.

— Je l'ignore, dit Ava en repliant la lettre. De toute manière, nous ne pouvons rien faire à part attendre la prochaine missive. Mais je te garantis que si quelqu'un est capable de nous sortir de ce pétrin, c'est bien Greta.

— Il est vrai que cette petite est brillante, convint Lucille en hochant la tête. Ava, cette lettre-ci vous intéressera aussi, elle est d'Egbert. Il annonce son retour avant la fin du mois.

— Que dit-il d'autre ? fit Ava d'une voix soudain altérée.

— Juste qu'il a hâte de régler tous les problèmes ici. Voulez-vous lire par vous-même ?

— Non, merci.

Sans oser regarder Phoebe, Ava s'empara du journal et le feuilleta. Elle commença par la rubrique parlementaire, mais comme aucun des sujets évoqués n'éveillait son intérêt, elle tourna la page.

— Vous ne devriez pas prêter attention aux commérages, intervint Lucille, le cou tendu. Ils sont l'œuvre du diable !

— Dans ce cas, je ferai de mon mieux pour que ces bruits maléfiques n'atteignent pas vos chastes oreilles, rétorqua Ava qui, elle, n'avait pas de telles pudeurs.

La porte du salon s'ouvrit et Sally fit son entrée avec un seau plein de charbon. Elle se dirigea vers la cheminée.

— M'sieur Morris m'a dit que vous aviez besoin de ça, ahana-t-elle.

— Si Morris le sait, pourquoi ne s'en charge-t-il pas lui-même ? s'irrita Lucille.

— Je sais pas, m'dame.

Sally posa le lourd seau devant l'âtre, avant de prendre appui sur le manteau pour s'essuyer le front à l'aide de son tablier.

— Quelqu'un est venu vous voir, mais m'sieur Morris l'a renvoyé, ajouta-t-elle à l'intention d'Ava.

Celle-ci sursauta.

— Comment ? Mais de qui s'agissait-il ?

— Un sir Quelque-chose.

— Oh…

Ava se rembrunit, ses espoirs évanouis.

— Il venait voir votre beau-père, mais m'sieur Morris lui a expliqué que lord Downey était pas là. Alors le monsieur a demandé à vous voir et m'sieur Morris lui a dit qu'il pouvait pas changer d'idée comme ça. Le m'sieur lui a répondu que c'était tout à fait permis, mais m'sieur Morris a tenu bon en ajoutant que, de toute façon, il était trop tôt dans la journée pour rendre visite aux dames…

— Quel nigaud ! s'écria Lucille, qui se leva aussitôt et quitta la pièce au pas de charge.

Phoebe tourna un regard consterné vers sa sœur.

— Ô Seigneur ! Ava…

— Je sais, murmura celle-ci.

Elle baissa de nouveau les yeux sur le journal. En milieu de page, un entrefilet de la rubrique mondaine attira son attention :

De jour comme de nuit, peu de gens ont le privilège d'admirer la magnifique vue sur Saint-James's Park depuis les balcons du palais. Mais un certain gentleman très soucieux de la cause des enfants trouvés a eu l'idée d'y emmener une orpheline. Ce projet a paru déplacé à quelques veuves qui sont d'avis que la place des orphelins n'est pas sur un balcon.

Ava sentit le rouge de la honte lui brûler les joues. Son pouls s'emballa. La rumeur allait enfler, immanquablement. Ce n'était qu'une question de temps avant que les métaphores et les insinuations deviennent des accusations directes. Peut-être même chuchotait-on déjà son nom en ville !

Les mains sur les hanches, Sally se pencha en avant :

— Qu'est-ce qui vous rend si triste, m'dame ?

Ava tressaillit :

— Moi ? Oh… rien, rien du tout, prétendit-elle avec un sourire forcé. Je songeais à la vente de charité à laquelle je dois assister demain.

Car elle serait bien obligée de s'y rendre. Son absence ne ferait que nourrir les spéculations.

— Et c'est au profit de qui, cette vente ?

— Des orphelins.

10

Le jour du gala se leva sur un matin froid et pluvieux qui s'accordait parfaitement à l'humeur de Jared. Il n'était d'ailleurs nullement surpris par les conditions météorologiques, dans la mesure où, dernièrement, l'univers et ses forces semblaient s'être ligués contre lui.

Debout devant la fenêtre de son bureau qui donnait sur Grosvenor Square, il regardait la pluie tomber. À la main, il tenait la lettre que lui avait envoyée le garde-chasse de Broderick Abbey.

Sa lecture l'avait complètement déstabilisé. Toute sa vie, il s'était cru invincible, détaché des contraintes terrestres qui pesaient sur le commun des mortels. Aujourd'hui, il avait l'impression d'être ballotté par les vagues d'une mer démontée. Il dérivait dans une direction inconnue, sans apercevoir le moindre port à l'horizon.

Avec un soupir de lassitude, il fourra la lettre dans la poche de sa robe de chambre et retourna à son bureau sur lequel il avait déposé une autre lettre. Celle-ci attendait une réponse qu'il n'était pas disposé à écrire.

Il l'avait trouvée la veille au soir, en rentrant chez lui. Mais comme il était un peu éméché, il l'avait abandonnée sans plus s'en soucier. Et ce matin, il n'avait pas eu le cœur de la relire.

Elle disait :

Mon chéri,

Je vous supplie de me pardonner ! Je ne peux supporter de vivre sans vous. Je rêve de vous chaque nuit, et chaque journée me paraît interminable sans vous. Je me suis trompée. Je sais que vous devez vous montrer raisonnable dans l'intérêt de votre famille, mais je vous en conjure, ne m'abandonnez pas. Je vous attendrai, chéri, en priant de toutes mes forces pour que vous me reveniez.

Celle qui vous aimera jusqu'à son dernier souffle,

M.

Il froissa la lettre et la lança dans le feu, avant de retomber contre le dossier de son fauteuil.

Il était désolé pour Miranda, mais cela ne changeait en rien sa façon de voir les choses, encore moins depuis que la jeune femme lui avait clairement fait comprendre qu'elle accordait plus d'importance à son titre qu'à sa personne.

À présent, il devait affronter son destin, mais il était tel un aveugle qui tâtonne dans le noir et titube à chaque pas. Il ne se sentait pas prêt pour le mariage, mais il semblait qu'il n'avait plus guère le choix…

Il vivait décidément dans un monde compliqué.

Il jeta un coup d'œil à l'horloge posée sur le manteau de la cheminée. D'ici quelques heures, il devrait se rendre dans les jardins de Vauxhall, au pavillon du Prince, où se déroulerait la vente aux enchères dont les bénéfices seraient reversés à l'Hôpital des enfants trouvés.

Résigné, il gagna ses appartements pour se préparer à cet événement qui, comme tout ce qui composait sa vie, relevait de son devoir.

La pluie ne dissuada pas les gens de qualité de se rendre au gala de charité, car tout manquement à cette bonne cause aurait été aussitôt remarqué et critiqué.

Jared fit la grimace en découvrant la foule massée dans le pavillon du Prince. Il avait été prévu initialement que les invités se promèneraient dans les jardins, autour du kiosque où l'orchestre devait s'installer. Hélas, la pluie avait forcé tout ce beau monde à se réfugier à l'intérieur !

Jared s'immobilisa un instant à l'entrée du pavillon. En dépit du mauvais temps, les gens semblaient joyeux. Nul doute que la bière blonde servie à profusion avait aidé à détendre l'atmosphère. Jared était à l'origine de cette idée. Il avait remarqué que les messieurs déliaient plus volontiers les cordons de leur bourse après avoir bu un verre ou deux.

En mondain accompli, il n'eut aucun mal à afficher un sourire de façade. Il circula parmi les invités, les saluant et les remerciant d'avoir bravé la pluie pour venir apporter leur soutien à sa cause. En retour, il accepta avec grâce leurs félicitations pour le succès de sa vente aux enchères.

Tout en souriant, riant et bavardant, Jared se demandait si Ava avait lu le *Times* ce matin-là, et si elle oserait affronter le scandale qui couvait et les regards critiques.

Alors qu'il s'entretenait avec lord Valmont, il l'aperçut. Elle se tenait près de l'estrade sur laquelle il se tiendrait d'ici peu afin de procéder aux enchères. Elle portait une robe de mousseline verte de la teinte exacte de ses yeux, brodée de minuscules cerises. Une ceinture de velours était nouée juste au-dessous de la poitrine. Un ruban de tissu identique retenait ses cheveux, mais quelques boucles rebelles s'étaient échappées et encadraient son visage aux traits fins.

Elle était occupée à étiqueter les divers objets qui seraient proposés à la vente, mais, contrairement aux autres femmes, qui travaillaient par petits groupes, elle était seule.

Était-ce par choix ou commençait-elle à subir l'ostracisme des dames bien pensantes outrées par ce qui s'était passé ?

Comme elle relevait la tête, leurs regards se croisèrent. Il lui sourit, mais elle pivota vivement, d'abord à droite, puis à gauche, avant de disparaître par une porte dont Jared savait qu'elle donnait dans un petit salon privé.

Dès qu'il le put, il prit congé de lord Valmont, puis continua sa progression vers l'estrade. Il aperçut lady Elizabeth dans un coin, en compagnie de plusieurs jeunes filles. Son père se trouvait non loin ; il discutait avec le duc d'York.

Harrison et Stanhope étaient, bien entendu, présents eux aussi et avaient donné pour la vente bien plus que Jared n'aurait osé l'espérer. Les deux compères buvaient de la bière tout en devisant avec deux débutantes.

Jared alla d'abord demander à lady Bellingham et à M. Bean de combien de temps il disposait avant que la vente ne commence.

— Oh, milord, les dons sont si nombreux, c'est merveilleux ! se réjouit lady Bellingham.

— Certains viennent tout juste de nous être livrés et nous n'avons pas encore fini de les étiqueter, lui expliqua son secrétaire. À mon sens, il nous faudra encore une bonne heure avant de pouvoir entamer la vente.

— Très bien, fit Jared. Pouvez-vous veiller à ce que tout le monde ait de la bière et de la nourriture ?

— Bien sûr, milord.

Jared repartit, salua encore quelques nouveaux arrivants avant d'atteindre la porte par laquelle Ava Fairchild venait de disparaître. Après s'être assuré que personne ne l'observait, il s'engouffra dans l'étroit couloir qui menait au salon.

Dans la petite pièce, les rideaux avaient été tirés si bien qu'il y régnait une semi-pénombre. Quelque part dans l'enceinte du pavillon, un groupe éclata d'un rire sonore. Ava sursauta, et c'est alors qu'il repéra sa silhouette, près de la fenêtre.

Dos contre le mur, elle respirait par à-coups. Ses cheveux clairs brillaient dans la pénombre.

Il referma la porte.

— Lady Ava, vous allez bien ?

— Je me porte à merveille, répondit-elle dans un souffle.

Il s'approcha lentement. Il distinguait mieux son ravissant visage, à présent. Elle détourna les yeux, lèvres pincées, narines frémissantes, telle une petite créature fragile prise au piège. Lorsqu'il fut suffisamment près, il tendit la main, repoussa une mèche blonde derrière son oreille. Puis sa main se posa sur son épaule.

— Où est passé votre sourire rayonnant, lady Ava ? Il m'a manqué ces deux derniers jours.

Elle accepta enfin de rencontrer son regard et il lut dans le sien une émotion indescriptible.

— Je ne peux pas sourire quand je lis dans les journaux des articles horribles me concernant, milord ! Ma réputation est ruinée...

— Non, sûrement pas, dit-il.

Son regard dériva jusqu'à ses seins qui gonflaient son corsage. Une flambée de passion s'alluma soudain en lui. Il l'avait toujours trouvée belle femme et séduisante, mais c'était la première fois qu'il la désirait aussi furieusement. Et il n'était pas le seul à être affecté par leur proximité dans l'intimité feutrée de ce salon. Ava venait de frissonner.

Ses doigts quittèrent son épaule pour glisser le long de sa clavicule, remonter sur son cou. Sa peau avait la douceur du velours. Elle sentait le savon à la rose.

— Votre réputation ne sera pas ruinée si je me comporte en honnête homme, ajouta-t-il.

— Que… que voulez-vous dire ?

Sa voix sourde et ses yeux lumineux eurent sur lui un effet extraordinaire. Il se pencha jusqu'à presque apposer les lèvres sur sa tempe.

— Chut… Ne gâchons pas ce moment précieux avec des mots, murmura-t-il, avant de lui donner un baiser très doux qui lui arracha un nouveau frisson.

Elle chancela et il la retint d'un bras promptement passé autour de sa taille. Ses lèvres glissèrent sur la joue de la jeune fille pour venir cueillir sa bouche qu'elle ne chercha pas à lui dérober. Avec délectation, il lui mordilla la lèvre inférieure, sentit son désir monter en puissance.

Il la voulait plus qu'il n'avait jamais voulu aucune autre femme. Il voulait toucher son corps, respirer son parfum, goûter sa peau. Ava semblait prendre vie sous ses caresses. Elle poussa un petit soupir voluptueux lorsqu'il pressa son sein à travers la fine mousseline verte. Il lui dévora alors la bouche avec avidité, sans retenue, tout en lui emprisonnant la nuque de son autre main. Il sentait son cœur battre follement sous sa paume, sensation exquise qui ne fit qu'accroître sa fièvre. Un grondement lui échappa. Il plongea la main dans son corsage, pétrit son sein, puis défit le lien qui fronçait le tissu pour dévoiler sa poitrine.

Rendu fou par la vue de ces deux globes laiteux aux rondeurs parfaites, il s'inclina et aspira la pointe rosée d'un sein dans sa bouche.

Avec un gémissement, Ava enfouit les doigts dans ses cheveux en cambrant le dos. L'une de ses mains de Jared s'égara sur son ventre, puis entre ses cuisses…

Un rire collectif suivi d'un tollé indigné et hilare se fit entendre par-delà les murs. Le bruit parut arracher la jeune femme à sa transe sensuelle. Elle le repoussa dans un sursaut et cria :

— C'est de la folie ! Je suis au bord de perdre ma réputation, et voilà que vous voulez me faire plonger dans l'abîme !

— Non, vous ne comprenez pas…

— Au contraire, je comprends très bien que vous ne pensez qu'à votre plaisir…

— Je veux vous épouser, l'interrompit-il vivement.

Il fallut quelques secondes pour que ses paroles se fraient un chemin jusqu'au cerveau de la jeune femme. D'abord stupéfaite, elle lui retourna un regard blessé, visiblement persuadée qu'il se moquait d'elle.

— Vous… vous êtes vraiment…

— Je viens de dire que je souhaitais vous épouser, répéta-t-il.

Cela ne suffit pas à la convaincre. Comme elle le considérait d'un air plein de méfiance, il se rendit compte qu'il s'y était fort mal pris.

L'idiot !

Mettant un genou en terre, il s'empara de sa main.

— Lady Ava, voulez-vous me faire l'honneur de devenir ma femme ?

Elle poussa un cri étouffé, puis se laissa glisser le long du mur pour s'accroupir devant lui. Enfin, de ses mains tremblantes, elle lui prit le visage et balbutia :

— Êtes-vous… sérieux ? Ou jouez-vous avec moi, milord ?

— Vous poserais-je cette question, dont la réponse va changer toute ma vie, si je n'étais pas éminemment sérieux ?

— Mais… mais nous nous connaissons à peine !

— Nous savons déjà qu'un tel mariage, basé sur le rang et la fortune, serait raisonnable. En d'autres termes, nous sommes compatibles.

— Vous vous leurrez sur un point au moins, milord, car de fortune, je n'en ai pas.

— Peu m'importe.

Elle cilla, puis le scruta d'un regard intense, manifestement déconcertée. Mais une petite lueur s'était allumée au fond de son regard.

— Lady Ava, mettez fin à mon attente, je vous en prie. Acceptez-vous oui ou non de m'épouser ?

L'espace d'un instant, il eut peur qu'elle ne l'éconduise, et le goût amer de la déception se répandit dans sa bouche, le prenant de court. Mais l'instant d'après, le doux visage de la jeune fille s'éclaira d'un sourire radieux.

— Oui, souffla-t-elle. *Oui !*

Jetant les bras autour de son cou, elle l'embrassa avec fougue, manquant de le renverser dans son élan. Il lui rendit son baiser, soulagé et même heureux d'avoir obtenu son consentement. À regret, il s'arracha à ses lèvres et murmura :

— Je préférerais de loin rester ici avec vous, mais le devoir m'appelle. Je dois rejoindre mes invités.

Elle hocha la tête. Ses yeux exprimaient encore un reste de stupéfaction. Il se redressa, lui tendit la main pour l'aider à se relever, puis arrangea sa robe.

— C'est bien ce que vous désirez, n'est-ce pas ? s'inquiéta-t-il à mi-voix.

— Plus que vous ne pourriez l'imaginer, milord !

Il déposa un baiser sur sa joue, puis alla lui ouvrir la porte.

Les commères s'en donnaient à cœur joie depuis un moment déjà, mais elles se déchaînèrent lorsque le marquis de Middleton et lady Ava Fairchild ressortirent du salon où ils s'étaient manifestement isolés.

L'air se mit à vibrer d'excitation et les rumeurs les plus folles se répandirent dans la salle comme une traînée de poudre.

On alla même jusqu'à prétendre que le marquis aurait demandé à lady Ava de l'épouser et qu'elle aurait accepté.

Les hommes se demandaient si le marquis était au courant de l'état de dénuement dans lequel vivait la demoiselle. Quant aux femmes, déçues de voir un si beau parti leur échapper, elles se demandaient si la future épouse était au courant de la liaison du marquis avec lady Waterstone.

Seules trois personnes se gardèrent de commenter la nouvelle. Lady Elizabeth Roberston, sir Garrett, et le duc de Redford.

11

Tôt le lendemain matin, Jared fut convoqué à Redford House. Il n'en fut évidemment pas surpris et fit une entrée désinvolte dans le bureau du duc, après que le majordome l'eut annoncé.

Son père ne lui proposa pas de s'asseoir et ne lui accorda qu'un bref coup d'œil.

— Comment oses-tu demander la main d'une femme sans avoir requis mon consentement au préalable ? fit-il d'une voix grondante.

Dans des moments comme celui-ci, Jared détestait son père. Il s'attendait certes à des questions, mais il avait au moins espéré qu'il approuverait sa décision de rentrer dans le droit chemin et de se marier, comme il le lui avait demandé.

— Vous m'avez supplié, menacé, et finalement vous avez gagné. Je pensais que vous seriez content ; vous étiez si impatient que je me marie.

— Bien sûr que je suis impatient de te voir marié ! s'emporta le duc. Mais avec une personne d'un lignage acceptable !

— Lady Ava Fairchild est la fille aînée de feu le comte de Bingley, objecta Jared, qui ne gardait son sang-froid qu'au prix d'un immense effort.

— Elle est aussi la belle-fille de lord Downey, un homme qui ne serait rien d'autre qu'un roturier sans l'entregent de son oncle. Il n'est même pas venu me voir pour évoquer la possibilité d'une union entre nos deux familles ! Mais peut-être est-il assez sensé pour se rendre compte que sa belle-fille te convient moins bien que lady Elizabeth.

— Vous m'insultez en sous-entendant qu'il vous faudrait d'abord vous entretenir avec un tiers avant que je sois autorisé à demander la main d'une jeune fille !

— Il ne s'agit pas seulement une tradition, mais d'une nécessité. Tu n'es pas le fils d'un forgeron !

— Non, et croyez que je le regrette souvent ! répliqua Jared, sardonique.

— Ta position de fils de duc ne t'apporte pas que des désagréments, il me semble, riposta son père avec une ironie teintée de dédain. À présent dis-moi quelles sont les conditions de ce mariage.

Jared haussa les épaules.

— Il n'en a pas été question.

— Tu veux dire que tu as demandé la main d'une femme qui deviendra un jour duchesse de Redford sans discuter des conditions de votre union ?

Les yeux du duc s'étaient étrécis, une lueur incrédule et furieuse filtrait entre ses paupières plissées.

La question mit Jared hors de lui.

— Les conditions sont élémentaires, Votre Grâce. J'ai choisi une vierge de haute naissance capable de me donner un héritier. Le reste importe peu.

— Ne sois pas évasif. Tu sais fort bien que ce n'est pas si simple, qu'une union de cette importance exige que la future épouse ait les qualités requises.

— Il n'est pas dans mon intention d'être *évasif*, mais il me paraît évident que les « qualités » en question ont plus à voir avec la matrice de cette femme qu'avec sa fortune.

Le duc faillit s'étrangler.

— Co… comment oses-tu te montrer aussi vulgaire ?

— L'êtes-vous moins que moi ? Vous ne vous êtes pas privé de me répéter que vous vouliez un héritier. Je viens de vous trouver la génitrice idoine, et maintenant vous me parlez de sa *valeur* ?

— Comme d'habitude, tu ne sais pas ce que tu dis ! Tu prends tes responsabilités familiales avec une telle désinvolture. Tu me déçois profondément.

Le duc balaya son fils d'un regard si méprisant que ce dernier ne put s'empêcher de frémir.

— Je ne suis pas plus décevant en tant que fils que vous ne l'êtes en tant que père. Franchement, mieux vaut être désinvolte que dépourvu de cœur. Vous intervenez dans chaque aspect de ma vie. Ne pourriez-vous au moins me laisser le choix de la femme auprès de qui je vais passer le reste de mes jours ? J'ai l'intention d'épouser Ava Fairchild, Votre Grâce. J'ai déjà demandé sa main, et si cela vous déplaît, je n'y peux rien.

— Tu n'y peux rien ? grinça le duc. Tu pouvais te comporter comme mon digne fils, faire un effort pour comprendre ce que signifient les mots « honneur », « devoir » et « fierté » avant de traîner notre nom dans la boue en t'affichant avec une catin comme cette Waterstone ! Tu pouvais me demander mon avis au lieu de me tourner le dos ! Et voilà qu'aujourd'hui, tu empires la situation en proposant le mariage à cette femme sur un coup de tête ! Je te conseille de ne plus évoquer cette union à moins qu'elle n'accepte nos conditions.

Jared eut toutes les peines du monde à se maîtriser pour ne pas se jeter sur le vieil homme et le prendre à la gorge.

— Cette *femme*, comme vous dites, se nomme lady Ava Fairchild. Et ce ne sont pas *nos* conditions, mais les *miennes* dont il s'agit ! Tout le reste vous appartient peut-être, mais ce mariage est le *mien*, assena-t-il avant de tourner les talons.

Avant que son père ait le temps de répondre, il avait claqué la porte.

Il aurait dû se rendre à son club ou rentrer chez lui, bref rejoindre un endroit tranquille où il aurait pu se calmer. Son père avait toujours eu mauvais caractère et, depuis l'enfance, Jared savait que, s'il lui fallait s'isoler après une dispute afin de recouvrer son sang-froid, il n'avait d'ordinaire pas trop de mal à étouffer son ressentiment. Mais aujourd'hui, c'était différent. Il avait eu beau ravaler sa fierté et se plier à la volonté de son père, celui-ci avait encore trouvé à y redire, et l'avait traité avec tant de mépris qu'il bouillait intérieurement et était dans l'incapacité totale de se raisonner.

La première idée qui lui traversa l'esprit fut de se rendre tout droit chez sa future femme pour fixer la date du mariage sans attendre.

Il s'engouffra dans sa voiture, aboya l'adresse au cocher. Parvenu à destination, il sauta sur le trottoir avant que le valet ait le temps de descendre le marchepied et s'en alla cogner à l'huis de Downey House.

Un homme vêtu d'une livrée trop grande vint ouvrir presque aussitôt

— C'est pour quoi ? fit-il en le scrutant avec curiosité.

Cette apostrophe pour le moins familière laissa d'abord Jared perplexe. Se ressaisissant, il sortit sa carte de visite.

— Lord Middleton, qui demande à voir lady Ava Fairchild.

— Un visiteur ! s'exclama le majordome d'un air ravi. Un instant, milord…

Il tourna le dos, s'en alla chercher un plateau d'argent à l'autre bout du hall et revint le tendre à Jared qui y laissa tomber la carte d'un geste impatient.

— Bon, alors, maintenant, je vais monter tout ça, annonça le majordome.

— Je m'en doute. Et si vous vouliez bien vous hâter.

Le majordome révéla un sourire édenté.

— Vous pouvez entrer, milord.

Jared franchit le seuil et ôta son chapeau. Il n'avait jamais mis les pieds dans cette maison qui lui paraissait plutôt exiguë. La décoration était de bon goût, quoique assez spartiate.

— Veuillez me suivre, milord, ajouta le majordome qui tenait le plateau loin devant lui, comme s'il avait peur de toucher la carte de Jared.

— Vous n'allez donc pas porter ma carte de visite d'abord ? s'étonna celui-ci en enlevant ses gants.

Le majordome fronça les sourcils, l'air un peu confus, puis :

— Non, milord. Vous devez m'accompagner, ça, j'en suis sûr.

Déconcerté, Jared ne se formalisa pas pour autant. La maisonnée vivait peut-être selon des règles d'un cérémonial assoupli, ce qu'en d'autres circonstances il aurait grandement apprécié. Il emboîta le pas au domestique et ils gravirent un escalier étroit avant de longer un couloir qui menait à une double porte. Le majordome l'ouvrit sans se donner le mal de frapper.

À l'intérieur de la pièce, trois femmes sursautèrent. Ava fut la première à réagir. Elle jaillit pratiquement de son fauteuil et se précipita vers le majordome. Sa sœur, installée sur le canapé, se jeta sur une sorte de grand panier dans lequel elle entreprit d'empiler Dieu sait quoi à toute allure.

La troisième femme, vêtue de l'uniforme gris des femmes de chambre, adressa à Jared un sourire si aguicheur qu'il en resta pantois. Mais Ava ne s'en rendit pas compte. Elle avait saisi le majordome par la manche et le tirait vers le couloir.

— Monsieur Morris, vous ne pouvez pas entrer ainsi ! Vous devez annoncer les visiteurs !

— C'est bien ce que j'aurais fait, m'dame, si je pouvais lire sa carte.

Ava rougit, glissa un coup d'œil nerveux à Jared, puis s'empara de la carte qui reposait sur le plateau.

— Vous devriez porter vos lunettes, le tança-t-elle, mal à l'aise, avant d'indiquer : Nous recevons la visite de lord Middleton.

Morris s'inclina légèrement.

— Lord Middleton demande à vous voir, m'dame.

— Merci, Morris.

Ava pinça les lèvres. Lady Phoebe s'était rassise, les mains sagement croisées, mais Jared la surprit en train de pousser du pied sa panière pour la mettre hors de vue.

— Milord, comment allez-vous ? s'enquit Ava avec une petite révérence.

— Très bien, merci.

La femme de chambre continuait de lui sourire en minaudant. Ava s'en aperçut enfin et fronça les sourcils.

— Sally, peux-tu prévenir Lucille que nous avons un visiteur et demander qu'on serve le thé ? Je vous en prie, milord, asseyez-vous, ajouta-t-elle en désignant un fauteuil. Morris, ce sera tout, merci.

— Bon, d'accord, dit le majordome avant de tourner les talons.

Mais la dénommée Sally n'était pas aussi docile. Le sourire d'Ava s'évanouit.

— Sally, je te prie de nous laisser, *merci*.

— Comme vous voudrez! rétorqua la femme de chambre avec une moue insolente, avant de se diriger vers la porte d'une démarche chaloupée.

Jared n'en revenait pas, lui qui oubliait presque la présence de ses domestiques autour de lui tant ces derniers étaient réservés et silencieux.

— Je… je suis charmée de vous revoir, dit Ava en coinçant une mèche blonde derrière son oreille.

— Le moment est peut-être mal choisi…

— Non, pas du tout. Prenez un siège, je vous en prie.

Jared s'installa dans le fauteuil face au canapé. Ava prit place près de sa sœur.

Elles étaient toutes deux d'une beauté peu conventionnelle, nota-t-il, mais il y avait dans les yeux d'Ava une étincelle de vie qu'il trouvait particulièrement attirante. Elle lui plaisait physiquement, c'était évident… mais quant à *l'épouser* ?

Assailli par le doute, il eut soudain quelques difficultés à avaler sa salive.

Ava brisa le silence qui menaçait de s'éterniser.

— C'est très gentil à vous de nous rendre visite.

— J'espérais pouvoir vous parler.

Les deux sœurs échangèrent un regard, et Phoebe se leva.

— Si vous voulez bien m'excuser, milord, je… j'étais justement en train d'écrire une lettre à notre cousine Greta.

Elle jeta un coup d'œil au secrétaire, sur lequel ne se trouvait ni papier, ni encrier, ni plume.

— Je veux dire que je l'envisageais, rectifia-t-elle.

— L'encrier a été rempli, l'informa Ava. Il est dans le tiroir.

— Dans le tiroir, répéta Phoebe qui alla s'asseoir devant le petit meuble, la mine indécise.

Elle faisait de son mieux pour leur laisser un peu d'intimité. Jared se pencha vers Ava et dit à mi-voix :

— Je suis venu, car j'espérais vous convaincre de hâter la date de nos noces.

Les yeux de la jeune fille s'illuminèrent.

— Oh! souffla-t-elle.

— J'ai pensé que nous pourrions peut-être nous marier chez moi, à Broderick Abbey, en bénéficiant d'une dispense de bans que j'ai déjà pris la liberté de solliciter auprès de l'archevêque.

Le sourire de la jeune femme s'évanouit. Elle jeta un coup d'œil à sa sœur qui farfouillait dans les tiroirs du secrétaire, puis reporta son attention sur lui.

— Il faut que je vous pose une question, milord. Ce... mariage préservera-t-il ma sœur et ma cousine d'une union avec le premier venu qui aurait l'idée de demander leur main ? Voyez-vous, mon beau-père s'est mis en tête de se débarrasser de nous, et j'aimerais offrir un refuge à Phoebe et à Greta, si vous...

— Oui, cela va de soi, acquiesça-t-il. Ma maison sera la vôtre et, par conséquent, votre sœur et votre cousine y seront les bienvenues.

— Vraiment ?

De nouveau, son visage s'était éclairé. Elle lui sourit, d'un sourire qui fit s'évaporer ses doutes comme par enchantement.

— Vous acceptez donc de venir très prochainement à Broderick Abbey pour célébrer la cérémonie ? s'enquit-il.

— Naturellement. Quelle date proposez-vous ?

— Sous peu. Je ne supporte pas d'attendre.

— Qu'entendez-vous par « sous peu » ?

— Le plus vite possible.

Elle sourit, une étincelle dans le regard.

— Vous devez savoir que des insinuations malveillantes vont circuler si nous faisons preuve d'un trop grand empressement, milord, chuchota-t-elle.

— Cela m'est égal.

— Et ne devriez-vous pas vous renseigner sur le montant de ma dot ? Ma mère m'a légué une somme relativement modeste...

— Je n'ai que faire de votre dot. Offrez-la à votre sœur et à votre cousine.

Ava battit des paupières.

— Mais... cet argent est tout ce qui me resterait en propre au cas où... où vous décéderiez, pour dire les choses franchement. Ce qui ne risque pas d'arriver avant très longtemps, se hâta-t-elle de préciser.

— Tranquillisez-vous, lady Ava, je prendrai mes précautions pour que vous ne vous retrouviez pas démunie s'il m'arrivait malheur. Si vous le souhaitez, je constituerai même un patrimoine distinct à votre seul nom. Mais je préférerais sauter l'étape de la négociation avec votre beau-père, ainsi que celle de la publication des bans, pour éviter que les choses ne traînent en longueur.

— Fort bien, céda Ava après quelques secondes de réflexion. Disons donc d'ici… un mois ?

— La date que j'avais en tête était moins éloignée. Je songeais à vendredi prochain.

— *Vendredi prochain ?* s'exclama Ava.

— *Vendredi ?* s'écria Phoebe en écho, ce qui les fit sursauter tous deux. Avez-vous perdu l'esprit, milord ? Nous n'aurons jamais le temps de confectionner un trousseau digne de ce nom…

— Je fournirai tout ce dont vous aurez besoin, coupa Jared en regardant Ava.

Mais Phoebe protesta :

— Ava, non ! Et Greta ? Tu ne peux pas te marier en son absence !

Ava n'eut pas l'occasion de répondre. La porte s'ouvrit sur une femme imposante chargée d'un plateau à thé.

Jared se leva vivement.

— Bonjour, bonjour ! lança-t-elle en allant déposer son fardeau sur la table du salon. Je suis Mlle Lucille Pennebacker, la sœur de lord Downey et le chaperon de ces deux jeunes personnes.

— Lord Middleton, pour vous servir.

Lucille plongea aussitôt dans une révérence qui lui coupa le souffle.

— Vous nous faites un immense honneur, milord, dit-elle comme Jared l'aidait à se redresser. Permettez-moi de vous offrir une tasse de thé, ajouta-t-elle en s'emparant de la théière fumante. Ainsi donc, vous voulez épouser notre Ava ? J'avoue qu'à son âge, son beau-père et moi-même avions perdu l'espoir de la voir se marier un jour.

— Lucille ! se récria Ava, mortifiée.

Mais Mlle Pennebacker ne se laissa pas démonter et poursuivit tout en tendant sa tasse au marquis :

— Ce n'est que la vérité. Vous étiez quand même à deux doigts de finir vieille fille, ma chère. Milord, mon frère est attendu à Londres d'ici deux semaines. Je suppose que vous souhaiterez lui parler dès son retour ?

— Malheureusement, nous n'avons pas le temps de l'attendre, expliqua poliment Jared. Lady Ava et moi-même sommes tombés d'accord pour ne pas prolonger nos fiançailles. En fait, nous comptons partir pour Broderick Abbey avant la fin de la semaine.

La replète Lucille Pennebacker, qui venait de s'asseoir dans le canapé sa tasse à la main, se figea. Elle fixait Lord Middleton d'un regard ahuri, visiblement incapable de prononcer une parole.

Ava toussota pour attirer l'attention de Jared. Il l'ignora et s'enquit avec sollicitude :

— Quelque chose ne va pas, mademoiselle Pennebacker ?

Lucille émit une sorte de gargouillis, puis reposa sa tasse dans sa soucoupe bruyamment.

— Vous… vous n'êtes pas sérieux ! hoqueta-t-elle, sa main potelée pressée contre son ample poitrine. Vous ne pouvez pas épouser Ava sans le consentement d'Egbert ! Cela ne se fait pas !

— Je vous demande pardon, mademoiselle Pennebacker, mais avez-vous la moindre raison de penser que lord Downey s'opposerait à cette union ?

— Euh… non… non…

— Dans ce cas, nous ferons comme prévu.

Le visage de Lucille vira au rouge écarlate. Tournant un regard impuissant vers Ava, elle croassa :

— *Ava ?*

Celle-ci glissa un regard noir au marquis avant de répondre avec un sourire :

— Je suis d'accord avec lord Middleton, Lucille.

— Ô Seigneur ! s'étrangla Mlle Pennebacker.

12

Lady Waterstone avait commencé à avoir des aigreurs d'estomac le jour où lady Flynn lui avait rendu visite. Celle-ci avait été la première à franchir le seuil de sa demeure le lendemain de la vente de charité. La ville entière bruissait déjà de la nouvelle que Middleton avait demandé la main d'une débutante. Lady Flynn se targuait d'avoir toujours les informations les plus récentes concernant le marquis, il n'y avait donc aucune raison de penser qu'il en irait différemment cette fois-ci.

Miranda avait elle aussi eu vent de ces rumeurs, mais ne s'en était pas inquiété outre mesure. Sereine, elle avait assuré lady Flynn qu'elle était au courant des projets matrimoniaux du marquis et qu'elle n'en concevait aucune acrimonie.

— Il est entendu que je resterai son amie de cœur, avait-elle ajouté d'un air complice.

Mais aujourd'hui, les aigreurs s'étaient transformées en nausée, et elle ne pouvait plus cacher son amertume.

— Ils vont se marier au plus vite, à Broderick Abbey. Pour quelle raison, à votre avis ? avait musé lady Flynn en choisissant un gâteau.

— Je ne saurais le dire. Jared ne m'a pas mise dans la confidence.

— En tout cas, je pourrais vous confier ce qu'en pense le Tout-Londres. Et c'est tout simplement scandaleux !

Miranda l'imaginait aisément.

Après le départ de lady Flynn, elle avait averti son majordome qu'elle ne recevrait plus aucun visiteur, puis elle s'était enfermée dans ses appartements et s'était laissée tomber sur sa méridienne.

Le marquis ne l'avait même pas prévenue qu'il se mariait. Il n'avait pas non plus répondu à sa lettre. Il ne lui avait pas reparlé depuis le jour où il était venu lui annoncer qu'il la quittait.

Cette rupture avait pris Miranda complètement au dépourvu. Stupéfaite, elle avait traversé la pièce en hâte et avait saisi le visage de Jared entre ses mains avant de lui murmurer d'une voix sensuelle :

— Tu ne peux me mettre ainsi à l'écart… pas après tout ce que nous avons partagé.

Il avait eu un sourire froid, puis, la prenant aux poignets, il avait écarté ses mains de son visage.

— Nous n'avons rien partagé d'autre qu'un désir physique mutuel, avait-il rétorqué. Les responsabilités liées à mon titre sont immuables, et j'ai un devoir à accomplir.

— Bien sûr ! Mais quel rapport cela a-t-il avec moi ? Avec *nous* !

— Aucun. C'est pourquoi je mets un terme à notre histoire. Nous ne sommes vraiment rien l'un pour l'autre.

Sa désinvolture l'avait blessée.

— Dieu, que tu es cruel ! avait-elle soufflé.

— Oserais-tu affirmer le contraire ?

— Oui ! avait-elle crié. Car il se trouve que je t'aime !

Ce n'était pas tout à fait vrai. Elle tenait certes beaucoup à lui, et plus encore à ce qu'ils partageaient au lit. Mais ce qu'elle aimait par-dessus tout, c'était sa position sociale, sa fortune considérable et sa générosité. Tout à coup, elle se sentait terriblement vulnérable. Car pour la première fois depuis le début de leur liaison passionnée, elle redoutait de le perdre.

La panique l'avait saisie quand il lui avait dit adieu. Mais Miranda ne s'avouait pas vaincue aussi facilement. Elle s'était promis de ramener Jared dans son lit. Oui, bientôt il recommencerait à la couvrir de cadeaux somptueux. Dès qu'il se serait acquitté de son devoir auprès de sa gentille oiselle, il aurait envie de retrouver une vraie femme.

Pour s'en convaincre, Miranda décida d'aller rendre visite à la future épouse.

Phoebe avait déclaré à Ava qu'elle avait perdu l'esprit. Cette dernière avait admis qu'en effet, ce n'était pas impossible. Mais tout s'était passé si vite qu'elle n'avait pas eu le temps de réfléchir. Elle n'avait que trois jours pour organiser leur départ. Et une fois à Broderick Abbey, les préparatifs du mariage devraient eux aussi être expédiés en trois jours. Elle n'avait, par conséquent, pas le loisir de s'attarder sur l'idée qu'elle serait bientôt l'épouse d'un futur duc ; un homme que, pour tout dire, elle connaissait à peine. Parfois, cette pensée lui traversait l'esprit et elle sentait l'appréhension la gagner. Mais elle la chassait bien vite, car elle avait des préoccupations plus urgentes.

Par exemple, elle n'avait rien à se mettre.

Depuis l'annonce de son mariage imminent, les visiteurs se pressaient à la porte de Downey House. De quasi inconnus se présentaient tout à coup comme de vieux amis, avides de connaître les détails croustillants d'une union si hâtive.

Lady Purnam fut bien entendu la première.

— Comment avez-vous pu accepter une période de fiançailles aussi courte ? vitupéra-t-elle. C'est inconvenant !

— Je vous demande pardon ? se récria Ava.

— Oh, ne jouez pas les saintes-nitouches avec moi ! Cette hâte à obtenir une dispense de bans de l'archevêque... Enfin, tout le monde va penser que vous attendez un enfant ! clama lady Purnam en martelant le sol du bout de son ombrelle pour ponctuer ses propos.

— Mon mariage ne concerne pas *tout le monde*, et quand bien même tout le monde se mêlerait d'avoir un avis, je m'en moque !

— Savez-vous combien votre mère serait choquée, et déçue, par votre conduite ? glapit lady Purnam.

— Ma mère me féliciterait, au contraire, de faire un mariage de raison profitable à tous points de vue.

— Vous êtes incorrigible !

Furieuse de voir que ses paroles demeuraient sans effet, lady Purnam écourta sa visite. Mlles Molly Frederick et Anne Williams lui succédèrent. Après les compliments d'usage, Mlle Frederick déclara d'un air innocent :

— Et comment se fait-il, à votre avis, que lord Middleton ait demandé votre main alors qu'il avait le choix parmi toutes les débutantes ?

— J'imagine qu'il a été séduit par mon charme inné, répondit Ava d'un ton léger.

Phoebe faillit s'étrangler avec son thé. Mlle Frederick et Mlle Williams échangèrent un regard interloqué.

— Vous êtes indéniablement charmante, convint Mlle Williams avec une belle hypocrisie. Mais trouvez-vous prudent d'épouser un homme aussi *turbulent* ?

Ava éclata d'un rire plein de fraîcheur.

— Turbulent ? Lord Middleton ? Je sais que mon fiancé aime le sport et l'action, mais il s'assagira quand nous serons mariés. Je n'ai pas le moindre doute à ce sujet.

Dans son coin, Phoebe leva les yeux au ciel.

— Certes, acquiesça Mlle Frederick avec un mince sourire. Néanmoins, en ce qui me concerne, je n'aimerais pas être l'épouse d'un libertin.

Ava eut un sourire suave.

— Vraiment ? s'étonna-t-elle. J'aurais pourtant pensé qu'épouser un libertin devait être beaucoup plus amusant que d'épouser un homme de Dieu.

Personne n'ignorait que Mlle Frederick était courtisée par un jeune vicaire qui ne tarderait plus à faire sa demande en mariage. De fait, cette dernière rougit et abandonna le sujet.

Après leur départ, Phoebe considéra sa sœur d'un air sévère.

— Tu n'as pas honte ?

— De quoi ? Pourquoi devrais-je me justifier de chacune de mes décisions devant toutes ces personnes ? Pourquoi s'étonne-t-on que le marquis de Middleton manifeste le désir de m'épouser, *moi*, la pauvre Ava Fairchild ? Pourquoi ne peut-on admettre simplement qu'il m'apprécie ?

— Oh, je ne sais pas... Peut-être parce qu'il n'a pas pris le temps de te faire la cour.

Ava ignora la réplique de sa sœur, tout comme elle avait décidé d'ignorer la curiosité malsaine de leurs visiteurs. Bien sûr, parfois le doute l'assaillait, mais elle trouvait insupportable que personne ne semble la trouver digne d'estime. Elle l'était pourtant au moins autant que lady Elizabeth !

Aucune de ces visites ne parvint à ébranler sa fierté. En revanche, elle n'était absolument pas préparée à la confrontation qui eut lieu avec la Séduction incarnée en la personne de lady Waterstone.

Celle-ci se présenta un après-midi en compagnie de quelques femmes du Comité des Dames Bienfaitrices. Elle prit les mains d'Ava et, avec un sourire qui lui fit froid dans le dos, déclara :

— Comme vous devez être heureuse, ma chère !

— En effet, je le suis, répondit Ava, déconcertée.

— Savez-vous si vous vivrez à Broderick Abbey ou à Londres ?

— Eh bien… non, je ne le sais pas encore. À vrai dire, je ne suis pas encore allée à Broderick Abbey.

— Oh, c'est un endroit divin qui vous plaira sûrement ! Et l'air de la campagne est idéal pour de jeunes enfants. Quant à la maison, elle est très agréable.

Lady Waterstone s'assit avant qu'Ava l'en ait priée et enchaîna :

— Pour ma part, je trouve la suite du maître somptueuse.

Devant l'air horrifié d'Ava, elle ajouta avec un sourire :

— Lorsque le marquis voyage à l'étranger, la maison est ouverte au public, vous savez.

— Non, je… je n'en savais rien.

Ces sous-entendus fielleux déclenchèrent dans l'esprit d'Ava une foule de questions obsédantes qui ne trouvaient pas de réponse. Combien de fois lady Waterstone s'était-elle rendue à Broderick Abbey ? Combien de temps avait duré sa liaison avec le marquis ? D'ailleurs était-elle terminée ? Pouvait-on vraiment quitter une femme aussi raffinée et séduisante ?

Ces dames ne semblaient pas décidées à partir. La visite s'éternisa, au grand désespoir d'Ava qui aurait aimé mettre tout le monde dehors.

Quand enfin elle se retrouva seule, elle se jura de ne plus recevoir personne.

De toutes les femmes qui étaient venues la voir, une seule s'était montrée bienveillante et amicale : Mlle Grace Holcomb qui se réjouissait sincèrement de la voir épouser un futur duc.

— Lord Middleton si beau ! Quelle chance vous avez, lady Ava ! Je suis ravie pour vous. Et j'espère que cela m'arrivera à moi aussi un jour ! avait-elle pouffé.

De son côté, Phoebe était d'une humeur massacrante, excédée par ces préparatifs de mariage menés tambour battant qui l'obligeaient à coudre la robe de mariée de sa sœur jusque tard dans la nuit.

— Vraiment, je ne te comprends pas ! jeta-t-elle au matin du jour où Ava était censée faire la connaissance de son futur beau-père. D'accord, tu vas épouser un excellent parti. Mais des fiançailles d'une semaine ! Comment veux-tu que nous fassions les choses correctement ?

— Et qu'avez-vous prévu au sujet de votre femme de chambre ? s'enquit Lucille, tout aussi acariâtre. Vous ne pouvez épouser le marquis sans avoir une vraie femme de chambre !

— C'est vrai, reconnut Ava, songeuse.

Le silence retomba durant quelques secondes. Puis, lentement, tous les regards convergèrent vers Sally Pierce, assise sur un cabriolet.

— Moi ? s'écria-t-elle en écarquillant les yeux.

— Oui !

— Oh non, pas question ! déclara-t-elle en se levant. Je veux pas aller vivre chez les ploucs !

— Ça, c'est un peu fort ! fulmina Lucille.

— Je vous demande bien pardon, m'dame, mais les balourds de la campagne, très peu pour moi ! J'aime les gars de la ville et...

— Je te paierai bien, coupa Ava.

Sally se détendit un peu.

— Combien ?

— Cent cinquante livres.

Ava ignora le glapissement incrédule de Lucille et poursuivit :

— Une semaine après mon arrivée, tu viendras à Broderick Abbey m'apporter les pièces de mon trousseau que Phoebe aura eu le temps d'achever.

Les mains sur les hanches, Sally laissa échapper un soupir outrancier.

— Bon, d'accord. Mais faut pas croire que je resterai là-bas jusqu'au jour du Jugement dernier, m'dame. Six mois au plus, c'est tout ce que vous aurez.

— Marché conclu, dit Ava.

Lucille secoua la tête.

— Si vous tenez *vraiment* à emmener Sally, je vais lui apprendre à plier les affaires et à remplir les malles correctement.

En définitive, elle ne semblait pas mécontente, de cette solution qui la débarrassait de l'ancienne prostituée. D'un ton impérieux, elle lui ordonna :

— Allons, suis-moi !

— J'arrive, j'arrive... grogna Sally qui lui emboîta le pas sans enthousiasme.

— Et Greta ? dit Phoebe quand les deux sœurs se retrouvèrent seules. Tu ne peux pas te marier en son absence. Elle serait profondément blessée.

— Écoute, même si j'envoyais quelqu'un la chercher, elle ne voudrait pas rentrer. Elle est dans les ennuis jusqu'au cou.

Rien ne ressemble plus au château de mon souvenir, écrivait-elle dans la lettre qui leur était parvenue la veille. *Le domaine est à l'abandon. M. Percy dit qu'il est possible que mon oncle ait contracté de lourdes dettes, sans doute en raison de son penchant pour les courses de chevaux...*

— Encore ce M. Percy ! s'était exclamée Ava, avant de reprendre sa lecture.

En dépit de ces bouleversements inattendus, je garde espoir et je vais tenter d'en savoir plus sur ce qu'il s'est passé. M. Percy me presse de contacter un notaire qui serait susceptible de m'éclairer...

— Mais enfin, qui est ce Percy ? avait enragé Phoebe une fois de plus. Pourquoi lui fait-elle autant confiance ?

— Je l'ignore et je n'aime pas cela du tout, avait répondu Ava, la mine sombre. Tu vas tout de suite prendre ta plume pour lui répondre et lui enjoindre de se méfier de cet individu.

— Je m'en occuperai ce soir. Pour l'heure, nous avons trop à faire à cause de ton maudit mariage.

Ava avait explosé :

— Je sais que tu es mécontente, Phoebe, mais avais-je le choix ? Tu sais très bien que si je n'avais pas accepté la demande en mariage du marquis, lord Downey aurait donné ma main à sir Garrett dès son retour. Au moins, maintenant, il nous fichera la paix et nous serons à l'abri du besoin.

— Mais sa fortune ne doit quand même pas être l'unique raison qui te fasse épouser lord Middleton ! As-tu de l'estime pour lui ? Avez-vous des points communs ? C'est pour découvrir s'ils sont faits l'un pour l'autre qu'un homme courtise une femme avant de courir à l'autel ! Après, il est trop tard...

— Ne sois pas si naïve ! Rappelle-toi ce que disait maman. Le mariage n'est qu'une affaire de raison et d'argent.

— Et si ce n'était pas le cas ? Si tu t'apercevais que tu ne supportes pas d'être mariée avec cet homme ?

— Je ne vois vraiment pas quel problème pourrait survenir. Je vais avoir de l'argent à ne plus savoir qu'en faire et je serai marquise. Je ne vois pas ce que je pourrais demander d'autre. Et si lord Middleton et moi-même ne nous entendons plus, eh bien, chacun ira de son côté, voilà tout.

— Bien sûr ! avait ricané Phoebe. Je peux déjà te dire où il ira chercher consolation : dans le lit de lady Waterstone !

Elle n'aurait su dire pourquoi, mais la remarque avait piqué Ava au vif. Elle avait fusillé sa sœur du regard.

— Tu ne le connais pas, avait-elle rétorqué d'une voix tendue.

— Toi non plus ! Voilà justement pourquoi tu devrais insister pour avoir une période de fiançailles décente...

— Non ! avait coupé Ava, butée. C'est inutile. Il m'apprécie, je le sens.

Et elle en était sincèrement persuadée. Elle-même avait de l'affection pour son futur époux. Il était gentil et d'une charmante désinvolture. Et lorsqu'il souriait… Seigneur, son corps entier paraissait se liquéfier !

— Peu importe, avait soupiré Phoebe, résignée, tu es folle.

Ava s'apprêtait maintenant à rencontrer le duc de Redford. Elle n'avait pas le temps de s'appesantir sur les inquiétudes de sa sœur. Elle étudia son reflet dans le miroir. Elle portait la robe de soie prune gansée de noir que Phoebe venait d'achever.

Elle pivota pour admirer la traîne qui partait de ses épaules et descendait jusqu'au sol.

— Qu'en penses-tu ? demanda-t-elle à sa sœur.

Phoebe leva les yeux de son ouvrage et fronça les sourcils.

— Comment expliqueras-tu au duc cet empressement à se marier sans attendre le consentement de ton beau-père ?

C'était une très bonne question.

Ava ne l'aurait admis pour rien au monde, mais la perspective de rencontrer le duc, qu'elle n'avait croisé qu'une ou deux fois, l'emplissait de crainte. Il lui avait paru si autoritaire !

— Je ne sais pas du tout quelle explication je lui fournirai, marmonna-t-elle. Je n'arrive déjà pas à me l'expliquer moi-même ! Maintenant, s'il te plaît, peux-tu me dire ce que tu penses de ma tenue ?

L'expression de Phoebe se radoucit.

— Tu es ravissante, Ava. Au moins, le duc ne trouvera rien à redire à ton apparence. Tu lui donneras de magnifiques héritiers.

Des héritiers.

Ava soupira. Voilà encore un sujet qu'elle avait complètement occulté. Dieu que sa mère lui manquait ! songea-t-elle.

Heureusement, elle ne put céder à la mélancolie car, à cet instant, le heurtoir retomba contre la porte d'entrée. De l'autre bout du hall, M. Morris beugla :

— Il y a une voiture qu'attend devant la maison, m'dame !

Sally fit irruption dans le salon.

— Et quelle voiture, mazette ! Venez voir ça, m'dame !

Elle saisit la main d'Ava pour l'entraîner devant la fenêtre. Dans la rue en contrebas était stationné un superbe landau auquel étaient attelés deux immenses chevaux gris caparaçonnés de noir et portant chacun un plumet doré. Sur les portières, le blason des Middleton étincelait au soleil.

— Ô mon Dieu ! souffla Ava.

Phoebe la poussa pour jeter un coup d'œil à son tour.

— Miséricorde ! s'exclama-t-elle. Je n'ai jamais vu un si bel équipage.

— Moi si, rétorqua Sally. Et je vous parie que les banquettes sont en velours.

Les deux sœurs lui jetaient un regard étonné quand la voix de Morris leur parvint :

— Je vous demande pardon, m'dame, mais le cocher attend.

— Le cocher ? Lord Middleton n'est donc pas là ? s'étonna Ava.

— Je sais pas. Moi, je vous dis juste ce qu'on m'a dit de vous dire.

— Bien. Allez informer le cocher que j'en ai pour un instant.

Morris s'éloigna. L'air soupçonneux, Phoebe demanda à sa sœur :

— Où est ton fiancé ?

— De toute évidence, il m'attend dans la voiture. À moins qu'il ne soit déjà à Redford House, supputa Ava en récupérant son réticule.

— N'oublie pas : tu dois te montrer amène et souriante. Il faut que le duc te trouve charmante et qu'il sache que tu n'es pas du genre à créer des ennuis.

— Mais…

— À la réflexion, dit Phoebe en lui tendant la redingote en velours qu'elle venait de reprendre aux coutures, il vaut mieux que tu ne dises rien. Contente-toi de répondre quand on t'adressera la parole.

Ava haussa les épaules et enfila la redingote. Elle noua sous le menton les rubans de sa capote, embrassa sa sœur et agita la main en direction de Sally, avant de quitter la pièce.

Alors qu'elle aurait dû se sentir heureuse, elle avait le sentiment d'être sur le point de subir l'épreuve la plus difficile de sa vie.

13

Contrairement à ce qu'Ava espérait, lord Middleton ne l'attendait pas dans la voiture. Il ne lui avait pas laissé non plus de message. Le cocher lui indiqua qu'il avait reçu l'ordre de la conduire à Redford House, sur Park Lane, mais qu'il n'en savait pas plus.

Lorsque la voiture pénétra dans la petite cour intérieure de l'imposant hôtel particulier, Ava sentit son estomac se nouer. Que faire ? Se présenter sans son fiancé ?

Apparemment oui, car le laquais venait de sortir le marchepied et lui tendait sa main gantée pour l'aider à descendre. Ava se pencha par la portière et aperçut deux valets qui venaient de se poster hâtivement au bas des marches du perron.

— Lord Middleton est-il ici ? s'enquit-elle.

— Je ne l'ai pas vu, milady.

— Ah… J'avoue être un peu déconcertée. Êtes-vous sûr qu'il n'a pas envoyé un mot à mon intention ?

Elle crut voir passer l'ombre d'un sourire sur le visage du domestique qui répondit :

— Certain, milady. Mais le majordome du duc pourra peut-être vous renseigner.

— Oui, sans doute. J'aurais dû y songer moi-même, dit Ava, soulagée.

Elle redressa les épaules, ajusta sa redingote et sa capote, avant de gravir les marches de pierre.

De toute façon, il était trop tard pour faire demi-tour, à présent.

Elle allait faire la connaissance de son futur beau-père sans que son futur époux soit présent pour procéder aux présentations.

Un instant, elle s'alarma. Et si le marquis avait brusquement changé d'avis et qu'il lui ait envoyé une lettre de rupture qu'elle n'avait pas reçue à temps ?

Désemparée, elle s'efforça de faire taire ses inquiétudes. Non, c'était ridicule. Il ne lui aurait pas envoyé sa voiture si tel était le cas. Alors ? Peut-être souhaitait-il ne pas se mêler de sa relation avec le duc, tout simplement.

Elle ignorait ce que tout cela signifiait, mais, quoi qu'il en soit, ce mariage ne commençait pas sous de bons auspices...

La double porte s'ouvrit. Un petit homme vêtu d'une livrée impeccable apparut sur le seuil.

— Bonjour, milady. Que puis-je pour vous ?

— Bonjour, je suis...

Elle s'interrompit, puis, comme le petit homme la considérait d'un air perplexe, elle reprit :

— Je suis lady Ava Fairchild.

Allons, elle n'allait pas se laisser démonter. Les femmes de la famille Fairchild savaient affronter l'adversité et naviguer à contre-courant. Ce n'était pas la première fois qu'elle rencontrait un duc. Celui-là n'était pas différent des autres.

Le majordome s'était effacé pour lui livrer passage. Ellen pénétra dans le hall comme si elle était la reine du château en personne, s'immobilisa et entreprit de dénouer le ruban de sa capote.

— Puis-je annoncer à Sa Grâce le motif de votre visite ? s'enquit le majordome avec déférence.

— Il ne m'attend donc pas ? Pardonnez-moi, je n'ai pas emporté de carte de visite et...

— Ce ne sera pas nécessaire, je vais lui annoncer votre venue.

Elle lui tendit son chapeau qu'il déposa sur la console avant de s'incliner et de s'éloigner. Ava retint un soupir. Bon, à présent, le duc allait la prendre pour une jeune personne très mal élevée, et dévergondée de surcroît puisqu'elle osait se présenter seule.

Plus elle y pensait, plus sa colère enflait.

Elle retira ses gants, les jeta sur la console à côté de la capote. Les valets avaient repris leur place dans le hall. Elle ôta sa redingote et la tendit à l'un d'entre eux qui se précipita afin de l'en débarrasser.

Tandis qu'elle patientait, perdue dans ses pensées, la porte d'entrée s'ouvrit soudain et lord Middleton apparut, enveloppé d'une longue cape sombre dont les pans voletaient autour de ses jambes.

— Je vous prie de me pardonner, lady Ava, fit-il en traversant le hall pour la rejoindre, j'ai été retenu.

Il se pencha et déposa un baiser sur sa joue. *Retenu ?* Il sentait le whisky et la fumée de cigare. Imaginant fort bien ce qui avait pu le retenir, elle le foudroya du regard, mais, occupé à tendre sa cape au valet, il ne parut pas s'en apercevoir.

— Alors, vous êtes prête ? lui demanda-t-il.

— Prête ?

— À rencontrer le duc de Redford.

Elle était là, non ? Sa présence répondait à la question.

— Je suppose, oui.

— Alors entrons dans la tanière du lion, marmonna-t-il en lui offrant son bras.

Ava n'eut pas le temps de lui demander ce qu'il entendait par là. Déjà il l'entraînait à sa suite. La mine fermée, il lui glissa :

— Inutile de faire la conversation. Je ne tiens pas à ce que l'entrevue se prolonge. Répondez quand on vous posera des questions, laissez mon père vous étudier, mais ne prenez pas la parole de votre propre chef.

— Je vous demande pardon ?

Ava lui retourna un regard indigné et lui arracha son bras.

Middleton s'arrêta et lui fit face en réprimant à peine un soupir irrité.

— Lady Ava, je connais mon père. Il n'est pas du genre agréable, et comme il ne vous a pas choisie personnellement pour être mon épouse, il ne sera pas d'humeur accueillante.

Ava ouvrit la bouche sans qu'aucun son n'en sorte.

— Par conséquent, poursuivit lord Middleton, j'aimerais que cet entretien soit le plus bref possible afin de que vous en sortiez sans trop de dommages. Vous comprenez ?

— Sans trop de dommages ? répéta-t-elle, mortifiée. Vous trouvez normal de choisir ce moment pour m'avertir que votre père est contre notre mariage ? Vous n'auriez pas pu m'en parler *avant* ?

Il se mit à rire.

— Avant quoi ? Vous oubliez que je n'ai demandé votre main que vendredi dernier.

— Il n'empêche que vous auriez pu trouver un moment pour m'en informer !

Il sourit, et lui effleura la joue.

— Je n'en ai pas eu le temps. Et de toute façon, cela n'aurait en rien changé les sentiments de mon père.

Il avait sans doute raison. Et puis, quand il souriait ainsi, il était difficile de ne pas être sous le charme, songea Ava qui se surprit à regretter qu'il ne soit pas amoureux d'elle.

— Alors, y allons-nous ? demanda-t-il. Ou préférez-vous reporter l'entrevue ?

— Non. Entrons dans la tanière du lion, répondit-elle d'une voix douce.

Le duc de Redford était un homme fier, et s'il y avait quelqu'un dont il était particulièrement fier, c'était de son fils, Jared. Il l'aimait profondément et voulait le voir lui succéder.

Mais il craignait qu'il ne ressemble trop à sa mère. Tout comme elle, Jared était un doux rêveur. Son talon d'Achille tenait au fait qu'il était persuadé d'être aussi libre que n'importe quel homme, libre d'aller et venir à sa guise, de faire ce qui lui plaisait et de n'être redevable envers personne. Il n'avait jamais compris ni accepté l'ampleur de ses responsabilités.

Il était loin d'être libre ! Au contraire. Le moindre de ses mouvements était observé par ses pairs, chaque sourire qu'il adressait à une femme était remarqué, chaque affaire qu'il traitait était commentée dans les clubs.

Son rang lui accordait certes de nombreux privilèges, et sa fortune lui permettait de satisfaire la plupart de ses caprices. En outre, son titre et son physique avantageux lui offraient la possibilité de choisir l'épouse qu'il souhaitait parmi les jeunes filles de la meilleure aristocratie.

Alors le voir se commettre avec des traînées notoires, ruer dans les brancards et s'opposer constamment à lui, cela le duc ne pouvait tout simplement pas l'admettre.

Pourtant, cela faisait des années que Jared continuait de se comporter avec la même insouciance. Et certaines de ses actions singulièrement stupides avaient eu des conséquences néfastes sur d'autres autant que sur lui-même.

Dernièrement encore, il avait pris une décision que Charles estimait aberrante. Avait-il agi par défi, ou avait-il simplement commis une grosse erreur de jugement ? Quoi qu'il en soit, Charles refusait que de tels faux pas aient des répercussions sur le duché tout entier.

En tant qu'héritier unique, chaque manquement à son rang et aux règles de l'étiquette affaiblissait la famille Redford. Un homme avait des devoirs envers la Couronne et sa famille. Pas envers lui-même !

Et aujourd'hui, il y avait ce mariage. Après s'être affiché des semaines durant avec cette catin de lady Waterstone, Jared avait demandé la main d'une jeune fille dont la lignée était loin de valoir celle de lady Elizabeth Robertson.

Cette Ava Fairchild avait eu pour mère une ambitieuse qui avait réussi à se marier au-dessus de sa condition en mettant le grappin sur le comte de Bingley. Et à présent, elle était la belle-fille de lord Downey, un individu pour qui le duc n'éprouvait que mépris.

Cela dit, il n'était pas dépourvu de cœur, contrairement à ce dont son fils l'accusait. Il voulait le bien de ce dernier et était décidé à faire la paix avec lui. Après tout, Jared s'était conformé à ses désirs en acceptant de se marier, même s'il n'approuvait pas son choix.

Il fut agréablement surpris en découvrant celle qui allait devenir sa belle-fille. Il s'attendait à voir paraître une petite souris terrifiée à l'idée de le rencontrer. Or lady Ava s'avança vers lui la tête haute, l'œil brillant, et lui tendit la main tout en accomplissant une révérence parfaite.

— Votre Grâce, c'est un grand plaisir de faire votre connaissance.

— Merci, dit-il en la scrutant.

Ses immenses yeux verts étincelaient et un sourire spontané avait creusé une fossette sur ses joues. Ses cheveux couleur miel étaient artistement relevés en chignon et noués avec un ruban.

— Vous avez donc accepté d'épouser mon fils ? dit-il de sa voix sonore qui en intimidait plus d'un.

— En effet, Votre Grâce.

— Et quel est l'avis de votre beau-père ? Étant donné qu'il n'est pas venu me voir, j'en déduis que cette union lui agrée.

— Mon beau-père ne sait encore rien de ce mariage, Votre Grâce. Il se trouve en France actuellement et n'en reviendra pas avant une semaine ou deux.

La nouvelle était plutôt déconcertante. Le duc était persuadé que Jared avait sollicité une entrevue avec lord Downey avant de demander la main de sa belle-fille. Cela dit, il n'ignorait pas que les temps changeaient et que les règles rigides qui avaient cours lorsqu'il était jeune allaient en s'assouplissant.

Avec un sourire charitable, il invita les deux jeunes gens à s'asseoir.

— Ma foi, vous avez tout le temps de lui demander sa permission, n'est-ce pas ?

La jeune fille eut une hésitation, puis :

— À dire vrai, je n'en suis pas sûre. Je ne pense pas qu'il rentre à Londres avant notre mariage.

— Je vous demande pardon ?

Le duc s'était figé.

— La cérémonie aura lieu la semaine prochaine, intervint Jared.

Le duc se sentit soudain oppressé.

— La *semaine* prochaine ? répéta-t-il, abasourdi. Enfin, cela n'a aucun sens !

— Nous venons tout juste de prendre cette décision et sommes venus vous en informer.

Jared s'exprimait sur un ton si détaché que la colère du duc enfla aussitôt. En voyant son sourire serein, une idée alarmante le frappa soudain : son fils le haïssait.

— Puis-je demander la raison d'une telle précipitation ? Ou dois-je en tirer certaine conclusion ? lâcha-t-il.

Jared se rembrunit.

— Il n'y a aucune conclusion à tirer. Nous ne voyons tout simplement aucune raison d'attendre. En voyez-vous une ?

— C'est absolument scandaleux ! tonna Charles. Tous les membres de la haute société vont en déduire que ta fiancée est enceinte !

— Elle ne l'est pas. Et la cérémonie aura lieu à Broderick Abbey, loin des médisances de la ville.

— Peu importe ! Où que vous soyez, les mauvaises langues se déchaîneront !

Charles avait un mal fou à contenir sa fureur. C'est alors que, contre toute attente, la voix d'Ava Fairchild s'éleva :

— Pardonnez-moi, Votre Grâce, mais je tiens à ce que vous sachiez que le marquis ne m'a pas forcé la main sur cette question de la date...

— Cela m'est complètement égal, lady Ava. Se marier si rapidement est le comble de la vulgarité !

— Lady Ava est très bonne de vouloir partager la responsabilité, mais c'est moi seul qui ai souhaité hâter nos noces, précisa Jared. Et elle a gracieusement accepté.

— Je veux mettre un terme à cette abomination immédiatement ! décréta le duc.

— Impossible, rétorqua Jared d'une voix haute et claire. Nous nous sommes déjà engagés l'un vers l'autre.

— Comment oses-tu me jeter ton impertinence à...

— Je ne cherche nullement à être impertinent. Nous aspirons à un mariage discret auquel seuls les proches parents et les amis intimes assisteront. Ainsi que vous, si vous y consentez.

Ces paroles réduisirent le duc au silence. Si furieux soit-il, Charles était ému à la perspective de marier son unique héritier.

Il jeta un coup d'œil à la jeune fille. Elle était fort jolie. Lorsqu'il avait élevé la voix, à l'instant, elle n'avait pas pâli, n'était pas tombée en pâmoison comme si souvent les femmes, ces petites natures.

Sourcils froncés, il l'inspecta sans vergogne de la tête aux pieds, puis demanda sans détour :

— Avez-vous la moindre raison de penser que vous risquez d'avoir des problèmes pour concevoir ou mettre au monde un enfant ?

— Père, je vous en prie ! protesta Jared.

Le duc leva une main impérieuse.

— Ma question est légitime.

— Non, Votre Grâce, je n'ai aucune raison de le penser, répondit lady Ava, les pommettes colorées de rose.

— Et quand devrai-je endurer ces noces abominables ?

— Vendredi prochain, répondit son fils d'un ton crispé.

Une émotion singulière saisit Charles, mélange de nostalgie, de regrets. Il se força à passer outre. Lady Ava avait l'air robuste, en pleine santé, pas le genre à être sujette aux vapeurs.

— Très bien. J'assisterai à la cérémonie, grommela-t-il.

Les sourcils de Jared se haussèrent imperceptiblement.

— Merci, dit-il.

— Et maintenant, allez-vous-en ! commanda Charles avec irritation.

Il leur tourna le dos, incapable d'expliquer pourquoi il se sentait si abattu. Il entendit des chuchotements, puis le bruit de la porte qui se refermait.

Après le départ des jeunes gens, Charles demeura un long moment planté devant la fenêtre, le regard perdu au loin.

Enfin il rejoignit son bureau et sortit d'un tiroir un portrait de la mère de Jared. Et il souhaita de tout son cœur que, contrairement à lui, son fils trouve le bonheur auprès de son épouse.

14

La matinée durant laquelle Jared emmena sa fiancée et les siens à Broderick Abbey passa à la vitesse de l'éclair. Ils n'étaient plus qu'à une demi-heure de route de son domaine quand il s'arracha en sursaut aux pensées qui lui avaient accaparé l'esprit.

Lady Ava et lady Phoebe s'étaient assoupies peu après leur départ faute de trouver des sujets de conversation. Ce qui était somme toute logique, car ils se connaissaient à peine et n'avaient pas grand-chose à se dire.

Lorsqu'il y songeait, Jared devait admettre que, bien qu'il éprouvât de l'affection pour Ava, l'idée de l'épouser continuait de le choquer. Il avait du mal à se dire qu'il était sur le point de s'engager pour la vie. Même si elle lui plaisait beaucoup, même s'il la désirait terriblement, il se sentait pris au piège.

La voiture tourna dans l'allée familière bordée d'arbres qui menait à la propriété. D'ordinaire, c'était à ce stade du voyage que Jared commençait à éprouver une certaine paix intérieure. Son domaine était le seul endroit sur terre où il se sentait libéré des critiques de son père et où il pouvait vivre comme il le souhaitait.

Aujourd'hui, pourtant, il ne ressentait rien d'autre qu'un sentiment de menace diffuse, un peu comme si son père était sur le point de faire donner l'assaut contre Broderick Abbey.

Au bout d'un bon kilomètre, la route s'élargit entre les chênes centenaires, et la demeure apparut dans toute sa splendeur, se détachant sur l'horizon.

Le peu qui restait de l'architecture médiévale avait disparu sous les ajouts datant de l'époque du roi George.

Le bâtiment principal, en forme de U, s'étendait le long de l'ancienne abbaye et s'élevait sur trois étages, face au parc dont les pelouses verdoyantes et les massifs fleuris faisaient l'envie de nombreux aristocrates.

Jared secoua légèrement Ava. Elle battit des paupières, se redressa en dissimulant un bâillement, puis s'étira telle une chatte tandis qu'un sourire naissait sur ses lèvres. Il ne put s'empêcher de lorgner ses courbes.

— Nous arrivons, annonça-t-il.

Elle se pencha aussitôt vers la fenêtre, manifestement impatiente de découvrir Broderick Abbey.

De chaque côté de la route s'étendait une forêt dense réputée abriter le meilleur gibier de toute l'Angleterre. Au demeurant, Jared entretenait ses bois avec un soin méticuleux. Plus loin, la surface d'un lac, dont il savait les eaux riches en truites et en brochets, scintillait au soleil. À son extrémité paissait un troupeau de vaches. Le marquis tenait beaucoup à élever ses propres bêtes, tels ses ancêtres qui avaient autrefois fait fortune en Europe dans le négoce d'ovins. D'ailleurs, son père élevait toujours des moutons sur son domaine.

Jared, lui, élevait des vaches.

Phoebe s'éveilla à son tour et, imitant sa sœur, colla le nez à la vitre. Ava pointa l'index en direction d'un tas de ruines érigé au sommet d'un promontoire rocheux.

— Qu'est-ce que c'est ?

— L'ancien château dans lequel résidaient les ancêtres de ma mère. Ils ont été expropriés par les York.

Un jeune garçon jouait parmi les ruines. Il agita la main sur le passage de la voiture et, à sa vue, Jared ressentit un pincement au cœur.

Au comble de l'excitation, Ava s'extasiait sur tout ce qu'elle découvrait : ici des champs où des paysans étaient occupés à faner, là une citerne en pierre destinée à récupérer les eaux de pluie, là encore du bétail et des meules de foin.

— J'aurais dû vous interroger sur l'histoire de votre famille. La famille de mon père était du côté des Lancaster, précisa-t-elle en faisant allusion à la Guerre des Roses. Je ne savais pas que… Oh, regardez !

La voiture venait de franchir les hautes grilles de fer forgé. La façade de Broderick Abbey se dressait devant eux, majestueuse.

Ils passèrent encore un porche de pierre recouvert de chèvrefeuille qui donnait sur une petite cour intérieure, puis l'attelage s'immobilisa devant l'entrée principale.

Les valets se précipitèrent pour déplier le marchepied et ouvrir la portière. Jared se pencha à l'instant où la lourde porte à double battant pivotait. Une cohorte de domestiques apparut, les femmes en uniforme gris et tablier blanc, les hommes en livrée noir et or.

Dawson, le majordome, donna ses instructions et tous les employés se mirent en rang afin d'accueillir dignement le marquis et sa future épouse.

Comme un valet s'avançait pour tendre la main à Ava, celle-ci hésita. Elle lança un coup d'œil à Jared, puis aux domestiques qui tendaient le cou avec une curiosité manifeste.

Enfin, redressant les épaules, elle descendit de voiture.

Jared l'imita et offrit sa main à Phoebe. Ava feignait de défroisser ses jupes pour masquer une nervosité qu'il comprenait parfaitement. Après tout, Broderick Abbey était une demeure immense et la jeune fille n'avait sûrement pas l'habitude d'une si nombreuse domesticité.

Il lui adressa un sourire qui se voulait rassurant.

— J'admire depuis longtemps votre courage. Ne le laissez pas vous déserter maintenant, murmura-t-il, avant d'ajouter : Ces gens vous respecteront d'autant plus que vous vous montrerez sûre de vous.

— Vous avez raison.

Elle posa la main sur son bras et ils se tournèrent vers la façade. Les présentations commencèrent.

— Lady Ava Fairchild, permettez-moi de vous présenter mon majordome, M. Dawson.

L'employé s'inclina, puis Ava lui tendit gracieusement la main.

— J'ai entendu dire grand bien de vous, monsieur Dawson ; c'est un plaisir de faire votre connaissance.

Le vieux majordome ne put dissimuler sa surprise. Il était habitué aux gens qui, telle Miranda, passaient sans le voir, comme s'il n'existait pas.

Avec un sourire, il répondit :

— Je vous assure que tout le plaisir est pour moi, milady.

— Je compte sur vous pour me guider dans les premiers temps, n'est-ce pas, monsieur Dawson ? Cette demeure est immense, et je craindrais de m'y perdre sans votre aide.

— Ce sera un honneur, milady.

Jared présenta ensuite à Ava Mlle Hillier, la gouvernante, qui avait été jadis sa nurse. Celle-ci l'accueillit d'un chaud sourire ; elle donnait l'impression d'être sur le point de le serrer dans ses bras comme une mère.

De fait, c'était la seule présence maternelle qu'il ait connue durant les dix premières années de sa vie. Malheureusement, elle avait encore tendance à se comporter en mère avec lui.

— J'espère que vous saurez me conseiller quant à mes devoirs de maîtresse de maison, dit encore Ava après que Jared eut procédé aux présentations d'usage entre les deux femmes.

— Certainement, milady. Avec joie.

Ils passèrent ensuite aux domestiques de rang subalterne : les valets, les femmes de chambre, les bonnes, le cuisinier et les marmitons, les jardiniers, palefreniers, garçons d'écurie, et enfin le garde-chasse.

Il y avait là une quarantaine de personnes en tout, une véritable armée. Ava sut glisser un mot amical à chacun avec une gentillesse désarmante.

Jared nota également qu'elle n'hésitait pas à toucher la main, le coude ou l'épaule d'un employé, ou à lui sourire sans craindre d'affronter son regard. En conséquence, les domestiques la considéraient tous d'un air bienveillant.

Jared en conçut de la satisfaction et du soulagement. Broderick Abbey était son trésor. Il tenait beaucoup à ce que son personnel soit content de son sort, mais ne s'était, jusqu'à présent, jamais rendu compte à quel point cela lui importait.

Ils entrèrent dans la maison. Quelques valets leur ouvrirent les portes pour leur permettre d'inspecter les pièces principales. Dawson ordonna à deux d'entre eux de décharger les malles et le cuisinier s'en retourna à l'office faire préparer le thé.

Dans le hall, Jared aida Ava à retirer sa pelisse.

— Mademoiselle Hillier, voulez-vous montrer leurs appartements à ces jeunes filles ? Elles vont se rafraîchir un peu avant le déjeuner.

— Très bien, milord.

Après lui avoir adressé un dernier regard qui trahissait son anxiété, Ava suivit la gouvernante en compagnie de Phoebe qui n'avait d'yeux que pour les hauts plafonds ornés de moulures et les superbes tapisseries.

Jared tendit son chapeau à Dawson.

— Si je puis me permettre, milord ?

— Oui, Dawson ?

— Félicitations pour votre prochain mariage. Votre fiancée est vraiment très belle.

— C'est vrai, convint Jared avec un sourire. Merci, Dawson. Pouvez-vous me faire seller un cheval ?

— Tout de suite, milord.

D'un regard, le majordome envoya un valet courir en direction des écuries. Jared lui emboîta le pas et, tandis qu'il attendait qu'on mette une monture à sa disposition, il songea que, cette fois, les choses étaient vraiment officielles.

Il n'y avait plus de retour en arrière possible.

À cette pensée, il eut une petite sueur froide inattendue. Peut-être était-il simplement épuisé ? Dieu sait qu'il avait mal dormi la semaine passée, avec toute cette agitation autour de lui, les préparatifs du mariage et ce sentiment d'être piégé qui le tenaillait sans relâche…

Mais il se sentait aussi curieusement vide.

Il aurait voulu que rien ne change dans sa vie, à part bien sûr l'arrivée de cet héritier tant espéré. C'était impossible, il en avait bien conscience. D'ici quelques jours, il prononcerait des vœux qui l'engageraient pour le reste de son existence.

Un palefrenier fit son apparition, tenant les guides d'une jeune jument.

— Je vous demande pardon, milord, c'est pas elle que vous montez d'habitude, mais…

— Ça ira très bien, merci.

— Faites attention, elle est pas encore très bien débourrée.

Jared regarda la pouliche dans les yeux et y vit une sauvagerie qui reflétait assez ce qu'il éprouvait en ce moment même.

Il se jucha en selle d'un mouvement souple. La jument renâcla aussitôt et fit mine de se cabrer. Jared accentua la pression de ses cuisses sur ses flancs.

— Calme, calme, murmura-t-il.

Mais la pouliche était tout sauf calme, et, avec une petite ruade, elle s'élança en direction de la prairie.

Concentré pour ne pas se faire désarçonner, Jared galopa en retenant sa monture. Mais dès qu'ils eurent passé la barrière ouverte, il laissa filer les rênes entre ses doigts et permit à la jument de partir au triple galop.

Le vent dans les cheveux, Jared avait l'impression de laisser derrière lui tout ce qui le hantait. Son cœur manqua un battement lorsqu'il aperçut la clôture vers laquelle l'animal fonçait.

Il ne connaissait pas bien la jument. Aimait-elle franchir les obstacles ou allait-elle lui opposer un refus au dernier moment ?

Il était trop tard de toute façon pour la détourner de sa course. Et lorsqu'elle prit son appel, il eut l'impression de s'envoler vers le ciel.

Mlle Hillier avait conduit les jeunes filles dans la suite qui allait devenir celle d'Ava. Celle-ci disposait d'un salon meublé de méridiennes en bois tendues de soie, d'un dressing et d'une salle de bains avec baignoire et lavabo en porcelaine. La décoration était à dominante vert pâle, soulignée par des moulures et des frises d'un blanc crémeux.

Ava déposa son réticule sur la commode et étudia son nouvel environnement tandis que la gouvernante attirait son attention sur tel ou tel détail : le cordon de la sonnette pour appeler ; le poêle si jamais la cheminée se révélait insuffisante à chauffer la pièce ; l'armoire où était rangé le linge de lit ; la coiffeuse et son miroir de Venise.

Les valets se présentèrent bientôt avec les malles, et Mlle Hillier leur donna ses instructions. Profitant de ce répit, Ava s'approcha de la fenêtre pour admirer en contrebas la magnifique fontaine dans son écrin de verdure.

Jamais elle n'avait vécu dans un endroit aussi splendide. Même Bingley Hall ne pouvait rivaliser avec Broderick Abbey. Du coup, elle ne pouvait s'empêcher d'être intimidée.

Elle avait certes voulu à tout prix un riche mari afin de pouvoir protéger sa sœur et sa cousine, mais une telle munificence la dépassait.

Alors qu'elle contemplait le paysage, son regard fut attiré par un cavalier solitaire qui galopait à un train d'enfer.

— Sa Seigneurie n'a pas fixé l'heure du dîner. Avez-vous une préférence, milady ? s'enquit Mlle Hillier qui en avait fini avec les valets.

— Je ne sais pas… Je suppose que je devrais d'abord en parler avec mon fiancé, répondit Ava distraitement, les yeux rivés sur le cavalier qui fonçait droit vers une clôture.

— À cet égard, il est assez peu conventionnel, commenta la gouvernante avec un petit rire. Et cela, depuis qu'il est tout petit.

Ava demeura silencieuse. Son cœur battait à tout rompre. C'était bien lord Middleton qui chevauchait de manière si imprudente.

— Vous êtes à son service depuis si longtemps ? s'enquit Phoebe.

Ava ferma les yeux au moment où le cavalier enlevait sa monture par-dessus l'obstacle. Lorsqu'elle les rouvrit, le cheval avait déjà récupéré ses appuis et galopait en direction de la forêt. Dressé sur les étriers, le marquis l'encourageait, les pans de sa redingote claquant au vent.

— J'ai été sa nurse avant de prendre en charge l'intendance de la maison, répondit Mlle Hillier.

Ava relâcha sa respiration qu'elle avait inconsciemment retenue. Qui ou quoi lord Middleton fuyait-il, se demanda-t-elle alors que la silhouette du cavalier disparaissait derrière les arbres.

— Tout me semble en ordre. Y a-t-il quelque chose d'autre que je puisse faire pour vous, lady Ava ?

— Euh... non, merci, mademoiselle Hillier. Ah si ! Juste une question...

— Oui, milady ?

— Pouvez-vous me dire où se trouvent les appartements de Sa Seigneurie ?

— De ce côté-ci, répondit la gouvernante en tendant le bras droit. La salle de bains du marquis est adjacente à la vôtre.

Puis, surprenant le regard qu'échangeaient les deux sœurs, elle poursuivit :

— Cela n'a rien d'inconvenant, milady, car jusqu'au jour du mariage, Sa Seigneurie résidera dans une autre partie de l'abbaye.

— Ah... très bien, merci, fit Ava, étonnée d'éprouver un tel soulagement.

Sur un dernier sourire, Mlle Hillier s'esquiva.

Dès que la porte se fut refermée, Phoebe se tourna vers Ava et s'exclama :

— Seigneur ! Je n'ai jamais vu un endroit plus somptueux ! Et toi ?

— Non, jamais, convint Ava, une note de triomphe dans la voix.

Elle avait réussi. Enfin. Elle avait tendu ses filets et harponné le célibataire le plus convoité de tout le pays. Et, Dieu du ciel, un jour, elle serait *duchesse*.

Alors pourquoi se sentait-elle aussi vulnérable et déstabilisée ?

Était-ce parce qu'elle venait de voir le marquis chevaucher de façon si téméraire ? Ou parce qu'elle s'apprêtait à épouser un parfait inconnu dont elle porterait un jour l'enfant ?

Sa mère lui manquait. Elle aurait ri de ses peurs et lui aurait conseillé, une fois rempli son devoir conjugal, d'exiger de son mari n'importe quelle ravissante babiole, de préférence la plus chère.

Ava pouvait presque l'entendre pouffer : « Comme on fait son lit on se couche, jeune fille ! Mais en l'occurrence, c'est un lit de princesse. »

Il était vrai qu'Ava ne pouvait rien reprocher à personne. C'était elle qui avait voulu entrer dans le lit du marquis. Elle n'allait pas se plaindre maintenant qu'elle était parvenue à ses fins.

— Allez, viens, il faut nous préparer pour le déjeuner, dit-elle à Phoebe, imitant à la perfection le ton de Mlle Hillier.

15

Les deux jours qui suivirent, Broderick Abbey fut envahi d'une foule d'invités. Ava vit rarement son fiancé, excepté durant les repas, mais là encore, ils étaient entourés d'amis et de parents.

Le soir, après dîner, les dames se retiraient dans le salon où lady Purnam leur énumérait les vertus d'une bonne épouse – déférence en toute circonstance étant le mot clé. Pendant ce temps, les hommes se rendaient au village et n'en revenaient qu'aux petites heures de la nuit, passablement éméchés.

Ava s'en était rendu compte parce que, de retour de la taverne, lord Middleton, lord Stanhope et lord Harrison ne résistaient jamais à l'envie de venir chanter à tue-tête sous ses fenêtres. Ils chantaient si faux, avec des voix si tonitruantes qu'ils réveillaient toute la maisonnée.

Ava était néanmoins heureuse. Broderick Abbey était une merveille d'élégance, et le parc était splendide. Parfois, elle devait se pincer pour s'assurer que tout cela était bien réel, et un vertige la saisissait lorsqu'elle mesurait le chemin parcouru.

Lucille Pennebacker arriva la veille du mariage. Aussitôt, lady Purnam et elle entrèrent en concurrence auprès d'Ava, au grand dépit de Mlle Hillier. C'était à qui lui donnerait le plus de conseils sur la façon de gérer une si grande demeure et une domesticité si nombreuse.

Les trois femmes étaient toutes des fortes têtes, si bien que cela donna lieu à quelques épisodes cocasses qu'Ava et Phoebe commentèrent ensuite avec force rires dans le secret de leurs appartements.

Même l'arrivée du duc de Redford en grand équipage ne parvint pas à la mettre de mauvaise humeur. Elle riait et ne songeait qu'à se divertir pour oublier que, d'ici peu, il lui faudrait prononcer ses vœux.

La cérémonie eut lieu à 9 heures, le vendredi. Ava portait une robe de satin rose pâle. Celui qui allait devenir son mari parut favorablement impressionné par son apparence, ce qui lui plut énormément. Devant la chapelle, il laissa glisser son regard sur elle, lentement, de la tête aux pieds, puis lui prit la main et l'embrassa sur les lèvres, à la grande joie des domestiques réunis là.

— Vous êtes vraiment la plus jolie mariée dont on puisse rêver, déclara-t-il.

Le compliment la fit rougir de plaisir.

— Êtes-vous prête ?

— Et *vous* ? répliqua-t-elle en souriant.

— Je le suppose, oui. Alors allons-y, lady Ava.

Ils pénétrèrent dans la chapelle, et Ava fut aussitôt rattrapée par le malaise qui l'avait saisie au saut du lit. Par la suite, elle avait été si occupée qu'elle avait presque réussi à l'oublier, mais maintenant qu'elle se tenait devant le vicaire de la paroisse, sa vision se brouillait et elle avait des sueurs froides.

Comment en était-elle arrivée là ? se demanda-t-elle au moment où elle promettait d'honorer et de chérir un inconnu.

Jusqu'à présent, elle avait été fière de son succès. Pourquoi fallait-il qu'elle soit maintenant assaillie par le doute ?

Elle jeta un coup d'œil à Phoebe. Ses mains tremblaient tant que les pétales de son bouquet de pivoines en frémissaient. Ava aurait voulu lui dire que tout allait bien, qu'elle avait réussi à faire un beau mariage et qu'elles n'avaient plus de souci à se faire pour l'avenir. Mais en entendant le vicaire évoquer le respect, la confiance et l'amour entre époux, elle avait soudain pris conscience que c'était d'un mariage d'amour dont elle aurait rêvé.

Tout à coup, la victoire avait un goût amer teinté de désenchantement.

À la dérobée, elle observa son mari qui, à son tour, prononçait ses vœux. Lorsque le vicaire lui demanda : « Voulez-vous prendre cette femme pour épouse ? », il eut une hésitation. Il cilla, s'éclaircit la voix et répondit distinctement :

— Oui, je le veux.

Après quoi, il tourna la tête et adressa un petit clin d'œil à Ava.

Quelles pensées défilaient dans son esprit alors qu'il lui glissait un anneau d'or au doigt ? s'interrogea-t-elle. Trouvait-il aussi étrange qu'elle d'être ici et de s'être engagé devant tous ces gens à aimer quelqu'un qu'il ne connaissait pas ? Ou pensait-il que les sentiments n'avaient rien à voir dans tout cela ? Que, comme l'affirmait lady Downey, le mariage était uniquement une affaire de raison ?

Le vicaire les déclara mari et femme avant même qu'Ava s'en rende vraiment compte. Docile, elle leva le visage vers son époux qui lui donna un baiser fort possessif.

Aussitôt, le désir irrationnel et néanmoins fervent de se faire aimer de lui la titilla de nouveau. S'il l'aimait ne serait-ce qu'un peu, tout ceci aurait un sens, lui semblait-il.

En dépit de l'heure matinale, le champagne coula à flots lors du buffet qui fut servi à la suite de la cérémonie. Tandis que les invités se réunissaient dans le salon qui ouvrait sur la terrasse, les domestiques se virent offrir un banquet à l'extérieur de la maison. Selon l'usage, les jeunes époux reçurent les félicitations du personnel, puis lord Middleton lança des pièces d'or aux enfants qui se pressaient là.

Ava remarqua alors un petit garçon qui, au lieu de se ruer comme les autres sur les pièces, la dévisageait avec curiosité. Elle lui sourit et il lui adressa en réponse un sourire éclatant plein de charme.

Jared et elle rejoignirent leurs invités à l'intérieur. Les hommes frappèrent amicalement l'épaule du marquis, tandis que les femmes offraient leurs vœux de bonheur à Ava et la complimentaient sur sa robe. Un trio de musiciens venus du village vint divertir les invités, et bientôt, le salon résonna de rires, de musique et du brouhaha joyeux des conversations.

Une seule personne semblait ne pas partager la joie ambiante : le duc de Redford.

Ava était près de son époux, qui avait une discussion animée avec des amis, lorsque lady Purnam s'approcha d'elle et l'attira à l'écart.

— Mais qu'attendez-vous donc, ma chère? siffla-t-elle.

— Je vous demande pardon?

Du regard, lady Purnam désigna le duc qui se tenait debout près du mur et n'avait pas encore touché à son verre de champagne posé sur la table près de lui.

— Sa Grâce est votre beau-père à présent. C'est affreusement grossier de le laisser seul. Allez le voir, assurez-vous qu'il ne manque de rien et efforcez-vous de le mettre à l'aise.

Ava était sceptique, mais lady Purnam la poussa doucement, aussi se décida-t-elle, non sans soupirer, à lui obéir.

Le duc fit mine de ne pas la voir approcher et continua de fixer les invités d'un air revêche. Il se comportait vraiment comme le pire des rustres, songea Ava. Il s'agissait tout de même du mariage de son fils unique!

Il fallut qu'elle se plante devant lui pour qu'il daigne enfin poser sur elle un regard hautain.

Elle fit une révérence.

— Votre Grâce, seriez-vous indisposé?

— Indisposé? répéta-t-il, surpris. Je me porte à merveille, merci.

— Je suis ravie de l'entendre. Toutefois quelque chose vous contrarie, car vous avez une mine chagrine.

— Moi, j'ai une mine chagrine?

Ava se força à sourire.

— Je ne vous en blâme pas. Je sais que la situation n'est pas idéale.

— Voilà un bel euphémisme, madame! riposta-t-il.

— C'est néanmoins le jour de mon mariage, et je serais très honorée, Votre Grâce, si vous acceptiez de vous asseoir près de moi et de sourire de temps à autre.

Son toupet le prit au dépourvu. Il fronça les sourcils.

— Lady Ava...

— Middleton.

— Je vous demande pardon ?

— Je suis lady Middleton, désormais.

Le duc cilla. Puis, miraculeusement, il esquissa un sourire.

— En effet, admit-il.

— Ce pourrait être franchement pire, reprit-elle avec une mine de conspiratrice. Je pourrais être une cruche qui s'inviterait à dîner chez vous, vous assommerait de sa conversation insipide et vous donnerait des petits-enfants mous et geignards.

Le sourire du duc s'accentua.

— Vous n'êtes donc pas une cruche ? Sur ce point, je dois vous croire sur parole.

— Vous le pouvez sans crainte. Sans me vanter, tout le monde s'accorde à me trouver un certain esprit, et si je manque parfois de subtilité, on ne peut en revanche me reprocher d'être ennuyeuse. Je suis toujours au fait des derniers potins.

— Vraiment ? fit-il, riant ouvertement, cette fois. Dans ce cas, vous devez me raconter tout ce que vous savez, lady Middleton.

Il lui offrit son bras. Elle y posa la main et, alors qu'il la guidait vers la table la plus proche, se pencha pour lui chuchoter à l'oreille :

— Par exemple, saviez-vous que lady Purnam a été autrefois la favorite de notre nouveau roi ?

Le duc eut un sursaut d'étonnement, et une franche curiosité se peignit sur ses traits.

— Lady Purnam ? répéta-t-il. J'avoue que je l'ignorais.

Ava se lança dans son récit avec tant d'entrain qu'elle faillit ne pas s'apercevoir que son mari les avait rejoints.

Les deux hommes se saluèrent d'un hochement de tête guindé. Puis le marquis posa la main sur l'épaule de son épouse et se pencha pour lui demander :

— Est-ce que tout se passe bien ?

— Fort bien. J'étais justement en train de raconter à Sa Grâce dans quelles circonstances lady Purnam est devenue la maîtresse du roi il y a de cela des années.

— Lady Purnam ? La *maîtresse du roi* ?

Lord Middleton lui adressa un regard ébahi qu'elle soutint tranquillement. Sur ces entrefaites, quelqu'un parmi les invités réclama des toasts.

— Venez-vous ? demanda lord Middleton en offrant le bras à sa jeune épouse.

Lord Harrison fut le premier à se détacher d'un petit groupe, sa flûte à champagne à la main.

— Je me suis laissé dire, Middleton, que le secret d'un mariage heureux réside dans le principe suivant, auquel il ne faut déroger sous aucun prétexte : ne jamais se coucher en étant fâché avec son conjoint. Mieux vaut rester debout et continuer de se disputer !

Des rires fusèrent.

— Et que sais-tu du mariage, Harrison ? riposta le marquis en souriant.

— Absolument rien, reconnut l'intéressé, jovial. C'est-à-dire autant que toi ! Que votre union soit longue et bénie, ajouta-t-il en levant sa flûte.

— Vous êtes tous deux des idiots, intervint lord Stanhope qui s'était avancé à son tour pour poser une main amicale sur l'épaule de lord Harrison. Voilà *mon* conseil, Middleton : apprends le mot magique et répète-le à l'envi, cela t'épargnera des moments difficiles et aplanira la route sur laquelle tu t'engages en compagnie de ta ravissante épouse.

— Et quel est ce mot ?

— Raison. Comme dans : « Tu as *raison*, ma chérie. »

De nouveau, cette remarque suscita l'hilarité générale. Puis le duc se leva et le silence se fit. Ava sentit le marquis se raidir à son côté.

Le duc leva son verre.

— Puis-je porter un toast, moi aussi ?

— Bien sûr, Votre Grâce.

— À lady Middleton, fit-il tranquillement. Puissiez-vous trouver le bonheur.

Personne ne souffla mot parmi l'assistance. Puis lady Purnam – bénie soit-elle – lança un vibrant « Vive lady Middleton ! » qui provoqua des applaudissements et un concert de félicitations.

En riant, Ava leva les yeux vers son époux. Il souriait, mais son sourire n'atteignait pas ses yeux.

On porta encore quelques toasts, puis lord Harrison prit de nouveau la parole :

— Je crois qu'il est à présent temps de laisser l'heureux couple en tête à tête.

Il alla donner une accolade au marquis, puis lui assena une dernière claque sur l'épaule.

— Sois un bon mari, Middleton.

— J'essaierai, répondit ce dernier

Lord Harrison planta un baiser sur la joue d'Ava avant de s'éclipser. Ensuite, ce fut au tour du duc de congratuler son fils et d'adresser une fois encore ses meilleurs vœux au jeune couple. Ava le remercia, et lord Middleton lui tendit la main. Son père la lui serra et la relâcha presque aussitôt. L'instant d'après, il tournait les talons, visiblement impatient de s'en aller.

Lady Purnam vint embrasser Ava et en profita pour lui chuchoter :

— Désormais, il faut vous surveiller, très chère. Vous n'ignorez pas que toutes vos actions seront observées et rapportées aux quatre coins de l'Angleterre.

Phoebe fut la dernière à se retirer. Avec un petit sourire empreint de tristesse, elle s'empara des mains de sa sœur.

— Je suis toute seule, à présent, murmura-t-elle. Maman est partie, puis Greta… et maintenant, c'est toi qui me laisses.

— Tu n'es donc pas heureuse pour moi ?

— Bien sûr que si !

Phoebe esquissa une grimace comique et ajouta, mi-figue mi-raisin :

— Mais cela ne m'empêche pas de m'apitoyer sur mon propre sort !

Riant, Ava la serra dans ses bras.

— Continue de coudre, lui glissa-t-elle à l'oreille. J'ignore combien de temps il faudra avant que je sois autonome financièrement. Mais je te promets que nous nous reverrons très bientôt, Phoebe chérie.

— C'est aussi ce que m'écrit Greta, soupira sa sœur.

Comme elle s'écartait, Ava vit les larmes briller dans ses yeux.

— Tu vas me manquer terriblement, avoua encore Phoebe.

— Toi aussi, souffla Ava, gagnée elle aussi par l'émotion.

— Oh, voyons, cessez ces pleurnicheries de gamines ! les gronda lady Purnam en posant la main sur le bras de Phoebe. Venez, ma chère. J'aimerais être de retour à Londres avant la tombée de la nuit, avec tous ces brigands et ces assassins qui rôdent dans les rues…

Phoebe avait l'air si abattu qu'Ava la retint un instant et répéta :

— Nous nous reverrons très bientôt, je te le jure.

En compagnie du marquis, elle raccompagna les derniers invités, puis ils regardèrent les attelages s'éloigner un à un dans l'allée. Ava agita la main jusqu'à ce que le landau de lady Purnam disparaisse au loin.

C'est seulement alors qu'elle glissa un coup d'œil à son mari.

— Eh bien, il ne reste plus que nous, constata-t-il, les yeux rivés sur l'allée déserte.

Oui, ils étaient désormais liés l'un à l'autre. Irrévocablement. La fête achevée, la réalité reprenait ses droits avec une brutalité qui frappa Ava.

— La matinée a été chargée, reprit son mari. Je suppose que vous aimeriez vous reposer avant le dîner.

— Mais… je ne suis pas fatiguée, objecta Ava, l'estomac noué.

Le marquis ne souriait pas. Il se contentait de la dévisager, impassible. Il reprit avec plus de fermeté :

— Je vous conseille de prendre un peu de repos. Nous nous verrons au dîner.

Sur ces mots, il s'éloigna en desserrant sa lavallière, demanda à Dawson de faire seller sa jument, puis disparut à l'intérieur de la maison.

Demeurée seule, Ava éprouva comme un vertige. Ses joues la brûlaient, elle se sentait terriblement embarrassée. Il l'avait purement et simplement congédiée !

Finalement, elle rentra à son tour et regagna ses appartements. Là, elle s'assit sur une chaise et demeura immobile à fixer le parquet durant ce qui lui parut des heures.

Enfin elle se leva et, s'approchant de la fenêtre, balaya le paysage d'un regard morne.

Elle l'aperçut, qui chevauchait à un train d'enfer, au mépris de la prudence la plus élémentaire.

Un frisson la parcourut. Ce cavalier qui se fichait éperdument de l'opinion qu'on avait de lui, cette tête brûlée qui ne pensait pas aux autres et encore moins à lui-même, serait dans son lit le soir même.

16

Mlle Hillier se présenta dans la suite d'Ava vers 19 heures pour l'aider à s'habiller, mais la jeune femme était déjà prête.

Après le départ abrupt de lord Middleton, elle n'avait su que faire et, pour se calmer, avait passé l'après-midi à essayer des robes que Phoebe lui avait confectionnées.

Elle avait choisi une toilette de brocart d'un vert très doux, rebrodée de minuscules boutons de rose de la couleur du ruban qui ornait les manches et l'ourlet.

Le décolleté, plutôt échancré, mettait en valeur sa poitrine. Ava s'était plainte à Phoebe qu'il frisait l'indécence, mais cette dernière, la bouche pleine d'épingles, s'était contentée de lever les yeux au ciel.

Elle laissa Mlle Hillier la coiffer. Lorsqu'elle eut fini, la gouvernante recula d'un pas pour juger de son travail et s'écria :

— Vous êtes ravissante, milady ! Pas étonnant que sa Seigneurie vous ait choisie comme épouse.

Ava espérait en effet plaire à son mari, ce qui n'allait pas de soi à en juger par son attitude sur le perron. Elle remercia néanmoins Mlle Hillier et mit les boucles d'oreilles en grenat qui avaient appartenu à sa mère.

Elle aurait préféré attendre que le marquis vienne la chercher, mais Mlle Hillier semblait résolue à ce qu'elle le rejoigne dans le salon vert avant que le dîner soit servi.

Un valet lui ouvrit la porte et inclina la tête avec déférence. Ava le remercia d'un sourire et franchit le seuil, avant de se figer, saisie par la splendeur des lieux.

D'immenses portraits représentant les ancêtres du marquis ornaient les murs sous une hauteur de plafond d'au moins trois mètres.

Des chaises en bois doré recouvertes de soie rubis étaient disposées entre les croisées. Il y en avait assez pour asseoir une cinquantaine de personnes. Sur le mur opposé, quatre commodes en acajou supportaient d'énormes vases orientaux et de superbes compositions florales.

Sous les pieds d'Ava, le tapis moelleux représentait une forêt peuplée d'animaux et de nymphes qui encerclaient un cavalier.

— J'aurais dû vous le demander plus tôt… mais j'espère que vos appartements sont à votre goût ?

Ava tressaillit. Elle n'avait pas vu son mari qui se tenait près de la cheminée, à l'autre bout de la pièce.

— Ils me plaisent, merci, répondit-elle d'une voix troublée.

Il portait une culotte noire moulante, une chemise blanche, un gilet et une veste de soirée à queue-de-pie. Sa lavallière était nouée simplement et maintenue par une petite épingle en or. Il était rasé de frais et ses cheveux sombres frôlaient son col.

Il lui parut plus beau encore que le matin même, mais d'humeur morose. D'un geste, il l'invita à prendre place sur le canapé, devant la cheminée.

— J'ai pensé que nous pourrions boire un verre avant de dîner, dit-il.

Ava se sentait incapable d'avaler quoi que ce soit dans l'immédiat. Elle acquiesça donc et traversa docilement la pièce. Il la rejoignit devant le canapé, lui prit les mains qu'il porta à ses lèvres.

— Dieu, que vous êtes belle. Vraiment très belle, murmura-t-il en l'enveloppant d'un regard admiratif qui lui coupa le souffle. Que puis-je vous servir ? ajouta-t-il tandis qu'elle s'asseyait. Un peu de vin, peut-être ?

— Je crois que je préférerais quelque chose de plus corsé.

— Du porto ?

— Du whisky ?

Il sourit.

— Je ne sais pas s'il est convenable qu'une fragile jeune femme boive un alcool fort, mais si vous y tenez…

— Oui, s'il vous plaît.

Il lui fallait absolument quelque chose pour se calmer les nerfs. Elle avait l'impression d'avoir brusquement plongé dans l'inconnu. Tout lui semblait différent. Le marquis lui-même paraissait changé.

Regrettait-il de s'être marié ?

Il alla chercher une carafe dans le bar, remplit un petit verre et le lui rapporta. Ses doigts effleurèrent les siens avec une certaine familiarité.

Il s'assit près d'elle et posa le bras sur le dossier du canapé.

Son regard s'attarda sur Ava tandis qu'elle humait le breuvage ambré.

Un jour – elle devait avoir environ seize ans –, Phoebe, Greta et elle-même avaient volé une bouteille de whisky qu'elles avaient entièrement bue. Bien entendu, elles avaient été malades, et il avait fallu des années pour qu'Ava puisse tolérer l'odeur de l'alcool sans que son estomac se révulse.

Mais aujourd'hui, elle avait vraiment besoin d'un remontant.

— Vous ne vous sentez pas bien ? s'inquiéta le marquis qui l'observait toujours.

— Moi ? Non… tout va bien. Je nage dans le bonheur, je vous assure.

Ces mots qu'elle avait prononcés tant de fois ces jours derniers coulaient de sa bouche très facilement, mais semblaient désormais dénués de sens.

— Et vous ? s'enquit-elle à son tour.

— Je vais très bien, assura-t-il en laissant son index courir le long de son bras. Nous voilà donc, lady Middleton, liés jusqu'à ce que la mort nous sépare.

— Seigneur, présenté ainsi, cela paraît sinistre ! Vous regrettez notre mariage ?

— Non, répondit-il vivement. Et vous ?

— Non plus.

— Je pense que nous nous comprenons, tous deux, et que nous savons quels avantages cette union nous procure, n'est-ce pas ?

Comme elle acquiesçait, il tendit le bras et dénoua négligemment le ruban qui fermait son étole, ses doigts frôlant ses seins sans vergogne.

— Mais cela ne doit pas nous empêcher de profiter des joies intimes du mariage, ajouta-t-il.

Ava tenta de sourire, en vain. Elle n'arrivait même plus à déglutir.

— Buvez donc votre whisky.

Elle porta le petit verre à ses lèvres et en avala le contenu d'une traite. En riant, lord Middleton fit remarquer :

— Vous y prendriez peut-être plus de plaisir si vous le sirotiez.

Il se pencha pour attraper la carafe, remplit de nouveau le verre de son épouse, quoique à moitié, puis leva le sien.

— Aux années à venir. Qu'elles soient nombreuses et heureuses.

— Aux années à venir, répéta-t-elle en écho.

Elle prit une gorgée de whisky. L'alcool lui incendia la langue. Non, décidément, il valait mieux l'avaler d'un trait. C'était du reste ainsi que son mari venait de le boire.

Ava l'imita.

Elle eut du mal à reprendre son souffle, mais l'effet de l'alcool commençait déjà à se faire sentir. Un engourdissement bienfaisant s'empara de ses membres.

Elle poussa un petit soupir.

— Je n'ai pas eu le plaisir de vous faire visiter la maison. Cela vous tente-t-il ? proposa-t-il alors.

— Volontiers.

Il lui confisqua son verre, puis la prit par la main d'un geste impérieux qui lui plut. Elle aimait l'idée qu'ils s'appartenaient l'un l'autre.

Le malaise qu'elle avait perçu lors du départ des invités n'avait peut-être été finalement qu'une illusion, le contrecoup d'une matinée trop riche en émotions ? Peut-être n'y aurait-il plus aucune tension entre eux ? Peut-être s'était-elle inquiétée sans raison ?

La visite dura plus d'une heure. Lord Middleton lui conta moult anecdotes concernant cet endroit où avaient vécu jadis des moines dont les cellules étaient désormais reconverties en quartiers pour les domestiques. Il lui expliqua qu'une chapelle se dressait autrefois là où se trouvait aujourd'hui le salon de l'aile ouest. Elle était trop nerveuse pour lui poser des questions sur l'histoire de sa famille si bien qu'il lui dit fort peu de chose à leur sujet.

À mesure que la visite avançait, il devint de moins en moins disert, se contentant de la regarder d'une façon telle qu'elle avait l'impression d'être mise à nu. Sa peau la picotait et elle parvenait à peine à penser.

Lorsqu'ils regagnèrent le salon vert, le majordome leur annonça que le dîner était servi.

La salle à manger familiale était de petites proportions et pouvait accueillir une douzaine de convives. À l'extrémité de la table, deux couverts avaient été dressés. Lord Middleton était à la place d'honneur, Ava à sa droite.

Deux valets attendaient en silence près d'un grand buffet sur lequel avaient été disposés six plats recouverts de dômes en argent.

Dawson tira une chaise à l'intention d'Ava qui s'assit, un peu intimidée. Si accoutumée qu'elle soit aux dîners protocolaires, celui-ci lui apparut plus protocolaire encore.

Lord Middleton s'assit à son tour et, avec un regard complice, murmura :

— C'est beaucoup de décorum pour déguster une simple poularde, n'est-ce pas ?

Elle lui sourit, reconnaissante des efforts qu'il faisait pour la mettre à l'aise, en pure perte cependant. Elle but un peu du vin que Dawson lui avait servi, puis chipota dans son assiette, l'appétit coupé par l'anxiété.

Son mari n'en parut pas perturbé. Il fit la conversation durant tout le repas, lui demandant entre autres quels étaient ses loisirs préférés.

— J'aimerais beaucoup savoir comment vous occupez votre temps, en dehors de celui que vous consacrez aux bonnes œuvres, bien sûr, dit-il avec malice.

— Eh bien… j'aime lire, évidemment.

— Quel genre de livres ?

— Des romans populaires, en général.

— Ah. Des histoires d'amour et de passions brûlantes, fit-il, son regard s'attardant sur ses lèvres.

— Je lis aussi les quotidiens, ajouta-t-elle promptement. Je ne manque jamais la rubrique mondaine. C'est un jeu entre Phoebe et moi.

— Le genre de jeu qui consiste à deviner quel gentleman s'ébat dans le lit de telle dame ?

Les joues empourprées, Ava ne répondit pas.

— Ou peut-être quel gentleman vous aimeriez voir s'ébattre dans *votre* lit ?

— Non ! Quelle idée !

Ce mensonge évident le fit sourire. Il rétorqua néanmoins avec galanterie :

— Je vous demande pardon, j'ignorais que votre sœur et vous étiez si chastes.

— Nous… nous…

Ava se tut abruptement. Elle cherchait quelque chose de spirituel à répondre, mais les mots la fuyaient. Elle se sentait stupide.

— Quelles autres activités appréciez-vous ? voulut-il encore savoir.

— La musique. Je joue du piano, quoique pas très bien, je l'avoue. C'est Greta l'artiste parmi nous. J'aime beaucoup les chiens, mais pas les chats. Je les trouve trop distants. Les chiens sont loyaux et amicaux. J'adore les voir courir dans le parc. D'ailleurs, j'adore les longues promenades.

— À Broderick Abbey, vous aurez de quoi vous promener.

Ava tenta de s'imaginer déambulant dans les sentiers et allées du domaine, telle la maîtresse des lieux qu'elle était désormais. Cette image amena un sourire sur ses lèvres. Ava Fairchild, marquise.

Comme c'était ridicule !

— Enfin vous souriez ! Puis-je savoir ce qui vous divertit ?

— L'idée d'être marquise. Ou même duchesse un jour !

— Je suis certain que vous saurez remplir votre rôle à merveille. Je n'ai aucun doute à ce sujet.

— J'apprécie la confiance dont vous m'honorez, même si je ne la mérite pas. À présent, à votre tour, milord, de me dire ce qui vous intéresse dans la vie.

Il fronça les sourcils, fit mine de réfléchir.

— Ma foi, je préfère la compagnie des chevaux à celle de tout autre animal, même si j'ai eu autrefois un chien auquel j'étais très attaché. Je préfère la chasse à la promenade. J'adore la musique et la lecture, mais je dois confesser que je n'ai jamais ouvert un roman d'amour. Peut-être pourrions-nous en lire un ensemble ? suggéra-t-il avec un sourire entendu.

Ava feignit d'étudier son verre en cristal.

— Comment se nommait votre chien ?

— Gaston.

— Pardon ? s'esclaffa-t-elle.

— Eh bien, quoi ? C'est un nom tout à fait approprié, non ?

— Pour un garçon d'écurie, pas pour un chien.

— Je me demande ce qui vous autorise à être aussi péremptoire sur le sujet, la taquina-t-il. Sachez que j'ai passé des heures à choisir le nom de cet animal. Puis-je savoir comment s'appelait votre animal préféré quand vous étiez petite ?

— Je n'avais pas de chien, juste un canari. Et comme nous étions trois, je n'étais pas seule à décider. Bref, nous l'avions baptisé… Mimosa.

Elle fut surprise et ravie de l'entendre rire d'une anecdote aussi insignifiante. Il la questionna encore sur son enfance à Bingley Hall, leur emménagement à Londres après la mort de son père et le remariage de sa mère.

Elle lui raconta ses débuts dans le monde, sa présentation à la reine, et comment elle avait, par maladresse, renversé un verre de vin sur le soulier en velours du prince régent, au cours du bal qui avait suivi.

Elle évoqua longuement sa mère, ce qui lui fit un bien fou. Peu à peu, son angoisse s'atténua. C'était bon de parler d'elle à quelqu'un qui n'était ni Phoebe ni Greta, quelqu'un qui ne l'avait pas connue et ne savait pas à quel point elle était charmante, pleine de vie et d'entrain.

Ava parla aussi d'elle-même, de sa sœur et de sa cousine, du voyage que cette dernière avait entrepris et du désespoir de Phoebe qui se sentait désormais bien seule.

— Nous l'inviterons à venir habiter ici dès que vous serez enceinte, proposa spontanément lord Middleton.

À la pensée d'attendre un enfant, Ava devint cramoisie. Son anxiété remonta aussitôt à la surface.

— Je vous remercie, murmura-t-elle. Je serai heureuse de l'avoir auprès de moi.

— Quelque chose ne va pas ? s'inquiéta-t-il.

Comme elle secouait la tête, il couvrit sa main de la sienne.

— Détendez-vous. Il y a des choses bien plus redoutables dans la vie.

— Je n'ai pas peur des enfants, milord.

— Je ne parlais pas de cela.

Elle sentit son regard intense peser sur elle, et eut soudain du mal à respirer. Seigneur Dieu… Quelle était cette émotion qui la bouleversait ? De l'impatience ? De la peur ?

Un mélange des deux ?

Elle n'aurait su le dire.

— Et votre enfance, milord ? Comment s'est-elle déroulée ?

Sa réponse fut fort vague. Son enfance, à l'en croire, avait été assez sinistre. Il avait fréquenté plusieurs pensionnats européens. Il avait racheté à son oncle sa maison de Londres, mais Broderick Abbey était son fief et, même s'il n'y passait pas beaucoup de temps, il s'y sentait bien. Il avait entrepris d'apporter quelques changements en matière de culture afin d'obtenir un meilleur rendement des terres.

— Et votre père ?

— Quoi, mon père ? dit-il en lui jetant un regard soupçonneux.

Son ton irrité la prit de court.

— Vous n'avez pas parlé de lui.

— Pourquoi le ferais-je ?

— Je… je ne sais pas… c'est juste qu'il semblait si… déçu… par notre mariage.

— Écoutez, je ne vais pas vous assommer avec la déplaisante histoire de ma relation avec mon père. Vous ne comprendriez pas, de toute façon.

— Bien sûr que si ! répliqua-t-elle.

Il eut un profond soupir et son visage se ferma totalement.

— Il vous suffit de savoir qu'il est en général toujours fâché contre moi parce que je ne suis pas, n'ai jamais été le fils qu'il aurait aimé avoir. Il me considère comme un incapable parce que je ne suis pas taillé dans le même bois que lui.

— Mais comment se fait-il que…

— Si vous n'y voyez pas d'inconvénient, je préfère clore le sujet. Dawson, ajouta-t-il à l'adresse du majordome, vous pouvez débarrasser. Lady Middleton et moi-même allons nous retirer pour la nuit.

Dawson et les deux valets entrèrent aussitôt en action. Un peu surprise par cette fin de non recevoir abrupte, Ava ne bougea pas. Le marquis se leva pour lui tirer sa chaise, puis récupéra leurs deux verres de vin.

— Vous avez l'air de quelqu'un qu'on conduit à la potence, milady, railla-t-il tout en l'escortant vers la porte.

Ava ne daigna pas répondre.

Ils gravirent l'escalier en silence. Sur le palier, lord Middleton saisit la main de sa femme et la guida dans le couloir. Les flammes des chandelles jetaient des ombres mouvantes sur les murs.

En chemin, ils croisèrent deux petites bonnes qui s'écartèrent poliment pour leur livrer le passage.

Parvenu devant une certaine porte, le marquis lâcha la main d'Ava, tourna la poignée de cristal, puis s'effaça. La jeune femme pénétra dans une vaste chambre dont les murs bleu vif évoquaient un ciel printanier. Le tapis oriental et les meubles tapissés de cuir clouté apportaient une note masculine.

Sur la commode se trouvaient pêle-mêle une paire de gants, une lavallière, une petite bourse et un lourd candélabre en argent.

Par la porte entrouverte du cabinet de toilette, on apercevait, sur une petite table, une aiguière en porcelaine, une lanière de cuir épais et un coupe-chou.

Et puis, bien sûr, il y avait l'imposant lit à baldaquin aux tentures de velours vert sombre. La courtepointe était verte elle aussi, brodée de feuilles d'or. Le dais en bois, peint à la main, était soutenu par quatre piliers surmontés chacun d'un ananas doré.

Un bon feu flambait dans la cheminée près de laquelle était abandonnée une paire de bottes, celle-là même que le marquis avait portée durant la cérémonie du mariage. Une robe de chambre en velours reposait sur le dossier du fauteuil.

Les mains crispées contre son ventre, Ava leva les yeux vers le plafond orné d'une frise. À cet instant, elle entendit un cliquetis et pivota. Lord Middleton venait de refermer la porte. Il alla déposer les deux verres sur la table de chevet, puis, posément, ôta l'épingle qui fixait sa lavallière.

Ava sentit la panique l'envahir.

Il enleva sa lavallière, la jeta sur la commode. Son col suivit le même trajet. Tout en ôtant sa redingote, il fit remarquer :

— Je croyais avoir épousé une femme de nature plutôt gaie. Mais depuis que nous sommes passés devant le prêtre, je ne vous reconnais pas dans la pauvre petite chose nerveuse que vous semblez être devenue.

Il déboutonna tranquillement son gilet, qui finit sur l'assise du fauteuil, puis s'attaqua à sa chemise.

Ava était submergée par une multitude d'émotions. Et elle avait honte. Honte de faire preuve d'un si piètre courage le soir de ses noces.

Bientôt, elle ne serait plus sa femme que de nom, elle le savait, l'attendait depuis longtemps. Pourtant, plus cet instant approchait, plus elle avait effectivement l'impression de marcher vers le gibet.

Elle se souvint de sa mère, qui évoquait parfois sans pudibonderie de ce qui se passait dans la chambre conjugale.

— Je le laisse faire ce qu'il veut, du moment qu'il n'effraie ni les domestiques ni les enfants ! avait-elle confié un jour à une amie.

Quand Ava lui avait demandé un peu plus tard ce qu'elle voulait dire par là, sa mère l'avait embrassée en riant.

— Quand l'heure sera venue, je te dirai tout ce que tu dois savoir, ma chérie. Pour le moment, sache seulement ceci : n'aie pas peur, ne trahis jamais rien, et ne dis jamais non.

Ava ne se rendit compte que son mari s'était approché que lorsqu'il l'enlaça. Il lui prit le menton et plongea son regard dans le sien.

— La femme que j'ai emmenée dans ma voiture il y a un an de cela n'avait pas peur de moi. J'aimerais la retrouver, dit-il d'une voix sourde, avant d'enfouir le visage dans son cou.

Ava sentit ses jambes se dérober sous elle. Juste au moment où elle croyait s'effondrer, il la souleva dans ses bras et l'emporta vers le lit. Il la déposa sur le matelas. Par réflexe, elle voulut se relever, mais il l'en empêcha et, d'un geste vif, retira l'épingle qui retenait ses cheveux en chignon. Les boucles blondes d'Ava cascadèrent autour de son visage.

— Vous ne devez pas avoir peur de moi, milady, sous peine de gâcher ce moment que nous attendons tous deux avec impatience, murmura-t-il, le regard assombri par le désir. Détendez-vous, lady Middleton. Et laissez-moi faire de vous une vraie femme.

17

Ava poussa un petit cri de surprise qui se transforma en un rire étranglé. Jared n'en tint pas compte. Il avait renoncé à sa chère liberté pour avoir le privilège de prendre cette femme, il entendait bien consommer leur mariage.

— Milord... commença Ava en le repoussant légèrement.

— Non, milady. Je suis votre mari et vous ne pouvez pas vous refuser à moi.

Il s'étendit sur elle, l'écrasant de son poids, et nicha son visage dans son décolleté. Sa langue s'immisça dans la vallée entre ses seins. De nouveau, Ava poussa un petit cri qui, cette fois, n'exprimait pas la peur mais le plaisir.

Timidement, elle lui effleura les cheveux de ses mains et s'arqua imperceptiblement vers lui. Soudain, la colère et la frustration qu'il éprouvait disparurent. Il ne ressentit plus rien que ce désir bouillonnant qui envahissait son corps, débordait, balayait tout le reste.

Il fit courir ses mains sur les épaules rondes de sa femme, ses seins fermes, ses hanches parfaites. Après lui avoir ôté ses mules, il laissa ses doigts remonter le long de sa jambe, sous la robe, pour trouver sa peau nue juste au-dessus de la jarretière, et enfin le buisson caché au creux de ses cuisses.

Cambrée, elle l'agrippa aux épaules. Il sourit en sentant ses ongles à travers sa chemise.

— Voilà la femme passionnée que j'ai connue naguère, chuchota-t-il d'une voix rauque.

Doucement, il fit aller et venir ses doigts dans sa fente. Ava ferma les yeux et sa tête roula de côté. L'évidence de son plaisir décupla la faim de Jared. Mais il y avait encore beaucoup trop de vêtements entre eux.

Il la fit asseoir et s'attaqua aux agrafes qui fermaient sa robe tout en l'embrassant avec fougue. Quand il eut terminé, il s'écarta un instant. Ava le regardait de ses grands yeux verts, un léger sourire aux lèvres. Il eut pitié d'elle, sachant que jamais elle n'avait dévoilé son corps devant un homme. Il repoussa une mèche blonde, lui caressa la joue, puis, les yeux rivés aux siens, posa les mains sur ses épaules et fit descendre lentement sa robe le long de ses bras.

Ava ne tenta pas de se dérober. Elle ne cilla pas, ne détourna pas les yeux. Lui, en revanche, les baissa et murmura, ébloui :

— Mon Dieu, vous êtes si belle !

Ses seins ronds se dessinaient à travers le fin tissu de la camisole. Sa taille mince s'évasait joliment au niveau des hanches. Il déposa un baiser sur sa joue. Sa peau était douce, tiède et miellée sous ses lèvres, et elle sentait divinement bon, un parfum frais et féminin.

— Levez-vous, chuchota-t-il en reculant.

Docile, elle obéit. Lentement, sa robe glissa le long de son corps ; sa camisole suivit le même chemin quand Jared eut dénoué le lien qui la fermait. Enfouissant les mains dans la masse soyeuse de ses cheveux, il acheva de répandre ses boucles sur ses épaules.

Son épouse était décidément très belle, et il brûlait de désir pour elle.

— Magnifique, souffla-t-il, avant de frôler sa bouche de la sienne.

— J'ai un peu de mal à… respirer, avoua-t-elle.

— En toute franchise, moi aussi.

Ses lèvres frémirent sous les siennes et commencèrent à lui répondre. Jared eut l'impression qu'un volcan explosait en lui. Il l'enlaça et entreprit d'explorer son corps tout en l'incitant à le caresser en retour.

Après quelques hésitations, ses mains fines se posèrent sur son torse.

— Voilà, c'est bien, l'encouragea-t-il.

Elle le surprit alors en l'entourant de ses bras et en se pressant contre lui. Ses seins s'écrasèrent contre sa poitrine tandis que sa main s'aventurait vers son bas-ventre pour aller frôler son érection.

Cette audace virginale l'embrasa.

Il lâcha sa bouche dans l'intention de dire quelque chose, mais demeura muet d'émotion devant le sourire d'Ava, à la fois séducteur et plein d'innocence. Soudain, il eut peur d'aller trop vite, peur que son désir ne se déchaîne et qu'il n'en vienne à prendre sa virginité sans se soucier de son ignorance.

— Jared, chuchota-t-elle.

Peu de femmes avaient osé l'appeler par son prénom, même dans des circonstances aussi intimes. Et, de fait, tout lui parut si *réel* tout à coup, aussi réel que le violent désir qui s'était emparé de lui.

— J'ai envie de vous, souffla-t-il.

Elle renversa la tête en arrière, lui offrant sa gorge crémeuse sur laquelle sa bouche avide eut tôt fait de s'égarer. Avec un grondement de fauve, il la fit de nouveau basculer sur le lit. Son esprit, ses yeux, chaque fibre de son corps s'emplissaient de son parfum et des sensations qu'elle faisait naître en lui.

Il happa la pointe d'un sein, et Ava gémit, un son rauque qui le ravit et l'excita davantage encore. Elle crispa la main dans ses cheveux pour le retenir, haletante, consumée d'une fièvre aussi ardente que la sienne. D'un mouvement brusque, il se débarrassa de sa chemise, envoya ses chaussures balader.

Ava l'enveloppa d'un regard qui n'avait plus rien d'innocent, et il recommença à l'explorer avec fièvre. La regardant au fond des yeux, il insinua la main dans son pantalon de dentelle, entre ses cuisses.

— Ô mon Dieu ! gémit-elle comme il glissait un doigt entre les replis veloutés de son sexe.

Il retira sa main et, après l'avoir débarrassée du pantalon de dentelle, posa les lèvres sur son ventre palpitant. Puis sa bouche descendit plus bas, jusqu'au triangle de boucles blondes, il huma son parfum féminin.

Ava se redressa brusquement sur les coudes.

— Que... que faites-vous ? balbutia-t-elle.

En guise de réponse, il fit glisser sa langue dans la fente de son sexe. Elle se cabra dans un cri où se mêlaient stupeur et plaisir extrême, puis tenta de refermer les jambes.

— Non, ne me refusez pas cela, fit-il en les lui maintenant écartées.

Sa langue la titilla de nouveau, et elle retomba sur le lit, vaincue, totalement offerte. Comme il continuait de la lécher, elle se tordit et commença à émettre des petits sons de gorge d'une incroyable sensualité. Tandis qu'il suçait, mordillait, aspirait, la savourant telle une friandise, ses réactions allèrent crescendo. Sa jouissance éclata dans une cascade de spasmes auxquels elle s'abandonna sans retenue, dans un élan de volupté tel que Jared faillit jouir à son tour.

Dressé au-dessus d'elle, il déboucla sa ceinture et se débarrassa de son pantalon. Les yeux clos, une main sur son sein nu, l'autre enfouie dans sa chevelure emmêlée, Ava respirait à petits coups rapides.

— Ça va ? demanda-t-il dans un souffle en se positionnant entre ses jambes.

Un sourire rêveur joua sur ses lèvres, et elle se contenta d'émettre une sorte de ronronnement repu qui le fit rire.

Il mourait d'envie de plonger en elle, mais prit tout de même le temps de lui saisir la main pour la poser sur son sexe érigé et lui montrer comment le stimuler doucement.

Le contact de ces doigts innocents et pourtant déjà habiles lui procura un plaisir indicible. Doucement, il lui caressa les épaules, la taille, les hanches, avant d'explorer une fois encore le trésor caché entre ses cuisses.

Elle tressaillit lorsqu'il la toucha au plus intime d'elle-même, insérant un doigt, puis deux dans sa féminité pour la préparer à le recevoir. Enfin sa virilité frémissante vint se placer à l'orée de son sexe.

Elle se raidit sous lui.

— Du calme… Détendez-vous…

Lentement, il commença à entrer en elle, s'immobilisa quelques secondes comme elle se rétractait spontanément, puis la pénétra de quelques centimètres supplémentaires avant de faire une nouvelle pause pour l'embrasser tendrement. Son corps s'ouvrit à lui le plus naturellement du monde, tandis qu'il luttait pour garder le contrôle de lui-même.

La jeune femme avait les bras relevés au-dessus de la tête. Il entrecroisa ses doigts aux siens, puis, quand il la sentit entièrement détendue, l'empala d'un coup de reins profond.

La douleur la prit par surprise et lui arracha un cri. Elle se serait débattue s'il ne l'avait maintenue étroitement serrée. Haletante, les traits crispés, elle gémit doucement.

— Pardonnez-moi, souffla-t-il en lui caressant doucement la joue.

Ava l'entendit à peine. Elle ne savait à quoi s'attendre à présent, et redoutait le prochain mouvement du marquis, même si la douleur commençait à s'atténuer. Il attendit encore un moment, puis se retira lentement d'elle. Lorsqu'il fit mine de s'enfoncer de nouveau, elle se raidit, mais il n'en continua pas moins son avancée en chuchotant :

— Chut… tout doux… tout doux…

Elle s'accoutumait tout juste à son lent va-et-vient quand il glissa la main là où leurs deux corps se joignaient pour titiller doucement le petit bourgeon charnu qui se dissimulait là. Une pointe de plaisir fulgurant la transperça, annihilant les dernières sensations déplaisantes. Comme le plaisir montait, elle remarqua à peine qu'il accélérait son rythme.

— Serrez-moi dans vos bras, commanda-t-il d'une voix rauque.

Elle s'exécuta, l'enserra de ses bras, puis de ses jambes, pour mieux le sentir s'enfoncer en elle et la posséder entièrement. Sans plus la ménager, il plongea en elle, encore et encore, donnant de puissants coups de boutoir, jusqu'à ce que la jouissance l'emporte de nouveau.

La sensation de sa chair intime palpitant autour de son sexe fut plus que Jared ne put en supporter et, dans un cri, il bascula à son tour dans l'extase.

Puis il retomba sur elle, le corps secoué de spasmes, presque assommé de plaisir. Au bout d'un long moment, il releva enfin la tête et chuchota :

— Souffrez-vous toujours ?

Souffrir ? Ava flottait sur un nuage de félicité. Elle n'aurait jamais cru que l'union charnelle d'un homme et d'une femme pouvait être si libératrice physiquement.

Reconnaissante, elle répondit en lui caressant la joue :

— Je vais très bien.

Il la dévisagea longuement, lui donna un baiser léger, puis se dégagea et roula sur le côté. Il lui prit la main, mêla ses doigts aux siens, et se perdit dans la contemplation du feu qui crépitait dans l'âtre. Il éprouvait une curieuse impression. L'expérience avait été fascinante, beaucoup plus émouvante qu'il ne s'y attendait. Prendre la virginité d'une femme avait réveillé en lui une sorte d'instinct. Ce n'était pas seulement une histoire de sexe, c'était plus profond que cela. Il éprouvait à présent un sentiment de possessivité envers elle, mais surtout une étrange vulnérabilité telle qu'il n'en avait jamais connue. Comme s'il venait d'ouvrir une porte secrète dont il avait ignoré jusque-là l'existence…

Pressant la main d'Ava, il songea au lendemain, puis au surlendemain, puis au jour suivant… et commença à se rappeler pourquoi il se trouvait dans le même lit qu'elle.

— Quand sont prévues vos prochaines menstrues ? demanda-t-il avec un manque total de subtilité.

Visiblement déconcertée, elle leva les yeux sur lui, rougit, et répondit :

— Je… je ne sais pas exactement. D'ici une semaine. Peut-être un peu plus.

Il n'ajouta rien, ferma les yeux. Il la sentit frissonner à son côté, puis rabattre le drap sur elle avant de se nicher contre lui. Il l'écouta respirer jusqu'à ce que son souffle régulier lui apprenne qu'elle s'était endormie.

Lui-même ne parvint pas à trouver le sommeil. Il ne pouvait permettre à toute cette tendresse de gonfler en lui et de prendre toute la place. Ses pensées étaient en conflit avec ses émotions. Son cœur lui soufflait qu'ils venaient de partager un moment extraordinaire, quand sa raison lui dictait de n'y voir qu'une étreinte comme tant d'autres.

Il ouvrit un œil, constata qu'Ava dormait à poings fermés, et se dégagea en douceur pour ne pas la réveiller.

Il enfila vivement sa robe de chambre en velours, puis s'approcha de la fenêtre.

Son regard se perdit dans la douceur de cette nuit du début de l'été…

Seigneur, il ne comprenait pas ce qui lui arrivait. Il avait couché avec quantité de femmes sans avoir jamais éprouvé le moindre sentiment de culpabilité ni le moindre remords. Mais avec Ava, il ressentait tant d'émotions contradictoires que c'en était décourageant.

Ces émotions étaient si envahissantes qu'il ne parvint guère à fermer l'œil cette nuit-là. Il se leva dès l'aube et quitta le coin du lit où Ava l'avait acculé dans son sommeil. Cette fois, il était déterminé à ne plus laisser de stupides accès de sentimentalisme lui embrouiller la raison.

Il avait fait ce qu'on attendait de lui. À la nature de prendre le relais.

Pourtant, il n'arrivait pas à se départir du sentiment que quelque chose d'inconnu était en train de s'ancrer en lui.

Avant que le soleil s'élève à l'horizon, Jared Broderick, habillé de pied en cap, demandait à un garçon d'écurie à demi endormi de lui seller un cheval.

Ava s'éveilla seule dans le grand lit. Elle s'assit, le drap tiré sur la poitrine, et jeta un regard autour d'elle.

— Jared ?

Ce prénom lui parut étranger dans sa bouche. Elle s'éclaircit la voix :

— Milord ?

Cette fois, elle leva les yeux au ciel avec un soupir. *Milord ?* C'était vraiment trop guindé après ce qui s'était passé entre eux ! Un changement profond s'était opéré en elle, bien plus drastique que la perte de sa virginité.

Elle se sentait tout endolorie, mais aussi merveilleusement… vivante !

L'acte avait certes été douloureux, et pourtant, elle ne se rappelait pas avoir vécu des instants aussi étourdissants. Elle avait le sentiment d'avoir franchi une frontière invisible.

La pensée qu'elle était peut-être en train de tomber amoureuse de son mari lui traversa fugitivement l'esprit.

Elle quitta le lit, enroulée dans le drap. Le marquis n'était pas dans le dressing adjacent, ni dans le petit bureau. Résignée, Ava retourna dans la chambre et inspecta les lieux. Elle aperçut un écrin sur la commode et s'en approcha. À l'intérieur se trouvait un petit morceau de vélin qu'elle déplia. La vue de l'écriture lui arracha un tressaillement.

Mon chéri,

Acceptez, je vous en prie, ce présent en gage de mon amour. C'est un pendentif celtique qui symbolise l'amour éternel entre deux personnes. J'espère que vous le porterez aujourd'hui en pensant à notre avenir, et lorsque vous l'aurez entre les mains, vous saurez que c'est mon cœur que vous tenez et qui vous appartient à jamais.

M.

La bouche d'Ava s'assécha d'un coup. Elle lâcha la feuille comme si elle l'avait brûlée, puis la replia et le remit vivement là en place.

Ses yeux ne quittaient pas le bijou celtique posé sur son lit de velours. Il représentait un nœud alambiqué qui semblait totalement impossible à dénouer.

Que lady Waterstone ait envoyé ce bijou à son mari et lui ait demandé de le porter le jour de son mariage la rendait malade !

Titubant, elle retourna vers le lit et s'y recroquevilla.

18

Jared rejoignit Londres en fin de matinée. Il prit un bain, puis retrouva M. Bean pour discuter de la pension qui serait accordée sans délai à Ava afin qu'elle puisse prendre soin de sa famille.

Ensuite, il se rendit au White.

Il n'avait guère accordé de pensées à sa femme, excepté lorsqu'il avait quitté la chambre nuptiale, la laissant paisiblement endormie dans leur lit, un sourire sur ses adorables lèvres.

Dès qu'il serait certain de l'avoir engrossée, il retournerait définitivement à Londres. Il serait alors fort peu probable qu'il soit de nouveau la proie de ces tendres sentiments qui l'avaient assailli un peu plus tôt, se rassura-t-il.

À son club, il fut accueilli par des regards brillants de curiosité. Harrison, quant à lui, le dévisagea les yeux écarquillés, comme s'il venait de voir un fantôme.

— Il y a eu un problème ? s'enquit-il, l'air anxieux, comme Jared s'installait à leur table habituelle.

— Mais non, répondit ce dernier en riant. Je devais juste rentrer m'occuper de certaines affaires.

— Ici, à Londres ? Et cela ne pouvait pas attendre ? Je te rappelle que tu t'es marié hier !

— Et alors ? En quoi cela te concerne-t-il, répliqua Jared, agacé.

— En rien. Tu sais ce que tu fais, j'imagine.

Harrison n'en pensait visiblement pas moins. Mais Jared n'entendait pas se laisser chapitrer. Après tout, il avait fait son devoir, personne ne pouvait rien lui reprocher.

À un domestique qui passait, il commanda une tournée de whisky. Et l'ironie de Harrison ne l'empêcha pas de boire et de disputer quelques parties de cartes aux enjeux élevés.

Jared regagna Broderick Abbey le lendemain après-midi, à peine une heure avant le dîner.

— Veuillez prévenir lady Middleton de mon arrivée, dit-il à Dawson qui était venu le débarrasser de son manteau et de son chapeau.

Il pouvait difficilement éviter Ava. Du reste, il n'en avait nulle envie. Il appréciait réellement sa compagnie, simplement, il ne voulait pas qu'un lien trop profond se tisse entre eux.

— Et faites-moi couler un bain, ajouta-t-il avant de gravir l'escalier pour rejoindre sa suite.

Au passage, il s'empara du courrier que lui tendait un valet. Une fois dans ses appartements, il le passa en revue. La plupart des lettres émanaient de connaissances qui le félicitaient pour son mariage. Il y avait également des missives concernant ses affaires, ainsi qu'une invitation à inaugurer la saison de la chasse sur les terres de Harrison.

Enfin, il y avait une lettre de Miranda qu'il mit de côté sans l'avoir lue.

Il tira le cordon de la sonnette. Quelques instants plus tard, un valet se présenta.

— Apportez-moi une tenue de rechange pour le dîner, lui ordonna-t-il.

Le valet disparut dans le dressing. Jared se servit un whisky, tout en songeant distraitement que, ces deux dernières semaines, il avait sensiblement augmenté sa consommation d'alcool. Son verre à la main, il s'installa dans le fauteuil devant la cheminée.

Il ôta ses bottes, posa les pieds sur l'ottomane. Ses pensées dérivèrent vite sur la prochaine récolte et la rotation qu'il envisageait d'imposer aux cultures afin d'obtenir un meilleur rendement.

La porte du dressing se rouvrit et un parfum subtil flotta jusqu'à lui. Levant les yeux, il découvrit Ava sur le seuil, ses vêtements de rechange dans les bras.

— Quelle agréable surprise, milady, fit-il, étonné néanmoins qu'elle ne se soit pas fait annoncer.

Sans répondre, elle alla déposer ses vêtements sur l'ottomane. Puis, bras croisés, elle se campa dans une position que Jared connaissait bien et qui n'augurait jamais rien de bon chez une femme.

Il se leva, déployant sa haute stature devant sa délicate épouse.

— Vous me semblez contrariée, ma chère. Auriez-vous des griefs concernant Broderick Abbey ? Le confort n'est-il pas à votre convenance ? Dites-moi ce qui vous chagrine, et il y sera remédié au plus vite.

— Vous avez disparu sans laisser un mot d'explication, milord !

— Non, milady, j'ai informé Dawson de l'endroit où je me rendais.

— Mais vous ne m'avez pas prévenue *moi*.

Ils s'affrontaient du regard. Jared reprit avec patience :

— Vous dormiez. Je n'ai pas voulu vous déranger.

— Je l'aurais compris si vous vous étiez rendu au village, mais à *Londres* ?

Il se détourna, alla se resservir en whisky, puis répondit avec un haussement d'épaules :

— J'ai des affaires à superviser, qui m'obligent à de fréquents déplacements, voyez-vous.

— Soit, néanmoins nous nous sommes mariés il y a deux jours.

— Je le sais parfaitement, mais les affaires ne s'arrêtent pas avec les mariages, les naissances et les enterrements, rétorqua-t-il d'une voix irritée.

— Ah... C'était donc une question de première urgence ?

Elle attendit qu'il lui confirme qu'en effet, cette affaire n'aurait pu souffrir le moindre retard dans son traitement, ce qui aurait justifié qu'il ait délaissé sa femme le lendemain de leurs noces.

C'était bien entendu très loin de la vérité. Mal à l'aise, il se déroba :

— Je tolère vos questions pour cette fois, milady, car nous nous connaissons somme toute fort peu. Mais je vous le dis tout net, je n'aime pas les interrogatoires. Je me suis rendu à Londres afin d'ordonner à mon homme de loi de vous verser une pension. Sachez que je voyage beaucoup au gré de mes obligations diverses. À ce propos, d'ici quelques jours, je me rendrai à Marshbridge afin d'acheter du bétail.

— Marshbridge ! s'exclama-t-elle, aussi incrédule que s'il lui avait annoncé son départ vers le continent pour une période indéterminée.

— Votre femme de chambre arrivera d'ici quelques jours, lui rappela-t-il. Vous aurez tellement à faire que vous remarquerez à peine mon absence.

— Détrompez-vous ! Combien de temps serez-vous parti ?

« Aussi longtemps qu'il le faudra pour que ces sentiments bizarres disparaissent », songea-t-il, avant de répondre à voix haute :

— Deux jours, peut-être plus.

Elle cilla, baissa les yeux et se mura dans le silence. Tout à coup, il se sentit fatigué et perdit patience :

— À présent, je souhaiterais m'habiller. Vous verrai-je au dîner ?

Elle leva la tête et son expression contrariée le perturba. Pourquoi le regardait-elle ainsi ? Ils avaient passé un marché, il avait respecté sa part. Il lui avait donné son nom, elle lui avait donné sa matrice, c'était aussi simple que cela. Elle semblait l'avoir oublié, mais il n'allait pas se laisser harceler.

— Je vous retrouverai en bas, lâcha-t-il avant de lui tourner abruptement le dos.

Au bout de quelques secondes, il l'entendit quitter la chambre.

Une heure plus tard, Jared rejoignit Ava dans le salon. Elle s'était changée et portait une robe de soie ivoire brodée de petites feuilles vert sombre qui la faisait ressembler à un ange. Le triple rang de perles qui ceignait son cou était assorti à ses boucles d'oreilles et à l'épingle dans ses cheveux.

Il l'avait toujours trouvée jolie, mais plus il la contemplait, plus il se disait qu'elle était d'une beauté tout à fait unique.

Elle arpentait le sol devant la fenêtre, indifférente aux deux valets qui attendaient son bon vouloir. À l'entrée de Jared, elle se figea une seconde, s'approcha de lui, et déposa un baiser fugace sur sa joue après avoir fait une petite révérence.

— Seriez-vous déjà retombée dans le whisky ? la taquina-t-il.

— Pas encore. Aurais-je des raisons de le faire ? riposta-t-elle, sarcastique.

Il détestait l'expression qu'elle affichait en cet instant. Il avait envie de la voir sourire. Elle avait un si beau sourire...

— Faites comme bon vous semble. Vous ne voyez pas d'inconvénient à ce que je prenne un verre ?

Un valet le servit promptement. Il invita Ava à s'asseoir sur le canapé et prit place près d'elle.

— Une fort jolie robe, la complimenta-t-il. Et qui vous va à merveille.

Elle eut un sourire crispé, mais ne dit pas un mot. Décidément, songea-t-il, sa jeune épouse d'ordinaire si joyeuse avait perdu tout entrain.

— Alors, que pensez-vous de Broderick Abbey ? reprit-il, plus pour rompre le silence que par réel intérêt.

— C'est un endroit magnifique, milord.

L'air absent, il se mit à caresser l'accoudoir du canapé.

— Dawson a bien pris soin de vous pendant mon absence ?

— Oui, tout comme Mlle Hillier. Elle vous aime beaucoup.

— C'est réciproque. Elle a été ma nurse.

— Je sais. Elle m'a d'ailleurs dit que vous aviez zozoté jusqu'à l'âge de cinq ans.

Il secoua la tête. Cette chère Mlle Hillier avait le chic pour l'énerver.

— Et vous, aviez-vous une nurse ?

— Plusieurs. Ma mère n'arrivait pas à les garder très longtemps à son service. Nous étions terriblement gâtées, je le crains, et certainement insupportables.

— Vraiment ? fit-il avec un sourire.

Ava s'anima et entreprit de lui raconter des pans de son enfance à Bingley Hall, des souvenirs manifestement très chers à son cœur. Jared l'écouta, se réjouissant d'avoir réussi à la tirer de sa réserve. À présent, ses jolis yeux verts brillaient et elle soulignait ses propos en agitant les mains.

Dawson vint leur annoncer quelques instants plus tard que le dîner était servi. Tandis qu'ils passaient dans la salle à manger, Ava lui parla de nouveau de sa mère et du vide que sa mort avait laissé en elle. Il compatissait d'autant plus que si lui-même avait perdu sa mère très jeune, il se souvenait encore de son chagrin et du sentiment d'abandon qu'il avait ressenti.

Émue aux larmes, Ava se tamponna les yeux à l'aide de sa serviette.

— Veuillez me pardonner, milord. Je suis ridicule…

— Non, vous ne l'êtes pas, assura-t-il en lui caressant la main.

Se ressaisissant, elle se concentra sur son assiette, et demanda :

— Vous vous souvenez de votre mère ?

— Bien sûr, dit-il, omettant de lui préciser que son image s'estompait au fil des ans.

— Puis-je savoir où est situé Redford, le domaine de votre père ?

Il se raidit à l'évocation du lieu où il avait passé une enfance si détestable, et répondit évasivement :

— Dans le Nord.

— À quoi ressemble…

— Je n'en ai que des souvenirs très vagues, l'interrompit-il avec brusquerie.

Elle retomba dans son mutisme et il comprit qu'il l'avait blessée. Décidément, il s'y prenait bien mal avec elle depuis qu'ils étaient mariés. Avec un soupir, il posa sa fourchette.

— Pardonnez-moi, mais je n'ai pas eu une enfance très heureuse. Ce ne sont pas des souvenirs que j'évoque avec plaisir. Comme vous vous en doutez, mon père était plutôt… sévère.

Elle s'abstint de poser d'autres questions, et ils achevèrent leur repas en silence. Jared pensa à Londres, à tout ce qu'il aurait pu faire s'il était resté là-bas. Non, il n'était assurément pas fait pour passer sa vie à la campagne.

Le dîner terminé, il attendit que les valets aient débarrassé la table pour sortir un cigare de sa poche.

— Si la fumée vous importune, je peux sortir, offrit-il avec courtoisie.

— Non, c'est inutile.

Il alluma son cigare, en tira une bouffée, puis souffla un rond de fumée.

— Vous devez être fatiguée. Si vous souhaitez vous retirer, faites, je vous en prie, ajouta-t-il encore.

— Merci, je ne me sens nullement fatiguée. Je peux rester aussi longtemps que vous le souhaitez.

C'était précisément ce qu'il craignait. En cet instant, elle était adorable avec ses joues rosies d'avoir bu un peu de vin et ses longs doigts délicats qui jouaient avec le pied de son verre en cristal. Il n'avait qu'une envie : l'emmener au lit. Or, justement, ce désir impétueux l'exaspérait au plus haut point. Il l'encombrait, et ne faisait que compliquer la situation. Il était résolu à remplir ses devoirs envers elle, mais pas au-delà. S'il se montrait trop empressé, elle se ferait des idées et deviendrait de plus en plus exigeante. Moins ils attendraient l'un de l'autre, mieux cela vaudrait…

— Il est inutile de m'attendre, lady Middleton. Je dois écrire quelques lettres avant de songer à me coucher.

Après avoir jeté un coup d'œil incertain au valet posté non loin, elle murmura :

— Ne voulez-vous pas m'appeler Ava ? Lady Middleton est si… cérémonieux.

— Ava, fit-il sans enthousiasme, si vous voulez bien m'excuser, je vais vous laisser.

— Ce courrier ne peut-il attendre ? souffla-t-elle. J'avais pensé que nous pourrions lire, ou bien encore…

— Non, cela ne peut attendre, coupa-t-il d'un ton sec.

Il se leva. La déception de la jeune femme était flagrante et le toucha plus qu'il n'était prêt à l'admettre. Comme elle s'adossait à sa chaise et laissait échapper un soupir, il s'enquit calmement :

— Quelque chose ne va pas ?

— Non, mis à part le fait que, étant mariés depuis deux jours, je pensais que nous pourrions passer un *peu* de temps ensemble.

Jared se mordit la lèvre. Il avait toujours cru que son épouse ne lui causerait pas le moindre souci. Et voilà qu'elle lui adressait déjà des reproches. Mais comment se justifier auprès d'elle quand il ne comprenait pas ses propres réactions ?

Il pivota vers les valets.

— Merci, ce sera tout.

Il attendit que les deux hommes aient quitté la pièce pour faire face à son épouse.

— Je préfère que nous ne discutions pas des détails de notre vie privée devant les domestiques, lady Middleton.

— De notre *vie privée* ? Dans la mesure où nous n'en avons pas, je ne vois pas la raison d'une telle remontrance.

— Les domestiques n'ont pas à être au courant d'affaires qui ne concernent que nous.

Ava haussa les épaules et détourna la tête.

Il réprima un soupir. Ah, les femmes !

— Lady Middleton, je vous prie de me regarder.

Le menton levé, elle ne bougea pas d'un pouce, bravant son autorité. D'une voix chargée de menace, il répéta :

— Je vous prie de me regarder quand je vous parle.

Elle lui jeta un regard oblique. Il se pencha et lui saisit le poignet.

— Nous avons passé un marché, vous et moi, dans lequel ce que nous pouvions attendre l'un de l'autre était clairement défini. Vous ne devez rien espérer au-delà, et je voudrais être certain que vous l'avez bien compris.

D'un geste brusque, elle se dégagea.

— Pardonnez-moi de le souligner, milord, mais vous étiez bien plus agréable avant notre mariage ! Je sais quelles étaient nos attentes respectives quant à ce mariage, pour autant, je ne pensais pas que nous resterions de parfaits étrangers l'un pour l'autre !

Il ne put s'empêcher de ricaner.

— Nous ne sommes plus des étrangers, madame, et vous le savez fort bien. Mais dans votre intérêt, je vous conseille de ne pas exiger de moi ce que je ne puis vous donner. Comprenez-vous ? Je peux vous offrir mon nom et ma protection, et je suis en mesure d'étendre cette protection aux membres de votre famille. En échange, vous me donnerez un fils. Tel était notre accord et vous n'obtiendrez rien de plus de ma part.

Ava cilla. Il lut dans son regard… de la colère ? De la peine ? Les deux peut-être. Mais avant qu'elle puisse formuler une objection, il se pencha et lui planta un baiser sur la joue.

— Dormez bien, milady.

Et sans plus attendre, il quitta la pièce à grandes enjambées.

19

Ava se leva à l'aube après avoir passé une nuit blanche. Comme elle regardait par la fenêtre, elle vit son mari qui s'éloignait au galop vers l'horizon sur lequel le soleil s'élevait à peine.

Elle attrapa son peignoir et l'enfila sans quitter des yeux la silhouette du cavalier. Quand il disparut de son champ de vision, elle regagna son lit.

Jamais, depuis la mort de sa mère, elle ne s'était sentie aussi perdue. Rien, non rien ne l'avait préparée à la solitude dans laquelle l'avait plongée son mariage. Elle avait l'impression de passer ses journées à déambuler dans le château, sans but, sans savoir où la menaient ses pas.

Ce n'était pas là le marché qu'elle avait passé. Elle ne voulait pas d'une telle existence, ne la supporterait pas. Certes, en acceptant d'épouser le marquis, elle s'était préparée à mener sa vie de son côté, elle n'avait pas prévu, en revanche, qu'elle verrait les choses tout autrement après sa nuit de noces.

Sa mère ne lui avait rien dit des sentiments qui naissaient entre un homme et une femme après qu'ils étaient devenus intimes. Même si le marquis était un très bel homme, Ava ne s'était pas douté une seconde qu'elle pourrait éprouver tout à coup de la tendresse pour lui, qu'elle aurait envie – non, *besoin* – de le voir, de le toucher, de se réchauffer à son sourire.

Ce qu'elle vivait n'avait rien à voir avec l'existence insouciante que sa mère lui avait promise si elle faisait un beau mariage. Elle se sentait rejetée, niée. C'était à la fois désagréable et douloureux. Elle avait l'impression de s'être fait duper, d'avoir bêtement vendu son bonheur contre un titre et une position sociale dont elle n'avait finalement que faire.

Pire, elle ne savait comment remédier à la situation, et personne ne pouvait l'aider. Elle ne pouvait pas prendre conseil auprès de Mlle Hillier qu'elle connaissait à peine et qui, de surcroît, était d'une loyauté sans faille envers le marquis. Elle le considérait presque comme son fils et n'était vraiment pas la personne à qui Ava aurait pu se confier.

— Eh bien, il ne vous reste plus qu'à trouver la solution toute seule, lady Middleton ! lança-t-elle avec dérision.

Entendre son nouveau nom lui fit un drôle d'effet. Elle détestait quand le marquis l'appelait ainsi, comme si elle était moins sa femme que sa maîtresse. Et encore… une piètre maîtresse !

Toutes ces ruminations la fatiguaient. D'ordinaire, elle n'était pas du genre à ronchonner seule dans son coin. Elle avait besoin de s'aérer l'esprit, de marcher un peu. Oui, une petite promenade matinale, c'était exactement ce qu'il lui fallait.

Elle passa dans le dressing où ses vêtements étaient impeccablement rangés. Les domestiques étaient si efficaces et zélés qu'elle commençait à croire qu'ils seraient franchement offensés de la voir s'occuper à quoi que ce soit.

Elle choisit une tenue confortable, de couleur sombre, puis, après avoir pris son petit déjeuner en solitaire, demanda à Dawson de lui indiquer des chemins propices à la promenade.

Le majordome parut plutôt surpris par sa question.

— Il existe en effet des sentiers, mais le parc est beaucoup plus agréable, milady.

— Merci, mais je préfère une bonne promenade au soleil et au grand air.

Le majordome se rembrunit.

— Pardonnez-moi, mais je ne pense pas que Sa Seigneurie aimerait vous savoir seule. Peut-être serait-il préférable que vous attendiez son retour.

Il n'avait pas besoin de lui rappeler l'absence de son mari. Irritée, Ava se leva brusquement de table et lui adressa un sourire crispé.

— Je ne crois pas, non, car il se pourrait que le marquis ne rentre pas avant un bon moment. Peut-être plusieurs jours, qui sait ? Or c'est *maintenant* que j'ai envie de me promener.

Dawson s'empressa de la suivre pour tenter de la dissuader de partir seule. Parvenue dans le hall, Ava mit sa capote et objecta en riant :

— Qu'ai-je à craindre, monsieur Dawson ? Qu'une vache ne m'attaque ?

— Non, vous ne risquez rien, milady, mais vous pourriez vous tordre la cheville...

— Je vous assure que je sais mettre un pied devant l'autre. Ne vous inquiétez pas et dites-moi plutôt s'il y a un village ou un hameau dans les environs sur lesquels je pourrais tomber au hasard de mes pérégrinations.

— Vous ne songez tout de même pas à marcher jusqu'à Broderick, milady ? se récria le domestique, sans cacher son indignation.

— Pourquoi pas ? rétorqua Ava qui enfilait ses gants après avoir passé sa redingote. Il n'est qu'à six ou sept kilomètres tout au plus. Je serai de retour cet après-midi.

Elle fit signe au majordome de lui ouvrir la porte et, devant sa mine atterrée, soupira :

— Enfin, monsieur Dawson, il n'y a pas de quoi fouetter un chat. Dites-moi juste dans quelle direction se trouve le village ? À l'est ? À l'ouest ?

La mine renfrognée, Dawson marmonna à contrecœur une indication.

Ava partit d'un bon pas, dans l'espoir qu'un peu d'exercice l'aiderait à retrouver sa bonne humeur. Et si cela ne suffisait pas, Sally Pierce arriverait d'ici deux jours. Elle aurait au moins quelqu'un à qui parler, même si leurs opinions divergeaient souvent.

Tout était si calme que lorsque des brindilles craquèrent derrière elle, Ava les entendit parfaitement. Le bruit se répéta à plusieurs reprises.

De toute évidence, quelqu'un la suivait. Elle soupçonna aussitôt Dawson et, partagée entre l'amusement et l'agacement, profita du prochain tournant pour courir se dissimuler derrière un arbre.

Là, plaquée contre le tronc, elle attendit en retenant son souffle.

Peu après, un homme apparut au détour du sentier. C'était un valet à la démarche pataude dont les souliers n'étaient pas du tout adaptés à la marche en extérieur.

— Je suis là ! s'écria Ava en jaillissant de sa cachette.

Le pauvre homme poussa un cri d'effroi.

— Je vous demande pardon, milady… Je… je ne vous avais pas vue !

— Manifestement. Et pourquoi me suivez-vous ?

— Parce que M. Dawson me l'a ordonné.

— Et pourquoi donc ? Il a peur que je me prenne le pied dans une racine ?

Le valet prit une mine penaude.

— Peut-être… Et aussi à cause des coquins, milady.

— Ah bon ? Parce qu'il y en a dans ces bois ? s'enquit Ava qui, les bras croisés sur la poitrine, pianotait sur son biceps.

— Oh non, milady ! Enfin… pas que je sache.

— C'est bien ce que je me disais. Bon, comment vous appelez-vous ?

— Robert, milady.

— Eh bien, Robert, si vous devez absolument m'accompagner, marchez au moins à mes côtés. Je ne supporte pas de vous sentir dans mon dos.

— Bien, milady.

Elle reprit son chemin et le valet lui emboîta le pas. Ils cheminaient ainsi depuis quelques minutes quand une voix cria :

— Halte ! Qui va là ? Vous vous trouvez sur les terres du marquis, manants !

La voix était juvénile. Ava tourna la tête et découvrit un jeune garçon perché sur la fourche d'un chêne. Il tenait à la main un arc et une flèche d'enfant.

C'était ce même garçon qu'elle avait remarqué le jour du mariage, celui qui avait refusé de se mêler aux autres et n'avait pas cherché à ramasser les pièces du marquis.

L'enfant portait des habits propres et correctement coupés. Ce devait être le fils du pasteur, ou peut-être du magistrat du village, supputa-t-elle.

— Je me charge de mater ce petit ruffian, milady, proposa le valet qui s'avançait déjà.

Le garçonnet pointa son arc sur le domestique et demanda d'une voix impérieuse :

— Avez-vous la permission de Sa Seigneurie pour oser vous aventurer sur ses terres ?

— Descends de là, galopin. Tu ne reconnais donc pas madame la marquise ?

— Bien sûr que si. Je l'ai vue le jour de son mariage, répondit le gamin avec aplomb.

— Alors tu dois bien te douter qu'elle a le droit de se trouver ici !

Le garçon réfléchit quelques secondes à cet argument, puis il sauta à terre. Il devait avoir sept ou huit ans, guère plus, et avait d'épais cheveux bruns. Ses yeux noisette se posèrent sur Ava et il la dévisagea avec le plus grand sérieux.

— Vous êtes plus jolie de près, déclara-t-il enfin.

Le valet lui décocha une calotte sur l'arrière du crâne.

— Veux-tu bien avoir un peu de respect !

Mais Ava riait.

— Merci beaucoup, messire, dit-elle en exécutant une petite révérence. Quel est votre nom, je vous prie ?

— Edmond Foote, madame.

— Je crois que c'est le fils du garde-chasse, milady.

Mais le garçon était trop bien habillé pour qu'Ava partage cet avis. Il était de constitution robuste, et elle songea qu'un jour, il serait aussi bien bâti que lord Middleton.

— Cher monsieur Foote, nous nous rendons à Broderick. Voulez-vous vous joindre à nous ?

L'enfant secoua la tête.

— Je n'ai pas le droit d'aller là-bas.

— Vraiment ? C'est dommage, car nous aurions eu grand besoin de ta protection. Nous autorises-tu cependant à traverser le bois ?

— C'est d'accord, vous pouvez passer, consentit le garçon.

Il baissa son arc et recula, sans se troubler sous le regard sévère de Robert. Riant, Ava se remit en marche avec le valet.

Lorsqu'ils atteignirent le village, elle savait que ce dernier était orphelin, qu'il était entré au service de lord

Middleton adolescent et qu'il tenait en très haute estime Charlotte, l'une des petites bonnes de Broderick Abbey. Ava déclara aussitôt que s'il envisageait de l'épouser, il devait le faire par amour, et non par commodité, parce que tous deux travaillaient à l'abbaye.

Ce conseil parut dérouter le valet.

— Par commodité ? Je savais pas qu'on pouvait se marier par commodité, milady.

— Je veux juste dire que ce qui paraît logique et raisonnable au premier abord ne l'est pas forcément tant que cela au bout du compte.

— Oui, milady, fit-il, l'air toujours aussi déconcerté.

Au village de Broderick, Ava passa chez le mercier et discuta quelques instants avec le propriétaire de la boutique. Celui-ci accepta volontiers de passer à l'abbaye la semaine suivante muni d'échantillons de tissu. Ava souhaitait en effet redécorer le salon qu'elle jugeait trop sombre et austère. Après tout, c'était elle qui allait y vivre, et seule la plupart du temps.

Chez le confiseur, elle admira les étals de fruits confits si colorés. L'homme lui demanda si elle souhaitait un assortiment, mais elle secoua la tête.

— Je suis désolée, je n'ai pas pris mon réticule, je n'ai pas d'argent sur moi.

Le confiseur regarda Robert qui se pencha pour lui glisser quelques mots à l'oreille. Il se mit alors à emballer des fruits confits.

Comme Ava protestait, il répondit :

— Pardon milady, mais j'insiste. Le nom de votre époux me suffit comme garantie.

Avec un large sourire, il lui déposa le paquet entre les mains. Robert se hâta de la débarrasser.

— C'est trop gentil, vraiment je vous remercie, fit Ava, confuse.

Robert et elle regagnèrent le château en grignotant des fruits confits, riant des mésaventures d'un pauvre homme qu'ils avaient croisé et qui tentait de faire avancer une chèvre récalcitrante.

C'était vraiment une agréable journée qui aurait été en tout point parfaite si Robert n'avait eu la fâcheuse idée d'aller chercher de l'eau afin que sa maîtresse se désaltère.

Le lit du ruisseau était assez encaissé, et le pauvre Robert perdit l'équilibre sur la rive moussue et fit une très mauvaise chute. Lorsqu'elle parvint à le rejoindre, Ava se rendit compte avec consternation que sa cheville était très certainement brisée. De toute évidence, il souffrait beaucoup.

— Continuez sans moi, milady. Monsieur Dawson va m'étrangler si vous n'êtes pas rentrée pour le dîner.

— Voyons, c'est ridicule, je ne vais pas vous laisser là tout seul. Il y a bien dans les parages quelqu'un qui soit susceptible de nous aider, non ?

— Le garde-chasse, répondit Robert, les dents serrées. Mais il est nouveau ici et je ne le connais pas encore.

— Où puis-je le trouver ?

— Vous vous rappelez cette fourche, sur la route, un peu plus loin ? À l'aller, on a pris à droite. Si on avait pris à gauche…

— Je vois très bien où cela se situe. Ne vous inquiétez pas, Robert, je ne serai pas longue.

Elle lui couvrit les épaules de son propre manteau avant de remonter sur le chemin avec précaution. Elle courut jusqu'à la fourche, et dénicha le cottage du garde-chasse quelques minutes plus tard. Elle cogna à la porte qui s'ouvrit à son grand soulagement sur le jeune Edmond.

— Edmond, me revoilà, mais en des circonstances moins plaisantes. Peux-tu me dire où est ton père ?

— Il pose des pièges dans la forêt, madame.

— Et ta mère ?

— Elle est au paradis.

— Ô mon Dieu !

Ava leva les yeux vers le ciel. Le soleil avait commencé à descendre vers l'horizon.

— Alors c'est toi qui vas m'aider, jeune homme. Cours à Broderick Abbey prévenir M. Dawson qu'il y a eu un accident.

Le visage du garçon s'éclaira.

— Quel genre d'accident ?

Il sortit du cottage et jeta un coup d'œil alentour dans l'espoir manifeste que ledit accident ait eu lieu non loin.

— Edmond, écoute-moi attentivement. Le valet qui m'accompagnait s'est cassé la cheville. Tu dois aller chercher de l'aide à Broderick Abbey, entendu ?

— Mais, je n'ai pas le droit d'aller là-bas, fit le garçon qui se rembrunit.

Ava retint un soupir excédé. Ce gamin n'avait donc le droit d'aller nulle part hormis dans les bois ?

— Tu as ma permission expresse. J'expliquerai tout à ton père quand je le verrai. Et maintenant, file ! lui enjoignit-elle.

— Bien, madame.

Le garçon détala et elle lui cria :

— Retrouve-moi à l'embranchement du sentier !

Jared avait fait la tournée de ses métayers. Il revint à l'heure du thé, décidé à se montrer accommodant envers sa jeune épouse le temps qu'elle s'habitue à sa nouvelle vie. Il s'attendait à la trouver en train de peindre, ou de broder, bref, de se livrer à ces occupations qui aident les femmes à se distraire. Au lieu de cela, il tomba sur un Dawson affolé.

Depuis qu'il connaissait le majordome, Jared ne l'avait jamais vu dans un tel état.

— Que se passe-t-il ?

— C'est lady Middleton, milord. Elle est partie au village à pied…

— *À pied ?*

— Je le lui ai vivement déconseillé, mais elle s'est entêtée, alors, j'ai envoyé Robert, un valet, pour l'escorter. Seulement ils sont partis depuis trop longtemps maintenant. Billy rentre du village et il ne les a vus nulle part sur le chemin.

Jared refoula un début de panique. Jamais il ne se le pardonnerait si un malheur était arrivé. Faisant volte-face, il ressortit à grands pas dans l'intention d'enfourcher son cheval pour aller inspecter lui-même le chemin. C'est alors qu'il aperçut un jeune garçon dans l'allée. Il le connaissait – bien sûr ! Il l'avait déjà aperçu dans les environs, mais jamais si près du château, aussi fut-il pris de court.

L'enfant avait l'air effrayé et tordait sa casquette entre ses mains.

— Je sais que je dois pas venir au château, milord, mais c'est la marquise qui m'envoie.

— Où est-elle ? demanda Jared, sortant enfin de sa stupeur. Va-t-elle bien ?

— Il y a eu un accident...

Le cœur de Jared manqua un battement. Il attrapa le garçon par l'épaule et le secoua.

— Quel accident ? Que s'est-il passé ?

— Elle va bien ! C'est le valet... Il s'est cassé la cheville.

Jared le lâcha dans l'instant, et ordonna aux domestiques qui s'étaient précipités dehors à sa suite :

— Que Billy prépare deux montures ! Nous allons les chercher.

L'un des valets s'éloigna au pas de course. Jared baissa les yeux sur le petit garçon et étudia son visage, sa bouche bien dessinée, la forme de son nez, et ses yeux... *ses yeux*.

— Bien joué, Edmond, le félicita-t-il.

Le garçon eut un grand sourire où manquaient quelques dents.

Quand Jared et Billy arrivèrent près du ruisseau, Ava et Robert avaient été secourus par le garde-chasse. Jared sauta à terre, puis aida Edmond à descendre. Ce dernier courut vers son père qui passa un bras protecteur autour de ses épaules.

— Monsieur Foote, il faudra complimenter votre fils pour avoir volé au secours de la marquise.

L'homme hocha la tête et reporta son attention sur le malheureux Robert qui serrait les dents tandis que Billy, le gardien qui officiait chez Jared depuis des années, inspectait sa cheville.

— J'étais en train de poser des pièges pour les sangliers quand je suis tombé sur Robert et Mme la marquise, expliqua Foote.

— À vous aussi, je dois des remerciements.

M. Foote haussa les épaules et resserra son étreinte autour des épaules de son fils. Jared s'approcha d'Ava. Le bas de sa robe était maculé de boue, et des mèches folles s'échappaient de son chignon. Oscillant entre le soulagement de l'avoir retrouvée indemne et la colère à l'idée qu'elle ait frôlé le danger, il se découvrit à court de mots.

Il aida donc Billy à installer Robert sur sa monture. Comme il s'apprêtait à faire de même avec Ava, celle-ci s'éloigna de quelques pas afin de récupérer un petit paquet au bord du sentier qu'elle fourra dans la capote qui pendait à son poignet.

— Ce sont des fruits confits, expliqua-t-elle avec un sourire.

Toujours sous le coup de l'émotion, Jared se contenta de secouer la tête. Puis il la prit par la taille et la jucha en selle avant d'enfourcher à son tour la grande jument grise.

Ava cala son paquet et agrippa le pommeau. Lui encerclant la taille du bras, Jared lança la jument au petit trot. Billy et Robert suivraient à un rythme plus lent pour éviter que le blessé ne souffre trop.

Lorsqu'ils furent à quelque distance, Jared lâcha :

— Lady Middleton, je vous interdis dorénavant de vous rendre à pied au village.

— Mais je...

— Vous pourrez demander qu'on vous y conduise en voiture, ou bien vous pourrez vous y rendre à cheval, escortée d'un domestique. Si vous n'êtes pas bonne cavalière, je vous apprendrai. Mais vous n'irez plus à pied. Est-ce clair ?

— Tout à fait clair, répondit Ava d'une petite voix.

Il laissa passer quelques secondes, puis demanda d'une voix radoucie :

— Vous savez monter à cheval ?

— Non, répondit-elle après une hésitation.

— Dans ce cas, je vous donnerai des leçons dès mon retour de Marshbridge.

Elle ne fit aucun commentaire, mais, petit à petit, il la sentit se laisser aller contre lui. Spontanément, il resserra son étreinte autour de sa taille de guêpe. Il émanait de son corps souple et tiède un délicat parfum de rose et, exactement comme à l'instant où Dawson lui avait annoncé qu'elle n'était pas rentrée, il ressentit une bouffée de panique.

Sauf que, cette fois, sa panique avait pour origine une crainte bien différente...

20

Le marquis ne vint pas frapper à la porte de la chambre d'Ava ce soir-là. Il ne l'invita pas non plus dans la sienne, mais lorsqu'elle se réveilla, le lendemain matin, il était debout près de son lit.

Réprimant un petit cri, elle se redressa.

Il la contempla sans mot dire. Sa cape était drapée sur ses épaules et il était manifestement sur le départ. D'une main, il tenait sa paire de gants qu'il faisait claquer sur la paume de son autre main dans un geste machinal.

Ava lui adressa un regard interrogateur.

— Avez-vous bien dormi ? demanda-t-il enfin.

— Eh bien… oui.

De nouveau, les gants claquèrent dans le creux de sa main.

— Je vais à Marshbridge. Je serai de retour d'ici un jour ou deux.

Ava hocha la tête. Avec un sourire en coin, il fit observer :

— Vous voyez, je vous informe *en personne* de mes déplacements. Maintenant, vous devez me promettre de ne plus vous aventurer à pied dans les bois.

Ava soupira, leva les yeux au ciel, puis sourit.

— Promis, dit-elle. C'est au moins la douzième fois que vous m'en parlez.

Il s'assit au bord du lit, la parcourut du regard, puis tendit la main. Ses doigts glissèrent dans l'échancrure de sa chemise de nuit, s'attardèrent entre ses seins.

Ava réprima un frisson. Les yeux noisette du marquis brillaient d'un éclat étrange. Il parut sur le point de lui dire quelque chose… mais ses lèvres demeurèrent scellées. Prenant sa joue en coupe dans sa main, il se pencha et l'embrassa sur la bouche.

Un baiser intense, profond.

Elle lui agrippa le poignet pour retenir sa main contre son visage. Lorsqu'elle voulut lui toucher le torse, il l'en empêcha. Sans un mot, il se releva, lui caressa les cheveux.

— Passez une bonne journée, dit-il avant de quitter la chambre.

Ava attrapa son oreiller et le serra contre sa poitrine, avant de se renfoncer entre les draps. Et, une fois encore, elle se prit à souhaiter qu'il l'aimât, au moins un peu.

Toute la journée, Ava eut l'impression d'être épiée par un oiseau de proie. Où qu'elle aille, M. Dawson ou Mlle Hillier étaient à proximité.

Cette dernière, Ava s'en était vite rendu compte, avait des idées très précises sur la façon dont une marquise devait se comporter et les choses qui lui étaient permises de faire ou pas. Se promener à pied dans les bois n'en faisait de toute évidence pas partie. Ni nourrir les poules. Ni ranger sa propre chambre. Ni prendre des nouvelles d'un valet qui s'était brisé la cheville.

C'était un peu comme si l'esprit de lady Purnam s'était infiltré dans la personne de Mlle Hillier.

Ainsi surveillée, Ava se sentait prisonnière de Broderick Abbey. La propriété était fort ancienne, plutôt humide et pleine de courants d'air. Mais le pire, c'était qu'il n'y avait absolument aucune vie entre ses murs. Les gens autour d'elle vaquaient à leurs corvées et elle se retrouvait seule, désespérément seule.

Ce jour-là, il faisait très beau. Après le déjeuner, Ava sortit et prit la direction du lac qu'elle avait aperçu le jour de son arrivée. Il se situait près de l'entrée de la propriété, à un peu plus d'un kilomètre du château.

Elle se tenait sur la berge, inspirant l'air vif à pleins poumons lorsque son attention fut attirée par trois cygnes qui venaient de se jeter à l'eau et nageaient furieusement vers le centre du lac.

Elle comprit vite la raison de leur affolement : sur l'autre rive se tenait le jeune Edmond Foote. Elle agita la main et, la reconnaissant, il lui répondit de même.

Un seau se trouvait aux pieds du gamin. Visiblement, il était en train de pêcher. Elle décida d'aller admirer ses prises.

Il lui fallut un moment pour contourner le lac et le rejoindre.

— Alors, ça mord ? s'enquit-elle lorsqu'elle fut parvenue à sa hauteur.

— Non, madame. Ma ligne s'est entortillée dans quelque chose et j'arrive pas à la sortir de l'eau.

Il tira sur le fil, en vain, puis posa sa canne à pêche par terre avec un soupir de dépit. Comme il s'approchait du bord, Ava le retint par l'épaule.

— Je ne crois pas que ton père aimerait te voir entrer dans l'eau, jeune homme. Laisse-moi faire, je vais essayer de te dégager cela.

Elle s'assit sur un gros rocher qui se dressait tout près et, sans façon, entreprit de retirer ses souliers et ses bas.

— Oh, madame, il faut pas marcher pieds nus dans le lac ! Ma maman disait qu'on attrape la mort si on met les pieds dans l'eau froide. Votre mère vous l'a jamais dit ?

— Non. Elle m'a dit beaucoup de choses, mais pas cela.

— Où elle est ?

— Au paradis, comme la tienne.

Il l'enveloppa d'un regard pensif.

— Est-ce qu'elle sait qu'on vous a envoyée à Broderick Abbey ?

Il parlait comme si Ava y avait été traînée de force. Elle sourit et lui adressa un petit clin d'œil complice :

— Je crois qu'elle s'en doute.

— Je crois que la mienne aussi, opina-t-il avec sérieux.

Ava se releva, empoigna ses jupes et pénétra dans l'eau limpide mais glaciale. Elle frémit, saisie par le froid.

La ligne s'était prise dans des débris qui affleuraient à la surface et, en tirant un peu, elle réussit à la libérer, à la grande joie d'Edmond.

— Merci, madame la marquise !

Tandis que la jeune femme regagnait la berge, il récupéra sa canne et son seau, puis détala à toutes jambes.

— Eh, attends ! Où vas-tu comme ça ? s'écria-t-elle, interdite.

— Chez moi.

Restée seule, de l'eau jusqu'aux chevilles, Ava secoua la tête, un brin dépitée.

Elle fit encore un pas en direction de la berge et son pied s'enfonça dans une zone plus vaseuse. Avec une grimace de dégoût, elle rejoignit la terre ferme.

— Bonjour !

De surprise, Ava laissa retomber ses jupes dont le bas se gorgea aussitôt d'eau. Elle releva vivement la tête. Une cavalière vêtue d'une tenue d'amazone fort seyante se tenait sur l'éminence qui surplombait le lac. Elle agita sa main gantée en direction d'Ava.

— Miséricorde ! marmonna cette dernière en jetant un coup d'œil à sa jupe striée de vase brunâtre.

— Bonjour ! répéta l'inconnue avant de lancer sa monture au trot dans la descente.

C'était une femme ravissante, une brune aux yeux bleu acier, le genre de beauté célébrée à Londres, nota Ava comme elle immobilisait son cheval.

— Puis-je me présenter ? fit-elle. Je suis lady Kettle. Le domaine de mon défunt époux jouxte le vôtre.

— Comment allez-vous ? dit Ava poliment. Je suis…

— Oh, je sais qui vous êtes ! Nous aurions été présentées en bonne et due forme si j'avais pu assister à votre mariage, mais je rentre tout juste d'Écosse.

Le regard de lady Kettle tomba sur la jupe d'Ava et elle sourit.

— Veuillez me pardonner, dit celle-ci, confuse, j'ai aidé le fils du garde-chasse à dégager sa ligne qui s'était coincée.

— Qui cela, dites-vous ?

— Le fils du garde-chasse.

— J'ignorais qu'il avait un fils, murmura lady Kettle, d'un air absent, avant de reprendre : J'espère que mon intrusion ne vous dérange pas. J'ai vu votre charmant époux ce matin et il m'a pressée de venir faire votre connaissance.

— Vous avez vu mon mari ce matin ?

— Oui, nous avons pris le petit déjeuner ensemble. Oh, je le connais depuis toujours ! précisa lady Kettle devant la mine déconcertée d'Ava. Nous avons pour ainsi dire grandi ensemble.

Ava avait cependant du mal à comprendre que son mari l'ait quittée ce matin pour aller prendre le petit déjeuner en compagnie de lady Kettle. La *belle* lady Kettle.

— Oh, j'allais oublier… J'ai des pommades et onguents pour votre valet qui s'est cassé la cheville. Cela devrait le soulager un peu.

— Lord Middleton vous a parlé de cet accident ?

— Non, j'en ai eu vent à Broderick. Vous savez, les nouvelles vont vite dans la région. Presque aussi vite qu'à Londres, je suppose, conclut lady Kettle avec un petit rire.

— C'est étonnant.

— Ce pauvre Middleton s'inquiète beaucoup à votre sujet. « Elle est allée *à pied* au village », fit-elle, imitant le marquis.

Ava essaya de sourire, mais quelque chose la mettait mal à l'aise chez lady Kettle. Peut-être le fait que son mari trouve le temps de lui rendre visite alors qu'il aurait pu demeurer auprès d'elle. Ou qu'il lui ait fait part du souci qu'elle lui causait. Quoi qu'il en soit, Ava se sentait mise à l'écart.

— Cela vous ferait-il plaisir de faire une promenade à cheval prochainement ? proposa lady Kettle. Il fait si beau, et il y a des paysages magnifiques aux alentours de l'abbaye.

Bien sûr, lady Kettle connaissait les environs par cœur. Ava, en revanche, avait à peine le droit d'aller jusqu'au lac sans escorte.

— Je vous remercie, je vous accompagnerai volontiers… c'est-à-dire, dès que mon mari aura eu le temps de m'apprendre à monter correctement, répondit-elle.

— Oh, vous ne pourriez trouver meilleur professeur ! Je parle d'expérience, c'est lui qui m'a appris à monter. Et il continue de me faire des remontrances alors que je suis devenue une cavalière accomplie, ajouta lady Kettle dans un rire.

Ava eut un sourire crispé. Elle n'imaginait que trop bien pourquoi son mari avait joué les instructeurs avec sa voisine. Elle était non seulement fort jolie femme, mais aussi pleine de vie, et fort élégante.

— Bien, je vais vous laisser à votre partie de pêche, lady Middleton. Pourrai-je vous rendre visite à l'abbaye ?

— Bien sûr.

— Parfait. J'ai hâte de dire à Middleton que nous avons fait connaissance et que je vous ai trouvée absolument charmante.

— Merci, vous êtes trop aimable.

Ava espérait seulement que lady Kettle oublierait de mentionner qu'elle l'avait trouvée pataugeant pieds nus dans le lac.

Sur un signe de la main, Lady Kettle piqua des deux et s'éloigna au galop.

Ava se hâta de remettre ses bas et ses chaussures, puis regagna l'abbaye. Comme elle débouchait dans la cour, la vue d'une voiture noire qui remontait l'allée lui réchauffa le cœur. Sally !

L'attelage s'immobilisa devant le perron. Sally Pierce sortit tranquillement et s'étira.

— Fichue route ! grommela-t-elle, avant de jauger Ava qui se portait au devant d'elle. Qu'est-ce que vous avez fait à votre robe, m'dame ?

— Sally, je suis si contente de te voir !

À la grande stupeur de Dawson qui venait d'ouvrir l'huis, Ava se jeta au cou de sa femme de chambre. Elle se tourna ensuite vers le majordome :

— Dawson, je vous présente ma camériste, Mlle Pierce.

Sally fit une petite révérence. Dawson hocha la tête, puis regarda la jupe de sa maîtresse. Comme s'il ne savait que dire, il désigna la voiture à un valet afin que celui-ci s'occupe de décharger les bagages de Sally.

— Si vous voulez, milady, je vais lui montrer ses quartiers, dit-il enfin.

— Dans un moment, s'il vous plaît. Auparavant, j'ai à lui parler.

Ava glissa son bras sous celui de Sally et l'entraîna dans la maison. À peine entrée dans le hall, Sally se figea et laissa échapper un sifflement.

— Mazette, c'est rupin ici !

— Oui, plutôt, convint Ava. Viens, tu auras tout le temps de t'extasier plus tard.

Elles gravirent le grand escalier pour rejoindre la suite d'Ava qui referma la porte derrière elles.

De nouveau, Sally émit un sifflement admiratif :

— Et ma chambre ? Elle ressemble à ça aussi ?

— Aucune idée, avoua Ava. Peu importe... Dieu merci, tu es là, Sally !

— Oh, oh ! Qu'est-ce qui se passe ? Votre beau mari vous délaisse ?

Ava ne put s'empêcher de rougir et Sally éclata de rire. Elle s'arrêta devant le miroir de la coiffeuse pour jeter un coup d'œil à son reflet et, tout en ébouriffant ses cheveux, s'exclama :

— Ne me dites pas qu'il a pas voulu remplir son devoir conjugal ?

— Bien sûr qu'il l'a rempli ! se récria Ava, avant d'ajouter plus doucement : Mais une seule fois, le soir de nos noces. Ensuite, il est allé à Londres. Quand il est revenu ici, il a préféré faire sa correspondance plutôt que de me rendre visite. Et aujourd'hui, il est à Marshbridge pour s'occuper d'une affaire de bétail.

Sally s'était mise à déambuler dans la chambre, laissant le doigt glisser sur les meubles cirés. Elle pivota pour faire face à Ava, les sourcils froncés :

— Le marquis vous a laissée ici pour aller acheter des vaches ? Il a pas de contremaître pour se charger de ce genre de besognes ?

— Il ne s'agit pas de cela, Sally ! Je crois qu'il y a un... *problème*.

— Ah...

Sally se laissa tomber dans le fauteuil placé devant la cheminée. Elle considéra Ava d'un air pensif.

— Vous avez pas fait la mijaurée, hein ? Vous avez pas pleurniché ou fait une scène ?

— Non !

— Vous êtes sûre ? Vous m'avez pas l'air bien solide.

— Je ne vois pas ce que tu entends par là, répliqua Ava, vexée. Je te jure que je n'ai ni pleuré ni crié. En fait, je... j'ai plutôt aimé cela.

— Vraiment ? Ben ça ! J'ai jamais entendu parler d'une femme qui s'était amusée au lit la première fois ! s'exclama Sally en riant.

— Chut ! Ne parle pas si fort, lui enjoignit Ava, les joues en feu.

Sally semblait trouver la situation très drôle. Ava vint s'asseoir sur le siège voisin.

— Tu dois bien pouvoir me donner quelques conseils, n'est-ce pas ? dit-elle encore.

— Oui, m'dame. Mais vous devez faire exactement tout ce que je vous dirai, sans me demander comment ça se fait que je sais tout ça, d'accord ?

— D'accord, s'empressa d'acquiescer Ava.

Sally se pencha pour lui prendre la main et déclara :

— Le plus important, quoi qu'il arrive, c'est surtout de *jamais*...

Un coup frappé à la porte les fit sursauter. Sally se leva d'un bond, bousculant involontairement Ava. Celle-ci se leva aussi et fit volte-face au moment précis où Mlle Hillier faisait son entrée.

La gouvernante avisa les deux femmes et une expression réprobatrice se peignit aussitôt sur son visage.

— Milady, j'ai cru comprendre que votre femme de chambre était arrivée.

— En effet. Permettez-moi de vous présenter Sally Pierce. Sally, voici Mlle Hillier, la gouvernante de Broderick Abbey.

— Ravie de faire votre connaissance, mademoiselle Pierce. À présent, si vous voulez bien me suivre, je vais vous conduire à votre chambre.

D'un geste péremptoire, Mlle Hillier invita Sally à lui emboîter le pas. Celle-ci n'eut d'autre choix que d'obtempérer, et Ava, impuissante, les regarda quitter la chambre.

Ce soir-là, Mlle Hillier vint aider Ava à s'habiller avant le dîner. Ava s'enquit de ce que devenait Sally, et il lui fut répondu qu'elle s'installait et qu'on l'instruisait de la routine de la maison.

— Elle prendra ses fonctions dès demain, précisa Mlle Hillier d'un air légèrement méprisant.

— Très bien, fit Ava, déçue.
— Si je puis me permettre, milady ?
— Oui ?
— Il n'est pas correct qu'une dame de qualité se lie d'amitié avec sa femme de chambre. Ce qui ne veut pas dire, bien entendu, qu'elle doit la traiter mal, mais, de là à devenir son amie... cela ne se fait pas. Et ce serait particulièrement mal vu de la part de quelqu'un qui est amené à être un jour duchesse, conclut la gouvernante.

Toutes ces remontrances concernant la conduite à tenir en tant que « future duchesse » commençaient à ennuyer Ava. Elle en avait assez de se faire sermonner par la gouvernante.

— Merci, ce sera tout, mademoiselle Hillier, dit-elle d'un ton sec.

Elle lui tourna le dos jusqu'à ce que l'autre se décide à quitter la chambre. Elle ne supportait pas qu'on considère les domestiques comme des inférieurs, indignes de l'attention ou de l'estime des gens dits « de qualité ».

Si Mlle Hillier avait su d'où venait Sally et quel métier elle exerçait auparavant, elle en aurait sans doute fait une crise d'apoplexie ! Quoi qu'il en soit, elle ne devait le découvrir en aucun cas, sinon Sally et elle-même risquaient de passer un fort mauvais quart d'heure !

Ce soir-là, Ava dîna en solitaire dans la grande salle à manger, alors qu'elle s'était réjouie à l'idée de partager son repas avec Sally dans sa chambre. Elle tenta ensuite de se distraire en visitant les pièces du rez-de-chaussée qu'elle ne connaissait pas encore.

Munie d'un candélabre, elle passa de salon en salon, admira l'élégant mobilier, les tentures de velours, les immenses portraits accrochés aux murs. Elle imagina les changements qu'elle pourrait y apporter, soit en les meublant de manière plus confortable, soit en les repeignant dans des couleurs plus gaies.

Finalement elle pénétra dans un lieu qui retint toute son attention.

Il s'agissait du bureau de lord Middleton.

Elle déambula dans la pièce, brandissant bien haut le candélabre. Elle examina d'abord la bibliothèque. La plupart des livres rangés là traitaient d'agriculture et de finance. Il y avait quelques romans, mais aucun qui l'intéressât vraiment, et aussi quelques volumes historiques concernant la Royal Navy.

Une collection de vieilles bouteilles de whisky était exposée sur la desserte le long d'un mur.

Sur le bureau, on trouvait un stylo plume en ivoire, un flacon d'encre et un presse-papier en cristal dans lequel était incrustée une pièce d'or. Il y avait également une blague à tabac et un coffret en bois qui contenait du papier vélin de qualité supérieure.

Et là, sur un plateau d'argent, reposait le courrier.

Les lettres arrivées ce jour-là n'avaient pas encore été ouvertes. Ava s'assit dans le fauteuil à haut dossier et posa le candélabre sur le plateau du bureau.

Un instant, elle s'imagina dans la peau du marquis qui venait traiter ici ses affaires les plus importantes.

Puis son regard revint se poser sur la pile de lettres...

N'y tenant plus, elle s'en saisit et les passa rapidement en revue. À en juger par leurs sceaux, toutes avaient trait aux affaires du marquis.

Sauf une. Dont l'écriture lui était familière.

Lentement, Ava retourna la lettre pour examiner le cachet. Là, les trois initiales gravées dans la cire lui sautèrent aux yeux : M.W.P.

Lady Waterstone.

D'un geste brusque, elle jeta la lettre sur le plateau, puis la recouvrit des autres missives.

D'abord lady Kettle, et maintenant lady Waterstone !

Se ravisant soudain, elle récupéra la lettre et la fourra dans sa poche.

C'était terrible d'intercepter le courrier d'autrui, mais après tout lady Waterstone ne se gênait pas pour s'immiscer dans sa vie privée, alors...

Attrapant le candélabre, Ava quitta la pièce, le cœur battant.

C'était la première fois de sa vie qu'elle volait quelque chose. Mais ce soir, elle avait compris qu'elle ne pouvait tolérer qu'une autre femme lui dispute son époux.

Qu'elle partage son petit déjeuner, à la rigueur, mais son lit... jamais !

Il ne lui restait plus qu'à en convaincre le marquis.

Le lendemain matin, Sally entra dans la chambre d'Ava endormie et la réveilla en tirant sur les couvertures et en lui chatouillant le pied.

Ava grogna.

— Levez-vous, lui enjoignit Sally. Je vais me faire enguirlander si je vous laisse dormir trop longtemps. Ils sont sacrément à cheval sur les principes, ici ! Y paraît qu'en plus de vous aider à vous habiller, je suis aussi censée vous laver.

— Vraiment ? fit Ava d'une voix ensommeillée. Si tu veux, je peux parler à Mlle Hillier et...

— Surtout pas ! Je me ferais renvoyer dans l'heure. On a déjà eu des mots tout à l'heure, elle et moi.

Bien réveillée cette fois, Ava s'écria :

— Sally ! Mlle Hillier était la nurse du marquis. Elle a beaucoup d'influence ici et tu ne dois pas la contrarier.

Sally tendit sa robe de chambre à Ava.

— Pas la peine de vous affoler, je me tiendrai à carreau.

Avec un soupir, Ava alla se rafraîchir le visage à sa table de toilette, puis entreprit de se brosser les cheveux.

— On dirait que vous avez pas fermé l'œil, commenta Sally. Ça ne m'étonne pas, du reste, si votre lit est aussi dur que le mien. J'ai eu l'impression de dormir sur un tas de noyaux de pêche !

— Mon lit est tout à fait confortable. Cela n'a rien à voir.

— C'est à cause de quoi, alors ? demanda Sally en commençant refaire le lit.

Ava soupira de nouveau, puis alla chercher dans son secrétaire la lettre de lady Waterstone qu'elle agita dans l'air.

Sally fronça le nez.

— Qu'est-ce que c'est ?

— Une lettre adressée à lord Middleton. Le sceau porte le nom de lady Waterstone.

— Qui c'est, ça ?

Les yeux d'Ava s'emplirent de larmes :

— C'est sa maîtresse ! Et peut-être n'est-elle pas la seule...

— Oh, oh, fit Sally en hochant la tête. Je vois. Eh bien, jetons un coup d'œil à ça.

Ava afficha une mine horrifiée.

— Mais... je ne peux pas ! Rompre le cachet et lire une lettre qui ne m'est pas adressée... c'est impossible !

— Vous voulez partager votre mari avec une autre ?

— Non !

— Alors ouvrez cette fichue lettre !

De mauvaise grâce, Ava brisa le seau et commença à lire.

— Tout haut, s'il vous plaît !

Ava prit une profonde inspiration.

— *Mon chéri*, articula-t-elle avec un pincement au cœur, *je ne vis plus sans vous. Loin de vous, les journées s'étirent interminablement. Vous me connaissez assez pour savoir combien votre absence me désespère. Mon unique plaisir est d'imaginer nos retrouvailles à Londres. Je me suis sacrifiée pour vous, mon aimé, et je ne serai jamais heureuse en ce monde si je ne puis être auprès de vous. Je vous en conjure, cessez de me torturer et revenez-moi. Votre fidèle M.*

Furieuse, Ava chiffonna la lettre.

— Pas mal, commenta Sally en la lui prenant des mains. Elle est finaude, celle-là. Elle sait comment flatter un homme. Eh bien, vous devez vous montrer plus maligne qu'elle, c'est tout.

— Mais je ne sais pas comment faire ! gémit Ava en se laissant tomber sur une chaise. C'est sans espoir, n'est-ce pas ? Je vais perdre mon mari avant même de l'avoir connu !

— Bon sang de bois, vous allez pas renoncer aussi facilement ! Sinon autant livrer m'sieur le marquis à cette femme avec un joli nœud autour du cou ! Vous voulez pas au moins *essayer* de le retenir ?

— Je ne sais pas, grommela Ava, morose.

Sally vint s'asseoir près d'elle et l'obligea à relever la tête.

— Vous savez ce que c'est qu'un harem ?

— Un quoi ?

— Un harem, répéta-t-elle à voix basse. C'est un endroit où on apprend aux femmes comme rendre un homme fou.

Puis, sur le même ton, elle expliqua à Ava, avec force détails, de quelle façon une odalisque devait s'occuper de son seigneur et maître pour qu'il la préfère à ses rivales.

Ava poussa des petits cris indignés. Elle était réellement choquée par ce que lui racontait Sally, scandalisée même, au point d'avoir parfois envie de se boucher les oreilles.

Mais elle n'en perdit pas une miette.

21

Jared revint à Broderick Abbey à la tombée de la nuit, le lendemain. Pour des raisons qu'il avait du mal à s'expliquer, il avait écourté son séjour à Marshbridge.

Il demanda où était sa femme. Dawson lui répondit qu'elle était occupée et que, malheureusement, elle ne pourrait dîner avec lui, car sa camériste venait d'arriver de Londres et que les deux femmes s'étaient attelées à un travail qui ne pouvait manifestement pas attendre.

— *Un travail?* Quel genre de travail? interrogea Jared, interloqué.

Dawson se crispa imperceptiblement.

— Je ne le sais pas au juste, milord, mais je peux vous dire qu'un très grand nombre de malles sont arrivées en même temps que la femme de chambre.

— Ah... je vois, fit Jared. Et... la marquise a-t-elle indiqué quand j'aurai le plaisir de partager sa compagnie?

— Non, milord. Si vous le désirez, je puis...

— Inutile. J'irai moi-même lui poser la question, décida Jared avec un petit sourire.

Il se retira d'abord dans son bureau pour jeter un coup d'œil au courrier qui l'attendait. Ne trouvant là rien d'important, il gagna sa suite.

Il achevait de se changer lorsque des rires étouffés lui parvinrent par le conduit de la cheminée.

Figé, il tendit l'oreille. Plus rien. Quand il se décida à bouger de nouveau, les rires reprirent de plus belle.

Il soupira. Apparemment, il lui faudrait avoir une petite conversation avec sa femme. Il avait l'espoir qu'elle prendrait conscience de sa nouvelle position sociale. Or, voilà qu'elle passait son temps à batifoler dans les bois, et à glousser avec sa femme de chambre...

Un nouvel éclat de rire excita cependant sa curiosité. Quittant ses appartements, il longea le couloir jusqu'à la suite d'Ava.

Dès qu'il frappa à la porte, les rires se turent abruptement. Quelques secondes s'écoulèrent. Agacé, Jared frappa de nouveau.

Des bruits étouffés lui parvinrent alors, et il eut l'impression très nette que quelqu'un était en train de marcher de l'autre côté du battant.

Il s'apprêtait à cogner une troisième fois quand la porte s'entrouvrit.

— Oh, bonsoir ! Je vous prie de me pardonner, je me reposais, prétendit Ava en ravalant un bâillement.

— Vraiment ? J'aurais pourtant juré avoir entendu rire.

— Ah ? Peut-être. En fait, j'étais en train de lire un livre plutôt amusant.

— Quel en est donc le titre ? Je l'ai peut-être lu, moi aussi.

— Cela m'étonnerait.

— Je vais vous le dire, insista-t-il.

— Le titre ne me revient pas. C'est idiot, n'est-ce pas ? ajouta-t-elle avec un sourire, avant de demander : Votre voyage s'est bien passé ?

— Fort bien. Je vous en conterai les détails tout à l'heure au dîner.

Elle afficha une mine contrite.

— Ne m'en veuillez pas, milord, mais j'ai tellement lu que j'en ai la migraine. Je serais incapable d'avaler la moindre bouchée.

— Dans ce cas, peut-être pourrons-nous nous voir un peu plus tard ? J'aimerais m'entretenir avec vous.

— C'est-à-dire que… j'avais pensé me coucher tôt…

Il réprima un soupir.

— Très bien, alors demain matin, pour votre première leçon d'équitation. À condition, bien sûr, que vous soyez remise.

— Oui, fit-elle promptement, les yeux brillants d'excitation, avant d'ajouter avec plus de retenue : Enfin, si mon état s'est amélioré.

— Naturellement.

— Eh bien, bonne nuit, milord.

Et, sans se départir de son sourire, elle lui referma la porte au nez.

Jared demeura immobile face au battant clos. Il était déçu, il devait bien l'admettre. Un instant, il guetta les bruits à l'intérieur de la chambre, puis, n'entendant plus rien, s'éloigna sur un haussement d'épaules.

Il pénétrait dans sa suite quand il entendit le rire d'Ava fuser.

Il secoua la tête, frustré.

Il dîna seul dans la petite salle à manger. Alors qu'il attaquait sa sole meunière, il vit passer un valet qui portait un grand plateau et deux assiettes recouvertes de dômes d'argent.

D'un ton détaché, il s'enquit auprès de Dawson :

— Où va-t-il ?

— Dans la suite de milady, milord. Mme la marquise dîne en compagnie de sa femme de chambre.

Avec une soi-disant migraine, grinça Jared intérieurement. Et dire qu'elle avait affirmé vouloir se coucher tôt ! Il s'était fait refouler et était obligé de manger seul, alors que madame invitait sa camériste !

Son père, se rappela-t-il soudain, irrité, prenait rarement ses repas en compagnie de sa mère.

Son dîner terminé, il sortit fumer un cigare.

Il apprécia la sensation du froid sur son visage et poussa jusqu'au bout du jardin où il gravit la petite butte surplombant le ruisseau qui s'en allait nourrir le lac.

Lorsqu'il se retourna vers la maison, il capta un mouvement à la fenêtre de la chambre d'Ava et crut discerner une ombre mouvante sur le mur de la pièce.

Il plissa les paupières. Non, il ne rêvait pas, quelqu'un était apparemment en train de danser.

Non seulement, elle l'évitait, mais en plus, elle semblait s'amuser comme une folle !

Il fut surpris par l'intensité de sa déception. C'était exactement ce genre de sentiments qu'il voulait bannir. C'était ridicule de se sentir aussi ulcéré et désappointé.

Il rentra, se servit un cognac et lut un peu. À minuit moins le quart, il décida d'aller se coucher. Tout en montant le grand escalier, il dénoua sa lavallière et déboutonna son gilet.

Il s'arrêta un instant devant la chambre d'Ava et tendit l'oreille. Comme aucun bruit n'en sortait, il poursuivit son chemin.

Rendu dans ses appartements, il eut à peine le temps de se débarrasser de sa veste et de son gilet qu'un coup retentit à la porte.

Jared retint un soupir. C'était sans doute Dawson qui venait lui offrir ses services. Le majordome était très attentif, parfois un peu trop à son goût.

Pieds nus, les pans de sa chemise hors du pantalon, il alla ouvrir. Et se retrouva face à Ava, vêtue d'un déshabillé dont la ceinture semblait avoir été nouée à la hâte. Le décolleté bâillait sur ses seins. À la main, elle tenait un long morceau de tissu rouge vif, sans doute une écharpe.

Ses yeux verts étincelaient.

— Lady Middleton, murmura-t-il avec une ironie non déguisée. Daigneriez-vous me faire l'honneur de votre compagnie ?

Elle eut un petit rire de gorge, puis, posant les mains à plat sur son torse, elle le fit reculer dans la chambre.

Une fois à l'intérieur, elle referma la porte et s'y adossa dans une pose languide, tandis que ses doigts jouaient avec l'écharpe, faisant étinceler à la lumière des bougies les bracelets d'or qui ceignaient ses poignets délicats.

Jared ne pouvait quitter des yeux ses courbes dévoilées par l'audacieux décolleté.

— Cette fois, milord, c'est moi qui mènerai le jeu, murmura-t-elle d'une voix sensuelle.

Il ne sut que répondre. Son cerveau semblait ne pas fonctionner tout à fait normalement.

Elle avança d'un pas et sa jambe galbée apparut entre les pans du déshabillé. Jared entrevit un éclat métallique doré au niveau de sa cheville.

— Mais qu'est-ce que…

— Chut !

D'un geste vif, elle avait posé la main sur ses lèvres pour le réduire au silence. Doucement mais fermement, elle l'obligea à reculer. Les mollets de Jared heurtèrent le fauteuil devant la cheminée. Il tomba assis.

Elle l'enveloppa d'un regard gourmand qui fit naître en lui une terrible excitation, puis commença à onduler lentement, au son d'une musique qu'elle seule pouvait entendre, tout en jouant avec l'écharpe de soie qu'elle laissait glisser sur ses épaules, sa poitrine, ses hanches.

Ces postures lascives décuplèrent le désir de Jared.

Cette femme-enfant innocente, dont il avait pris la virginité quelques jours plus tôt, était en train de l'ensorceler. Il était sous le charme, incapable de détourner son regard d'elle. Pourtant elle se dérobait chaque fois qu'il faisait mine de la saisir.

— Ava ! protesta-t-il d'une voix rauque qui l'étonna lui-même.

Elle ne fit que rire et virevolta devant lui dans un tourbillon de soie, de boucles blondes et de chair laiteuse, avant de s'agenouiller soudain entre ses jambes.

L'instant d'après, il sentit la pression de sa bouche sur son torse, entre les pans de sa chemise ouverte.

Il frémit de tout son être au contact de ces lèvres tièdes qui laissaient un sillon humide entre ses pectoraux. Lui prenant le visage entre ses mains, il tenta de l'attirer à lui, mais elle le repoussa, l'embrassa encore, puis le chatouilla du bout de la langue pendant que ses doigts, légers comme des ailes de papillon, lui frôlaient la peau.

Le cœur de Jared battait à tout rompre. Dans son pantalon, son sexe pulsait, douloureusement comprimé. Yeux clos, il se renversa en arrière et s'abandonna à ses caresses si délicieuses.

Il sentit soudain ses mains sur son ventre, puis plus bas, qui le palpaient à travers le tissu de son pantalon.

— Venez ici, fit-il en se redressant pour l'attirer à lui.

— Non, milord. Je suis votre femme et vous ne pouvez vous refuser à moi, dit-elle, utilisant les mots exacts qu'il avait employés lors de leur nuit de noces.

Dieu tout-puissant, il n'avait pas l'intention de lui refuser quoi que ce soit, ni le soleil ni la lune et les étoiles si tel était son caprice !

Vaincu, il retomba contre le dossier du fauteuil. Son corps était en feu. Ava laissa négligemment tomber l'écharpe de soie rouge et s'attaqua à la ceinture de son mari.

Quand son sexe durci se dressa devant elle dans toute sa gloire, elle prit à peine une inspiration, puis se pencha et l'aspira entre ses lèvres pleines.

Le sang de Jared se changea en lave incandescente. Il saisit la tête d'Ava pour tenter de l'écarter, mais elle lui résista et le prit plus profondément en bouche.

La douce caresse de sa langue veloutée le long de sa virilité fut plus qu'il n'en put supporter. Se redressant abruptement, il la força à lever les yeux sur lui ; des yeux voilés d'une passion telle qu'il la saisit sous les aisselles et la déposa sur ses genoux.

Le déshabillé s'ouvrit, révélant ses seins superbes.

Avide, il prit l'une des pointes dans sa bouche pour la sucer longuement tandis que sa main s'immisçait entre ses cuisses fuselées. Il la découvrit moite de désir, entendit son souffle s'accélérer.

À présent, les rôles s'inversaient, songea-t-il, satisfait. C'était lui qui menait la danse. L'empoignant aux hanches, il la fit descendre lentement sur son sexe.

Ava avait les yeux clos et les joues empourprées. Un long soupir de béatitude lui échappa. Il commença à se mouvoir en elle, avec précaution d'abord, de crainte de lui faire mal. Mais elle rouvrit alors les yeux, et eut un sourire si radieux qu'il n'hésita plus à accélérer son mouvement.

Elle s'efforça de suivre son rythme, un peu maladroitement au début, puis avec une aisance grandissante. La bouche de Jared chercha la sienne tandis que ses mains s'égaraient sur ses seins, son dos, ses fesses. Mais, très vite, il éprouva le besoin de la sentir plus proche encore.

Il se redressa sans la lâcher, et l'étendit sur le tapis. Spontanément, elle enroula les jambes autour de sa taille et il entreprit de la pilonner, de plus en plus vite, de plus en plus fort, jusqu'à l'explosion finale d'une intensité inouïe.

Ava se cabra, enfonça les ongles dans la chair de ses épaules. Il retomba sur elle, sans force, et ils demeurèrent unis, leurs souffles haletants se répondant dans le silence revenu.

Jared fut le premier à reprendre ses esprits. Il se dégagea avec douceur et murmura :

— Ne bougez pas, je vais vous chercher un peignoir.

Ava répondit par un ronronnement de chatte repue. Elle s'étira langoureusement et il déposa un baiser sur ses lèvres avant de se relever.

Après avoir boutonné son pantalon, il se mit en quête d'un vêtement dans son dressing. À son retour dans la chambre, il trouva sa femme debout, vêtue de son déshabillé dont elle avait resserré les pans autour d'elle. Elle avait ramassé l'écharpe en soie rouge.

— Allez-vous danser de nouveau ? Parce que vous risquez de me tuer, cette fois, lui dit-il avec humour.

Elle lui adressa un sourire énigmatique, s'approcha de lui et se hissa sur la pointe des pieds pour lui déposer un baiser sur la joue.

— Bonne nuit, milord, fit-elle en se détournant.

— Eh, pas si vite ! protesta-t-il. Êtes-vous fatiguée ?

— Dormez bien, se borna-t-elle à répondre en gagnant la porte de sa démarche gracieuse.

— Attendez ! Où allez-vous ?

— Dans ma chambre, répondit-elle avant de disparaître dans le couloir.

Il demeura immobile, chaque fibre de son être vibrant encore du plaisir qu'il venait d'éprouver, et essaya, déconcerté, de comprendre ce qui venait de se passer.

Ava se glissa dans sa chambre et se dirigea vers la cheminée, les bras frileusement serrés autour d'elle.

Elle avait dû se faire violence pour quitter les appartements de son époux. Au fond, elle mourait d'envie de rester blottie dans ses bras le reste de la nuit. Et, en toute objectivité, il lui avait semblé que lui aussi aurait préféré qu'elle demeure auprès de lui.

Mais elle avait donné sa parole à Sally.

— Faites-moi confiance, m'dame ! Si vous vous donnez à lui et que vous en redemandez, il vous prendra bientôt en pensant à une autre. Tandis que si vous partagez son lit que quand ça vous dit, il songera qu'à vous et aura envie de vous tout le temps. Foi de Sally !

Ce plan avait l'air formidable quand elles en avaient discuté. Ava se demandait néanmoins comment Sally pouvait être aussi sûre d'elle.

Elle lui avait posé la question, et sa femme de chambre avait éclaté de rire en la traitant de naïve.

— Croyez-moi, milady, si vous suivez mes conseils, c'est vers *vous* qu'il ira, et non vers cette catin de Londres.

Ava espérait de tout son cœur que Sally avait raison, car après cette nuit, elle savait sans le moindre doute possible qu'il n'y avait nul lieu au monde qu'elle préférât aux bras de son mari.

22

Le lendemain matin, Jared se leva avec une faim de loup. Il prit son petit déjeuner seul, l'esprit occupé par les événements de la veille. Une fois rassasié, il demanda qu'on lui selle sa jument, puis il s'en alla galoper dans la campagne.

Comme d'habitude, il chevaucha au mépris de toute prudence, s'envola par-dessus les haies et les clôtures, franchit les ruisseaux et dévala les raidillons sans parvenir à se débarrasser de ce sentiment étrange, indéfinissable, qui grandissait en lui de jour en jour et menaçait de le submerger totalement.

Quand la jument fut épuisée, il rentra à l'abbaye sans chercher à la pousser davantage. Aux abords de l'ancienne forteresse en ruine, il aperçut Edmond, le fils du garde-chasse, perché sur un tas de gravats, son épée de bois lui battant la jambe.

Jared avait souvent croisé le garçon dans les environs, mais jamais il ne s'était arrêté pour lui parler. Cette fois, il fit tourner bride à sa monture pour grimper au sommet de la colline.

À son approche, le gamin sauta au bas du tas de pierres, l'air méfiant.

Jared mit pied à terre, attacha les guides de sa monture à un arbre et acheva le chemin à pied. Il atteignit bientôt ce qui avait été le rez-de-chaussée du château. Derrière l'unique mur resté debout, il découvrit un gobelet de métal, une autre épée de bois, une vieille couverture de selle soigneusement pliée pour servir de nappe et une serviette nouée aux quatre coins qui devait contenir quelques victuailles.

Jared éprouva un élan de nostalgie en retrouvant ce lieu qui n'avait pas changé depuis que lui-même venait y jouer. Comme tant d'autres enfants, il y avait passé des heures à se prendre pour le seigneur des lieux... avant même de savoir ce que cela signifiait.

— C'est toi le seigneur du château, hein ? lança-t-il au garçon en débouchant dans ce qui restait du grand hall.

Edmond avait l'air de quelqu'un qui vient de se faire prendre en flagrant délit d'intrusion.

— Papa m'a dit que j'avais la permission, milord.

— Bien sûr que tu l'as. J'étais juste curieux de voir ce que tu faisais. Moi aussi, je jouais ici quand j'avais ton âge, ajouta Jared en jetant un regard autour d'eux. Mais je finissais par m'ennuyer, tout seul. Un jour, j'ai demandé à un valet de m'accompagner. Je voulais un ennemi contre lequel me battre.

— J'ai pas de valet, milord, fit remarquer Edmond.

Le sourire de Jared s'évanouit.

— C'est vrai...

— Et ça me gêne pas d'être tout seul. Comme ça, c'est toujours moi le roi. Mais un jour, j'irai à Londres, et moi aussi j'aurai plein de valets.

Jared sourit et ébouriffa la tête du garçon.

— Je n'en doute pas, tu as l'air très sûr de toi.

Il aurait voulu lui poser d'autres questions, lui demander si vivre ici lui plaisait, s'il aidait parfois son père dans son travail. Mais Edmond avait reporté son attention sur quelque chose qui se trouvait par terre, et creusait le sol de la pointe de son épée.

Jared se rendit soudain compte qu'il ne savait pas du tout comment parler à un enfant de cet âge. Il se sentait gauche, à court de mots.

Il recula.

— Eh bien, à la prochaine, dit-il, avant de tourner les talons et de regagner l'endroit où il avait laissé sa jument.

Avant de s'éloigner sur sa monture, il jeta un dernier regard à Edmond, mais ce dernier avait déjà repris ses jeux.

De retour à l'abbaye, Jared se mit en quête d'Ava et la trouva dans le salon bleu. Assise devant le secrétaire, elle était en train de lire une lettre.

— Bonjour.

Elle tressaillit et replia vivement la missive qu'elle fourra dans sa poche.

Sans la quitter des yeux, il s'approcha et, distraitement, demanda :

— Que lisiez-vous ?

— Rien, milord. Quelques vieilles nouvelles.

Il vint l'embrasser sur la joue.

— Je ne vous ai pas vue au petit déjeuner.

— Oh, vous étiez donc ici ? J'ai pensé que, peut-être, vous étiez allé déjeuner chez lady Kettle.

Il comprit que Véronica avait rendu visite à Ava, comme il le lui avait suggéré.

— Non, pas aujourd'hui. J'ai mangé seul. *Une fois de plus.*

Ava tourna les yeux vers la fenêtre.

— La journée me paraît idéale pour une leçon d'équitation, qu'en pensez-vous ? reprit-il.

Elle eut un haussement d'épaules désinvolte.

— Je comptais rattraper mon retard dans ma correspondance, répondit-elle en lui glissant un regard de biais. Cela fait plusieurs jours que je n'ai pas écrit à Phoebe. Elle attend de mes nouvelles avec impatience, j'imagine, et j'ai tellement à lui raconter.

Sapristi, mais qu'avait-elle donc encore ?

— Cela ne peut pas attendre ? risqua-t-il.

— Oh, et puis, pourquoi pas ? fit-elle en se levant. Je peux bien vous accorder une heure ou deux.

Il ne put s'empêcher de tiquer. Lui *accorder* ? La veille, elle l'avait laissé dormir seul, et voilà que maintenant, elle préférait rédiger d'ennuyeuses lettres à sa sœur plutôt que de passer du temps avec lui.

Il n'avait certes pas l'habitude que les dames le traitent de cette façon ! D'ordinaire, elles mendiaient les précieuses minutes de son temps.

— C'est très aimable à vous, grinça-t-il, sarcastique. Merci *beaucoup*.

— Alors à tout à l'heure. Dans le grand hall, n'est-ce pas ?

Sans attendre sa réponse, elle le contourna et sortit.

Resté seul, Jared se frotta la nuque. Les femmes étaient décidément des créatures imprévisibles. En particulier la sienne.

Par chance, Sally était en train de faire le ménage quand Ava fit irruption dans sa chambre, le cœur battant la chamade.

La femme de chambre ne parut pas remarquer son agitation et grommela :

— Votre Mlle Hillier commence à me courir ! Elle m'a réveillée ce matin à 7 heures pour m'ordonner de nettoyer votre dressing !

— Sally, il insiste pour que j'aille prendre une leçon d'équitation !

Sally lâcha l'oreiller qu'elle tapotait pour lui rendre son gonflant, et croisa les bras.

— Et vous lui avez répondu quoi ?

— Que j'avais du courrier en retard, mais que, s'il insistait, je pouvais bien lui accorder une heure ou deux.

— Parfait ! Maintenant, allez-y et soyez aussi charmeuse que possible. Souriez, frôlez-le, et embobinez-le.

— Que je l'embobine ? Que veux-tu dire par là ?

— Oh, bonté divine ! Vous allez *flirter* avec lui, voilà ce que je veux dire. Taquinez-le, flattez-le. Une femme doit faire en sorte qu'un homme se sente le maître du monde en sa compagnie. Les hommes sont égoïstes, c'est leur point faible, croyez-moi.

— Leur point faible, répéta Ava avant de se précipiter dans son dressing pour se changer.

Elle choisit une tenue d'équitation vert jade ornée de soutaches noires. Sally l'aida à l'enfiler, puis reprit :

— N'oubliez pas que vous pêchez du très gros poisson. Le marquis est bien plus fort que vous, alors il faut le ferrer doucement, sans éveiller sa méfiance. Si votre ligne se tend d'un coup, vous le perdrez à coup sûr.

— Décidément, tu aimes bien t'exprimer par métaphores.

— Méta *quoi* ?

Ava sourit et lui pressa la main.

— Peu importe. Je dois me dépêcher, il m'attend.

— Miséricorde ! Vous avez donc rien retenu de mes conseils ? Vous hâtez surtout pas. Faites-le poireauter au contraire.

Ava s'éloigna d'un pas tranquille, puis, dès qu'elle fut hors de vue de Sally, elle s'élança dans le couloir, dévala le grand escalier et ne consentit à ralentir l'allure qu'une fois parvenue sur le palier à mi-étage.

Ensuite, le dos bien droit, elle descendit la dernière volée de marches et déboucha dans le hall dans une attitude pleine de dignité.

Middleton sortit aussitôt du corridor situé sur sa droite. Dans son habit de cavalier, il était particulièrement impressionnant, et son regard avait un éclat si intense qu'Ava sentit son pouls s'emballer.

— Vous voici, dit-il calmement.

— Oui, me voici !

— Si vous êtes prête, fit-il en lui tendant la main.

Elle s'en empara, et maudit le petit frisson de ravissement qui la parcourut.

— Il me faut vous remercier, milord, de prendre le temps de me donner une leçon. Vous êtes un cavalier si émérite que cela va vous paraître bien fastidieux.

— Pas du tout, assura-t-il avec un sourire charmant en l'entraînant à sa suite.

Dehors, le soleil brillait. L'enthousiasme d'Ava retomba à la vue de leurs montures. À côté de la jument nerveuse que le marquis avait l'habitude de monter se trouvait une vieille haridelle que l'on avait bien évidemment sellée à son intention. L'animal semblait pourtant sur le point de s'effondrer.

— Qu'est-ce que c'est que *ça* ? s'alarma-t-elle.

— Bilbo.

— Il n'a pas l'air en très bonne santé…

— Il est en pleine forme. Et il sera très doux, je vous le promets.

Ava lui jeta un coup d'œil sceptique, puis :

— Et où allons-nous ?

— Dans la prairie, à l'ouest. Le terrain y est plus plat.

— Faut-il que je m'y rende… sur le dos de cette bête ?

— Eh bien… oui, naturellement.

Ava se serra peureusement contre son époux.

— Je vous en prie, laissez-moi y aller avec vous. Il est si grand… et si vieux !

Lui entourant la taille du bras, Middleton répondit :

— Vous n'avez aucune raison d'avoir peur, je vous assure.

Mais comme elle ne semblait pas convaincue, il finit par céder et demanda au garçon d'écurie d'emmener Bilbo jusque dans la prairie. Puis il entraîna Ava vers sa propre jument.

— Flattez-lui l'encolure et parlez-lui, mais ne faites pas de gestes brusques. C'est une jeune pouliche, elle n'est pas encore bien dressée.

— Ne vous inquiétez pas, je serai *très* prudente, dit-elle d'un ton suave.

Il lui lança un regard étrange, puis la souleva pour la déposer en selle. Il grimpa ensuite derrière elle et enroula le bras autour de sa taille.

— Tout va bien ? s'enquit-il.

— Oui, répondit-elle en s'appuyant contre lui.

Elle adorait la sensation de son corps ferme et de ses muscles saillants dans son dos. Quand elle était ainsi nichée contre lui, elle avait l'impression que rien ne pouvait lui arriver.

Ils se mirent en route et, chemin faisant, le marquis lui indiqua les cottages de ses métayers éparpillés un peu partout dans la campagne. Il voulut savoir ensuite si elle se plaisait à Broderick Abbey.

En vérité, Ava trouvait que la maison manquait de chaleur et qu'il y régnait une atmosphère compassée. Néanmoins, elle répondit :

— Bien sûr que je m'y plais, milord. C'est très… grand.

— Grand ? C'est l'unique commentaire que l'endroit vous inspire ?

— Oh non ! Je peux ajouter qu'il y fait très froid la nuit venue. Et qu'il y a beaucoup de courants d'air.

— Des courants d'air ? répéta-t-il, feignant l'indignation. Dans ce cas, nous allons démonter entièrement l'aile droite et la rebâtir pierre après pierre.

— Ce ne sera pas nécessaire ! assura Ava en riant. Il suffira, je pense, de boucher quelques fissures, et le tour sera joué.

— Très bien, j'en parlerai au maçon et j'insisterai pour qu'aucune fissure n'échappe à sa vigilance.

Ava rit encore, d'un rire frais et juvénile, et rejeta ses boucles en arrière, comme le lui avait suggéré Sally.

— Y a-t-il autre chose qui vous ferait plaisir et qui rendrait votre séjour à Broderick Abbey plus agréable ? s'enquit-il d'un ton badin.

Elle secoua la tête et se coula davantage contre lui. Il se pencha alors et lui chuchota à l'oreille :

— J'ai le sentiment que quelque chose vous préoccupe, lady Middleton. Auriez-vous des soucis ces derniers temps ? Si vous vouliez bien m'en parler, je serais sans doute en mesure de les atténuer.

— Je ne vois pas à quoi vous faites allusion.

— Peut-être s'agit-il de notre mariage. Si vous vous montriez plus diserte, je pourrais peut-être arranger les choses.

Elle se redressa abruptement, et se tourna à demi pour le regarder.

— Arranger les choses ? fit-elle, incrédule.

Il croyait donc que les problèmes au sein d'un mariage – des problèmes d'adultère en particulier – se traitaient de la même façon qu'une fissure dans un mur !

— Je vois bien que quelque chose vous chiffonne, répondit-il avec un sourire condescendant. Hier soir, vous avez refusé de dîner avec moi. Plus tard, vous n'avez pas voulu rester dans ma chambre. Et tout à l'heure, vous ne sembliez guère désireuse de passer la matinée en ma compagnie. Y a-t-il quelque chose dans notre mariage qui ne vous convienne plus ? Vous n'êtes pas heureuse ?

C'était lui qui avait fixé les règles du jeu et, à présent, il s'en plaignait et exigeait des éclaircissements sur son comportement ?

Le sang d'Ava ne fit qu'un tour. Mais alors qu'elle allait laisser éclater sa colère, les recommandations de Sally lui revinrent en mémoire. Elle devait flirter, le laisser sur sa faim en permanence. Pour la première fois, elle comprit le bien-fondé d'une telle attitude. Jared Broderick, marquis de Middleton, tenait tout pour acquis. Il péchait par arrogance. Il *méritait* d'être jeté à bas de son trône.

Tête inclinée de côté, elle lui adressa un sourire mutin.

— Bien sûr que je suis heureuse, milord ! Comment pourrais-je ne pas l'être ? Le mariage est souvent source de malheur pour les conjoints, mais le nôtre étant fondé sur des considérations pratiques dans lesquelles les sentiments n'ont aucune part, il n'y a aucune raison pour que nous ne soyons pas heureux. J'irais même jusqu'à dire que notre union a d'autant plus de chances de réussir que nous n'éprouvons aucun attachement particulier l'un envers l'autre… n'est-ce pas ?

— C'est vrai, opina-t-il un peu trop vivement.

La colère d'Ava décupla et son sourire s'élargit.

— Nous devrions être reconnaissants d'être à ce point d'accord sur la question. La plupart des mariages sont tellement plus compliqués que le nôtre. Nous ne risquons pas de souffrir quand nous sommes séparés ; ni de rêver de l'autre ou de soupirer après lui. Non, nous pouvons dormir sur nos deux oreilles.

Il était beaucoup trop beau, songea-t-elle. Ô Seigneur, pourquoi l'avait-elle épousé ?

Elle se remit face à la route, le dos bien droit cette fois, afin de le toucher le moins possible.

— Quelle belle journée, vraiment ! L'air est très pur, vous ne trouvez pas ?

— En effet, répondit-il distraitement.

Ava était si furieuse qu'elle avait envie de hurler. C'était insensé de supposer que deux personnes puissent faire l'amour, partager une intimité unique, sans éprouver le moindre sentiment l'une envers l'autre.

Et lui qui avait juste remarqué qu'elle faisait grise mine et qui se proposait « d'arranger les choses », comme si leur mariage était un vulgaire objet susceptible d'être rafistolé avec deux clous et un bout de ficelle !

Ils avaient atteint la prairie. Ava sauta à terre avant que son mari ait pu l'aider. Mais lorsqu'il mit pied à terre et se tint près de son cheval, elle lui trouva tant de prestance qu'elle sentit son animosité fondre comme neige au soleil. Elle avait de plus en plus de difficulté à résister à l'émotion qui, jour après jour, grandissait en elle. Elle ne pouvait plus le regarder sans le désirer. Elle ne pouvait plus voir son sourire sans souhaiter régner sur son cœur.

Aussi s'exécuta-t-elle quand il lui demanda de monter Bilbo.

Une fois en selle, elle se plaignit de son équilibre précaire. Il ne fit qu'en sourire et elle se sentit incapable de continuer à bouder.

La bride en main, il lui fit faire un grand tour, comme s'il promenait un enfant sur son poney. Il semblait si content qu'Ava aurait pu chevaucher ainsi toute la journée pour le simple plaisir de le voir sourire…

… si seulement lady Kettle n'était arrivée au grand galop, de l'autre bout de la prairie, avant d'immobiliser sa monture dans un mouvement plein de panache.

— Vous vous êtes décidée à monter ? Bravo ! lança-t-elle avec sa gaieté coutumière.

Lord Middleton s'approcha pour l'aider à mettre pied à terre. Il lui encercla la taille des mains et, riant, lady Kettle prit appui sur ses robustes épaules. Le marquis lui dit alors quelque chose qu'Ava ne put entendre, puis il l'embrassa sur la joue.

Le sourire dont lady Kettle le gratifia était si éblouissant qu'Ava sentit son cœur se comprimer atrocement dans sa poitrine. Cette femme était amoureuse de son mari, cela sautait aux yeux.

Lorsqu'elle eut fini de baver sur Jared, elle daigna se tourner vers Ava.

— Vous vous débrouillez très bien, lady Middleton ! Je vous avais dit que Middleton était un excellent professeur.

— Vous aviez raison, répondit Ava en s'efforçant d'adopter un ton détaché.

— Savez-vous qu'il a appris tout seul à monter ?

— Ce n'est pas tout à fait vrai, objecta le marquis. J'ai eu de nombreux instructeurs quand j'étais enfant.

— Si, ça l'est ! insista lady Kettle en lui prenant le bras avec familiarité. Voyons, rappelez-vous quand nous sommes venus ici avec ce vieux cheval gris et que vous vous êtes entraîné, entraîné… Vous tombiez presque chaque fois qu'il bougeait la queue, mais à la fin, vous étiez capable de le monter les yeux fermés.

Middleton s'esclaffa.

— Oui, je m'en souviens, convint-il. Mais je m'étonne que vous n'ayez pas oublié cet épisode, Véronica.

Il l'appelait par son prénom !

Ce fut peut-être ce détail, ou bien le fait que lady Kettle et son mari évoquaient leurs souvenirs communs tels deux amants évoquant le bon vieux temps… Quoi qu'il en soit, elle choisit cet instant pour planter les talons dans les côtes saillantes de sa piètre monture, laquelle se cabra avec un hennissement de protestation, avant de détaler au triple galop.

Ava entendit des cris dans son dos et, tandis que Bilbo galopait – assez vite somme toute vu son âge et son état physique –, elle éclata d'un rire rageur.

Tirant sur les rênes, elle guida sa monture vers la forêt et s'aplatit sur l'encolure. Dès qu'ils eurent disparu dans les fourrés, elle arrêta l'animal d'un geste énergique, sauta à terre et, d'une claque sur la croupe, l'envoya galoper à travers bois.

Puis elle se laissa tomber sur le sol moussu et s'y roula vivement avant de se redresser. Pour faire bonne mesure, elle ramassa une poignée de terre et, surmontant son dégoût, en macula sa robe. Enfin elle sema quelques brindilles dans ses cheveux ébouriffés.

Quand lord Middleton arriva, peu après, Ava était en piteux état.

Il sauta à bas de sa jument avant même qu'elle soit complètement immobilisée et se rua vers la jeune femme, l'air si sombre qu'elle eut un mouvement de recul. Mais il la prit dans ses bras et la serra contre lui.

— Vous n'avez rien ? Vous n'êtes pas blessée ?

— Non… je ne crois pas. Je me sens un peu meurtrie, mais… c'est tout.

Il relâcha son étreinte, la saisit aux épaules et l'étudia d'un œil anxieux.

— Êtes-vous certaine que tout va bien ?

— Mais oui.

Il lui saisit le menton et, lentement, fit bouger sa tête de gauche à droite. Ensuite, il passa les mains le long de sa cage thoracique, exerçant de douces pressions sur ses côtes. Ses mains s'attardèrent au passage sur ses seins, et Ava retint son souffle.

— Il semble que vous vous en sortiez indemne, déclara-t-il enfin.

— Je vous répète que je me sens bien.

— Et Bilbo ? J'espère qu'il n'est pas blessé.

— *Bilbo ?* Euh... non... il va bien, je pense.

Lord Middleton eut un sourire.

— Allons-y, lady Middleton. C'est assez d'équitation pour aujourd'hui.

Lorsqu'ils sortirent des bois, Ava juchée devant le marquis, Lady Kettle vint au-devant d'eux, la mine inquiète.

— Ma chère, vous nous avez fait une belle peur.

— Je sais. J'en suis navrée. Je suis encore un peu étourdie par ma chute, avoua Ava en pressant la joue contre l'épaule de son mari.

— Après une telle frayeur, vous devez vous reposer.

Ava acquiesça et eut un doux sourire quand le marquis souhaita une bonne journée à lady Kettle avant qu'elle tourne bride et s'éloigne.

Comme il reprenait la direction de Broderick Abbey, Ava eut l'impression d'entendre son mari étouffer un petit rire. Elle leva les yeux sur lui, mais il affichait une expression soucieuse. À deux reprises, il lui caressa la joue et lui embrassa la tempe.

Arrivés au château, il l'aida à descendre, ôta une brindille de ses cheveux, et déclara :

— Ne vous inquiétez pas, lady Middleton. Malgré ce triste épisode, je crois que vous avez les qualités requises pour devenir une excellente cavalière.

— Vraiment ? fit-elle d'un ton plein d'espoir.

Riant, il se pencha pour déposer un baiser sur ses lèvres.

— J'en suis sûr !

Le bras passé autour de ses épaules, il l'entraîna vers le perron.

Ava flottait sur un nuage. Mais, alors qu'ils pénétraient dans le hall, Dawson se porta à leur rencontre, un plateau d'argent à la main.

— Le courrier du jour, milord.

Ava repéra tout de suite la lettre de lady Waterstone sur le dessus de la pile. Elle aurait reconnu son élégante écriture entre mille. Elle jeta un coup d'œil à son mari, et constata que lui aussi avait identifié l'auteur de la missive.

— Allez poser ces lettres dans mon bureau, dit-il au majordome, avant de demander à Ava : Me ferez-vous le plaisir de dîner avec moi ce soir, milady ?

— Naturellement, répondit-elle d'un ton plus froid qu'elle ne l'aurait voulu.

Elle réussit à sourire, mais le doux sentiment de victoire qui lui réchauffait le cœur l'instant d'avant avait disparu, remplacé par un grand froid intérieur.

23

Ava rejoignit directement sa suite, ferma la porte de sa chambre et tira sur le cordon de la sonnette aussi fort qu'elle le put.

Quelques minutes plus tard, Mlle Hillier fit son apparition, l'air plutôt surpris.

— Tout va bien, milady ?

— Où est Sally ?

Mlle Hillier pinça les lèvres.

— Je vous demande pardon, milady, mais nous avons eu un épisode fâcheux dont il me faut discuter avec Sa Seigneurie.

— Quel épisode ?

— Je préfère ne pas l'évoquer devant vous… C'est assez vulgaire. Mais cela concerne votre femme de chambre.

— Mademoiselle Hillier, je vous somme de me répondre !

— Eh bien… elle a été vue… en train de folâtrer avec l'un des valets.

— De folâtrer ? répéta Ava.

Un instant, elle se représenta Sally gambadant dans la campagne en compagnie d'un valet. Puis elle comprit. Et gémit intérieurement : « Seigneur, Sally, non ! Pas ici ! »

Réfléchissant à toute allure, elle secoua la tête.

— Il ne faut pas faire attention, mademoiselle Hillier. Il est vrai que Sally a tendance à se montrer aguicheuse, mais c'est seulement un genre qu'elle se donne. Je vous assure que cela ne va pas très loin.

— Ce sera toujours trop loin en ce qui vous concerne, milady, répliqua Mlle Hillier, le visage écarlate. Vous ne devez pas perdre de vue que vous êtes désormais la femme d'un marquis, et que vos actions, ainsi que vos fréquentations et les personnes attachées à votre service ont une incidence directe sur la réputation de lord Middleton.

Ses actions ? Et les siennes à *lui* ?

Ava répliqua froidement :

— J'en suis bien consciente, mais *vous* ne devez pas perdre de vue que Sally vient de Londres. Tout est différent là-bas. Ce qui paraît inconvenant ici est la plupart du temps toléré dans la capitale.

— Il est certain que nous ne vivons pas ici comme à Londres.

Son cœur battait, mais Ava s'efforça de garder son calme.

— Avant de sévir, laissez au moins à Sally un jour ou deux, le temps de s'adapter aux habitudes de la campagne.

Mlle Hillier parut réfléchir, puis :

— Je suis désolée, milady, mais je ne puis permettre de tels agissements. J'ai le devoir d'en informer Sa Seigneurie. Je connais le marquis depuis qu'il est enfant, il a beaucoup souffert, en particulier à cause de domestiques peu scrupuleux, et je me suis donné pour mission de veiller à ce que personne ne salisse son honneur.

Lord Middleton aurait souffert ? Il ignorait certainement jusqu'au sens de ce mot ! En outre, Ava voyait mal comment les frasques de Sally pouvaient rejaillir sur son époux. Mais il était évident qu'elle n'arriverait pas à faire entendre raison à cette mère poule bornée.

— Très bien, dit-elle avec raideur. Dans ce cas, j'en parlerai personnellement à Sa Seigneurie. Maintenant, si vous voulez bien m'envoyer Sally.

— Je crains que ce ne soit impossible, milady. Elle est au village.

— Au village ? Mais pourquoi donc ?

— Je ne l'ai pas congédiée, je l'ai juste envoyée dormir chez la fille du cuisinier. Elle aura au moins un toit le temps que Sa Seigneurie prenne une décision à son sujet.

Ava ne put réprimer sa colère plus longtemps.

— Je vous demande pardon, mais Sally est *ma* femme de chambre, et ce n'est pas au marquis de prendre les décisions la concernant !

La gouvernante lui retourna un regard abasourdi.

— Bien sûr que si, voyons ! Malgré tout le respect que je vous dois, milady, c'est lui le maître de cette demeure. N'est-il pas notre bienfaiteur à tous ?

— C'est mon mari, pas le roi d'Angleterre, bon sang ! cria Ava, hors d'elle.

Son cœur cognait si fort qu'elle avait du mal à respirer. Mlle Hillier poussa un petit cri offusqué en l'entendant jurer.

La main sur la poitrine, Ava s'assit pesamment au bord du lit.

— Désirez-vous que je vous aide à vous habiller ? lui demanda Mlle Hillier avec raideur.

— Non, merci.

La gouvernante ne s'attarda pas, au grand soulagement d'Ava.

Comment les choses avaient-elles pu basculer si vite ? Elle était passée du conte de fées au cauchemar en moins de temps qu'il n'en faut pour le dire. En attendant, il fallait qu'elle trouve une issue à cette situation.

Mon chéri,

Je me réveille chaque matin en pensant à vous. Je passe mes journées à déambuler comme une âme en peine, étourdie par les souvenirs de nous. Mon âme souffre de ne pas être auprès de vous, et mon cœur déborde d'un tel amour que mon sang bouillonne dans mes veines...

Un coup frappé à la porte du bureau empêcha Jared de poursuivre sa lecture. Il jeta promptement la lettre de Miranda dans les flammes avant de relever la tête. C'était Dawson, qui s'inclina profondément.

— Je vous demande pardon, milord, mais Mlle Hillier sollicite un entretien. Il semblerait qu'il y ait quelques problèmes avec la femme de chambre de Madame la marquise.

— Faites-la entrer.

À en juger par sa mine, Mlle Hillier était très contrariée. Jared n'en fut pas surpris outre mesure, car elle l'était souvent. Il l'invita à prendre un siège et à s'expliquer. Comme prévu, son récit fut plutôt longuet et très détaillé.

Bien plus tard, alors que Mlle Hillier avait quitté le bureau depuis longtemps, Jared songea que si les soupçons de cette dernière sur Sally Pierce étaient avérés – et il était enclin à le penser étant donné le comportement de la femme de chambre –, il y avait de quoi s'interroger sur la façon dont elle était entrée au service d'Ava.

Comment une débutante naïve en était-elle venue à engager une femme de petite vertu ?

Il se remémora alors le majordome qui officiait à Downey House. Un homme aux manières plutôt discutables. Et ce jeune homme au visage familier qui s'était occupé de son cheval le jour où il était venu rendre visite à Ava… Ne l'avait-il pas déjà croisé aux écuries publiques ?

Quoi qu'il en soit, il avait hâte de retrouver sa femme à la table du dîner. Les réponses qu'elle lui fournirait risquaient d'être fort divertissantes. Ce qu'il appréciait le plus chez elle, c'était sans doute sa joie de vivre, ses idées peu conventionnelles et sa façon de les mettre en œuvre. Il commençait à se rendre compte à quel point elle était unique. C'était une originale et, avec elle, il était impossible de s'ennuyer. Les journées ne lui paraissaient jamais trop longues, contrairement à ce qu'il aurait sans doute éprouvé s'il avait eu le malheur d'épouser lady Elizabeth.

— Le dîner est servi, milord, annonça Dawson du seuil du bureau.

Il était donc si tard que cela ? Surpris, Jared jeta un coup d'œil à l'horloge. Cela faisait plus d'une heure qu'il était assis dans la pénombre, à réfléchir et à se poser des questions sur les femmes en général et sur Ava en particulier.

Son épouse l'attendait dans le salon vert. Elle sirotait un verre de vin et se leva à son entrée, mais sans cette hâte qui traduisait son impatience, comme lors de son arrivée à Broderick Abbey.

— Bonsoir, lady Middleton.

— Milord.

Il saisit le verre de vin que lui proposait un valet et le leva.

— Je bois à cette soirée qui s'annonce très agréable.

Elle arqua les sourcils, ouvertement dubitative, mais leva néanmoins son verre et répéta :

— À une agréable soirée.

Elle avala une gorgée de vin, posa son verre et croisa les mains dans son dos avant de déclarer d'une voix ferme :

— J'aimerais m'entretenir avec vous d'un sujet de la plus haute importance, milord.

— S'agirait-il par hasard de votre femme de chambre ? demanda-t-il tranquillement après s'être assis dans un fauteuil.

— En effet. J'aimerais qu'elle revienne ici le plus vite possible.

Pour être franc, Jared se moquait comme d'une guigne que la femme de chambre de son épouse soit ici, à Londres ou sur la lune. Contrairement à Mlle Hillier, il ne pensait pas qu'une aventure avec un valet méritait un renvoi immédiat. Bien sûr, il n'encourageait pas une telle conduite, du moins pas en public, mais il n'était pas du genre à lapider une jeune femme au premier écart.

Néanmoins cette histoire lui fournissait un excellent moyen de pression pour obliger Ava à satisfaire sa curiosité.

D'un geste, il congédia le valet. Puis il demanda simplement :

— Condamnez-vous l'attitude de Sally ?

— Bien entendu. Et je lui ferai la leçon, cela va de soi.

— Vous pensez donc qu'elle vous écoutera ?

— Bien sûr ! Et je n'ai nul besoin de Mlle Hillier comme intermédiaire pour parler avec ma femme de chambre.

Jared faillit rire. Mlle Hillier avait un tel sens des convenances ! La mine pensive, il fit tourner son vin au fond de son verre.

— Vous êtes consciente, n'est-ce pas, que de tels agissements sont intolérables dans une maison comme celle-ci ?

— Oui… je suis entièrement d'accord avec vous. Il n'en reste pas moins que c'est *ma* femme de chambre et que c'est à moi de lui parler.

— Mmm… je ne sais pas, fit-il, jouant avec elle.

Elle ferma brièvement les yeux, il s'amusa de l'exaspération qu'elle avait visiblement du mal à contenir.

— Il s'agit de mon employée, milord. Elle est exclusivement attachée à ma personne. Je ne peux m'en passer.

— Si je décidais de la renvoyer à Londres, Mlle Hillier s'occuperait de vous assister.

Ava demeura bouche bée un instant avant de se récrier :

— *Quoi ?* Renvoyer Sally à Londres ? Non ! Comment osez-vous ?

— Rien de plus facile.

Il s'amusait décidément beaucoup. Ava poussa un cri qui exprimait autant de fureur que de désarroi. Elle se mit à arpenter le salon.

— Toute cette histoire me bouleverse, milord. Il est exclu que je me passe de Sally !

— Où l'avez-vous trouvée ?

Elle s'arrêta net.

— Je… je vous demande pardon ?

— Je voudrais savoir où vous l'avez rencontrée, articula-t-il très distinctement.

Ava pâlit, pivota sur la droite, puis sur la gauche. Enfin, mains sur les hanches, elle le fusilla du regard.

— Mais où trouve-t-on une femme de chambre, à votre avis ? Je l'ai trouvée… quelque part !

— Ah, quelque part.

Elle croisa les bras, farouche. Il se leva et posa son verre de vin.

— J'imagine qu'avant d'être à votre service, elle a travaillé chez d'autres dames de qualité à Londres ? supposa-t-il.

— Sans doute.

— Chez qui ?

— Personne de votre connaissance, je vous l'assure.

— Vous seriez surprise, madame. Je connais vraiment beaucoup de monde à Londres.

Elle fronça les sourcils.

— Bon. Puisque cela semble primordial, elle était auparavant au service de lady Hartsford.

— Lady Hartsford ? répéta-t-il dans un rire.

— Oui !

— Elle est morte.

— C'est précisément pourquoi Sally a dû chercher un emploi ailleurs.

— La mort de lady Hartsford remonte à quatre ans.

— Mais il a fallu beaucoup de temps pour régler ses affaires, riposta Ava sans ciller. Mais pourquoi diable vous vous intéressez tant aux références de Sally. Vous cherchez une femme de chambre ?

Il rit doucement.

— Où avez-vous trouvé cette Sally ? insista-t-il. Et votre majordome ? Et vos valets ?

— Mais... mais... quelle importance cela peut-il avoir ? bredouilla-t-elle, en rougissant.

— Vous voulez la récupérer ?

— Évidemment ! Que voulez-vous me faire dire à la fin ? Que je l'ai tirée d'un bordel ? s'écria-t-elle.

— Lady Middleton, vraiment, un tel langage dans la bouche d'une dame... tss-tss ! Serait-ce Sally qui vous a appris de tels mots ? Et que vous a-t-elle appris d'autre ? À danser, peut-être ?

Ava détourna la tête.

— Rendez-la-moi, c'est tout ce que je vous demande. Je vous en prie.

— Je le ferai peut-être, rétorqua-t-il tranquillement, si vous me dites où vous l'avez trouvée.

Ava soupira et ferma les yeux un instant. Quand elle les rouvrit, son regard vert transperça Jared.

— À l'hospice, si vous tenez à le savoir. C'est une prostituée repentie dont le Comité des Dames Bienfaitrices s'occupait. M. Morris était quant à lui employé chez un joaillier, mais sa vue baissant, il a été mis à la porte et s'est retrouvé démuni. Nos valets ? Deux allumeurs de réverbères, le père et son fils, devenus infirmes suite à un accident de voiture. Le garçon qui effectuait les menus travaux dans la maison venait des écuries publiques. Il rêvait de travailler chez des gens de qualité et nous avons eu beaucoup de chance qu'il accepte de nous aider sans recevoir de gages en contrepartie.

Le sourire de Jared s'était évanoui.

— Sans gages, dites-vous ? Je ne comprends pas.

— C'est très simple. Nous n'avions pas d'argent. Ma mère a légué sa fortune à mon beau-père, lequel n'a pas jugé bon de partager. De France, il nous envoyait une pension misérable. Nous nous sommes donc débrouillées comme nous avons pu. Nous avons trouvé des domestiques qui cherchaient un logis et qui ont accepté de travailler jusqu'à ce que nous soyons en mesure de les payer.

— C'est-à-dire ? bégaya-t-il, horrifié à l'idée que lord Downey ait pu faillir à ce point à ses belles-filles.

Les joues d'Ava s'empourprèrent davantage encore.

— Eh bien… maintenant. Grâce à vous, ces gens perçoivent le fruit de leur labeur, avoua-t-elle. Parce que je vous ai épousé et que vous m'offrez une pension très généreuse.

Il cilla, laissa passer quelques secondes d'un silence interloqué… puis éclata de rire.

— Bien joué ! s'exclama-t-il.

— Alors, vous allez me rendre Sally ? s'enquit-elle, une lueur d'espoir dans le regard.

— Pas si vite. Vous me demandez quand même de faire entrer une catin dans ma maison, lady Middleton. Je dois y réfléchir.

— Oh, non !

Il se leva pour lui prendre le coude.

— Je vous ai dit que j'y réfléchirai, fit-il en l'entraînant vers la porte.

— Où allons-nous ?

— Dans la salle à manger. Pour dîner.

Elle marmonna quelques paroles inintelligibles, mais ne résista pas.

Une fois installés à table, leurs verres et leurs assiettes remplis, Jared saisit sa cuillère et leva les yeux sur Ava. Bras croisés, elle fixait son assiette.

— Vous comptez bouder toute la soirée ?

Contre toute attente, son joli visage s'illumina d'un sourire.

— Je ne boude pas. Simplement, cette soupe ne m'inspire pas. Je préfère la soupe à l'oignon. À Londres, notre cuisinière en faisait de délicieuses.

Elle se mit à discourir sur les mérites de la soupe à l'oignon, et Jared l'écouta, souriant, hochant la tête de temps à autre, bien que le sujet l'indifférât au plus haut point.

Jusqu'au moment où il sentit son pied nu sur sa cheville…

Il lui lança un coup d'œil. Ava arborait un sourire coquin.

— Je l'aime bien chaude… aussi chaude que l'eau de mon bain, ajouta-t-elle doucement.

— Vraiment ?

— Oui. J'adore les bains chauds qui durent très longtemps.

— Dans ce cas, vous devez aimer prendre les eaux à Bath.

— Je n'y suis jamais allé, mais j'imagine que cela me plairait.

— Nous devons remédier à cela, milady. Je vous y emmènerai et vous aurez alors tout loisir de vous… baigner, acheva-t-il, les yeux fixés sur son décolleté.

La main d'Ava venait de s'y poser, et son doigt se mit à courir négligemment de haut en bas.

— Voulez-vous savoir ce que j'aime par-dessus tout ? demanda-t-elle, tandis que son pied lui caressait le mollet.

— Je suis tout ouï.

— Les lits bien moelleux.

— Ah…

Il se rendait bien compte que ce badinage n'avait qu'un but : l'empêcher de penser à sa femme de chambre.

— Le vôtre est-il à votre convenance ?

— Oh oui ! Désirez-vous l'essayer ?

Le pied remontait le long de sa cuisse. Il haussa un sourcil :

— Est-ce une invitation ?

Elle eut un petit haussement d'épaules. Ses doigts frôlaient la chair dénudée de ses seins, au bord du corsage. Jared adorait le petit jeu qu'ils étaient en train de jouer.

Il fit signe aux valets de desservir. Ce soir, il n'avait pas l'intention de s'éterniser à table.

Ils discutèrent de choses et d'autres jusqu'à la fin du repas. Parfois, Ava riait à une plaisanterie qu'il faisait, et son pied continuait de danser sur sa jambe. Il feignait de ne rien remarquer, se contentait de sourire, prenant plaisir aux efforts qu'elle déployait pour le séduire.

Le dessert terminé, Dawson apporta un cigare et un verre de porto à son maître.

— Merci, Dawson, mais je m'en passerai aujourd'hui.

— Je vous en prie, milord, prenez le temps de savourer votre porto, objecta Ava.

Elle se leva et un valet se précipita pour reculer sa chaise. Puis elle passa derrière Jared qui était assis en bout de table. Elle laissa glisser le bout de ses doigts sur son épaule, avant de se pencher pour lui chuchoter à l'oreille :

— Vous devez me laisser le temps de préparer mon lit moelleux pour vous.

Voilà qui valait bien d'accepter qu'une ribaude fasse son entrée parmi sa domesticité, raisonna-t-il. Le marché était honnête.

Il prit la main d'Ava, déposa un baiser sur ses phalanges.

— Je vous rejoins bientôt.

Il la suivit du regard tandis qu'elle quittait la salle à manger d'une démarche ondulante.

Il se souvint tout à coup que, quelques jours plus tôt, il avait cherché à la fuir. Quelle drôle d'idée !

Il termina son porto et décida de réserver le cigare pour plus tard afin de rejoindre son épouse plus rapidement. Les valets s'étaient retirés, seul le majordome était resté pour veiller aux désirs de son maître.

— Ce sera tout Dawson, merci.

— Bonne nuit, milord, dit le domestique comme Jared quittait la pièce.

Certes, la nuit promettait d'être bonne, se réjouit ce dernier.

Comme Ava l'avait prévu, le marquis vint frapper à la porte de sa chambre une demi-heure plus tard. Elle ne répondit pas et se tapit davantage derrière les épaisses tentures de velours qui la dissimulaient.

Par l'interstice entre les rideaux, elle vit la porte qui s'entrouvrait et la tête brune du marquis s'avancer.

— Lady Middleton ?

— Entrez !

Il pénétra dans la chambre, vêtu de sa robe de chambre en velours et pieds nus, et referma le battant. Ne la voyant pas, il sourit et, les poings sur les hanches, demanda :

— Très bien. Où êtes-vous ?

— Tout près, milord. Asseyez-vous, je vous prie.

— Que je m'assoie ?

— Oui, s'il vous plaît.

Elle patienta jusqu'à entendre le léger grincement des ressorts du fauteuil placé devant la cheminée, puis sortit de sa cachette.

— Ne regardez pas ! lui intima-t-elle comme il faisait mine de tourner la tête.

Il hésita, mais obtempéra.

— Je dois avouer, milady, que je vous trouve d'humeur fort versatile. Un instant vous êtes en colère, l'instant d'après vous riez, et maintenant, vous voilà bien mystérieuse.

— Cela vous ennuie-t-il ? demanda-t-elle tout en restant à bonne distance derrière lui.

— Pas du tout, mais je m'interroge sur ce que vous mijotez.

— Vous le saurez bientôt. Fermez les yeux.

Il soupira.

— D'accord. Voilà, c'est fait. Qu'attendez-vous ?

Après s'être approchée, elle contourna le fauteuil. Il ne mentait pas et avait bien les paupières closes. Un sourire léger flottait sur ses lèvres.

Lentement, elle leva l'épée qu'elle avait empruntée dans la salle d'armes et posa la lame sur l'épaule de son mari. Le contact du métal dur le fit tressaillir. Il ouvrit les yeux et voulut se redresser, mais Ava accentua la pression de la lame.

— Je ne ferais pas cela si j'étais vous, dit-elle d'un ton enjoué.

Le regard du marquis glissa sur le déshabillé arachnéen qui était son unique vêtement. Son sourire s'élargit. Il se carra contre le dossier du fauteuil.

Ava fit remonter la pointe de l'épée jusqu'à sa gorge. Il ne broncha pas.

— Il semble que vous tenez votre femme de chambre en très haute estime, milady.

— En effet.

— Vous avez décidément de nombreux secrets, ajouta-t-il, les yeux rivés sur ses jambes nues.

Elle fit descendre l'épée entre les pans de la robe de chambre.

— Pas du tout, milord. Je veux simplement qu'on me rende Sally.

— Ce n'est pas tout à fait vrai. Vous ne teniez pas du tout à ce que j'apprenne d'où elle venait. Et je vous soupçonne de me cacher encore bien des choses.

— Je vous assure que non.

— Je vous propose un marché, milady. Je vous rends votre Sally si vous me confessez tous vos petits secrets.

— Je ne pense pas que vous soyez en position de négocier, milord.

— Vraiment ? Moi, je crois que si.

Vif comme l'éclair, il écarta la lame du bras tout en se dressant d'un bond. Déséquilibrée, Ava serait tombée à la renverse s'il ne l'avait retenue par la taille. L'épée lui échappa et tomba au sol dans un cliquetis métallique. La seconde d'après, le marquis plaquait la jeune femme contre le mur.

— Vos petits jeux me plaisent bien, souffla-t-il en la fixant d'un regard intense. Je les trouve très stimulants.

Sa force et sa rapidité l'avaient prise au dépourvu. Il l'avait battue à son propre jeu. C'était un homme viril, d'une beauté saisissante et, en cet instant, alors qu'il paraissait sur le point de la dévorer tout entière, il la troublait infiniment.

Elle se trémoussa pour lui échapper, mais il la maintint contre le mur sans le moindre effort.

— Pourquoi vous débattre, lady Middleton ? Vous craignez que je ne vous arrache vos petits secrets ?

— Je n'ai *pas* de secrets !

— Bon, je vais être obligé de vous retenir captive jusqu'à ce que vous passiez aux aveux !

— Mais il n'y a rien à dire !

Les paumes à plat sur sa poitrine, elle s'efforça de le repousser. Sans succès. D'un geste vif, il tira sur la ceinture de son déshabillé qui s'ouvrit. Son regard brûlant s'attarda sur son corps nu.

— Si vous vous obstinez à vous taire, je vous punirai en vous léchant… ici… et là…

Ava était déjà en feu, son sang courait follement dans ses veines, et elle retint son souffle. Il rit, posa la main contre sa joue comme s'il avait l'intention d'arrêter là leur petit affrontement. Avec un sourire reconnaissant, elle tourna la tête… et lui mordit la paume.

Il eut un cri de surprise, et elle en profita pour le pousser et lui échapper. Mais il était trop rapide. Tendant le bras, il la rattrapa et, les yeux étincelants de désir, la renversa sur une chaise.

— Vous n'auriez pas dû faire cela. Maintenant, vous allez payer.

Il lui emprisonna les mains et les attacha à l'aide de sa propre ceinture. Les pans de sa robe de chambre s'écartèrent, mais il ne parut pas s'en soucier, ni du fait qu'il était de toute évidence très excité.

Il la releva pour la plaquer de nouveau contre le mur, puis enfouit le visage dans son cou. Les mains liées devant elle, Ava tourna la tête afin de lui offrir un meilleur accès, laissant le désir qu'elle avait de lui la submerger. Cet homme avait le don de lui ôter toute volonté. Quand il l'enlaçait, quand ses mains se promenaient sur son corps et en exploraient les endroits les plus secrets, elle ne pouvait ni réfléchir, ni bouger, ni faire quoi que ce soit hormis jouir de ses caresses.

Il l'embrassa dans le cou.

— Avouez !

— Il n'y a rien à avouer, haleta-t-elle.

Il la mordit.

— Vous pourriez commencer par confesser que vous êtes une cavalière accomplie et non une débutante, comme vous avez tenté de me le faire croire.

Elle eut un petit hoquet de surprise, puis passa à l'attaque en lui écrasant le pied du talon. Il cria, faillit perdre l'équilibre. Ava lui échappa et courut vers le lit.

— Comment avez-vous deviné ? lança-t-elle.

— Je vous ai vue monter à cheval. En outre, Bilbo ne vous a pas désarçonnée, sinon vous auriez eu des ecchymoses et des griffures ou des coupures, au lieu de ces taches de terre artistement déposées sur votre robe.

Les joues d'Ava s'enflammèrent. Il rit et agita l'index dans sa direction.

— Vous feriez aussi bien de confesser vos autres secrets.

— Pourquoi ? Je ne suis pas la seule à en avoir ! se rebella-t-elle.

Il plongea pour la saisir. Lâchant un rire aigu, Ava bondit sur le lit et demeura debout au centre.

— Moi, j'aurais des secrets ? fit-il d'une voix rauque.

— Oui, riposta-t-elle. Par exemple, votre amitié très particulière avec lady Kettle.

— Cela n'a rien de secret ! Je la connais depuis des années, elle est comme une sœur pour moi.

Il se fendit brusquement, visant le pied d'Ava qui l'évita d'un saut de côté. Elle se réfugia près d'un des piliers qui soutenaient le dais en bois doré.

— Je doute que lady Kettle éprouve des sentiments aussi détachés à votre endroit. Et qu'en est-il de vos promenades à cheval quotidiennes ?

— Eh bien, quoi ? Je n'ai jamais prétendu être un piètre cavalier, moi !

— Ce n'est pas une raison pour chevaucher comme un fou en sautant par-dessus les haies et les clôtures, comme si vous fuyiez quelque chose…

Une ombre passa dans le regard noisette, juste avant qu'il s'élance en avant, l'attrape à bras-le-corps et la fasse basculer sur le matelas.

— L'heure de votre châtiment a sonné, lady Middleton ! clama-t-il avant de l'embrasser passionnément.

Dans des moments comme celui-ci, elle était certaine de l'aimer. Elle brûlait de sentir ses mains sur elle, de voir son sourire et d'entendre sa voix. Quand elle était dans cet état d'esprit, elle avait l'impression que son cœur s'envolait.

La bouche du marquis glissa le long de son corps, laissant un sillage humide sur sa peau. Ava ne protesta pas quand il écarta son déshabillé pour exposer son buste. L'expression presque sauvage, il laissa ses mains s'égarer sur son corps, enfouit les doigts dans sa chevelure, puis cloua ses poignets liés au-dessus de sa tête.

— Ne bougez pas, souffla-t-il.

De la bouche et des doigts, il commença alors une lente exploration de son corps qui la fit se tordre voluptueusement sous lui.

Elle l'accueillit dans un râle de reconnaissance lorsqu'il vint en elle et se plia à son rythme. Il ne lui fallut que quelques secondes pour la mener à l'extase. Il l'y suivit peu après…

Ils demeurèrent ensuite étendus l'un près de l'autre, comblés. L'une des mains d'Ava, toujours ceinte de la ceinture rouge, reposait sur la poitrine du marquis qui lui caressait doucement les cheveux.

Ils restèrent silencieux, car ils avaient, de l'avis d'Ava, dépassé de loin le stade de la parole. Ce qu'elle éprouvait était trop intense, trop profond pour être exprimé par des mots. Et elle priait pour qu'il ressente la même chose de son côté.

Pourtant, elle n'osa lui poser la question, de crainte que, d'une seule phrase, il ne fracasse son cœur plein d'espoir en mille morceaux.

24

Après cette nuit-là, les choses évoluèrent, du moins aux yeux d'Ava.

Le marquis l'invitait à partager ses promenades, et ils chevauchaient désormais côte à côte. Elle avait ainsi l'occasion de le voir au travail. Comme ce jour, par exemple, où un petit barrage s'étant rompu en amont du ruisseau, il retroussa ses manches et porta des pierres avec ses fermiers.

Elle le vit aussi aider au regroupement du troupeau qu'il avait rapporté de Marshbridge, puis accompagner des hommes qui conduisaient les bêtes dans un pré, au nord de l'abbaye. Elle-même essaya de donner un coup de main en courant derrière le troupeau armé d'un long bâton. Hélas, elle marcha dans une bouse et ruina ses chaussures !

Le soir, ils restaient ensemble dans le bureau. Ava lisait tandis que le marquis faisait ses comptes.

À ce sujet, il se montrait d'ailleurs d'une irréprochable générosité. Il avait insisté pour que Phoebe et Greta disposent de tout l'argent nécessaire à leur entretien – quand bien même Greta n'était toujours pas rentrée de voyage. Selon Phoebe, ses recherches infructueuses avaient conduit leur cousine au fin fond du pays de Galles, ce qui inquiétait grandement Ava.

Sally avait été autorisée à réintégrer le personnel de l'abbaye. Et depuis le sermon que sa maîtresse lui avait infligé, elle semblait maîtriser à peu près ses élans charnels.

— Tu ne pinces pas les fesses des valets et tu te tiens correctement, n'est-ce pas ? lui demanda-t-elle un après-midi.

— Les valets ? Peuh ! Ils m'intéressent pas. C'est le cuisinier que je vise, rétorqua la femme de chambre avec une moue gourmande.

— *Sally !*

Ava pivota si vivement que cette dernière perdit le pli qu'elle était en train d'épingler dans son dos.

— Quoi ? Vous avez pas envie de pincer votre mari, de temps en temps, vous ?

— Là n'est pas la question, marmonna Ava en se retournant face à la psyché. Tu as promis de bien te conduire, voilà ce qui importe.

— Dans cette maison, vous êtes la seule qui ait le droit de faire des galipettes, c'est pas juste !

Mais Sally la taquinait et lui adressa un clin d'œil dans le miroir.

Ava leva les yeux au ciel. En vérité, elle appréciait beaucoup les conseils de Sally, qui avait du monde une vision acérée. Elle lui avait appris des tas de choses précieuses pour contenter son époux, même si elle lui reprochait toujours d'être trop complaisante.

— Dès que cette catin de Londres se retrouvera face à votre mari, elle recommencera à tisser sa toile autour de lui, prophétisa-t-elle, un jour où Ava rêvassait après avoir passé la matinée dans une meule de foin avec le marquis.

— Bah, il saura lui résister, tu verras…

— Vous comprenez donc pas ? S'il sait que vous lui mangez dans la main, il se dira qu'il risque rien à batifoler à droite et à gauche.

— Oh, tais-toi ! Tu ne sais pas ce que tu dis.

En secret, Ava craignait pourtant que les prévisions funestes de sa femme de chambre ne se révèlent exactes. Elle avait du mal à accepter les visites régulières de lady Kettle à l'abbaye, de même que l'attitude familière de celle-ci vis-à-vis du marquis.

En même temps, grâce à lady Kettle, elle en savait désormais beaucoup plus sur son époux. Leur jolie voisine lui avait raconté des anecdotes qui dépeignaient un garçon solitaire et malheureux, tenu à l'écart par ses propres parents, et qui était resté toute sa vie sous l'égide d'un père autoritaire.

Et puis, il y avait ces folles chevauchées qu'elle ne parvenait pas à comprendre. Quand il travaillait, c'était toujours jusqu'à l'épuisement. Il en faisait toujours plus que les autres, ne ménageait jamais sa peine et semblait n'avoir peur de rien. On aurait dit qu'il se moquait totalement de ce qui pouvait lui arriver.

Et s'il ne s'aimait pas lui-même, comment aurait-il pu aimer une femme, fût-elle la sienne ?

Leurs relations s'étaient améliorées, certes, et ils s'entendaient plutôt bien. Pourtant, il semblait à Ava que quelque chose d'essentiel manquait à leur union. Parfois, alors qu'elle se sentait très proche de lui, il disparaissait ou devenait morose et pensif. Dans ces occasions, elle avait l'impression qu'il se sentait piégé par leur mariage.

Mais comment savoir avec certitude ce qui se passait dans sa tête ? Elle le connaissait si peu.

Elle en était venue à redouter l'arrivée du courrier qu'elle réussissait parfois à intercepter. Elle avait ainsi confisqué deux lettres de lady Waterstone qu'elle avait lues ensuite à voix haute devant Sally, pendant que cette dernière levait les yeux au ciel et émettait toutes sortes de bruits méprisants.

N'ayant jamais vu de réponse dans le courrier qui partait pour Londres chaque matin, elle gardait espoir. Cependant, le fait que son mari n'utilise jamais son prénom – elle-même ne l'appelant par le sien que dans l'intimité – commençait à l'agacer. Ils passaient des moments merveilleux au lit, mais sitôt franchi le seuil de la chambre, il refusait toute familiarité.

Cette distance implicite qu'il mettait entre eux devenait si intolérable qu'elle cessa de l'appeler « Jared », et décida de ne plus prononcer son prénom tant qu'elle n'aurait pas l'assurance qu'il l'aimait. Ce qui prendrait le temps qu'il faudrait.

La semaine prévue pour aller chasser le renard chez Harrison, Ava atteignit la limite de ce qu'elle pouvait endurer.

Par une nuit froide et venteuse, alors que la pluie cinglait les carreaux et qu'un énorme courant d'air s'infiltrait dans sa suite par une fissure « aussi large que la tamise ! », elle s'en alla chercher chaleur et réconfort dans le lit de son époux.

— Comment peut-on chasser par un temps pareil ? s'exclama-t-elle.

— C'est toute la drôlerie de la chasse au renard, fit-il en glissant le bras autour de ses épaules.

Ils demeurèrent ainsi, à écouter la pluie marteler les vitres et le bois craquer dans l'âtre de la cheminée. Enroulant distraitement la natte blonde d'Ava autour de son poing, le marquis demanda doucement :

— Avez-vous eu vos menstrues ?

Ava sentit l'irritation la gagner. Il lui avait posé trois fois la question au cours des deux derniers mois.

— Oui, il y a deux semaines.

— Ah...

Il était clairement déçu. Ava fit mine de nicher le visage contre sa poitrine, mais il lui prit le menton et lui releva la tête. À la lueur des flammes, son regard noisette avait cette intensité troublante qui la fit frissonner d'anticipation. Son désir s'éveilla. Il s'en rendit compte et roula sur elle. Puis, après avoir tiré sur le lien qui fermait sa chemise de nuit, il pressa les lèvres contre sa gorge palpitante.

— Vous êtes si belle ! chuchota-t-il.

Ava aurait voulu le repousser, mais elle en fut incapable. Son corps s'embrasait sous ses caresses. Son sang s'échauffait et coulait plus vite dans ses veines.

— Oh, milord... gémit-elle quand il prit ses seins dans ses mains pour en agacer la pointe rigide de ses pouces.

— Appelez-moi Jared, souffla-t-il avant d'aspirer l'un des petits bourgeons roses dans sa bouche.

Un déclic se produisit. La sensation vertigineuse disparut d'un coup et, d'un ton froid, Ava rétorqua :

— Non.

Le marquis se figea et releva la tête.

— Je vous demande pardon ?

D'un geste brusque, elle le repoussa et se redressa, le dos calé contre l'oreiller.

— Je ne vous appellerai pas par votre prénom. Ce genre de familiarités est réservé aux gens qui s'aiment. Pour la même raison, vous ne m'appelez jamais Ava.

Il eut l'air piqué au vif, puis s'assit à son tour, l'air déconcerté.

— Sapristi, je n'arrive pas à vous comprendre ! Vous êtes vraiment insaisissable. J'essaie de vous faire plaisir, de vous contenter chaque fois que quelque chose vous soucie, et pourtant, vous avez toujours de nouveaux griefs. Que voulez-vous, Ava ?

Elle se mordit la lèvre et sentit les larmes lui brûler les paupières.

— Je veux… j'avais *espéré*… qu'avec le temps, vous… vous en viendriez à m'aimer.

Il parut pris de court. De toute évidence, il ne savait trop comment réagir à cet aveu. Mais une chose était sûre : il n'était pas sur le point de lui déclarer un amour éternel.

— Ava… ma chérie, dit-il enfin en se penchant pour lui prendre la main.

C'était la première fois qu'il lui manifestait de la tendresse, et elle se détourna pour essuyer furtivement ses larmes.

— L'amour… l'amour vient avec le temps, poursuivit-il avec gaucherie. Il faut le laisser grandir à son rythme.

— Je sais. C'est juste que je ne comprends pas… comment deux personnes peuvent se désirer autant… sans nourrir de sentiments profonds l'une envers l'autre.

— Mais j'ai une sincère affection pour vous ! se récria-t-il. Je vous estime beaucoup et… oui, je vous estime énormément.

Il semblait à court de mots. Elle insista :

— Et ?

— Et ? répéta-t-il, ne sachant manifestement pas ce qu'elle désirait entendre.

— Oh ! lâcha-t-elle rageusement avant de sauter hors du lit et d'attraper son déshabillé au passage.

Il tendit la main pour la retenir.

— Attendez ! Où allez-vous ? Ne partez pas, continuons de discuter. Si vous voulez que je vous appelle Ava, je le ferai. Et, bien sûr, je vous permets de m'appeler par mon prénom…

— Vous me *permettez* ? Seigneur, vous n'avez rien compris à ce que je viens de vous dire ! Vous pensez qu'il s'agit seulement d'une histoire de prénoms ?

— Mais vous venez de dire…

— Je sais ce que j'ai dit ! cria-t-elle, en nouant d'un geste sec la ceinture de son déshabillé. Et je regrette d'en avoir parlé. Ma pauvre mère, paix à son âme, avait raison ! Le mariage n'est rien d'autre qu'une affaire de convenance et de fortune. Aspirer à autre chose, c'est désirer la lune !

— Qu'est-ce que vous racontez ? Notre mariage serait voué à l'échec parce que je ne vous appelle pas par votre prénom ?

— Non, il est voué à l'échec parce que ce n'est pas un mariage, mais un arrangement commercial !

— C'est exact, convint-il, froidement cette fois. Et pourquoi ? Parce que c'était précisément ce que vous souhaitiez. Je vous avais prévenue, madame. N'exigez pas de moi ce que je ne peux vous donner !

Les larmes brouillèrent la vision d'Ava. Elle bredouilla :

— Est-ce parce que… vous en aimez une autre ?

— Non ! cria-t-il, exaspéré. Je n'aime personne.

Ava laissa échapper un cri où se mêlaient la rage et le chagrin, avant de tourner les talons. Le marquis, qui s'était levé d'un bond, la rattrapa au milieu de la pièce et lui saisit le bras.

— Lâchez-moi !

— Vous saviez quels étaient les termes du contrat. Vous le saviez depuis le début !

— Mais les choses ont changé entre nous ! Vous ne pouvez le nier !

— Ava, écoutez-moi. Nous sommes bien ensemble. Nous passons du bon temps. C'est ce qui compte, non ?

Elle se tordit le bras pour le forcer à lâcher prise et, une fois libérée, fila vers la porte.

— Ava !

Mais elle avait déjà disparu dans le couloir.

Resté seul, Jared fixa le battant quelques secondes, avant de pivoter et d'enfoncer le poing dans la porte du dressing.

Il savait pertinemment ce que désirait Ava, et il aurait voulu de toutes ses forces pouvoir le lui donner. Mais il ignorait s'il en était capable.

Il n'avait pas confiance en ses propres sentiments et se sentait beaucoup plus à l'aise avec cette notion d'arrangement qui était à la base de leur mariage.

Dernièrement, il avait commencé à se sentir très perturbé, il était bien obligé de l'admettre. Il appréciait la compagnie d'Ava, beaucoup plus qu'il ne l'aurait cru possible. Il la trouvait charmante et spirituelle, drôle, intelligente, et généreuse, car elle n'hésitait pas à payer de sa personne dans des circonstances où, en général, une femme ne daigne pas lever le petit doigt.

L'attrait qu'elle exerçait sur lui venait de sa gaieté et de la vision parfois naïve, mais rafraîchissante, qu'elle avait du monde. Il adorait sa vitalité débordante, son énergie.

Mais pouvait-il dire pour autant qu'il *l'aimait* ?

Était-il seulement capable d'amour ?

Il n'avait aimé qu'une fois dans sa vie, et l'histoire s'était terminée de manière désastreuse. Il avait appris, il y avait bien longtemps, qu'à trop attendre d'une relation, on prenait d'énormes risques.

C'était l'instinct de survie qui lui interdisait désormais de tomber amoureux.

Et Ava l'apprendrait à son tour un jour.

25

Le lendemain matin, la pluie avait cessé, et Dawson informa Ava que le marquis s'était rendu au village très tôt. Elle en fut soulagée, car elle ne voulait pas se retrouver face à lui avant d'avoir trouvé une solution susceptible de rendre leur mariage vivable.

Elle fit une longue promenade qui l'amena jusqu'aux ruines du château. Là, elle tomba sur Edmond Foote, décidément inséparable de son épée en bois.

— Amie ou ennemie ? brailla-t-il du haut de son perchoir habituel.

— Amie !

Il rengaina sa lame dans son fourreau constitué de deux morceaux de tissu maladroitement cousus.

— Puis-je venir te voir ? s'enquit-elle.

Avec un sourire charmeur, il s'inclina bien bas et désigna les ruines environnantes d'un grand geste.

— Mon royaume est à vous, milady !

Ava escalada les rochers et remarqua qu'il avait déplacé des pierres pour dessiner sur le sol le contour de pièces imaginaires.

— Ah, je vois que tu es en train de reconstruire le château ! Je suis dans la cuisine, c'est bien ça ?

— Mais non, vous êtes dans la basse-cour !

— Oh… Et maintenant ? fit-elle en passant dans la « pièce » voisine.

— Là vous êtes dans la cuisine. Et là-bas, c'est la grande salle où le roi et ses chevaliers décident qui ils vont tuer.

— Comme des géants… ou des ogres ?

Edmond rejeta la tête en arrière et éclata d'un rire sonore qui résonna familièrement aux oreilles d'Ava. Ses yeux noisette pétillaient de malice…

C'est alors que, dans un éclair de lucidité, elle comprit pourquoi cet enfant n'avait pas le droit de venir à l'abbaye ou de se montrer au village.

Et soudain, elle détesta le marquis.

A posteriori, elle trouvait étrange de n'avoir pas deviné plus tôt qu'Edmond était son fils. Ils avaient les mêmes yeux, la même bouche, la même façon de rire.

Le choc n'en était pas moins rude. Comment Middleton osait-il traiter son propre enfant de cette manière ? Un homme dans sa position, de surcroît riche comme Crésus, ne pouvait afficher un tel dédain envers son fils, fût-il illégitime !

Ava était horrifiée, et furieuse.

Tandis qu'elle laissait le gamin lui faire la visite guidée de son fief, elle se demanda, gagnée par le désespoir, s'il existait un *seul* aspect positif dans son mariage.

Pour l'heure, elle n'en voyait aucun.

Le lendemain, jour du départ pour le domaine de Harrison, Ava – qui s'était enfermée dans sa chambre la veille sous prétexte d'une migraine – apparut, vêtue d'une tenue de voyage. Bien que soulagé de constater qu'elle semble disposée à l'accompagner, Jared l'approcha néanmoins avec prudence.

— Vous êtes prête pour ce week-end sportif, milady, euh… Ava ?

— Oui, tout à fait, *Jared*.

Il faillit sourire. Une chose était sûre, Ava Fairchild n'avait pas la langue dans sa poche.

— Parfait ! Dans ce cas allons-y. La journée promet d'être superbe.

— En effet, répondit-elle, avant de se détourner pour nouer sous son menton les rubans de sa capote. La contemplant, il se sentit fier d'elle. Son épouse était belle, élégante, elle avait du caractère. Dire que quelques mois plus tôt, il l'avait à peine remarquée. Et aujourd'hui…

Aujourd'hui, il avait tout le temps envie de lui parler, de la toucher. En cet instant, il aurait voulu lui caresser la joue. Mais il s'en garda bien. Il aurait eu peur de prendre sa main dans la figure !

Elle dormit durant presque tout le voyage et il dut la réveiller alors qu'ils parvenaient aux abords du domaine de Harrison. Elle se redressa dans un sursaut, les yeux écarquillés, absolument magnifique. Après s'être pincé les joues et avoir lissé ses cheveux, elle se pencha vers la fenêtre.

Il y avait des voitures un peu partout. Des valets couraient en tous sens, des messieurs et des dames discutaient devant le perron de pierre. Deux laquais se précipitèrent pour ouvrir la portière dès que l'attelage s'immobilisa.

Jared descendit le premier. Comme il aidait Ava à sortir, Harrison apparut sur le seuil. Il se hâta de les rejoindre, un large sourire aux lèvres. Derrière lui se profila la silhouette de Stanhope.

Harrison donna une franche accolade à Jared ponctuée d'une virile claque dans le dos. Il lui fit remarquer que le mariage lui allait bien. Jared ne prit pas la peine de répondre, car son ami s'était déjà tourné vers Ava pour l'étreindre vigoureusement.

— Harrison, tu serais gentil de ne pas étouffer ma femme, observa-t-il en posant la main sur l'épaule de son ami.

Avec un rire, Harrison consentit à lâcher Ava.

— Lady Middleton, je vous trouve vraiment ravissante et en pleine forme ! déclara-t-il. Comment trouvez-vous Broderick Abbey ?

— Trop grand, répondit Jared à la place de sa femme.

— Et plein de courants d'air, ajouta celle-ci avec un sourire forcé.

Harrison rit de plus belle. Stanhope vint glisser le bras autour des épaules d'Ava et l'entraîna avec lui.

— Permettez-moi, milady, de vous arracher à cet admirateur trop empressé. Harrison vous a réservé une suite dans l'aile ouest. Je vous promets que vous ne souffrirez pas des courants d'air. Venez, Francis va vous montrer vos appartements, dit-il en désignant le majordome qui attendait au bas des marches.

— Reposez-vous un peu, lui suggéra Harrison. Nous nous retrouverons tous pour boire un verre vers 20 heures. Le dîner sera servi à 22 heures et la chasse commencera demain matin, à l'aube. Middleton, ajouta-t-il à l'intention de son ami, je viens d'acheter une jument extraordinaire. Cela te dirait d'aller la voir ?

Jared adressa un regard interrogateur à Ava qui haussa les épaules.

— Allez-y. Je n'ai pas besoin de vous.

— Êtes-vous sûre ?

— Mais oui, fit-elle en s'éloignant en direction du perron, Sally sur les talons.

Le majordome leur emboîta le pas et ils disparurent dans le grand hall.

Harrison tira alors trois cigares de sa poche et en tendit un à chacun de ses camarades.

— J'ai acheté cette jument à Madrid l'année dernière, et je l'ai fait dresser pour la chasse. Elle est imbattable, assura-t-il, avant d'entraîner ses amis en direction des écuries.

Il n'avait pas exagéré, la bête était de toute beauté. Jared aimait les chevaux, mais pas autant que son ami. Il l'écouta donc décrire avec enthousiasme les multiples qualités de sa nouvelle acquisition puis, au bout de quelques minutes, s'éloigna pour admirer les chevaux dans les stalles voisines.

Son regard accrocha alors une silhouette familière, à l'autre bout de l'allée.

Miranda ! Un sourire sensuel aux lèvres, elle le salua d'un signe de tête. En tenue d'amazone, son chapeau crânement incliné et sa fine cravache noire à la main, elle avait fière allure.

Pétrifié, Jared sentit la main de Harrison sur son épaule.

— Désolé, j'ignorais qu'elle serait là. Je voulais juste te montrer ma jument, expliqua-t-il à voix basse.

— Je sais…

— Non. Toi et moi, nous nous connaissons depuis longtemps et nous sommes amis, n'est-ce pas ? Je te jure que je ne savais pas qu'elle avait décidé d'accompagner Westfall. Sinon, j'aurais tenté de l'en dissuader.

Jared avait du mal à se concentrer sur les paroles de son ami. Il rétorqua néanmoins :

— Pourquoi en faire toute une histoire ? Il n'y a rien de plus entre nous.

— Cela ne me regarde pas, Middleton... mais je ne veux pas être complice.

Jared fut stupéfait. Depuis des années qu'ils étaient amis, pas une seule fois Harrison n'avait exprimé de la réprobation à son encontre. Ce dernier perçut son étonnement et baissa les yeux d'un air penaud. Puis il jeta un coup d'œil à Miranda, et reprit :

— Il se trouve que je pense qu'on ne doit pas rompre une promesse prononcée devant Dieu. Je voulais que tu le saches.

Sur ce, il alla rejoindre Stanhope qui l'attendait un peu plus loin.

— Apéritif à 20 heures ! lança-t-il par-dessus son épaule.

Jared ne répondit pas. Il avait du mal à se remettre du sermon que venait de lui infliger son ami qui, contre toute attente, estimait qu'un mari se devait de rester fidèle à son épouse.

Mais il n'avait pas trompé Ava. Il n'avait même pas accordé une pensée à Miranda depuis qu'il avait pris la décision de se marier. Pourtant, son meilleur ami paraissait douter de son intégrité. Ce qui, au fond, n'aurait pas dû le surprendre. Après tout, combien de fois n'avait-il pas clamé que, marié ou pas, il continuerait à coucher avec qui il voudrait ?

De nouveau, son regard se porta vers Miranda. Et tandis qu'il la regardait s'approcher de sa démarche chaloupée, il se demanda ce qui avait bien pu le séduire chez elle.

Parvenue à sa hauteur, elle plongea dans une profonde révérence, sans le quitter des yeux. Puis elle se releva et, avec un sourire entendu, murmura :

— Vous semblez en pleine forme, milord.

Elle lui parut plus âgée que dans son souvenir. Son teint n'avait pas la fraîcheur de celui d'Ava. Son sourire s'évanouit, et, cherchant son regard, elle demanda :

— Comment allez-vous ?

— Très bien, merci, répondit-il froidement.

— Vous m'avez terriblement manqué. Je ne supporte pas d'être séparée de vous, Jared.

Il frémit en l'entendant prononcer son prénom. Elle l'avait employé facilement, aussi facilement que lui-même employait le sien – alors qu'il avait du mal à prononcer celui de son épouse à voix haute.

Ava avait raison.

Cette familiarité toute simple devrait être réservée à ceux que l'on aimait. Et il n'avait pas eu le courage d'admettre que, peut-être, il aimait sa femme.

Miranda avait retrouvé son sourire. Une lueur d'espoir s'était allumée dans ses yeux. Elle jeta un regard autour d'elle. Ils étaient seuls dans l'écurie, hormis un jeune palefrenier qui bouchonnait un cheval.

— Pourquoi ne pas aller faire une petite promenade ? proposa-t-elle en se rapprochant de lui. Dans un endroit où nous serions seuls et où nous pourrions parler à loisir…

— Il n'y a rien à dire, Miranda.

Jared essayait de s'imaginer avec elle et n'y arrivait pas. Comment avait-il pu changer si radicalement en si peu de temps ?

— Vous n'avez donc pas lu mes lettres ? Je me demande ce que vous êtes en train de faire à chaque instant de la journée… et de la nuit…

Elle l'enveloppa d'un regard hardi. Lui qui, il y avait encore peu, aurait pris plaisir à flirter avec elle, avait l'impression de trahir Ava rien qu'en échangeant quelques mots.

— Vous n'avez pas oublié nos nuits, n'est-ce pas, mon chéri ? chuchota-t-elle. Ou cette petite dinde vous a-t-elle rendu amnésique ?

— Je vous interdis de parler ainsi de mon épouse !

— Ô Seigneur ! s'esclaffa Miranda. Votre *épouse* ? Mais ce n'est qu'une poupée, une marionnette que vous avez épousée pour son ventre !

Jared sentit le sang pulser à ses tempes. Ses doigts se refermèrent autour du bras de Miranda telles des serres.

— Prenez garde à ce que vous dites ! gronda-t-il.

— Chéri, voyons, qu'avez-vous ? Vous seriez-vous amouraché de cette gamine ? Elle est jolie, je ne le nie pas, mais enfin, elle ne m'arrive pas à la cheville !

— Dieu merci, elle n'a rien à voir avec vous !

Il la lâcha brusquement, pivota sur ses talons et quitta l'écurie au pas de charge, le cœur battant la chamade, la tête en feu.

Ava renvoya Sally lorsque le marquis regagna leur suite, la mine maussade, l'air abattu. Assise dans le canapé, elle le regarda faire les cent pas entre l'armoire et le cabinet de toilette. De toute évidence, il n'était pas de bonne humeur, et il n'avait pas envie de parler, car quand elle lui demanda ce qu'il pensait de la nouvelle jument de Harrison, il se contenta d'un vague :

— Splendide.

Au bout d'une demi-heure, elle se leva donc et annonça :

— Je vais aller faire un tour.

— Comme vous voudrez, répondit-il en la gratifiant à peine d'un regard.

Le grand hall et les salons du rez-de-chaussée étaient emplis d'invités qui venaient d'arriver et de domestiques pressés qui apportaient des rafraîchissements ou montaient les bagages dans les chambres.

Dans le couloir principal, la jeune femme s'arrêta un moment pour admirer les portraits accrochés au mur. Puis elle pénétra dans un salon où trois hommes buvaient du whisky devant la cheminée.

L'un d'eux la reconnut et l'appela :

— Lady Middleton ! Venez donc vous joindre à nous. Dites-nous un peu ce que cela fait d'être marié au marquis de Middleton.

Ses deux compagnons ricanèrent de manière déplaisante.

— Merci, mais on m'attend, prétendit-elle avant de s'éloigner rapidement.

Attirée par un brouhaha de voix féminines, elle entra ensuite dans un petit salon confortable. Quatre dames prenaient le thé devant une bonne flambée. Ava connaissait deux d'entre elles, aussi s'approcha-t-elle.

Lady Blanton l'aperçut la première et lui proposa de se joindre à elles :

— Puis-je vous présenter, lady Ava… Oh, pardonnez-moi ! Je voulais dire lady Middleton, bien sûr. Comprenez, ajouta lady Blanton à l'intention de ses compagnes, notre amie ne s'est mariée que tout récemment. D'ailleurs, je n'ai pas encore eu le plaisir de vous adresser tous mes vœux de bonheur, ma chère.

— Merci.

— Les noces ont été un peu précipitées, n'est-ce pas ? Je crois bien que tout Londres a été pris au dépourvu.

Flairant le scandale, les autres femmes se mirent à regarder Ava d'un air curieux. Ava se demanda si lady Blanton cherchait à la mettre mal à l'aise, ou si elle était simplement cancanière jusqu'à l'impolitesse.

— Nous n'avions pas envie de prolonger les fiançailles, expliqua-t-elle d'une voix égale.

La femme assise face à lady Blanton, et dont le visage lui semblait vaguement familier, la dévisageait avec attention. Elle finit par demander :

— Ne seriez-vous pas la fille de feu lady Downey ?

— En effet.

Ava commençait à regretter de ne pas être restée dans sa chambre. Ou à Broderick Abbey, ou encore à Londres. Ou mieux, à Downey House. Oh oui, si seulement elle avait pu remonter le cours du temps et ne jamais se marier ! À Downey House, elle avait des problèmes, certes, mais rien qui lui tordît le cœur comme les soucis qui l'agitaient ces temps-ci.

— Oh, ma chère, quelle perte tragique ! Votre mère était si joyeuse, si pleine d'entrain. J'ai été navrée d'apprendre qu'elle avait succombé à une attaque il y a… combien de temps, déjà ? À peine un an, si ma mémoire est bonne.

— Un peu plus de douze mois, en réalité, corrigea Ava avant de saisir la tasse de thé qu'un valet venait de déposer devant elle.

Les autres femmes échangèrent des regards entendus. Elles venaient de comprendre qu'Ava s'était mariée sitôt sa période de deuil terminée. Nul besoin d'être grand clerc pour deviner les conclusions qu'elles en tiraient.

Ava ne pouvait évidemment pas leur dire qu'elle avait agi ainsi par instinct de survie, pour assurer l'avenir de sa sœur et de sa cousine et leur éviter d'épouser le premier venu. Leur exposer ses motifs ne lui aurait valu que du dédain.

Embarrassée, Ava but son thé. Ç'avait été une erreur de venir ici, une erreur aussi de croire qu'elle pouvait se mêler à la bonne société et faire comme si de rien n'était.

Sa mère aurait su la conseiller et lui éviter de tels impairs. À sa place, elle se serait moquée de ces péronnelles, leur aurait rivé leur clou de quelques répliques bien senties, puis serait allée retrouver des gens moins bornés. Mais Ava ne possédait ni l'assurance de sa mère ni son esprit de repartie. Et en cet instant, elle aurait aimé se cacher dans un trou de souris.

Brisant le silence qui menaçait de s'étirer, lady Blanton demanda à Ava :

— Et où allez-vous vivre, lord Middleton et vous ? À la campagne ou à Londres ?

— À Londres, répondit Ava, soulagée de cette diversion.

— Une bonne idée. Ainsi vous pourrez voir les membres de votre famille aussi souvent que vous le voudrez. C'est très important, à mon sens. Votre mari pourra s'occuper de ses affaires et vous mènerez votre vie de votre côté.

— Pour ma part, je n'envisage pas l'existence autrement, commenta l'une de ses compagnes.

Les autres opinèrent du bonnet.

— Mon mari est content du moment qu'il a son club, ses parties de chasse et ses autres petits... *divertissements*, renchérit lady Preston avec un clin d'œil.

Ses amies gloussèrent d'un air entendu. Ava tenta de sourire, mais elle n'éprouvait qu'une infinie lassitude. Personne ne se mariait donc par amour ?

Comme elle se levait pour aller chercher quelques sandwichs sur la desserte, il lui sembla entendre des chuchotements dans son dos.

Le week-end, songea-t-elle, promettait d'être insupportable.

Mais ce ne fut que le soir, lorsqu'elle descendit boire un verre dans le grand salon en compagnie de son mari – dont l'humeur s'était un peu améliorée –, qu'elle comprit pleinement quel enfer elle allait vivre.

Comble de malchance, dès leur entrée, deux messieurs s'empressèrent d'entraîner le marquis à l'écart pour l'entretenir d'une affaire prétendument importante.

Demeurée seule, Ava fit tourner son verre entre ses doigts, ne sachant trop quoi faire. Naïvement, elle avait cru qu'une fois mariée, elle continuerait de fréquenter les bals et les réceptions, et flirterait avec de charmants jeunes gens. Mais si des jeunes gens charmants, il y en avait quantité ce soir, aucun ne lui plaisait. Seul son mari trouvait grâce à ses yeux.

Elle ne désirait que son amour, mais il lui semblait de plus en plus évident qu'il était incapable d'aimer. Aurait-il traité le jeune Edmond Foote de manière aussi abominable autrement ?

Incapable de supporter les conversations insipides, elle se glissa dans un salon adjacent. Elle était en train d'admirer une charmante sculpture en jade quand une voix résonna tout près :

— Lady Middleton ?

Ava sursauta si violemment qu'elle renversa quelques gouttes de vin sur le tapis. Elle avait reconnu la voix de lady Waterstone avant même de se retourner. Sa surprise était d'autant plus totale que pas une seconde elle n'avait imaginé que cette femme pourrait se trouver ici, chez lord Harrison. Elle ressentait sa présence comme une immense trahison.

— Lady Waterstone, réussit-elle à articuler.

Sa rivale fit une révérence, Ava étant à présent d'un rang supérieur au sien. Celle-ci nota à quel point elle était d'une beauté classique, avec de beaux yeux en amande, de magnifiques cheveux sombres et des lèvres pleines. En comparaison, elle se sentit fade, insignifiante, et même un tantinet ronde. À côté de sa toilette en soie vert émeraude, la robe crème qu'elle portait devait paraître bien terne.

— Le mariage vous va bien, déclara lady Waterstone d'un ton enjoué. Vous êtes ravissante.

— Merci.

— Quel plaisir que vous soyez venue ! Je ne pensais pas vous voir.

Ava sentit aussitôt sa méfiance s'éveiller. Pourquoi sa présence étonnait-elle lady Waterstone ? Le marquis et elle avaient-ils prévu de se rencontrer ici ? Gênait-elle leurs retrouvailles ?

— Vous vous intéressez à la chasse ? reprit sa rivale.

— Non, je n'ai jamais chassé, avoua-t-elle.

— Ah ? Je dois dire que c'est un spectacle assez sanguinaire qui ne convient guère aux âmes sensibles.

Lord Harrison choisit cet instant pour pénétrer dans la pièce.

— Lady Middleton ? Si je puis me permettre, vous devriez rejoindre votre mari. Le dîner va être servi incessamment.

— Vraiment, lord Harrison, je vous trouve bien impoli de nous interrompre, lança lady Waterstone. Je parlais à lady Middleton de la chasse à venir.

— Mais je suis tout prêt à vous écouter, *moi*, assura lord Stanhope qui entrait à grands pas dans le salon. Vous savez combien votre conversation me fascine.

Lady Waterstone eut un rire contraint.

— Ma parole, me voilà bien encadrée ! Enfin, j'espère que nous aurons l'occasion de poursuivre cette agréable discussion, n'est-ce pas, lady Middleton ?

— Bien sûr, répondit Ava du bout des lèvres.

Elle surprit le regard empli de commisération que lui lançait lord Harrison, et songea qu'elle n'était sans doute pas la seule à soupçonner son mari d'avoir pris prétexte de cette chasse pour retrouver sa maîtresse.

À cette pensée, une douleur fulgurante lui transperça la poitrine.

— Votre époux vous attend, murmura lord Harrison.

Comme un automate, Ava accepta son bras et se laissa guider hors de la pièce. Ils retrouvèrent le marquis, toujours en grande conversation avec les deux messieurs qui l'avaient intercepté à leur arrivée.

Lord Middleton sourit à sa femme et lui passa le bras autour de la taille dans une attitude possessive qui ne la réconforta nullement. Au contraire, son malaise allait croissant. Elle avait la très nette impression de sentir un regard perçant braqué sur elle. Et, en dépit de la proximité physique de son mari, jamais elle n'avait eu aussi froid.

26

Cette soirée n'en finirait donc jamais...

Jared n'en pouvait plus. La bonne humeur du début avait disparu et il trouvait l'atmosphère de plus en plus pesante.

Il avait une conscience aiguë de la présence de Miranda. Elle ne le quittait pas des yeux, épiait le moindre de ses mouvements. Il aurait dû se douter qu'elle viendrait chez Harrison et, d'une certaine façon, il se sentait fautif. S'il avait répondu à ses lettres de manière très claire au lieu de se contenter de les brûler, peut-être aurait-il réussi à la décourager. Et s'il ne l'avait pas prise comme maîtresse en premier lieu, il ne se serait pas retrouvé dans une situation aussi inconfortable.

Après le dîner, les dames se retirèrent pour laisser les messieurs savourer leurs cigares. Puis ces derniers les rejoignirent au salon. Jared en avait à peine franchi le seuil que Miranda l'accapara. Elle commença par bavarder, se moqua de l'humour lourdaud dont avait fait preuve lord Frederick durant le repas, puis lui glissa des mots doux à l'oreille, comme si rien n'avait changé entre eux, comme si Ava n'existait pas.

Jared ne voulait pas se montrer grossier, aussi supporta-t-il ce petit manège un moment en espérant que sa froideur la découragerait. Mais comme elle semblait ne pas comprendre, il finit par la planter là au beau milieu d'une phrase.

Tout le monde s'en rendit compte, excepté Ava qui regardait ailleurs.

Jared s'en voulait de l'avoir mise dans une telle situation. Elle ne le méritait certes pas.

Il avait cru que tous deux vivraient ce mariage arrangé en toute bonne conscience. Quelle arrogance de sa part ! Quelle stupidité !

Il la rejoignit et lui proposa de réintégrer leurs appartements. Elle ne parut pas surprise et ne protesta pas. Ils prirent donc congé de leur hôte et de ses invités, puis quittèrent le salon, bras dessus bras dessous, comme n'importe quel couple de jeunes mariés.

Mais dès que la porte se fut refermée derrière eux, Ava se dégagea. Ils gravirent l'escalier en silence.

Dans la suite, Sally les attendait. Ava la renvoya en lui demandant de venir la réveiller le lendemain matin, puis, l'air abattu, elle passa dans le cabinet de toilette et ferma doucement la porte derrière elle.

Jared soupira. Il ôta ses chaussures et commença à se dévêtir. Il enlevait son pantalon lorsque Ava reparut, en chemise de nuit, ses cheveux dénoués flottant dans son dos.

Toujours muette, elle alla se glisser entre les draps.

Jared la considéra un long moment, pensif. Jamais il n'aurait cru que son mariage puisse tourner de cette façon, qu'il se sentirait si malheureux, et qu'Ava, si vivante et si gaie, deviendrait l'ombre d'elle-même.

Assailli par la migraine, il frotta ses tempes douloureuses. D'un pas lourd, il gagna à son tour le cabinet de toilette pour procéder à ses ablutions. Puis il rejoignit la jeune femme au lit.

Elle feignait de dormir, mais sa respiration saccadée et la raideur de son corps indiquaient le contraire.

Dehors, le vent s'était levé. Un lointain coup de tonnerre retentit, et la pluie se mit à crépiter contre les vitres.

Jared se laissa bercer par ce bruit lancinant.

Ava n'avait pas bougé, mais il savait qu'elle ne dormait toujours pas. Il percevait la tension qui l'habitait. On aurait dit que l'étincelle de vie en elle s'était éteinte d'un coup. Par sa faute à lui.

— Je suis désolé, murmura-t-il soudain dans le noir.

Il fut le premier surpris d'entendre ces mots franchir ses lèvres.

Ava ne répondit pas. Il posa la main sur son bras, retroussa la manche de sa chemise de nuit pour pouvoir caresser sa peau de satin.

— Je suis désolé, répéta-t-il.

Il regrettait de l'avoir blessée, de l'avoir privée de sa vitalité, d'avoir demandé sa main...

Dehors, la pluie s'était intensifiée et, dans l'âtre, le bois craquait et sifflait. Machinalement, Jared se mit à jouer avec les boucles soyeuses de sa femme, y enfouissant les doigts, les caressant. Il n'aurait su dire au juste à quel moment Ava se tourna vers lui, mais il sentit son visage au creux de son cou et ses bras qui l'enserraient. Son corps ne tarda pas à réagir et bientôt, le désir lui incendia les veines. Il perçut son haleine chaude, ses lèvres humides et... ses larmes.

Des larmes dont il avait l'impression qu'elles lui brûlaient la peau, y laissant une trace indélébile.

Son malaise grandit jusqu'à devenir intolérable. Il devait effacer ces larmes, les oublier. D'un coup de reins, il bascula sur elle, la clouant sous son poids.

— Milord...

— Ne bougez pas, lui intima-t-il rudement.

Elle voulut détourner la tête. Il lui prit alors le menton pour l'obliger à soutenir son regard. Elle le fit, un long moment, puis ferma les yeux. Une larme roula sur sa tempe.

— Ava ! Ne bougez pas... chuchota-t-il encore.

De la langue, il cueillit cette larme solitaire, puis il captura ses lèvres. La pluie tambourinait toujours au carreau, mais Jared ne pensait plus qu'à ce corps féminin qui se cambrait sous le sien. Ses mains la parcouraient, rendaient hommage à ses seins, descendaient entre ses cuisses, éveillaient le désir en elle. Lorsqu'elle tenta de lui résister faiblement, il se fit plus insistant, plus exigeant, jusqu'à ce qu'elle rende les armes et s'arque pour le recevoir.

Il plongea en elle avec volupté, lui embrassa les yeux, le nez, la bouche, le creux de la gorge, les seins, sans cesser de la stimuler. Bientôt, elle se mit à haleter en laissant échapper des petits gémissements incontrôlables. Ses coups de boutoir se firent frénétiques, et, après un dernier coup de reins vertigineux, il bascula avec elle dans un violent orgasme.

Il attendit d'avoir retrouvé son souffle pour rouler sur le flanc sans la lâcher. Un long moment passa, mais il refusait de la libérer. Il garda les bras autour d'elle jusqu'à ce qu'il sombre dans un sommeil apaisé, comblé comme jamais il ne l'avait été au cours de sa vie.

Ava dormait toujours quand Jared quitta la chambre, le lendemain matin. Au cours de la nuit, elle avait tiré toutes les couvertures à elle, si bien qu'il s'était réveillé au petit jour frissonnant de froid.

Avant de refermer la porte, il la contempla une dernière fois. Elle reposait tel un ange, les traits détendus, les cheveux emmêlés, les lèvres légèrement entrouvertes.

Il alla prendre son petit déjeuner en compagnie des autres chasseurs, puis tous se retrouvèrent sur la pelouse, du côté ouest de la propriété. Les chevaux piaffaient d'impatience, les chiens ne tenaient pas en place.

L'air était frais et piquant, les conditions idéales pour une partie de chasse, pourtant, Jared n'avait qu'une envie : que cet interminable week-end s'achève enfin.

La meute fut lâchée, et les cavaliers s'élancèrent à sa suite. Puis, comme les chiens se dispersaient dans la forêt, Jared laissa sa jument aller à sa guise. Habituée aux courses folles, elle distança très vite le groupe et s'enfonça dans les bois. Elle fut arrêtée par un mur de végétation particulièrement dense.

C'est là que Miranda rattrapa Jared.

— Je commençais à croire que vous cherchiez à m'éviter, mon chéri ! lui lança-t-elle, à bout de souffle, et visiblement exaltée par la poursuite.

Nerveuse, la jument de Jared cherchait une issue pour reprendre sa course. Il raccourcit les rênes et la fit tourner en rond le temps qu'elle se calme.

— Vous allez rater la chasse, dit-il d'un ton neutre en s'immobilisant face au cheval de Miranda.

— Cela m'est égal.

Au loin, on entendait les aboiements des chiens encouragés par les chasseurs. Il serait difficile de les rattraper à présent, se rendit compte Jared.

Miranda mit pied à terre et s'approcha pour caresser les naseaux de sa monture.

— C'est une vraie beauté. Où l'avez-vous dénichée ?

Sans répondre, Jared mit pied à terre à son tour et tira sur les guides pour écarter sa jument de la jeune femme.

— Chéri ! s'offusqua-t-elle.

— Cessez vos manigances, Miranda. Cela ne sert à rien. Notre histoire est finie, terminée.

— Comment pouvez-vous dire une telle chose après tous les sacrifices que j'ai consentis pour vous ?

— Arrêtez !

Elle tendit les bras vers lui, mais il la repoussa sans ménagement.

— Je ne vous aime pas. Je ne vous ai jamais aimée. Je n'ai pas envie d'être avec vous. Je suis marié maintenant...

— Non ! cria Miranda en se jetant à son cou. Ce que vous éprouvez pour elle n'est que de la compassion. Et c'est bien normal quand on voit cette pauvre fille ! Mais cela n'a rien à voir avec de l'amour, mon chéri.

Il lui saisit les bras et les écarta de son cou. Elle reprit, éperdue :

— Comment pourriez-vous l'aimer ? Vous la connaissez à peine ! Ce n'est qu'une petite bécasse insignifiante ! Moi, je vous aime, Jared !

— Allons donc ! Vous aimez l'idée qu'un jour je serai duc, vous aimez ma fortune. Et bien sûr, vous adoriez les cadeaux dont je vous couvrais ! Mais *moi*, Miranda, vous ne m'avez jamais aimé. Vous ne m'avez même jamais vraiment connu.

— C'est faux ! sanglota-t-elle. Oh, dites-moi ce qu'elle a de plus que moi ! Est-elle meilleure au lit ?

Furieux, il la saisit par les épaules pour la secouer.

— Maintenant taisez-vous ! Je vous l'ordonne !

Comme il la lâchait, elle se laissa glisser à terre et, agenouillée à ses pieds, tenta de lui déboutonner son pantalon.

— Arrêtez, pour l'amour de Dieu ! s'écria-t-il, atterré.

Il la releva sans douceur. Elle avait les joues striées de larmes. Elle ferma les yeux et se laissa aller contre lui.

— Vous feriez aussi bien de me tuer ! gémit-elle. Je ne peux vivre sans vous, Jared. Je vous ai donné mon cœur et mon âme, je ne supporte pas l'idée que vous renonciez à ce qu'il y a entre nous pour cette gamine !

— Je ne peux renoncer à ce qui n'a jamais existé, répliqua-t-il, cinglant. Tout est terminé depuis longtemps, vous le savez. Et ce ne sont pas vos lettres enflammées ou vos larmes qui y changeront quoi que ce soit. Cessez de feindre qu'il y a eu entre nous plus qu'une relation charnelle. Jetez votre dévolu sur un autre, et, pour l'amour du ciel, laissez-moi tranquille !

Plaquant le dos de la main sur sa bouche pour étouffer un cri horrifié, elle lui adressa un regard qui n'avait plus rien de désespéré.

— Je vous *déteste* ! siffla-t-elle. Vous me le paierez, je vous le promets !

Jared se contenta de la toiser.

Ils remontèrent en selle et rebroussèrent chemin. Miranda tenta vaillamment de le distancer. En pure perte.

Ils furent les derniers à regagner le château. Les autres se trouvaient déjà dans l'allée, échangeant des anecdotes. Jared aperçut Ava sur le perron en compagnie de quelques dames. Bras croisés, l'air sombre, elle le regardait. Miranda la vit aussi et, un sourire sarcastique aux lèvres, lança par-dessus son épaule :

— Votre satanée souris grise vous attend, Middleton !

Mais la souris en question venait de tourner les talons et de disparaître à l'intérieur.

27

Ava courut jusque dans sa chambre, et claqua la porte derrière elle.

— Eh ben, qu'est-ce qui se passe ? fit Sally.

Ava jeta sa pelisse sur le dossier d'une chaise et pivota, furieuse.

— Ils étaient ensemble ! Ils sont revenus en même temps, bien après les autres. Je te parie que dans les bois, ils n'ont pas chassé grand-chose à part eux-mêmes !

Sally se précipita à la fenêtre.

— C'est laquelle ? demanda-t-elle.

Ava la rejoignit et lui désigna l'élégante cavalière en amazone topaze.

— Eh, elle est plutôt gironde ! commenta la femme de chambre.

— Je ne supporte pas sa vue ! cria Ava, qui fit volte-face et s'éloigna.

— Ma pauvre, compatit Sally, vous saviez donc pas que les hommes sont infidèles. Allez, si c'est pas avec celle-là, ce sera avec une autre.

Quel espoir restait-il aux femmes si aucun homme n'était capable de loyauté ?

— Tu crois vraiment ce que tu dis ? demanda Ava. Tu penses réellement qu'aucun homme ne peut se contenter d'une seule femme ?

Sally se mit à rire, comme si la question était ridicule.

— Bien sûr que je le crois ! La preuve, c'est que j'ai rarement rencontré un homme qu'ait pas envie de fricoter avec moi. Mais rassurez-vous, il y a autant de belles dames qui attendent que leur larbin leur rende des services un peu particuliers. Oh, faites pas cette tête-là ! Si vous vous attendiez que votre mari vous soit fidèle, vous êtes qu'une bécasse.

— Je n'ai jamais dit cela ! riposta Ava en se mettant à arpenter la chambre.

Mais à quoi bon nier ? Elle aurait voulu que son mari s'intéresse uniquement à *elle*. Elle voulait qu'il l'aime et n'en chérisse aucune autre avec une force que sa mère aurait jugée démesurée et qui la surprenait elle-même par son intensité.

Et si ce n'était pas possible, si elle se trouvait à l'aube d'une vie où, à chaque instant, elle se demanderait dans les bras de quelle femme il se trouvait... eh bien, cette vie ne méritait pas d'être vécue.

— Je vois bien que vous voulez pas le partager, reprit Sally. Et si je le vois, il doit le voir aussi.

Ava s'immobilisa, les poings sur les hanches.

— Tu n'as pas à faire ?

— Non, j'ai tout rangé ici, répliqua Sally en jetant un regard circulaire.

— Et moi, je suis sûre que tu as du travail qui t'attend quelque part !

— Bon, peut-être bien, finit par admettre la femme de chambre avant de quitter la pièce en traînant des pieds.

Après son départ, Ava se remit à aller et venir. Elle bouillonnant littéralement.

Environ, une heure plus tard, le marquis fit son apparition. Ava était assise près de la cheminée, un livre à la main. À son entrée, elle leva la tête et l'accueillit d'un mince sourire.

— La chasse a-t-elle été bonne, milord ?

Il lui jeta un coup d'œil.

— Non, pas particulièrement, répondit-il en arrachant presque sa lavallière.

— Vraiment ? Vous n'avez donc pas trouvé votre renarde ? Mais peut-être est-ce elle qui vous a trouvé.

Refusant de croiser son regard, elle se mit à feuilleter les pages de son livre. Sans un mot, il pénétra dans le cabinet de toilette. Il en ressortit quelques minutes plus tard et vint se planter devant elle. Elle garda les yeux obstinément baissés, attendant qu'il parle.

Sauf qu'il n'en fit rien. Il demeura là où il était, sans bouger. Au bout d'un moment, Ava referma son ouvrage et daigna lever les yeux. Il affichait une expression querelleuse, mais dans son regard rivé sur elle, elle lut aussi de la pitié.

Elle eut l'impression de recevoir une gifle. Il avait pitié d'elle ! Il craignait qu'elle n'ait été blessée de l'avoir vu en compagnie de sa maîtresse.

La nausée l'envahit et elle bondit sur ses pieds.

— Je veux rentrer à la maison, jeta-t-elle d'une voix frémissante. Je ne supporterai pas de rester ici plus longtemps !

À sa grande surprise, il répondit :

— Très bien, nous partirons à l'aube.

Il alla tirer le cordon de la sonnette et ajouta :

— Quand le valet sera là, demandez-lui de me préparer un bain. Je voudrais me laver avant le dîner.

Il disparut dans le cabinet de toilette.

Ava était déconcertée. Quelque chose clochait. Il était différent et semblait... oui, désemparé. Pour un peu, c'était elle qui l'aurait plaint.

Elle se révolta aussitôt contre cette pensée ridicule. Il ne méritait pas sa pitié ! C'était *lui* qui la trompait avec le plus grand cynisme !

Mais pourquoi diable paraissait-il aussi bouleversé ? Si elle n'en avait pas la moindre idée, cela leur faisait au moins un point commun, songea-t-elle, désabusée.

Jared prit ses dispositions pour que leur attelage soit prêt vers 8 heures le lendemain matin.

Harrison ne cacha pas sa consternation.

— Tu es certain de devoir partir déjà ? demanda-t-il pour la énième fois, alors que le valet arrimait la dernière malle sur le toit de la voiture.

— Désolé, mon vieux, mais j'ai rendez-vous à Marshbridge pour acheter du bétail, je ne peux pas rater ça.

— C'est vraiment dommage, se désola Harrison.

— Nous nous reverrons bientôt. Nous regagnons Londres dans une quinzaine de jours.

Ava, qui n'était pas au courant, lui adressa un regard agacé. Il le lui retourna sans ciller. Il n'avait pas à se justifier. C'était son droit de réintégrer Londres si tel était son désir. De toute façon, il avait le sentiment que quoi qu'il décide, elle serait mécontente.

Ce qui l'ennuyait énormément devait-il admettre. Car il avait envie de lui faire plaisir et de la voir heureuse.

Au moins, la nouvelle fit un heureux.

— Formidable ! s'exclama Harrison. Tu nous manques vraiment aux tables de jeu, tu sais.

— Alors prépare-toi à perdre beaucoup d'argent, plaisanta Jared.

Il offrit sa main à Ava pour l'aider à monter dans la voiture. Il s'apprêtait à claquer la portière quand elle l'arrêta d'un geste.

— Une minute… Que faites-vous, milord ?

— Je ferme la portière pour éviter que vous ne tombiez durant le voyage, répondit-il, placide.

— Vous voulez dire que vous avez l'intention de rester ici ?

Jared réussit à ne pas répondre vertement.

— Non, je vais effectuer le trajet à cheval, ce qui devrait nous permettre de retrouver un peu de sérénité, à l'un comme à l'autre.

Ava jeta un coup d'œil à Harrison, puis à son mari, avant de se carrer contre son siège. Dents serrées, Jared referma la portière, puis grimpa sur la monture qu'avait amenée un garçon d'écurie.

— Bonne route ! cria Harrison à Ava comme l'attelage s'ébranlait.

Jared prenait congé de son ami lorsque Miranda et Stanhope apparurent sur le perron en tenue d'équitation.

Sans un regard en arrière, il éperonna la jument et s'élança dans l'allée.

À leur arrivée à Broderick Abbey, le marquis alla s'enfermer dans son bureau et ne reparut pas de la journée. Cela convenait très bien à Ava qui avait prévu de prendre un bain et d'écrire une longue lettre à Phoebe.

De fait, elle ne revit pas son mari avant le lendemain après-midi. Elle cheminait le long du sentier, à l'orée de la forêt, quand ils tombèrent nez à nez au détour d'un virage. Sa veste était souillée de terre, et des traces de boue lui maculaient le visage.

— Le fond de l'air est frais. observa-t-il après l'avoir saluée avec raideur. Vous êtes certaine de vouloir vous promener ?

— Oui, cela ne me gêne pas.

Il hocha la tête, mit pied à terre et, tenant d'une main les rênes de sa monture, se mit à marcher près d'elle.

— Vous savez que nous devons regagner Londres d'ici deux semaines, reprit-il.

— Je l'ai entendu dire.

— Je préfère partir avant la saison des pluies, reprit-il, ignorant son ton sarcastique. Dans la région, les routes deviennent vite impraticables.

L'explication était simple et logique, à mille lieues de cette maudite maîtresse. Pourtant Ava conserva le silence.

— Et si, par hasard, vous attendiez un enfant, poursuivit-il en lui coulant un regard oblique, il vaudrait mieux que vous soyez à Londres.

Ava s'arrêta brusquement, saisie par la colère. Son précieux héritier, voilà bien tout ce qui l'intéressait !

— Rien ne compte en dehors de cela, n'est-ce pas ? Pour vous, je ne suis qu'un ventre !

Il tressaillit et son regard prit un éclat dur.

— C'est la vérité, Ava. Vous êtes un ventre et je suis un reproducteur. Au cas où vous l'auriez oublié, vous étiez d'accord, aussi je vous prierai de ne pas prendre ombrage de mes questions. J'ai le droit de savoir !

— J'en prendrai ombrage si je veux ! Nous avons passé un accord, soit, mais je n'ai jamais été d'accord pour n'être qu'un ventre à vos yeux !

— Milady, vous étiez parfaitement au courant du jeu que chacun de nous devait jouer. Prétendre le contraire aujourd'hui serait indigne de vous.

— Oseriez-vous affirmer que j'avais toutes les cartes en main pour décider en toute conscience ? J'en doute. Aisni, j'ignorais que vous aviez encore une maîtresse le jour de notre mariage !

— Oh, pour l'amour du ciel ! Je n'ai pas de maîtresse. Je n'en avais pas le jour de notre mariage, et je n'en ai pas plus aujourd'hui, soit dit en passant…

— Pour que je vous croie, vous n'auriez pas dû laisser traîner ses lettres d'amour !

Il plissa les yeux, puis lâcha, incrédule :

— Vous avez lu mon courrier ?

— Oui ! avoua Ava dans un cri. Alors épargnez-moi vos mensonges pathétiques !

Elle se remit en marche d'un pas vif. Il la rattrapa, la saisit rudement par le bras.

— Mes mensonges ? gronda-t-il. Je ne vous ai *jamais* menti. Au contraire, depuis le début, je me suis montré parfaitement honnête avec vous. Vous ne pouvez le nier, Ava !

— Honnête ? Quelle plaisanterie ! Vous avez feint de m'estimer !

— Ne jouez pas les innocentes. Vous vouliez ma fortune et mon titre, comme toutes les autres. Vous vouliez à tout prix épouser un beau parti !

— Et vous, vous ne songiez qu'à avoir un héritier. Apparemment, le seul moyen pour vous d'avoir un héritier légitime était de feindre une affection qui n'existe pas, car vous êtes incapable d'en éprouver pour qui que ce soit !

Le visage du marquis devint plus menaçant encore et une lueur sauvage assombrit son regard. Un instant, Ava craignit d'avoir été trop loin.

— Vous ne savez *rien*…

— Et que faites-vous d'Edmond ? coupa-t-elle.

Middleton se figea. Son regard lançait des éclairs, à présent.

Mais elle avait déjà pris trop de risques, elle ne pouvait plus faire marche arrière.

— Je sais que c'est votre fils, tout comme je sais que vous avez honte de lui. C'est la raison pour laquelle il est banni de l'abbaye et même du village. Vous redoutez que quelqu'un vous reconnaisse à travers lui ! Comment pouvez-vous être aussi cruel ? Comment pouvez-vous vous soustraire à vos responsabilités ?

— Sur ma vie, je vous jure que vous ne savez *rien* de cette histoire. Et si jamais vous osez en parler à qui que ce soit…

— Mon Dieu, mais vous n'avez donc pas de cœur ? Vous êtes incapable de ressentir les émotions les plus évidentes ?

— Mais, bon sang, que voulez-vous de moi ? rugit-il. Je vous ai donné tout ce que vous demandiez. J'ai passé davantage de temps avec vous, j'ai fait de mon mieux pour vous complaire, mais je ne trouve toujours pas grâce à vos yeux ! Seigneur, Ava, que *voulez-vous* de moi ?

— Je veux que vous m'aimiez, moi, et aucune autre ! jeta-t-elle avant de se détourner pour masquer les larmes qui avaient empli ses yeux. Je veux que vous m'aimiez comme je vous aime !

Le silence qui lui répondit la suffoqua. Son désespoir était à son comble, et elle avait l'impression d'avoir atteint ses limites. Elle n'avait plus de courage, plus d'avenir. Plus rien.

Un sanglot douloureux lui déchira la poitrine.

— Ava, fit le marquis en posant la main sur sa taille.

— Oh non, je vous en conjure ! Je ne supporterai pas votre pitié ! se rebiffa-t-elle.

— Il ne s'agit pas de pitié. Je vous assure que je vous tiens en haute estime…

Les yeux clos, elle attendit le « mais » qui ne manquerait pas de venir, et sonnerait le glas de leur mariage. Il ne lui resterait plus ensuite qu'à entrer dans les ordres. Oui, c'est ce qu'elle ferait. Elle allait écrire à Phoebe pour lui annoncer qu'elle prenait le voile après avoir été humiliée au-delà du supportable.

Le marquis'empara de sa main et la porta à ses lèvres.

— Ava, je vais me montrer tout à fait franc avec vous, même si cela doit être douloureux. Je suis en conflit avec moi-même. J'éprouve pour vous des sentiments très forts, si forts qu'il s'agit peut-être d'amour… mais je ne suis pas du tout préparé à y faire face. Je… je ne sais pas comment vous l'expliquer.

— Je n'ai pas besoin d'explication. Je ne suis pas une idiote. Le problème n'est pas que vous n'êtes pas préparé à donner de l'amour, mais que vous êtes incapable d'aimer. Edmond et moi l'avons très bien compris.

Il la regarda comme si elle venait de le frapper.

— Je ne m'abaisserai pas à répondre à cela, lâcha-t-il enfin. Vous ne savez pas de quoi vous parlez. Mais ne pouvez-vous au moins essayer de comprendre ? Nous n'avons pas fait un mariage d'amour. De ce point de vue, tout était clair dès le départ. Tout comme moi, vous poursuiviez un but précis, et ce n'était certainement pas de vous faire aimer de moi…

— Vous m'avez pourtant laissée croire que c'était possible, lui reprocha-t-elle d'une voix frémissante.

L'expression du marquis se fit soudain infiniment triste.

— Telle n'était pas mon intention, assura-t-il, radouci. Je croyais que vous l'aviez compris.

Ô Seigneur, Seigneur ! Alors il ne subsistait vraiment *aucun* espoir. La vérité nue se dressait devant elle dans toute sa laideur. Aveuglée par les larmes, elle secoua la tête.

— Je ne nie pas qu'à l'origine je n'avais pas en tête de me faire aimer de vous, admit-elle d'une voix faible. Et puis… tout a changé. Et alors que je craignais d'être piégée dans un mariage de raison, je crains maintenant d'être malheureuse.

— Ava…

— Je sens le désespoir suinter des murs de l'abbaye, filtrer sous chaque porte, par les fenêtres. Il emplit toute la maison, il nous cerne, il nous étouffe, parce que nous sommes, vous et moi, si éloignés l'un de l'autre.

— Nous ne le sommes peut-être pas autant que vous le pensez. Pour moi aussi, les choses ont changé.

Elle eut un rire désabusé.

— Mais pas autant que pour moi, n'est-ce pas ? Vous êtes en proie à des sentiments conflictuels. Moi, pas. Je n'ai aucun doute.

Son regard parlait pour lui : il ne pouvait lui rendre cet amour qui la brûlait comme une flamme vive.

— Il n'y a plus grand-chose à ajouter, reprit-elle, excepté que je ne puis vivre dans de telles conditions, milord. J'en suis foncièrement *incapable*.

Sur ces mots, elle se détourna et se remit en marche d'un pas vacillant, les yeux brouillés de larmes.

— Ava !

— Je vous en prie, laissez-moi tranquille ! gémit-elle en commençant à courir.

Cette fois, il ne la rappela pas, ne tenta pas de la suivre. Il la laissa aller.

28

Durant les jours qui suivirent, ils cohabitèrent, comme bon nombre de couples de sa connaissance, supposa Ava, se montrant polis l'un envers l'autre lorsqu'ils étaient amenés à se croiser, mais sans avoir de véritables contacts physiques.

Le marquis partait chaque matin à cheval et rentrait en fin de journée, en général couvert de boue et de poussière, les bottes crottées, visiblement épuisé.

De son côté, Ava s'efforçait d'oublier ses soucis en jouant aux cartes avec Sally, au grand déplaisir de Mlle Hillier, ce dont elle n'avait cure. Elle aurait fait n'importe quoi pour s'occuper l'esprit.

Mais ce n'était pas chose facile. Ses pensées dérivaient constamment vers son mari. Elle guettait le bruit des sabots de son cheval dans l'allée. Il lui manquait, leurs conversations lui manquaient.

Elle aurait tant voulu qu'il vienne la voir, et lui avoue qu'il n'était plus en conflit avec lui-même et qu'il l'aimait de tout son cœur !

Mais autant demander la lune.

Elle avait l'impression d'être une petite fille stupide dont l'esprit était encombré de rêves tout aussi stupides...

Un matin, elle reçut une lettre de Phoebe. Sa sœur lui signalait qu'une gazette avait évoqué ces jours derniers un certain marquis qui aurait récemment séjourné à la campagne en compagnie de sa jeune épouse et qui, lors d'une chasse au renard, n'aurait en définitive attrapé que sa vieille maîtresse. Des spéculations circulaient par ailleurs sur la mésentente qui régnait au sein du couple, mésentente accréditée par un départ plutôt précipité.

Il ne manquait plus que cela, songea Ava. Désormais, tout Londres faisait des gorges chaudes de ses déboires conjugaux.

Par deux fois, au cours des deux semaines qui s'étaient écoulées depuis ce fameux week-end, le marquis était venu frapper à la porte de sa chambre. Chaque fois, les farouches résolutions d'Ava s'étaient évaporées. Dès qu'il posait la main sur elle, elle perdait toute volonté. Ils ne parlaient presque pas durant ces interludes torrides, chacun cherchant dans la présence physique de l'autre une consolation à ses angoisses. Leurs cœurs ne fusionnaient pas, mais leurs corps se retrouvaient dans un déluge de passion irrépressible.

C'était du moins ce que pensait Ava. Elle n'avait aucun moyen de savoir qu'après avoir eu le cœur brisé dans sa jeunesse, Jared doutait de pouvoir jamais recoller les morceaux.

Et pourtant, à sa grande surprise, la douleur s'apaisait, lentement mais sûrement, et son cœur se reconstruisait autour d'Ava.

Chaque matin, il quittait l'abbaye pour mettre de la distance entre eux, pour réfléchir et tenter d'analyser ses réactions. Il ne voulait surtout pas blesser Ava davantage.

À son retour le soir, il mourait d'impatience de voir le sourire de la jeune femme, ce sourire qui avait enflammé son imagination lors de leur première rencontre et qui, hélas, semblait s'être effacé à jamais.

Ava avait changé d'attitude, et affectait désormais une indifférence totale envers lui. Elle usait et abusait de sarcasmes et d'impertinences qu'il supportait avec stoïcisme. Elle se conduisait souvent en gamine capricieuse sans se soucier apparemment de l'image qu'elle donnait d'elle.

Un soir, elle se plaignit qu'il n'y avait pas de bons livres à l'abbaye.

— Mais la bibliothèque est pleine, objecta-t-il, étonné.

— Oui, oui, je sais... Si l'on se passionne pour Shakespeare ou Jonson, on doit sûrement considérer qu'elle regorge de trésors. Mais ce n'est pas mon cas.

— Vraiment ?

— Non, milord. Je ne suis pas un bas-bleu. Je préfère les romans modernes.

— Dans ce cas, j'en ferai l'acquisition lors de notre séjour à Londres.

Elle haussa les épaules.

— Comme vous voudrez. De toute façon, je n'ai pas le temps de lire depuis que j'ai décidé de refaire entièrement le salon vert.

Passant sur l'illogisme dont elle faisait preuve, il s'étonna :

— La décoration ne vous plaît donc pas ?

— Elle est d'un triste ! Tous ces portraits de gens morts ! L'atmosphère est oppressante. Et puis, le décor est franchement féodal, conclut-elle en plongeant sa cuillère dans son sorbet.

Jared refusa d'un signe de tête que le valet le resserve.

— Bien entendu, vous faites comme bon vous semble. Mais je vous avoue ma surprise. Ces meubles sont français et d'acquisition récente. C'est ce qui fait fureur dans les salons londoniens actuellement.

— En effet, si l'on aime le style tape-à-l'œil et petit-bourgeois, répliqua-t-elle d'un ton suave.

Il soupira.

— Il va de soi que vous avez carte blanche, milady. Vous êtes la maîtresse de Broderick Abbey.

— Merci, fit-elle en inclinant la tête. J'ai déjà passé commande pour de nouveaux tissus à Broderick. J'ai fait mettre la facture à votre nom. J'espère que vous n'y voyez pas d'inconvénient ?

— Pas du tout, répondit-il en toute sincérité.

Il n'avait pas l'intention de restreindre Ava dans ses envies. Il lui aurait donné n'importe quoi, dès lors que cela pouvait lui rendre le sourire et bannir ce chagrin qui, selon elle, imprégnait les murs de cette maison.

Il savait aussi qu'il la rendait heureuse quand il lui rendait visite le soir et qu'ils faisaient l'amour. Tout chez elle criait alors la joie qu'elle éprouvait à être en sa compagnie. Il le voyait à sa façon de l'étreindre, d'onduler en rythme avec lui, de chercher sa bouche avec avidité.

Elle avait beau feindre l'indifférence et jouer les pestes, il était évident que ses sentiments n'avaient pas changé d'un iota.

Mais le gouffre demeurait entre eux, de par son incapacité à lui de se donner corps et âme.

Il s'efforça de réparer quelques-unes de ses erreurs. Il tenta de voir Edmond plus souvent, de s'immiscer dans la vie du jeune garçon, mais il sautait aux yeux que celui-ci adorait l'homme qu'il prenait pour son père. Jared arrivait tout simplement six ans trop tard.

Il n'avait appris l'existence de cet enfant que lorsque ce dernier avait trois ans. Âgé d'une vingtaine d'années, Jared s'était épris de Martha, une jeune domestique. Du moins pensait-il l'avoir sincèrement aimée, car aujourd'hui, il n'était plus sûr de rien. Il soupçonnait cependant que s'il avait réellement éprouvé de l'amour pour elle, il serait parti à sa recherche après qu'elle l'eut quitté.

Il n'avait jamais su pourquoi elle avait disparu de sa vie. Naïvement, il avait cru qu'elle s'était détournée de lui parce qu'elle ne l'aimait pas et craignait pour sa réputation. C'était en tout cas ce que lui avait suggéré Mlle Hillier. Ce n'est que trois ans plus tard qu'il avait découvert la vraie raison de son départ. Martha était tombée enceinte et Mlle Hillier s'en était rendu compte. Elle en avait aussitôt référé au duc de Redford qui avait chassé sa jeune employée, la menaçant de lui enlever son enfant une fois que celui-ci serait né si jamais elle révélait à quiconque le nom du père.

Quand Jared avait appris l'odieuse vérité, il avait obligé Mlle Hillier à lui révéler l'endroit où Martha s'était réfugiée. Et, faisant fi des menaces de son père, il était parti la retrouver.

Malheureusement, il était trop tard. Le petit garçon – son fils – était persuadé d'avoir pour père M. Foote, l'homme généreux et bienveillant qui avait épousé Martha afin de donner un nom à son bâtard. Et Martha elle-même prétendait aimer son époux. Elle avait supplié Jared de s'en aller et de les laisser vivre en paix. Elle avait aussi exigé qu'il lui donne sa parole de ne jamais révéler qu'il était le vrai père du garçonnet.

Ébranlé, Jared s'était plié à son désir et était reparti.

S'il ignorait quelle attitude adopter, il savait cependant qu'il ne pourrait éviter une confrontation avec son père.

Ce dernier laissa exploser sa fureur lorsqu'il apprit que Jared lui avait désobéi en allant voir Martha et Edmond, déterrant cette vieille histoire qu'il qualifiait de « flétrissure » pour le duché. Il l'avait menacé de détruire Edmond en lui révélant que M. Foote n'était pas son père. Devinant que l'enfant en serait anéanti, Jared avait cédé au chantage.

Aujourd'hui, il ne pouvait s'empêcher de penser que s'il avait *réellement* aimé Martha, les choses se seraient sans doute passées différemment.

Il n'avait plus eu de nouvelles d'elle jusqu'à l'année précédente. Elle lui avait écrit pour lui annoncer qu'elle se mourait de consomption et l'avait imploré de bien vouloir donner un emploi et un toit à son mari. Bien entendu, il avait accédé à sa requête. C'était la moindre des choses.

Mais les domestiques n'avaient pu s'empêcher de cancaner, et le duc avait eu vent de l'histoire. Alors que Jared se trouvait à Londres, il était venu à Broderick Abbey intimider le nouveau garde-chasse. Il lui avait promis de le faire enrôler dans la Royal Navy et d'expédier son fils Dieu savait où si jamais le garçon se montrait à l'abbaye ou au village voisin. Le duc n'avait en effet pas manqué de remarquer la ressemblance frappante qui existait entre Jared et Edmond.

M. Foote n'avait eu d'autre choix que de se soumettre.

À son retour, Jared avait appris le comportement inqualifiable de son père. De nouveau, les deux hommes s'étaient violemment affrontés. Et comme d'habitude, cette dispute n'avait débouché sur aucun compromis.

Depuis, Jared ne savait que faire. Il aurait aimé connaître son fils, mais ne voulait pas le retirer au seul père qu'il ait jamais eu, ce qui, à son sens, aurait été le summum de la cruauté.

Indécis, sachant son propre père capable de mettre ses menaces à exécution, il avait laissé pourrir la situation.

Ces derniers temps, cependant, il avait commencé à douter de la moralité de sa conduite. Et cela faisait partie des raisons qui l'obligeaient à garder ses distances avec Ava.

En conséquence, cette dernière apparaissait de moins en moins souvent à la table du dîner, et les rares fois où ils se retrouvaient en tête à tête, elle semblait mal à l'aise en sa présence.

Parfois, il l'entendait rire à l'autre bout de la maison, et sa gorge se nouait douloureusement. Lorsqu'il l'apercevait, se promenant dans les jardins, le plus souvent en compagnie de Sally, il devait se retenir pour ne pas aller la retrouver.

Mais Ava lui battait froid – sauf quand il la rejoignait au lit. Dans ces moments éperdus, elle se donnait entièrement, sans fard, sans pudeur. Mais au matin, il avait toujours l'impression qu'elle le regrettait.

— Ça y est, il recommence, observa Sally un beau matin, alors qu'elle se promenait dans le parc avec sa maîtresse. Il est à la fenêtre de son bureau et il vous regarde.

Ava continua de fixer les graviers de l'allée devant elle.

— Juste avant de s'asseoir pour écrire une lettre enflammée à sa maîtresse, je suppose, rétorqua-t-elle, sarcastique.

— À dire vrai, j'ai jamais vu aucune lettre adressée à cette femme partir d'ici.

— Et comment pourrais-tu le savoir ? Je te rappelle que tu ne sais pas lire.

Sally eut un reniflement offusqué.

— Possible, mais je sais à quoi ressemble le nom de cette grognasse. Je l'ai vu assez souvent !

— Peut-être qu'il envoie ses missives discrètement, par l'intermédiaire d'un valet ou de son régisseur, contra Ava.

— Oui, et peut-être qu'il le fait pas, répliqua Sally. Vous êtes décidée à croire le pire venant de lui, pas vrai ?

— Je suis décidée à survivre, voilà tout. Dès que nous serons de retour à Londres, je retournerai chez mon beau-père ! Je refuse de vivre sous le même toit que Middleton.

Sally haussa les épaules et, offrant son visage à la caresse du soleil, commenta :

— Ça s'appelle scier la branche sur laquelle on est assis… Mais, bon, vous faites comme vous voulez.

Ava ne répondit pas. Elle aurait aimé que Sally rentre à l'abbaye et la laisse tranquille. Elle voulait être seule, n'avait envie de voir personne, excepté cet égoïste et perfide marquis qu'elle ne pouvait s'empêcher d'aimer.

Mais lui se gardait bien de venir la trouver.

Ce soir-là, il l'informa qu'ils quitteraient Broderick Abbey pour Londres le surlendemain. Ava comprit alors qu'elle ne serait pas tranquille avant un bon bout de temps. À Londres, le monde allait se refermer sur elle et la happer tout entière. Tous les regards seraient braqués sur elle – sur *eux* –, car elle ne doutait pas que toute la haute société avait eu connaissance de l'entrefilet dont Phoebe lui avait parlé dans sa lettre.

29

Ils atteignirent Londres juste avant le coucher du soleil. Tandis que la voiture roulait dans Oxford Street, Ava enfila ses gants et ajusta sa capote.

— Je vous prie de me déposer chez mon beau-père, milord, déclara-t-elle.

— Vous n'aurez qu'à prendre la voiture pour vous y rendre demain, objecta-t-il en réprimant un bâillement.

— Non, j'aimerais m'y rendre *maintenant*.

— Voyons Ava, il est trop tard pour une visite.

— Il ne s'agit pas d'une visite. J'ai l'intention de retourner habiter là-bas, annonça-t-elle d'une voix ferme.

Sa décision était prise, et elle s'était préparée à mener bataille. Le marquis, en revanche, fut clairement pris au dépourvu. Sa main se figea sur sa lavallière, qu'il était en train de redresser.

— Qu'entendez-vous par « habiter là-bas » ? articula-t-il, interloqué.

— Cela me semble clair. Je veux retourner vivre dans la maison de mon beau-père.

Une expression d'intense perplexité se peignit sur les traits de Middleton. Lentement, il abaissa la main.

— Puis-je vous demander pourquoi ?

— Cela me paraît évident.

— La seule chose qui me paraisse évidente, c'est que vous êtes ma femme et que, par conséquent, vous devez vivre sous mon toit, et non sous celui de votre beau-père.

Elle lui adressa un regard méprisant avant de rétorquer :

— Auriez-vous oublié que vous êtes la proie de sentiments conflictuels, milord ? Je vous facilite les choses en mettant de la distance entre nous.

— Abandonner le domicile conjugal ne facilitera rien du tout !

— Vous osez prétendre que j'abandonne le domicile conjugal alors que vous-même n'avez jamais eu l'intention de vous y installer vraiment ? Iricz-vous jusqu'à me retenir contre mon gré ?

Il plissa les paupières et son regard se durcit. Mais il n'en ouvrit pas moins la petite trappe qui permettait de communiquer avec le cocher et lui donna l'adresse du beau-père d'Ava.

Il demeura les yeux rivés sur sa femme jusqu'à ce que l'attelage s'immobilise devant le numéro 14. Un valet sauta alors à terre et courut sonner à la porte pour annoncer l'arrivée d'Ava – comme le voulait le protocole depuis qu'elle était devenue marquise.

Lord Middleton se renfrogna davantage encore.

— Vous commettez une énorme erreur, milady. Vous ne vous souciez donc aucunement du scandale qui résultera de votre conduite ?

— Il ne sera pas pire que celui que nous avons provoqué en nous mariant si vite. Ma seule erreur est d'avoir cru, naïvement, que le mariage s'accompagnait de principes, et qu'obéir à ces principes suffirait.

— Parce qu'il vous manque quelque chose ? Avez-vous à vous plaindre de quoi que ce soit ? Votre sœur, votre cousine sont-elles mécontentes de leur sort ?

— Vous savez très bien ce que je veux dire. Les conditions ne sont pas réunies pour que je sois heureuse, tout simplement. Je ne peux trouver le bonheur sous votre toit. j'ai l'impression de tourner en rond dans une cage vide.

Son visage s'assombrit encore et il se pencha brusquement vers elle.

— Ava… il faut que je vous dise quelque chose…

La portière s'ouvrit à la volée. Ava entendit Phoebe pousser un cri de joie. Elle se leva, soulagée de n'être pas obligée d'écouter son mari lui expliquer une fois de plus qu'il ne l'aimait pas, mais qu'il ne perdait pas espoir d'y parvenir un jour.

— Au revoir, milord.

— Pour l'amour de Dieu, si vous vouliez bien m'écouter…

— Je crois que tout a été dit.

Elle accepta la main tendue du valet et descendit. À peine eut-elle posé le pied sur le trottoir que Phoebe se jeta à son cou, ravie.

— Ava, tu es de retour ! Tu es de retour !

Le premier effet de surprise passé, elle s'écarta pour étudier le visage de sa sœur, puis la saisit aux épaules.

— Tu n'as pas changé. Lucille jurait pourtant que tu ne serais plus la même quand tu reviendrais.

Ava se força à sourire.

— Non, je n'ai pas changé. Je suis toujours la même Ava.

Sally, qui les contournait avec des sacs de voyage, fit entendre un ricanement dubitatif. Sans y prêter attention, Ava glissa le bras autour de la taille de sa sœur et tenta de l'entraîner à l'intérieur de la maison.

— Viens vite, je meurs d'impatience d'entendre des nouvelles de Greta.

Mais Phoebe la retint en riant.

— Et le marquis ? Il faut quand même que je salue mon beau-frère, maintenant que…

Elle fut interrompue par la voix de lord Downey qui venait de faire son apparition sur le seuil.

— Lady Middleton, tonna-t-il, j'aimerais vous dire un mot, je vous prie.

Ava chuchota à Phoebe :

— Le marquis ne reste pas. Il rentre à Middleton House.

Puis, ignorant le cri de surprise de sa sœur, elle rejoignit son beau-père.

Elle ne se retourna même pas lorsque la voiture s'ébranla. Elle entendit seulement le grincement des roues sur les pavés et, tandis qu'elle embrassait Lucille Pennebacker, elle ferma les yeux très fort pour empêcher les larmes de couler.

Jared trouvait Middleton House particulièrement froide. Aucune pièce ne trouvait grâce à ses yeux, toutes lui paraissaient mornes et vides. À son image.

Ava lui manquait. Elle l'avait quitté et, d'un coup, il se sentait incomplet. Jour après jour, il avait l'impression que d'autres morceaux de lui-même disparaissaient.

Il savait depuis un moment maintenant – sans doute plusieurs jours – qu'il l'aimait d'un amour sincère et qu'il ne pouvait vivre sans elle. Malheureusement, elle n'était pas prête à l'écouter. Il avait attendu trop longtemps, l'avait blessée trop profondément.

Dès qu'il aurait parlé à son père – qui se trouvait en Écosse pour la saison de la chasse –, il irait trouver Ava. Il lui dirait qu'il avait perdu le sommeil tant elle lui manquait, qu'il se fichait bien d'avoir ou non un héritier du moment qu'il l'avait auprès lui. Il lui expliquerait pourquoi il n'avait pu lui avouer ses sentiments plus tôt. Il lui dirait qu'il ferait tout, *absolument tout*, pour qu'elle revienne vivre avec lui.

Il avait déjà envoyé une lettre au duc pour solliciter une audience dès son retour, retour prévu quinze jours plus tard. Et il avait acheté un magnifique bracelet en diamant qu'il comptait offrir à Ava lorsqu'il irait la chercher pour la ramener à la maison.

Il était prêt désormais à se consacrer entièrement à leur vie conjugale. Prêt à l'aimer, de manière inconditionnelle.

Phoebe questionna inlassablement Ava pour tenter de connaître les raisons qui l'avaient poussée à rentrer chez leur beau-père. En vain.

Pendant ce temps, Lucille s'activait aux préparatifs de la soirée que lord Downey comptait organiser afin de fêter le retour des jeunes mariés à Londres et – surtout – de se mettre en quête d'un époux pour Phoebe.

— Vraiment, je ne comprends pas que tu ne sois pas avec ton mari. Ça va faire jaser, affirma Phoebe, un matin, après le petit déjeuner.

— Cela m'est égal, répliqua Ava qui lisait le *Times*.

Excédée, sa sœur lui donna une tape sur l'épaule.

— Vas-tu me dire enfin ce qu'il s'est passé, oui ou non ?

Affalée sur le canapé où elle feuilletait un magazine de mode, Sally soupira :

— Vous feriez mieux d'en prendre votre parti, lady Phoebe.

Phoebe se retourna vers la femme de chambre de sa sœur.

— Sally, je crois qu'il faut faire la poussière dans la bibliothèque. J'y ai vu des moutons gros comme des melons !

— La poussière ! C'est le travail des bonnes ! s'insurgea Sally.

— En effet. Et vu que nous n'avons pas de bonne, une femme de chambre fera parfaitement l'affaire. Allez ouste, dépêche-toi ! intima Phoebe avec une autorité que sa sœur ne lui connaissait pas. Je voudrais dire deux mots à Ava en privé.

De mauvaise grâce, Sally consentit à quitter la pièce. Phoebe referma la porte et donna un tour de clé.

Ava posa son journal, et alla sortir du tiroir où elle était dissimulée la robe que Phoebe était en train de coudre.

Coupée dans un somptueux brocart d'or brodé de minuscules paillettes, c'était la toilette idéale pour assister aux festivités qui accompagneraient la cérémonie d'ouverture du Parlement.

— Elle te plaît ? s'enquit Phoebe en fronçant son petit nez.

— Elle est superbe !

— Mmm… Un peu surchargée, peut-être.

— Pas du tout, je l'adore.

— Alors essaie-la.

Ava poussa un cri de joie et tourna le dos à sa sœur afin que celle-ci déboutonne sa robe. Elle s'en débarrassa en un tournemain et enfila la toilette de brocart.

Tout en rectifiant le tombé des manches, Phoebe reprit :

— À présent, je veux une réponse claire. Pourquoi astu abandonné ton mari ?

— Tu le sais parfaitement, répliqua Ava en admirant son reflet dans le miroir.

— Pas du tout, et j'ajoute que cela me laisse fort perplexe.

Ava se pencha pour saisir l'exemplaire du *Times*. Elle l'ouvrit à la rubrique *Mondanités* et lut à voix haute :

— *Tel est pris qui croyait prendre : la partie de chasse commencée il y a quinze jours sur les terres d'un vicomte célèbre se poursuit à Londres. Mais il semble que les rôles se soient inversés. La chasseresse qui poursuivait un noble gentilhomme d'un rang très élevé s'est retrouvée acculée lors d'une récente rencontre au zoo de Londres. Selon des sources fiables, il ne lui aurait laissé aucune échappatoire.*

Ava laissa tomber le journal et ajouta :

— Maintenant, tu sais pourquoi, Phoebe. Il a une maîtresse.

— Comme la plupart des hommes mariés, riposta Phoebe avec un haussement d'épaules. Je ne comprends pas que cela te contrarie autant. C'est ce à quoi tu t'attendais en l'épousant, il me semble.

— Pourquoi cela me contrarie ? Je vais te le dire. Parce que je ne peux pas le supporter !

— Pourquoi diable ? C'est très banal. Tout le monde le fait…

Ava fit volte-face, les yeux étincelants.

— Je ne suis pas tout le monde, Phoebe ! Et je ne tolérerai pas que mon mari aille s'ébattre avec une autre femme !

Phoebe posa les mains sur ses épaules et, fermement, la fit pivoter face au miroir accroché au-dessus de la cheminée. Elle tira sur les pans du bustier si énergiquement qu'Ava en eut le souffle coupé.

— Tu l'aimes, n'est-ce pas ? En dépit de tous tes beaux discours sur la fortune et les mariages de raison, tu es tombée amoureuse de lui.

Ava baissa la tête et une larme roula sur sa joue.

— Oui, avoua-t-elle dans un souffle.

— Bon, dit Phoebe avec un sourire. Tu te souviens de ce que disait maman ? Qu'on se marie pour l'argent, pour les honneurs, mais pas pour être heureux. Ton mariage n'a rien à voir avec ce qu'elle décrivait, Ava. Et tu serais folle de renoncer au bonheur.

— Mais si je m'accroche, il me fera souffrir indéfiniment. S'il s'agissait vraiment d'un mariage de convenance, je ne me sentirais pas le moins du monde offensée. C'est ce que maman voulait nous faire comprendre.

— Ce sont des bêtises ! décréta Phoebe qui s'escrimait sur les boutons de la robe. Je crois que même maman aurait été heureuse à l'idée que, parfois, il arrive que l'amour prenne le pas sur la raison.

Avec un soupir d'irritation, elle ajouta :

— L'air de la campagne t'a profité, j'ai du mal à boutonner cette robe !

Lorsqu'elle eut réussi à fermer le corsage, elle enlaça sa sœur et l'étreignit doucement.

— Si tu l'aimes, Ava, tu dois retourner vers lui.

— Non ! Il ne m'aime pas, cela ne servirait à rien, décréta Ava, les yeux embués de larmes.

— Seigneur, tu as toujours été si entêtée ! S'il n'est pas amoureux de toi, il le sera avec le temps. Quel homme résisterait à ton charme ?

Elle serra sa sœur une dernière fois, puis la lâcha en disant :

— Ne bouge pas, je vais chercher un morceau de craie.

Comme elle fourrageait dans son panier à couture, Phoebe ne vit pas sa sœur étudier dans le miroir sa silhouette étroitement moulée dans une robe qui, un mois auparavant, lui aurait été comme un gant. Elle ne la vit pas non plus poser la main sur son ventre en fermant les yeux, ne vit pas la larme rouler sur sa joue quand celle-ci comprit, partagée entre stupeur et incrédulité, que ses soupçons étaient probablement fondés.

Elle était enceinte.

Le soir de la réception organisée par lord Downey, celui-ci ne cessa de harceler Ava.

— Où est le marquis ? J'ai à lui faire une excellente proposition commerciale qu'il ne saurait refuser !

— Je l'ignore, milord.

Ava était fatiguée, et légèrement nauséeuse. Elle avait envoyé un mot à Middleton pour le prévenir qu'une soirée était donnée en leur honneur. Toujours courtois, il lui avait répondu qu'il viendrait. Et il avait tenu parole.

Il était arrivé vers 20 heures, accompagné de lord Stanhope et de lord Harrison qui semblaient un peu éméchés. Tous trois étaient restés dans leur coin, sans se mêler aux autres invités. Néanmoins le marquis dut avoir la patience d'écouter le beau-père d'Ava, car ce dernier revint la trouver un peu plus tard, manifestement ravi.

— Votre mari a dit qu'il allait réfléchir très sérieusement à ma proposition. J'ai bon espoir que nous devenions associés.

Peu après, le marquis vint inviter Ava à danser. Il le fit devant un groupe de dames, sachant pertinemment qu'elle ne pourrait refuser sans déclencher une avalanche de commérages.

Après l'avoir guidée sur la piste de danse, il l'enlaça et murmura :

— Ce n'est pas la peine de prendre cet air dégoûté, comme si vous alliez vomir d'un instant à l'autre.

Elle détourna la tête.

— Regardez-moi, lui intima-t-il. Sinon tous ces gens vont croire que nous nous querellons. Et, en ce qui me concerne, j'en ai assez des spéculations oiseuses.

Ava se mit à fixer sa lavallière.

— Vous m'avez manqué, avoua-t-il en toute simplicité.

Elle éprouva un pincement au cœur et dut ravaler les larmes amères qui lui montaient à la gorge. Osant croiser son regard, elle objecta :

— Je vous croyais pourtant très occupé au zoo. Je ne vois pas comment quelqu'un d'aussi insignifiant que moi pourrait vous manquer.

Il soupira, puis, l'observant avec une attention accrue, demanda :

— Vous ne vous sentez pas bien ?

De nouveau, ces maudites larmes ! C'était ainsi depuis qu'elle attendait ses menstrues qui, elle le savait maintenant, ne viendraient pas.

— Ava, qu'est-ce qui ne va pas ?

— Rien. Ou plutôt tout. Depuis le début.

— Je vous en prie, ne recommencez pas. Pas ici, pas maintenant…

— Vous préféreriez que je choisisse un autre moment ? Lequel ? Dites, je me plierai à vos exigences.

Il soupira de nouveau, et ne dit plus un mot jusqu'à la fin de la danse. Ava ne pouvait s'empêcher de savourer la sensation de sa main au creux de sa taille. Elle s'en voulait de ne pas être plus forte, mais lui aussi lui manquait. Horriblement.

La musique se tut. Le marquis lui baisa la main, puis la dévisagea comme s'il avait l'intention de dire quelque chose. Finalement, lèvres pincées, il s'inclina devant elle.

— Je m'en vais, milady. Bonne nuit.

— Bonne nuit, milord.

Le cœur en miettes, elle le regarda s'éloigner. Luttant pour ne pas le rattraper et le supplier de rester, elle se cramponna à ce qui lui restait de fierté.

Deux semaines pleines s'étaient écoulées depuis leur retour à Londres – deux semaines interminables. Les rumeurs allaient bon train, que ce soit dans les clubs, les gazettes mondaines ou les salons. Même Harrison s'était permis de lui demander sans ambages si Ava et lui étaient séparés.

— Seulement temporairement, lui avait-il répondu.

— Et comment cela va-t-il se passer pour le grand bal que ton père donne à l'automne ? Je l'imagine mal tolérer que vous vous fassiez grise mine ta femme et toi.

— Nous ne sommes pas fâchés, mentit Jared. Simplement il faut du temps à une jeune femme pour s'adapter à la vie de femme mariée. Ne t'inquiète pas, nous assisterons à cette soirée, comme prévu.

Il s'en était tenu là, préférant ne rien dire à son ami de l'entrevue qu'il avait eue avec son père le matin même, alors que ce dernier rentrait tout juste d'Écosse.

Le duc l'avait accusé d'avoir ruiné son mariage avant même que celui-ci ait commencé. Comme si Jared avait besoin qu'on le lui rappelle ! Comme s'il ne s'était pas lui-même adressé ces reproches des centaines de fois !

— Tu me fais honte ! On te voit folâtrer avec ta maîtresse alors que tu viens à peine de te marier et que ta femme n'a pas encore eu le temps d'être grosse de tes œuvres !

Jared aurait dû se douter qu'il aurait droit à ce genre de remarques. Pour son père, rien d'autre ne comptait que le futur héritier du duché. Quelle tristesse, songea-t-il, d'être à ce point obsédé par quelque chose sur lequel il n'avait absolument aucun contrôle. À la réflexion, c'était plutôt pathétique.

— Tu n'as donc rien à dire pour ta défense ? avait éructé le vieux duc, ulcéré, en voyant un léger sourire flotter sur les lèvres de son fils.

— Rien, sinon que je suis stupéfait que vous soyez au courant des derniers potins, alors que vous venez à peine de rentrer. Je trouve en outre ironique que vous me reprochiez de me comporter comme vous-même autrefois.

Cette remarque avait pris le duc au dépourvu.

— Je te demande pardon ?

— Vous avez pris des maîtresses alors même que vous étiez marié à ma mère. Pourquoi me blâmer de faire de même ?

— Co... comment oses-tu ! avait tonné le duc, violet de rage.

— Non, père, comment osez-*vous* ? Vous me méprisez depuis que je suis enfant. Je l'ai peut-être mérité, je n'en sais rien, et j'avoue qu'à présent, cela m'est égal. J'ai pourtant obéi à vos ordres – c'est le terme – en épousant une femme de noble extraction. Et si un jour nous vous donnons un héritier, j'en serai fort heureux. Mais franchement, peu m'importe qu'Ava porte ou non mon fils.

Parce qu'il l'aimait. Il l'*aimait*.

— De surcroît, avait-il repris, je veux que vous établissiez un capital au nom d'Edmond, afin qu'il ne manque jamais de rien.

— Qui ?

— Mon fils. *Votre* petit-fils, Edmond Foote, avait articulé Jared, les poings serrés.

— Tu es fou ! Tu as assez fait pour lui, crois-moi, en l'installant avec son père à Broderick et en fournissant un emploi à celui-ci en dépit de mes mises en garde...

— Cela ne suffit pas, non. Ce ne sera jamais assez. Je veux qu'il soit protégé par la grandeur de votre nom. Et si vous refusez de lui donner la part qui lui revient de droit, je révélerai au monde entier que vous avez tenté de détruire la vie d'un enfant, que vous avez menacé son père qui a pourtant eu la bonté de donner son nom à mon bâtard. Comment avez-vous pu agir de façon aussi cruelle ? Vous ne rendez donc pas compte que ce que M. Foote a fait, vous et moi en avons été incapables ?

— Je ne vois pas ce que tu veux dire...

— M. Foote est un *père* à tous les sens du terme. Vous comme moi nous sommes toujours dérobés devant cette responsabilité. Il est trop tard aujourd'hui pour que je devienne le père d'Edmond, et trop tard aussi, je pense, pour que vous vous comportiez en père avec moi. Mais par Dieu, j'entends remplir un rôle, fût-ce celui de parrain, auprès de mon fils. J'entends l'aider et le guider dans la vie, même si je me refuse de spolier celui qui l'a élevé de son affection. Et il va de soi que ma protection s'étendra aux enfants d'Edmond.

Les yeux écarquillés, le duc avait laissé échapper une exclamation sourde. Jared en avait profité pour enfoncer le clou.

— Oh, encore une chose. Sachez, pour votre gouverne, que je n'ai pas de maîtresse. Ma liaison avec lady Waterstone a pris fin le jour où j'ai demandé Ava en mariage. Contrairement à vous, je ne peux pas vivre avec une femme et coucher avec une autre. Cela provoque trop de souffrances.

Son père avait pâli, mais Jared n'en avait cure. Il s'était levé.

— Ava et moi serons heureux d'assister à votre grand bal d'automne, vendredi prochain. Je vous remercie de nous avoir invités.

Pour la première fois de sa vie, il était sorti de chez son père en se sentant plus léger. Il ne se souciait plus de l'opinion que le duc avait de lui. Il pouvait bien le déshériter si cela lui chantait. À présent, Jared n'avait plus qu'une idée en tête : ramener Ava à la maison. Le plus vite possible.

C'est pourquoi il demanda à son cocher de le conduire à Clifford Street.

À peine Jared eut-il laissé retomber le heurtoir en cuivre que le majordome ouvrit la porte de Downey House. À en juger par son expression interrogative, il n'avait pas mémorisé les traits du marquis.

— Que puis-je pour vous, monsieur ? s'enquit-il d'un air affable.

— Je suis lord Middleton, je viens rendre visite à lady Middleton.

— Puis-je avoir votre carte ?

Jared faillit ricaner.

— J'imagine que lady Middleton n'a nul besoin d'une carte pour recevoir son mari.

Mais le majordome s'obstina à lui présenter son plateau en argent.

— Je suis désolé, milord, mais il me faut une carte à lui montrer.

Manifestement, l'ancien employé de bijouterie ne maîtrisait pas encore toutes les subtilités de sa fonction. Avec un soupir, Jared s'exécuta. Satisfait, le majordome le gratifia d'un large sourire, puis s'effaça pour le laisser entrer.

— Si vous voulez bien attendre un instant, milord.

Jared patienta tandis que Morris s'en allait avec sa carte.

Un moment plus tard, le majordome revint.

— Désolé, milord, mais lady Middleton ne reçoit pas.

La garce ! songea Jared avec irritation, avant d'objecter avec un froid sourire :

— Ça m'étonnerait fort !

Résolument, il fonça dans la direction d'où Morris venait d'arriver. Affolé, ce dernier lui courut après.

— Non, milord ! Vous ne pouvez pas entrer ! Lady Middleton ne reçoit pas !

Imperturbable, Jared ouvrit une porte, puis une deuxième. Il tomba sur lord Downey qui était en train de lire son courrier dans un petit bureau.

— Pardonnez-moi, je me suis trompé.

Il poursuivit dans le couloir, le majordome sur ses talons.

— Milord Middleton, laissez-moi au moins vous annoncer !

La porte du petit bureau se rouvrit à la volée. Lord Downey leur emboîta le pas.

— Je lui ai dit de rentrer chez elle, milord ! Je ne cautionne absolument pas sa conduite, croyez-le bien. J'espère que tout ceci ne vous empêchera pas d'étudier la proposition commerciale que je vous ai faite. Ce serait regrettable...

Jared s'immobilisa et pivota vers Downey, le visage fermé.

— Lord Downey ?

— Oui, milord ?

— Fermez-la. Quant à vous, ajouta-t-il à l'adresse de Morris, si vous devez absolument m'annoncer, faites-le sans tarder.

Le majordome disparut derrière la porte la plus proche. Il reparut quelques secondes plus tard. Jared nota que des gouttes de transpiration lui perlaient au front.

— Vous pouvez entrer, milord.

Jared pénétra dans le salon. Son regard se riva d'abord sur Ava, puis sur sa sœur Phoebe, et enfin sur Mlle Pennebacker. Il remarqua ensuite l'omniprésente Sally, dans le fauteuil.

Les ignorant toutes, il s'avança vers sa femme.

— Bonjour, Ava, dit-il.

— Bonjour, milord, répondit-elle d'une voix égale. C'est très aimable à vous de passer me voir, mais je ne reçois pas cet après-midi.

— Vous me recevrez pourtant.

— Oh, oh ! fit Sally dans son coin.

— Non, je ne crois pas, riposta Ava. Ma sœur et moi-même sommes occupées à faire les comptes. Nous n'avons pas le temps.

— Les comptes attendront, puisque c'est moi qui règle les factures jusqu'à nouvel ordre. Je suis votre mari, milady, et je souhaite m'entretenir avec vous.

— Mon mari ! répéta-t-elle, sarcastique.

— Ô Seigneur ! murmura Mlle Pennebacker, toute remuée.

Peu importait que sa femme soit en colère, ou blessée, il ne tolérerait pas une telle insolence.

— En tête à tête, précisa-t-il d'une voix coupante.

— Je vous demande pardon, milord, mais...

— Nous étions justement sur le point de partir, coupa Phoebe, qui s'était levée et faisait signe à Lucille et à Sally de la suivre.

Ava foudroya sa sœur du regard, mais celle-ci insista :

— Allons, venez. Sa Seigneurie désire parler à sa *femme*.

Elle ponctua ces paroles d'un regard appuyé en direction d'Ava. Puis, tirant Mlle Pennebacker par la main tout en poussant Sally dans le dos, elle réussit à faire sortir tout le monde.

La porte se referma. Jared se retrouva seul face à Ava qui le fixait d'un air de défi. Son teint, nota-t-il, était particulièrement lumineux.

— Vous êtes magnifique, souffla-t-il.

— Dites-moi juste ce que vous voulez, et allez-vous en.

— Je suis venu vous voir. Vous êtes ma femme.

— Eh bien, vous m'avez vue, vous pouvez partir maintenant.

Elle se leva, s'approcha de la desserte et se servit un verre d'eau.

— Ava ! Cessez de vous conduire comme une péronnelle ! Je suis venu vous dire que, comme chaque année à l'automne, mon père donnera un grand bal. Il aura lieu vendredi prochain et nous y sommes attendus.

— Oh, c'est vraiment réjouissant ! Et je suppose qu'il me faudra prétendre que tout va bien entre nous, et afficher un sourire heureux alors même que vous serez occupé à voler un baiser à votre maîtresse dans un coin sombre ? Ou mieux, sur un balcon !

Elle reposa brutalement son verre sur la desserte.

— Bon sang, je vous l'ai déjà dit, je n'ai pas de maîtresse ! Je n'en ai jamais eu...

— Je vous en conjure, ne gaspillez pas votre salive en vains mensonges, milord. Je n'assisterai pas à ce bal. Maintenant, vous pouvez partir.

Il s'efforça de garder son calme.

— Ava, vous ne pouvez pas vous dérober.

— Comment osez-vous me donner des ordres ? Vous n'en avez pas assez fait comme ça ? Et maintenant, vous venez me demander de paraître chez votre père, pour être la risée de toute la haute société?

— La risée? C'est en tant qu'*épouse* que je vous emmènerais chez mon père.

Mais Ava ne l'écoutait pas.

— Vous me prenez pour une marionnette que vous pouvez manipuler à votre guise? Peu importe le marché que vous croyez avoir passé avec moi, je ne serai pas votre femme de nom uniquement!

— Vous ne l'avez pas été, il me semble! contra-t-il avec colère. Et ces deux dernières semaines, on ne peut pas dire que vous ayez pris à cœur votre rôle d'épouse!

— Pourquoi me prêterais-je à cette mascarade? Dès que j'ai le dos tourné, vous vous précipitez dans les bras d'une autre. Et vos amis s'arrangent pour que vos frasques soient publiées dans les journaux afin que je n'en ignore rien et que mon humiliation soit complète!

Folle de rage, elle attrapa le journal qu'elle lança aux pieds de Jared.

— C'est faux, protesta-t-il. Je...

— Je ne serai pas l'otage de ce mariage alors que, de votre côté, vous n'avez jamais eu l'intention de respecter vos vœux!

— Comme si vous-même n'aviez pas d'arrière-pensées! Comme si vos motivations étaient pures dès le départ!

— Je ne sais plus quelles étaient mes motivations. Mais Dieu sait que, depuis, j'ai regretté mon manque de réflexion!

— Ava, écoutez-moi. Nous n'avons peut-être pas été entièrement sincères quand nous avons prononcé nos vœux, mais tout a changé depuis...

— En effet! Je ne veux plus être votre femme. Et vous devez l'accepter.

La colère de Jared était en train de se muer en fureur noire. Il n'avait pas du tout imaginé que l'entrevue se déroulerait de cette manière. Il avait pensé mettre son âme à nu, lui dire qu'il ne pensait qu'à elle, qu'elle seule comptait à ses yeux. Mais le mépris dont elle l'accablait lui faisait regretter de l'avoir rencontrée.

Ils étaient mariés. Pour autant, rien ne l'obligeait à écouter les insultes de cette mijaurée. En trois enjambées, il traversa la pièce et la saisit fermement aux épaules pour lui montrer qu'il ne plaisantait pas.

— Vous ne voulez peut-être plus être ma femme, mais vous l'êtes, milady, et je vous garantis que vous assisterez au bal de mon père. Si vous bravez mon autorité, je n'hésiterai pas à vous traîner là-bas manu militari. Me suis-je bien fait comprendre ?

— Ah, parce qu'à présent, vous me dictez ma conduite ? Vous me dites où aller et quand ? Fort bien, milord, je viendrai à ce bal. Mais ne comptez pas sur moi pour jouer les épouses réservées quand votre maîtresse se pavanera à vos côtés.

Excédé, il la lâcha, mais garda les poings fermés. Quelle gamine stupide et capricieuse ! Elle regretterait un jour d'avoir prononcé ces paroles blessantes, mais pour l'heure, il était trop en colère pour s'en soucier.

Tournant les talons, il se dirigea vers la porte.

— Une dernière chose avant que vous ne retourniez dans les bras de lady Waterstone ! lança-t-elle d'un ton acerbe.

Il ferma les yeux, et respira un grand coup pour ne pas perdre son sang-froid.

— Vous allez enfin obtenir ce que vous appeliez de vos vœux. Je suis enceinte, annonça-t-elle d'une voix qui se fêla légèrement.

Il sentit quelque chose exploser en lui. Cette chose indéfinissable qui, depuis des semaines, grossissait, grossissait, et lui rendait peu à peu la vie intolérable.

Il agrippa la poignée de la porte, tandis que son esprit tentait d'absorber cette merveilleuse – et désastreuse – nouvelle. Quelques interminables secondes passèrent avant qu'il ne recouvre l'usage de la parole. Lentement, il se tourna pour faire face à la jeune femme.

Sa gorge se serra à la vue des larmes qui brillaient dans ses yeux.

— En êtes-vous sûre ? demanda-t-il calmement.

— Oui ! cria-t-elle en levant les yeux au ciel. J'en suis absolument certaine. Vous l'aurez, votre héritier. Ainsi vous pourrez rejeter dans l'oubli une bonne fois pour toutes le pauvre Edmond !

Jared sentit son cœur voler en éclats. *Littéralement*. Il sortit de sa poche l'écrin qui contenait le bracelet qu'il avait eu l'intention de lui offrir.

— Vous aussi, vous avez ce que vous souhaitiez, dit-il sans élever la voix. Oui, j'ai rencontré lady Waterstone au zoo, peu de temps après notre arrivée à Londres. Ce n'était pas intentionnel, du moins de ma part. Mais je suppose qu'elle m'avait suivi. Quoi qu'il en soit, je lui ai dit, sans la moindre ambiguïté, qu'une seule femme comptait désormais à mes yeux. Je lui ai dit qu'il n'y en avait pas eu d'autre que vous depuis des mois, et que je vous aimais. De toute mon âme.

— C... comment ? bégaya Ava.

— J'ignore pourquoi j'en avais si peur et pourquoi ce fut si difficile à admettre, poursuivit-il sans chercher à fuir son regard. Quant à Edmond... Il y a *tant* de choses que vous ne savez pas à son sujet, Ava ! Mais je l'aime, lui aussi. Et je vous aime. Je vous aime tant que j'en suis abasourdi. Je ne pense qu'à vous. Je rêve de vous. Je me morfonds loin de vous.

Il sentit ses genoux se dérober sous lui et prit appui sur le dossier d'une chaise toute proche avant de reprendre :

— Je souffre terriblement loin de vous, Ava. Il y a comme un grand vide dans mon existence et dans mon cœur. Je ne suis rien sans vous. C'est ce que j'ai essayé de vous dire, mais vous n'avez pas voulu m'écouter.

Il jeta l'écrin qu'il avait à la main sur une chaise, puis, complètement vidé, il quitta la pièce.

30

Le lendemain matin, Ava se réveilla le cœur au bord des lèvres. Elle n'aurait su dire si ce malaise était dû à sa grossesse ou à ce qui s'était passé entre Jared et elle.

En la découvrant pliée en deux au-dessus d'une cuvette, Phoebe eut aussitôt des soupçons.

— Tu es enceinte ? s'enquit-elle sans détour en lui tendant un linge humide.

— Oui.

— Oh, mais c'est merveilleux !

— Non, ça ne l'est pas. C'est affreux, au contraire.

— Ava, tu ne vas tout de même pas gâcher ces moments de bonheur en continuant de bouder…

— Je ne boude pas, Phoebe. Je suis furieuse… contre moi ! Je me suis conduite comme la dernière des imbéciles. Hier, le marquis est venu m'avouer qu'il m'aimait. Mais je ne lui ai pas ouvert les bras. Je me suis couverte de ridicule.

Phoebe se mit à rire.

— Cela n'a rien de drôle ! s'emporta Ava.

— Oh que si ! Tu es tellement théâtrale quand tu t'y mets. Vous avez eu une querelle d'amoureux, voilà tout.

— Parce que tu es un expert sur la question, peut-être ? ironisa Ava.

— Je ferais au moins aussi bien que toi, en tout cas.

Ava ne pouvait prétendre le contraire.

— Oh, Phoebe, que vais-je faire ? gémit-elle. Il était tellement en colère lorsqu'il est parti ! Je ne l'avais jamais vu ainsi.

— Je ne sais trop quoi te dire, sinon que trois têtes sont plus sages qu'une seule.

— Tu peux être plus explicite ?

— Je veux dire qu'il existe plus d'une règle quand on veut chasser un homme qui sera duc un jour, et que si nous nous mettons à trois pour réfléchir – avec Sally –, nous aurons plus de chances de les découvrir.

— Ô Seigneur, non ! Je me sens bien trop humiliée !

— Voilà justement pourquoi nous devons nous réunir. Allons, lève-toi ! Mon seul regret est que Greta ne soit pas là. Son avis nous aurait été précieux.

— Je ne te le fais pas dire, soupira Ava.

Bon gré mal gré, elle quitta son lit, et les deux sœurs s'en allèrent chercher Sally pour tenir conseil.

Juste avant le bal donné par son père, Jared passa deux journées épouvantables, à se demander depuis quand il était devenu aussi fichtrement vulnérable.

Il s'était conduit comme un imbécile. L'amour n'avait jamais été son fort. Comment diable avait-il pu croire qu'il s'en sortirait ? Une chose était sûre, il ne commettrait pas de nouveau la même erreur. La prochaine fois qu'une femme capturerait son cœur – ce qui lui paraissait hautement improbable –, il filerait à Broderick Abbey et s'immergerait dans le travail. À moins, bien sûr, qu'Ava n'y soit déjà. Auquel cas, il irait se jeter directement dans la Tamise, histoire de ne plus rien voir, de ne plus rien entendre et surtout, de ne plus rien sentir.

Mais elle portait son enfant.

Il y pensait beaucoup. Ce prodige l'émerveillait. Il essayait d'imaginer le minuscule être qui grandissait en son sein. Ce serait peut-être une jolie petite fille blonde aux yeux verts, trop impertinente pour son bien. Ou un garnement aux boucles sombres.

Voir son enfant grandir, c'était un miracle dont il avait été dépossédé une première fois. Cela ne se reproduirait pas.

À présent qu'il avait libéré l'amour enfoui en lui, Jared craignait d'être incapable de le tenir en bride. Il ne lui restait plus qu'à espérer qu'Ava et lui sauraient trouver un modus vivendi qui leur permettrait de coexister sans trop souffrir.

Pour l'heure, la blessure était à vif.

Le soir du bal, il envoya un valet à Clifford Street avec pour consigne de ramener la marquise, de force si cela s'avérait nécessaire. Le domestique le regarda d'un air horrifié, mais Jared lui expliqua, très calme, que s'il contrevenait à ses ordres, il perdrait son emploi à Broderick House.

Il alla s'habiller presque dans un état second. Il redoutait n'importe quelle soirée en compagnie de son père, et celle-ci plus que tout autre. Mais se retrouver face à Ava, mesurer l'abîme qui s'était creusé entre eux... Il craignait que son cœur n'y résiste pas. Du reste, il se sentait si engourdi et insensible qu'il se demandait parfois si celui-ci ne s'était pas déjà totalement désintégré dans sa poitrine...

Phoebe achevait d'entrelacer dans les cheveux d'Ava le rang de perles dorées assorti à sa robe de brocart.

Au poignet, la jeune femme portait le bracelet de diamant que Jared avait jeté avant de claquer la porte. Une phrase était gravée à l'intérieur : *Pour A. B., de la part de J.B. Deux cœurs enlacés ne seront jamais séparés*.

En la lisant, elle avait pleuré comme une petite fille.

Et cette robe...

Ava savait certes que sa sœur avait du talent, mais cette toilette était une véritable merveille, une tenue de princesse de conte de fées.

Lucille et Sally la considéraient avec de grands yeux comme si elles la voyaient pour la première fois. Au point qu'Ava commença à se demander si sa grossesse n'était pas déjà visible.

— Quoi ? s'écria-t-elle soudain, oscillant entre la peur et la nervosité.

— Oh, ma chère, vous êtes *sublime* ! déclara Lucille.

— Vraiment ?

Ava pivota vers le miroir. La robe scintillait de mille feux. Elle était littéralement éblouissante.

— Elle met en valeur votre teint, affirma Sally, avant d'ajouter d'un air pensif : Mais il y a un petit quelque chose qui manque...

— Tu crois ? s'inquiéta Ava en scrutant son reflet dans le miroir.

— Mmm…

Lucille, Sally et Phoebe fixèrent la jeune femme qui s'énerva :

— Quoi encore ? Vous me rendez folle à me regarder ainsi !

— Un détail, fit Sally avec un sourire entendu.

Elle s'approcha de sa maîtresse, saisit le bord du décolleté et tira dessus, révélant ses seins que le bustier avait du mal à contenir. Ava et Lucille laissèrent échapper un cri d'indignation.

— Tu as raison, Sally, il faut oser un décolleté un peu plus plongeant, approuva Phoebe.

— Un peu ? se récria Ava. Je suis carrément indécente !

Elle voulut remonter le tissu sur sa poitrine, mais en fut empêchée par les cris d'orfraie de Sally et de Phoebe :

— N'y touche plus ! C'est parfait, assura Phoebe, avant de considérer sa sœur, les yeux humides d'émotion : Oh, ma chérie, tu es divine ! Absolument divine !

Un coup frappé à la porte empêcha Ava de répondre. Morris apparut et annonça :

— Une voiture est arrivée pour vous, milady.

Les quatre femmes se consultèrent du regard, puis toutes se mirent à parler en même temps. L'une alla chercher la cape bordée de fourrure qui complétait la tenue, l'autre une paire de gants, l'autre un réticule. Une fois en possession de tous ces accessoires, Ava prit une profonde inspiration, adressa un sourire éclatant à ses compagnes, puis la petite troupe gagna le hall.

Arrivées au bas de l'escalier, elles aperçurent lord Downey qui se tenait sur le seuil de son bureau. À leur vue, il fronça les sourcils et s'écria :

— Je ne comprends toujours pas pourquoi je n'ai pas été invité !

Personne ne prit la peine de lui répondre.

Dans le hall, le valet qui portait la livrée des Middleton s'inclina profondément devant Ava avant de lui tenir la porte ouverte.

— Où est lord Middleton ? s'enquit-elle en tendant le cou.

— Monsieur le marquis a demandé que vous le retrouviez chez Sa Grâce, milady.

Ava sentit son cœur se serrer. Elle espérait parler avec Jared, profiter de l'intimité de la voiture pour lui présenter ses excuses et lui dire combien elle l'aimait.

Seigneur, elle avait vraiment tout gâché !

— Eh bien, dans ce cas, allons-y, fit-elle en s'efforçant de paraître enjouée.

Une fois installée dans la voiture, elle rabattit son capuchon sur sa tête et se pencha pour adresser un pauvre sourire à Phoebe.

— Tu me promets que tu viendras le plus vite possible ?

Sa sœur grimpa sur le marchepied et déposa un baiser sur sa joue.

— Dès que j'aurai effectué une petite réparation à ma robe. Souviens-toi que le maître mot est : humilité. Je sais que ce n'est pas vraiment dans ton caractère, mais fais un effort !

— Je te remercie, répliqua Ava, narquoise. Je m'en vais affronter mon destin en sachant que ma sœur me croit incapable d'être humble.

— En effet, déclara Phoebe sans ciller. Étonne-moi, ajouta-t-elle en refermant la portière.

Sur ce, elle recula et fit signe au cocher de partir.

Au moins un millier de chandelles à la cire d'abeille éclairaient l'hôtel particulier du duc de Redford. Les illuminations devaient se voir de fort loin. S'il y avait une chose qu'il devait concéder à son père, songea Jared alors qu'il gravissait les marches du perron, c'était qu'il ne regardait pas à la dépense.

— Dois-je vous annoncer, milord ? s'enquit le majordome, après qu'un valet l'eut débarrassé de son manteau, de son chapeau et de ses gants.

— Non, je ne préfère pas.

— Comme vous voudrez, milord, dit le majordome, qui précisa : J'ai annoncé lady Middleton il y a quelques instants.

Jared sentit son pouls s'accélérer. Il poursuivit son chemin, s'arrêtant pour saluer des connaissances, bavarder, sourire et badiner, comme si de rien n'était, alors même que son cœur pesait une tonne dans sa poitrine.

La salle de bal était évidemment bondée. Des boules de gui avaient été suspendues au-dessus des encadrements de porte. Six immenses lustres de cristal illuminaient la piste où des couples dansaient le quadrille.

Tandis qu'il regardait les hommes en habit noir et les femmes en robes chatoyantes exécuter des figures sur le parquet ciré, Jared se remémora une autre soirée semblable à celle-ci ; une soirée au cours de laquelle il avait flirté avec Ava.

Il lui semblait que cela remontait à une éternité.

Il longea le mur, accepta une coupe de champagne qu'un domestique lui proposait, puis fut encore alpagué par un groupe d'amis.

Du regard, il chercha sa femme dans la foule. Sans doute s'était-elle réfugiée dans quelque coin sombre, bien décidée à bouder toute la soirée. Dans l'angle opposé de la grande salle, il aperçut son père qui régnait sur les festivités, assis dans un fauteuil pareil à un trône. Penché de côté, le vieil homme discutait avec quelqu'un dont Jared ne pouvait distinguer le visage. Non pas qu'il s'en souciât du reste.

Il poursuivit sa progression, observant les couples de danseurs, guettant Ava, ou même Phoebe, car les deux sœurs ne seraient sûrement pas très loin l'une de l'autre.

La pensée lui vint que, peut-être, Ava était souffrante. Avec cette chaleur, l'agitation qui régnait autour de la piste de danse... Certes, il n'avait pas l'habitude de côtoyer des femmes enceintes, mais il savait qu'elles étaient sujettes aux malaises.

À cette pensée, une petite vague de panique monta en lui, qu'il refoula tant bien que mal. Il se mit à scruter la foule avec un regain d'attention.

Son regard fut soudain attiré par le visage de son père, à l'autre bout de la salle, parce qu'une chose tout à fait insolite était en train de se produire : le duc *riait*.

Jared en demeura médusé. Il ne parvenait pas à se souvenir de la dernière fois où il avait vu son père sourire, encore moins rire. Et c'était pourtant bel et bien ce qui était en train de se passer en cet instant.

Qui donc avait réussi un tel prodige ?

Sidéré, Jared s'approcha, curieux de découvrir quelle bonne âme était à l'origine de ce rire stupéfiant.

Ava !

Oui, c'était bien elle, assise près du duc, vêtue d'une toilette somptueuse, et plus rayonnante encore qu'à l'accoutumée. Elle agitait devant elle un éventail qu'il reconnut aussitôt pour l'avoir vu jadis entre les mains de sa mère. Ses yeux verts étincelaient, elle souriait et parlait avec animation.

Cette vision laissa Jared abasourdi. Son père et Ava se connaissaient à peine et ne s'étaient pas rencontrés dans les meilleures circonstances qui soient. Pourtant, ils étaient là, assis l'un à côté de l'autre, à deviser comme une paire de vieux amis.

Une paire de vieux amis !

Sa réaction première fut de se dire qu'ils s'étaient ligués contre lui parce qu'ils éprouvaient le même mépris. Il les imagina, passant en revue ses défauts, ses erreurs, ses inconduites, et riant à ses dépens…

Comme mues par une volonté propre, ses jambes se mirent en mouvement, et il se retrouva en train de marcher dans leur direction, l'esprit bouillonnant.

Son père le repéra le premier. Il se leva vivement, saisit la main d'Ava qui se leva à son tour, le sourire aux lèvres.

C'est alors que Jared eut le choc de sa vie : son père lui souriait ! Il lui tendit ensuite la main, mais Jared en fut si décontenancé qu'il ne comprit pas tout de suite ce que signifiait ce geste. Prenant l'initiative, le duc s'empara de sa main et la serra chaleureusement.

— Mon fils, permets-moi d'être le premier à te féliciter de l'heureux événement qui s'annonce.

Le regard de Jared glissa sur Ava dont le sourire se fit nerveux.

— Je vous demande pardon, père ? dit-il

— Allons, inutile de jouer les timides ! s'esclaffa le duc. Ta ravissante épouse m'a tout dit.

— Tout ? répéta Jared.

Un peu en retrait du duc, Ava répondit à son regard ahuri par un demi-sourire ponctué d'un petit haussement d'épaules.

— Oui, tout. Elle m'a fait beaucoup de compliments sur toi et m'a affirmé que tu étais le meilleur des maris. Et, bien sûr, elle m'a annoncé que j'allais être grand-père.

— Le meilleur des maris ?

— Tu me rends très heureux, mon fils, enchaîna le duc, presque jovial. À présent, il faut inviter ta femme à danser, ajouta-t-il en poussant légèrement sa belle-fille en avant. Cela fait un moment qu'elle t'attend.

Sous le regard des invités qui n'en perdaient pas une miette, Ava prit la main que son mari lui offrait. Ce dernier se pencha pour déposer un chaste baiser sur sa joue et murmura :

— Bonsoir, Ava.

— Bonsoir, Jared, souffla-t-elle.

Comme c'était bon de l'entendre prononcer son prénom !

— C'est une valse, remarqua-t-il. Pouvez-vous danser ? Je veux dire... dans votre état...

— Bien sûr, le rassura-t-elle avec un sourire.

Il l'entraîna sur la piste. Ils se firent face et le regard anxieux de Jared chercha les yeux vert pâle qui ne se dérobèrent pas.

— Je croyais ne plus jamais vous entendre m'appeler par mon prénom, avoua-t-il dans un souffle. Je comprends maintenant pourquoi cela était aussi important pour vous.

Elle prit une brève inspiration, puis déclara gravement :

— Jared, je... je suis tellement désolée. Je vous demande pardon. Je me suis conduite comme une vraie peste. Vous aviez raison depuis le début. Nous avions conclu un marché et je ne l'ignorais pas, mais j'ai été totalement prise au dépourvu par... je n'ai pu m'empêcher de tomber amoureuse de vous.

Il lui serra la main, baissa les yeux et vit qu'elle portait le bracelet de diamant.

— Je comprends, parce qu'il m'est arrivé la même chose, lui répondit-il. Pas une seconde je n'avais imaginé que je pourrais tomber amoureux. Pas dans ces conditions. Mais c'est un fait, Ava... je vous aime. Vous aviez raison… Sans vous, j'ai l'impression de tourner en rond dans une cage vide.

Un doux sourire éclaira le visage de la jeune femme et ses yeux s'illuminèrent.

— C'est vrai ? Vraiment vrai ?

— Oui, c'est l'entière vérité.

Elle éclata d'un rire joyeux tandis qu'il la faisait tournoyer sur la piste.

— Notre mariage pourrait donc devenir un vrai mariage ? risqua-t-elle. Je veux dire… un mariage d'amour et non de raison ?

— Oui, et bien plus encore, assura-t-il. Dites-moi, quand deviendrons-nous une famille ?

— L'été prochain. Lorsque les jasmins et les delphiniums fleuriront.

Le cœur de Jared se gonfla de bonheur.

— J'ai tant à vous dire, Ava… À propos d'Edmond, de moi, et de ce qui s'est passé…

— Je veux tout savoir, mais cela attendra que nous soyons rentrés chez nous. Vous voulez bien ?

Chez nous. Elle avait décidé de revenir. Il eut l'impression qu'un poids énorme venait d'être ôté de ses épaules.

— Pour l'heure, tout le monde nous regarde, reprit-elle.

— Qui ? fit-il d'un air absent, tout à sa joie d'avoir retrouvé sa femme.

— Tout le monde, s'esclaffa-t-elle. À cause de ce qui est paru dans les journaux…

Il jeta un regard autour de lui, puis :

— J'aurais dû vous prévenir, ma chérie, on nous laissera rarement en paix. Nos actions seront sans cesse épiées et commentées. C'est là le misérable destin d'un futur duc !

— Cela m'est égal ! Du moment que je vous ai, *vous*.

— Très bien, dans ce cas, autant donner à tous ces gens de quoi gloser pendant des semaines.

— Pardon ?

Il s'immobilisa abruptement, l'enveloppa de ses bras et captura sa bouche. Ava éclata de rire contre ses lèvres, puis elle se cambra contre lui et répondit à ses baisers avec ardeur, jusqu'à ce que Harrison vienne taper sur l'épaule de Jared pour lui conseiller d'arrêter sous peine de provoquer quelques crises d'apoplexie parmi les invités...

Deux jours après le bal, un coursier se présenta à Middleton House chargé de caisses qui contenaient des jouets et des habits d'enfant.

— Des cadeaux de la part de mon père, annonça Jared.

Alors qu'Ava s'extasiait sur les présents, plus ravissants les uns que les autres, Jared songea à l'attitude que son père avait adoptée depuis peu. Il savait qu'il lui faudrait du temps pour apprendre à lui faire confiance, mais, dans l'ensemble, il devait admettre que ce changement était un réel soulagement.

Quelques jours plus tard, une servante déposa le plateau du petit déjeuner ainsi que le journal du matin devant la porte de la chambre de ses maîtres. Elle frappa discrètement avant de s'éclipser.

Jared alla récupérer le plateau sans prendre la peine de s'habiller, à la grande joie de sa femme. Il la rejoignit au lit et ils se pelotonnèrent l'un contre l'autre pour grignoter des toasts en parcourant les nouvelles du jour.

Ava laissa échapper un petit cri en découvrant, dans la rubrique mondaine, un article intitulé : *La partie de chasse.*

— *Alors que la saison de la chasse est sur le point de se clore,* lut-elle à voix haute, *il semblerait que le renard ait été plus malin que tout le monde. Chacun croyait à Mayfair qu'il tomberait entre les griffes de la chasseresse, mais c'est finalement une agnelle qui l'a capturé, au dire de fins observateurs présents lors d'un récent bal.*

Riant, Ava se tourna vers son mari et lui tapota le nez du doigt.

— Oui, je vous ai bien attrapé !

— Mais cela fait un moment que nous n'avons pas joué à ce jeu, milady, observa-t-il.

Et, jetant le journal d'un côté et le toast que tenait Ava de l'autre, il roula sur elle et murmura :

— Attrapez-moi.

Avant de la dévorer de baisers.

31

— *Chères Ava et Phoebe, j'ai le regret de vous informer que je n'ai pas encore réussi à localiser ma famille. Je désespère de la retrouver un jour, mais M. Percy me supplie d'être patiente.* Encore ce M. Percy ! s'écria Phoebe en interrompant sa lecture.

— Continue, continue ! ordonna Ava.

— *Hier soir, nous avons dîné chez sir Blanmouth. J'ai joué au billard pour la première fois de ma vie. J'ai été très surprise de gagner une partie. M. Percy me trouve douée, mais m'a vivement déconseillé d'en faire un gagne-pain. Je lui ai assuré que cela ne risquait pas d'arriver.*

— Bonté divine, elle joue au billard maintenant ! gémit Ava. Dans sa prochaine lettre, elle nous annoncera qu'elle s'adonne au jeu, tu vas voir !

— Je ne pense pas qu'il y ait des raisons de s'inquiéter, la rassura Jared avant de reporter son attention sur le livre illustré de preux chevaliers et de batailles féroces qu'il était en train de feuilleter en compagnie d'Edmond.

Edmond et M. Foote étaient venus à Londres rendre visite à lord Middleton qu'on avait présenté au jeune garçon comme un oncle lointain.

— Allez, Phoebe, continue ! la pressa Ava.

— *Il va bien falloir que je poursuive mon voyage si je veux obtenir des réponses à mes questions*. Évidemment, elle ne juge pas utile de préciser quel genre de questions elle se pose ! s'emporta de nouveau Phoebe avant de reprendre : *Je pense rentrer à la maison d'ici un mois, bien que M. Percy m'ait prévenue que la circulation risquait d'être difficile sur les routes de campagne pendant la saison des pluies. Je vous embrasse tous, en particulier mon futur filleul. Je vous aime, Greta.*

Phoebe posa la lettre et posa sur sa sœur un regard consterné.

— Mais *qui* est ce M. Percy, à la fin ? cria-t-elle.

Ava lui tapota la main, et déclara dans un soupir :

— Hélas, je crois que nous ne le saurons pas avant qu'elle daigne rentrer à la maison !

Découvrez les prochaines nouveautés de nos différentes collections J'ai lu pour elle

AVENTURES & PASSIONS

Le 3 décembre :

L'inconnue de l'hiver ↝ Norah Hess (n° 8807)

Un jour de violent orage, Stone découvre dans la montagne une jeune fille inanimée, Flame. Alors qu'il la recueille et la soigne, il s'aperçoit qu'elle n'est autre que l'inconnue qu'il avait aperçue quelques mois auparavant et dont il était tombé amoureux au premier regard.

À son réveil, elle ne se souvient de rien. Stone qui ne veut pas perdre à nouveau cette mystérieuse jeune fille dont il ne connaît rien, mais qu'il a tant cherchée, lui fait croire qu'elle est sa femme et lui invente une histoire, un passé.

Alors que des bribes de souvenirs douloureux lui reviennent à l'esprit, comment Flame réagira-t-elle lorsqu'elle découvrira la supercherie de Stone ?

Une épouse de trop ↝ Maggie Osborne (n° 4106)

Entre épouser une harpie imbibée de whisky et fumant le cigare, ou bien la pendaison pour grave insubordination, le choix était évident pour le capitaine Bowie Stone.

C'est ainsi qu'il se retrouve marié et investi d'une mission : faire prospérer la ferme minable de Rosie. Quant au mariage, tous les deux sont d'accord : il ne s'agit que d'une alliance de raison ! Peu à peu, les deux époux apprennent à se connaître et à vivre ensemble. Parfois, Bowie aimerait bien savoir à quoi ressemblerait Rosie sans son harnachement, propre et bien coiffée. Elle a un si joli rire ! Mais que pensera de tout cela Susan, la femme légitime de Bowie Stone ?

Les amants de la savane ↝ Patricia Waddell (n° 6992)

Octobre 1833. Olivia débarque d'Angleterre dans le port du Cap, bien décidée à prendre possession de la pension de famille que lui a léguée son oncle. Celle-ci se trouve à Kimberley, ville d'où proviennent les plus beaux diamants d'Afrique du Sud. Mais ce qu'ignore la jeune fille, c'est que ce genre d'endroit abrite un grand nombre de malfrats, d'aventuriers et d'escrocs.

Pour Matthew, qui lui est bien conscient des dangers, escorter là-bas une demoiselle qui ne veut pas quitter son corset et qui se cramponne à son ombrelle est pure folie...

Nouveau ! 2 rendez-vous mensuels aux alentours du 1er et du 15 de chaque mois.

8787

Composition
CHESTEROC LTD

Achevé d'imprimer en France (La flèche)
par BRODARD ET TAUPIN
le 6 octobre 2008. 49551

Dépôt légal octobre 2008.
EAN 9782290010211

ÉDITIONS J'AI LU
87, quai Panhard-et-Levassor, 75013 Paris
Diffusion France et étranger : Flammarion